Jeff Carlson

Eisiger Himmel

amazon crossing

Das Buch

Auf dem eisigen Jupitermond Europa existiert Leben. Unbemannte Raumsonden finden unter der Oberfläche einen alten Tunnel, in dessen Wände fremdartige Hieroglyphen gemeißelt sind. Angeführt von der Top-Astronautin Alexis Vonderach steigt ein Team von Wissenschaftlern in die Dunkelheit hinab und steht dort den Angehörigen einer wilden Rasse gegenüber, die älter ist als die Menschheit.

Der Autor

Jeff Carlson ist der Autor der internationalen Bestseller-Trilogie »Plague Year« (»Nano«, »Plasma«, »Infekt«) sowie von »Long Eyes« und »Interrupt«. Seine Bücher sind bis heute in fünfzehn Sprachen weltweit übersetzt worden. Zurzeit arbeitet er an einem neuen Thriller.

Auf seiner Website unter www.jverse.com finden Leser kostenlose Texte, Videos, Wettbewerbe und mehr, außerdem eine extra Europa-Fotogalerie mit Bildern von der Voyager 1, Galileo und der Cassini-Mission.

Zudem freut sich der Autor über E-Mails von seinen Lesern unter jeff@jverse.com.

JEFF CARLSON

EISIGER HIMMEL

ROMAN

Aus dem Amerikanischen von Regina Jooß

amazon crossing

Die Originalausgabe erschien 2012 unter dem Titel »Frozen Sky«
im Selbstverlag.

Deutsche Erstveröffentlichung bei
AmazonCrossing, Amazon Media E.U. Sàrl
5 Rue Plaetis, L-2338, Luxembourg
Juni 2015

Umschlaggestaltung: bürosüd° München, www.buerosued.de
Lektorat: Lektorats- und Übersetzungsbüro Königs
Satz: Jan Dildei
Printed in Germany
by Amazon Distribution GmbH
Amazonstraße 1
04347 Leipzig, Germany

ISBN: 978-1-503-94649-1

www.amazon.com/crossing

Für Diana,
in Ewigkeit

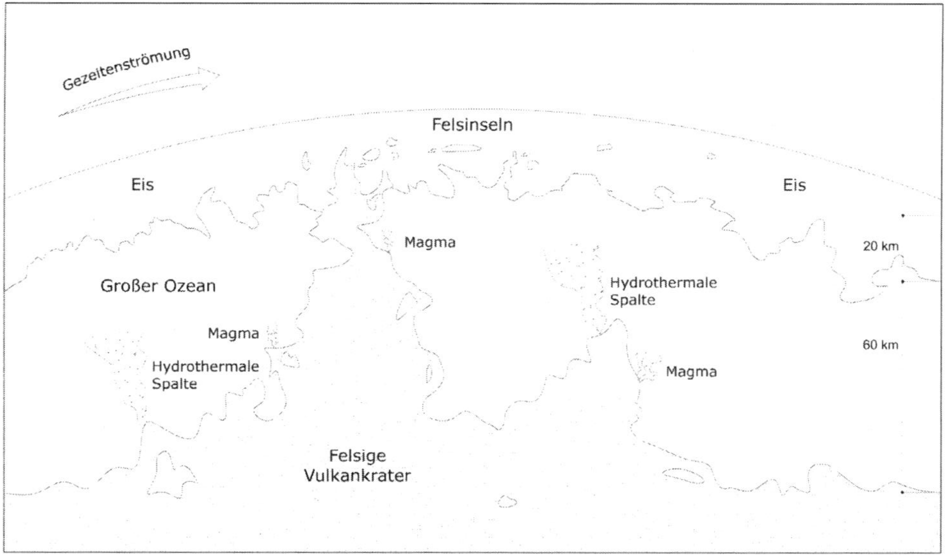

Europas Südpol

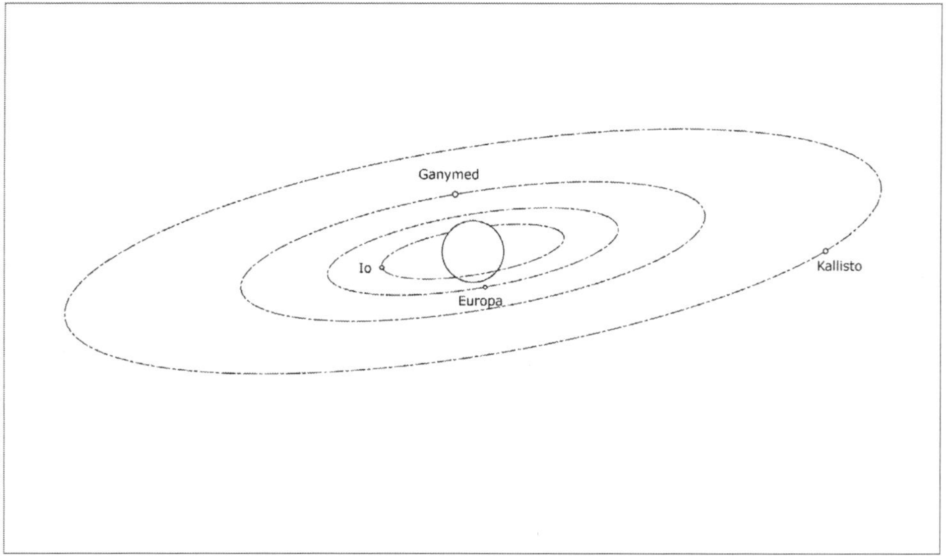

**Die größten Jupitermonde
(Galileische Monde)**

EISIGER HIMMEL

1

Vonnie rannte mit geschlossenen Augen. Das Geräusch ihrer eigenen Stiefelschritte trieb sie an. Diese Felsspalte war so schmal, dass jedes Geräusch zurückgeworfen wurde, und sie duckte sich nach jedem der rasselnden Echos weiter durch den Raum.

Sie wusste, dass der Felsboden von Spalten und Gruben durchzogen war. Sie wusste, dass sie bei jedem Schritt mit dem Fuß hängen bleiben oder hinfallen konnte.

Aber sie rannte.

Sie stieß mit der Schulter gegen die Wand und wurde von dem Aufprall zur Seite geschleudert. Heftig kam sie am Boden auf. Ausgestreckt auf dem Felsen liegend, stemmte Vonnie sich hoch und blickte hinter sich. Dabei vergaß sie die Gefahr, die dieser einfache Reflex bedeuten konnte.

Das verfluchte feuchte Glitzern in ihren Augen lenkte sie nur ab – nutzlose, verschwommene Warnungen auf ihrem Stirndisplay, mit denen sie nichts anfangen konnte.

Noch schlimmer war, dass ihr Helm nur gelegentlich Signale sendete, denn sein seitlicher Aufsatz und einige der Vorrichtungen in seinem Inneren waren komplett zerstört. Sie hatte einen Terahertz-Impuls eingerichtet, der An- und Ausschaltbefehle ermöglichte, aber ihr Sonar und ihre Kameraleuchte konnte sie nicht nutzen, sie flackerten nur sporadisch auf – und die Leuchte war in dieser Kälte so heiß wie eine Fackel.

Vonnie schlug die Hand mit dem Handschuh über den Schaltkasten am Helm, um die Strahlung zu dämpfen. Sie machte sich keine Sorgen wegen des Lärms ihrer Stiefelschritte. Der ganze Mond ächzte vor seismischer Aktivität, zitterte und krachte, aber Wärme war verräterisch. Wärme ließ Markierungen im Eis und auf dem Fels zurück. Sich umschauen bedeutete für Vonnie, die Wahrscheinlichkeit zu erhöhen, dass sie Spuren hinterließ.

Dämlich. Dämlich.

Sie hatte nie kämpfen wollen. Ja, die Sunfish waren eine Gefahr. Ihre kleinen Körper strotzten vor Muskeln, sie waren enorm schnell und gnadenlos aggressiv. Aber sie waren auf ihre Art auch wunderschön. Faszinierend und fremdartig.

Waren sie schlauer als Vonnie?

Die Sunfish hatten sie zweimal ausgetrickst. Mehr als alles andere empfand Vonnie deshalb Bedauern. Sie hätte es besser machen können. Sie hätte warten sollen, ehe sie sich ihnen näherte. Stattdessen hatte sie ihren Stolz für sich entscheiden lassen.

In mancherlei Hinsicht war Vonnie mit ihren sechsunddreißig Jahren noch ein Mädchen. Alleinstehend, zu schlau und zu gut im Umgang mit Maschinen und Zahlen, als dass sie viele Freunde gebraucht hätte. Sie war erfolgreich. Sie war selbstsicher. Sie erfüllte das psychologische Anforderungsprofil der ESA bis auf die sechste Stelle hinter dem Komma.

Jetzt war das alles vorbei. Sie war von ihren Nerven und ihren Vermutungen abhängig und von jedem Impuls, an dem sie sich festklammern konnte.

Sie taumelte vorwärts, dabei kratzte sie mit einer Hand an dem weichen vulkanischen Gestein entlang. Da die Lautsprecher ihres Helms auf maximale Lautstärke gedreht waren, dröhnte jedes Scharren ihrer Stiefel oder Handschuhe wie ein Brüllen. Stärkere Echos wiesen auf einen Spalt links über ihr hin. Konnte sie hochklettern? Sie drehte den Kopf und versuchte so, die Lage des Spalts näher zu bestimmen.

Sie stieß mit dem Gesicht gegen einen rauen Vorsprung in der Felswand. Erschrocken zuckte sie zurück. Dann schlug sie mit der Hüfte an einen anderen Felsen und fiel hin, geschützt von ihrem Anzug.

Aufzustehen war eine Herausforderung, die sie Hunderte Male gemeistert hatte. Es gelang ihr auch jetzt wieder. Sie blieb in Bewegung.

Vonnie glaubte nicht, dass die Sunfish das Material ihres Anzugs erschnüffeln konnten, aber sie waren offenbar in der Lage, ihre Fußspuren zu riechen. Frische Abdrücke auf dem Fels und dem Eis hinterließen Spuren von Staub und Feuchtigkeit in der Luft. Ohne Frage waren die Sunfish hochsensibel für Wärme. Sie hatte neun von ihnen in einer Schlucht getötet und versucht, mithilfe einer Sprengung unbemerkt zu entkommen, indem sie sich selbst hinter dem Feuer und dem Rauch verborgen hatte. Doch die Sunfish hatten sie ohne Probleme verfolgt.

Vielleicht konnte sie das irgendwie nutzen? Vielleicht war sie in der Lage, die Sunfish in eine Falle zu locken?

Vonnie war keine Soldatin. Sie hatte nie für gewaltsame Einsätze trainiert oder auch nur an so etwas gedacht. Außer vielleicht bei ein paar Sitzungen des Finanzausschusses ihrer Fakultät. Das waren seltsame Erinnerungen. Vonnie klammerte sich daran, denn sie waren rein und hell. Sie hätte alles darum gegeben, wieder zu ihrem alten Leben zurückkehren zu können, zu den Enttäuschungen und Erfolgen ihres Lehrberufs, in ihre Seminarräume, an ihren ordentlichen Schreibtisch.

Sie verlor nochmals das Gleichgewicht und stürzte, die Hand am Helm. Ihre Stiefel waren an einem Geröllhaufen hängen geblieben. Sie kroch über etwas, das eine Einsturzstelle zu sein schien. Die Geräusche, die sie verursachte, waren laut, ein klapperndes Gehämmer – die Echos kehrten aus mindestens zehn Metern Höhe über ihr zurück und zeigten eine hohe Spalte an.

Ich kann sie hier festnageln, dachte sie.

Würde sie den Felsen sprengen und eine falsche Spur hinterlassen, konnte sie den Rest der zerstörten Wand auf sie fallen lassen, wenn sie vorüberkamen. Dann würden sie aufgeben. Mussten sie nicht aufgeben? Nach dem Blutbad in der Schlucht hatte sie zwei weitere im Eis getötet, andere waren verwundet worden. Konnten die Sunfish wirklich einfach weiter solche Verluste hinnehmen?

Vonnie konnte nur Vermutungen über ihre Psychologie anstellen. Obwohl sie nichts sehen konnte, wusste sie, dass es das Licht gab. Obwohl sie allein war, glaubte sie, dass jemand sie finden würde.

Sie glaubte, in der Geschichte dieser Rasse hatte es keine Hoffnung gegeben. Die Sunfish hatten einen erstaunlichen Lebenswillen, aber die Idee von Hoffnung setzte eine Vorstellung von *Zukunft* voraus. Hoffnung setzte die Vorstellung voraus, dass man irgendwohin gehen konnte.

Die Sunfish hatten sich niemals die Sterne vorgestellt, und noch weniger hatten sie jemals versucht, nach oben zu gelangen, um dieser dunklen, zerrissenen Welt zu entkommen.

Dieser verfluchten Welt.

Nicht weniger als vier irdische Vertretungen hatten Mechs auf der Oberfläche abgesetzt, um die Bodenschätze abzutragen. Danach hatten sie ein gemeinsames Wissenschaftsteam entsandt, bestehend aus drei sorgfältig ausgesuchten Experten aus China, Amerika und Europa – Bauman und Lam waren beide noch vor dem ersten Kontakt gestorben, zermalmt bei einem Steinschlag. Hätte es irgendeinen Unterschied bedeutet?

Diese Frage überforderte sie. Dass die Sunfish überhaupt existierten, war ein Schock. Schon vor langer Zeit hatte die Menschheit den Mars und die Venus tot und kahl vorgefunden.

Mehr als eineinhalb Jahrhunderte lang hatten die SETI-Radioskope keinerlei Hinweise auf eine andere vernunftbegabte Spezies in einem Umkreis von hundertfünfzig Lichtjahren von der Erde gefunden.

Sich in einem so großen Umkreis umzusehen, war unsinnig. Die Sunfish waren seit Millionen von Jahren im selben Sonnensystem gewesen, als Nachbarn und Kontrahenten. Es hätte das größte Wunder sein sollen. Es hätte wie eine Fahrt nach Hause sein sollen, aber das war Vonnies größter Fehler gewesen: die Sunfish wie menschliche Wesen einzuschätzen. Sie gehörten einer Spezies an, die Angst und sogar Zurückhaltung anscheinend nicht kannte, und genau deshalb konnte ihre Falle funktionieren.

Sie entschied sich, das Risiko einzugehen. Sie war erschöpft und verletzt. Wenn sie aufhörte davonzulaufen, konnte sie Wiederherstellungsversuche unternehmen und ihren Vorsprung zurückgewinnen.

Hoffentlich kommen sie nicht, dachte sie.

Sie fand einen schmalen Vorsprung in der Wand über dem Felssturz und bereitete sich dann darauf vor, noch mehr von ihnen zu töten.

2

Der sechste Jupitermond war bedeckt von einem Ozean, einer tiefen, komplexen Sphäre, die zu weit von der Sonne entfernt war, um an der Oberfläche als Flüssigkeit zu existieren – nicht bei einer Temperatur von minus hundertzweiundsechzig Grad Celsius. Europa war umschlossen von Eis. Die harte Kruste war an einigen Stellen bis zu zwanzig Kilometer dick, was für alle Unternehmungen und Vorhaben bedeutete, dass das Eis Europa wie ein einziger Kontinent umhüllte.

Menschen hatten das Eis erst im Jahr 2094 betreten, vorbeifliegende Sonden und Satelliten hatten es aber schon seit 1973 umschwirrt. Europa war ein interessanter Ort.

Zum einen war dieser Mond so groß wie der Mond der Erde und fast so groß wie der Merkur, was bedeutete, er hätte ein eigener Planet sein können, wenn er die Sonne und nicht den Jupiter umkreist hätte. Zudem hatte Europa eine einzigartige, wenn auch dünne, Sauerstoffatmosphäre, entstanden durch die Absonderungen von Molekülen auf der Oberfläche. Es handelte sich um Wassereis.

Der Jupitermond war eine natürliche Tankstelle für Fusionsschiffe.

Kurz vor dem Ende des einundzwanzigsten Jahrhunderts lohnte es sich, in fünfzig Mechs und weitere zwei Dutzend in Einzelteilen zu investieren, um einen unerschöpflichen

Nachschub an Deuterium am Rand der menschlichen Zivilisation sicherzustellen. Die Bagger und die Steuerungsmodule hatten ebenfalls einen Fusionsantrieb. Genauso wie die Tanker, die im Orbit kreisten.

Als Nächstes kamen die Raumschiffe, einige bemannt, einige gesteuert von Robotern, und es vergingen achtzehn Jahre.

Diese ruhige Phase hätte noch viel länger dauern können. Die Mechs wurden am Äquator eingesetzt, wo es für die Tanker am einfachsten war, ihre Position über ihnen zu halten, ohne laufend Treibstoff zu verbrauchen, um gegen die Schwerkraft von Jupiter und den Zug anderer Monde anzukämpfen – aber Jupiters Masse schuf andere Probleme.

Tief in Europa bog sich der felsige Kern und erzeugte Hitze und vulkanische Aktivität. Der Ozean bewegte sich im Strom gewaltiger Gezeiten. An der Oberfläche war das Eis ganz eigenen Turbulenzen ausgesetzt und erschuf in der Folge unterschiedliche Umgebungen wie »Canyons«, »Schmelzbäder«, »Grotten« und »Chaosgebiete«. Insbesondere am Äquator wölbte sich das Eis, sank wieder herab und fiel in sich zusammen.

Nur die ruhigeren sogenannten »Ebenen« wurden von den Männern und Frauen, die die Mechs über Bildschirme fernsteuerten, als sicher eingestuft. Vorausschauend sandten sie Fahrzeuge zur Beobachtung und zum Einsammeln von Proben in alle Richtungen.

Am Südpol gab es eine flache Region, die sich fast über dreißig Quadratkilometer erstreckte.

Viele Fahrzeuge wurden dorthin gelenkt.

3

Vonnie zitterte. Es war ein extrem scheußliches Gefühl in ihrem Anzug. Sie hatte die Gelenke und den Rumpf fixiert, um sich in eine Statue zu verwandeln, in dem Versuch, auch die kleinste Bewegung zu verhindern. Dennoch bestand sie im Innern aus Haut und Muskeln.

Das Gefühl, wie ihr Körper diese Hülle berührte, war abscheulich. Wieder und wieder wand sie sich, um das zu verhindern, aber es war unmöglich.

Die Spirale ihrer Gedanken war nicht viel besser. Sie wünschte sich, Choh Lam hätte nicht versucht … Sie wünschte sich, sie hätte ihre Crew irgendwie gerettet. Lam verstand so vieles so schnell, er hätte bereits einen Ausweg gefunden, einen Weg nach *oben.*

Sie hatte sich einen Geist unter Verwendung seiner Gedächtnisdateien zusammengeschustert, aber sie konnte ihm nicht genug Kapazität übertragen, um seine Fehler auszugleichen. Zur Erweiterung der Fähigkeiten des Geists müsste sie ihre Kopfhörer ausschalten oder die Überbrückung rückgängig machen, die sie in ihren Wärmeaustauscher einprogrammiert hatte. Beides hätte den Tod bedeutet, nur auf verschiedene Arten. Wenn sie nicht hören könnte, wäre sie hoffnungslos verloren. Und wenn ihr Anzug Wärme verströmen würde, statt sie zu bewahren, würde ihr Hinterhalt nicht funktionieren.

Es wäre besser, Lam zu vergessen. Sie fand, sie sollte ihn löschen, aber sogar mit nur drei Vierteln seiner logischen Fähigkeiten war er brauchbar. Er hatte ihr ein Beruhigungsmittel empfohlen und sie hatte eine Tablette geschluckt, was sie genug heruntergebremst hatte, dass sie wieder klare Gefühle hatte. Klare und kalte Empfindungen. Ihr sollte nicht kalt sein, nass geschwitzt, wie sie war in ihrer harten Schale. Allerdings war das Warten wie ein eigenes Labyrinth aus Eis: das Warten, das Lauschen und die heftigen Prellungen in ihrem Gesicht.

Es war ihr gleichgültig, wie ausgeklügelt die medizinischen Systeme angeblich waren. Auf irgendeine Art wusste ihr Körper, dass er verletzt war, selbst wenn er betäubt und vollgepumpt mit Glückspillen war.

Ihr Verstand lieferte ihr ein Dutzend Gründe, warum sie in Sicherheit war, aber ihr Körper wusste, dass die Sunfish wiederkommen würden. Die einsame Finsternis war lebendig. Diese Erkenntnis überraschte sie nicht mehr und sie streckte ihre Sinne in die dunklen gefrorenen Räume der Schlucht vor sich aus.

Sie hatte größere Angst davor, die Sunfish zu verpassen, als davor, einen Angriff zu provozieren. Die Annahme, sie könnten ihre Gedanken hören, wäre reiner Aberglaube, das wusste sie. Dennoch waren sie in der Schlucht direkt zu ihrem Versteck gerannt, trotz der drei Lockfallen. Wie hatten sie es geschafft, sich auf sie zu konzentrieren?

Sie musste das herausfinden, falls sie überleben würde. Dieser Felsvorsprung wirkte, als könnte man ihn verteidigen. Es gab keine Rückzugsmöglichkeit, aber Angriffe musste sie nur aus einer Richtung abwehren. Über ihr war ein schwammartiges Gebilde mit Löchern, in das sie vor ihrem Aufbruch ihre überschüssige Wärme ablassen konnte.

Vonnie lag auf dem Bauch, das Gesicht nach außen gewandt, und versuchte zu essen, sich auszuruhen und den störenden, betäubenden Druck der Medizinkäfer zu ignorieren, die in ihre Schläfen, Wangen und ihre Augenhöhle hinein- und wieder herausglitten.

Beide Augen waren verletzt. Dennoch hatte sie sich entschieden, sich zunächst um das linke Auge zu kümmern, falls etwas schiefging. Die Nanotechnik musste vielleicht ein Auge plündern, um das andere zu retten. Solche Schritt-für-Schritt-Eingriffe waren Lams Einfall gewesen. Er hatte auch mit ihr übereingestimmt, dass ihr Helm seine Funktionen behalten würde, wenn sie den Schaltkasten abbrach und zerlegte. Was hätte er noch unternommen?

Zwar sollte die Hülle ihres Anzugs aus Plastistahl alle Geräusche abschotten, aber zu reden war dennoch ein Risiko. Ein Risiko, das sie in Kauf nahm, nur um nicht allein zu sein.

»Bist du noch da?«, flüsterte sie.

Seine Stimme klang ungleichmäßig und gehetzt, zu gefühlsbetont für eine künstliche Intelligenz.

»Von, hör zu, bitte schalt mich nicht wieder ab.«

»Sag mir, was Lam tun würde!«, forderte sie ihn auf. »Bin ich hier sicher? Ich muss mich ausruhen. Ich habe eine falsche Spur mit meiner Lampe gelegt.«

»Sie werden uns erwischen.«

»Hast du dir meine Karte angeschaut? Ich habe fast drei Kilometer zurückgelegt.«

»Sie werden uns erwischen. Die Wahrscheinlichkeit liegt bei über achtzig Prozent, aber ich kann mit ihnen sprechen. Wir haben jetzt genug Daten. Mit einer temporären Kontrolle über deinen Anzug könnte ich zumindest …«

»Nein.«

»Vonnie, der Großteil ihrer Sprache besteht aus Gesten und Körperhaltungen. Ich kann dir nicht schnell genug mitteilen, wie du dich bewegen sollst.«

»Nein. Eigenüberprüfung und Korrektur.«

»Von, warte.«

»Ich sagte Eigenüberprüfung und Korrektur. Ende.«

Konnte ein Geist verrückt werden? Wenn ja, dann war es ihre Schuld. Lam war der erste Geist, den sie je erschaffen hatte. Sie hatte den Prozess beschleunigt, weil sie wütend auf ihn gewesen war – auf den echten Lam. Sie hatte ihn sich daran erinnern lassen, wie er gestorben war, und das hatte ihn unberechenbar gemacht. Vielleicht hatte er noch nie zuvor Selbstzweifel gehegt.

Bauman wäre eine bessere Freundin gewesen. Bauman war älter gewesen, ruhiger, eine Frau, aber sie war Genetikerin gewesen und Lams Biologie- und Ökologie-Kenntnisse waren zu wertvoll. Die Entscheidung war eindeutig gewesen. Vonnie hatte nicht die Kapazitäten gehabt, um sie auseinanderzunehmen und dann eine Überlagerung von Baumans Persönlichkeit und Lams Bildung zu kreieren.

Sie war allein.

Sie kratzte mit ihren Fingerspitzen an den Innenseiten ihres starren Handschuhs. Zu früh kontrollierte sie ihre Uhr und war dann entmutigt. Es würde noch sechs Minuten dauern, bis ihr Schädel repariert wäre, und dreißig, bis sie ihr Augenlicht wiedererlangt hätte.

Kann ich ihn verbessern?, fragte sie sich. *Ich kann ihm nicht mehr Kapazitäten übertragen, aber vielleicht kann ich seine Fehlerliste mit ihm durchsprechen. Er ist ein lernfähiges System. Er sollte reagieren.*

Geduld gehörte eigentlich zu ihren Stärken. Vor vier Jahren war sie leitende Lehrkraft bei Arianespace gewesen. Sie hatte Kurse in Kybernetik gegeben. Ein weiteres ihrer Spezialgebiete war Aufbau und Verbindung von Festspeicherkomponenten unter Verwendung von ferngesteuerten Mechs in einer Umgebung mit geringer Gravitation, völliger Schwerelosigkeit, unter der Erde oder unter Wasser gewesen. Dann war sie von der europäischen Raumfahrtbehörde für denselben Job, aber mit besserer Bezahlung und besseren Studenten, rekrutiert worden.

Vonnie arbeitete gern mit ihren Händen. Sie liebte es, einen Funken in Menschen zu entfachen, die etwas lernen wollten. Da sie zu jedem neuen Individuum einen speziellen Zugang herzustellen versuchte, blieb ihre Arbeit interessant. Bei der ESA gab es viele ehrgeizige, enorm gebildete Männer und Frauen, die sie mit ihren Persönlichkeiten, ihren Erfahrungen und ihren eigenen Erwartungen herausforderten.

»Du kannst nicht abwarten, bis du sehen kannst«, stritt sie mit sich selbst. »Ansonsten wird er weiterhin versuchen, den Anzug zu übernehmen. Mach mehr mündliche Checks. Behalte das Kommando. Wenn er unruhig wird, schalte ihn einfach wieder aus.«

Ein kaum wahrnehmbares Geräusch in großer Entfernung, als würden zwei Steine aneinanderschlagen, hallte in der Dunkelheit wider.

Links von mir, dachte sie.

War es ein Steinschlag gewesen? Erschütterungen und Lawinenabgänge ließen diese Höhlen regelmäßig erzittern. Das Geräusch konnte von einem natürlichen Ereignis herrühren, aber Vonnie wusste es besser.

Irgendetwas kam auf sie zu.

4

Zu der Unruhe im Eis trugen auch die Vulkane auf Europa ihren Anteil bei. Es hatte sich herausgestellt, dass unter vielen der »Grotten«- und »Schmelzbad«-Areale unterirdische Lavaberge nicht ungewöhnlich waren, längliche Krater und Spindeln, die nicht hätten existieren können, wenn dieser Mond über mehr als ein Dreizehntel der Erdanziehungskraft verfügt hätte. Die Bewegungen im Eis trugen den Fels ab und transportierten ihn dann überallhin.

Der Fels war ein Problem für die Mechs. Er beschädigte Klingen und Klauen. Er verstopfte Rohre. Sogar Staub konnte ein Areal uninteressant machen. Deswegen hatte der ESA-Rover 011 ein weites Gebiet auf der südlichen Ebene schnell aufgegeben, nachdem er Verunreinigungen in seinem Bohrzylinder hochgebracht hatte.

Aber das Fahrzeug war technisch ausgereift. Später identifizierte es die Umrisse einer Gestalt unter dem Geröll. Dann schoss die Übertragungsrate seines Telemetriesystems in die Höhe, als es eine Verbindung zu dem Tanker über sich herstellte, um mit Hilfe des Schiffsgehirns die bruchstückhaften Erkenntnisse über die Feststoffe zu analysieren.

Schließlich bewegte sich das Fahrzeug wieder und opferte zwei Unterarme und einen Rückenbeuger, um seine Beute zu bergen, die Probe zu isolieren und gegen das fast vollständige

Vakuum auf Europas Oberfläche abzuschirmen. So unmöglich es bei der absurden Kälte und der Tiefe, aus der die Probe kam, auch erschien: Die Verunreinigungen waren organische Lebensformen, seit Langem tot und konserviert – kleine, farblose Insekten mit keinem größeren Nervensystem als ein Regenwurm.

5

Vonnie öffnete ihre blinden Augen und spitzte die Ohren, ohne etwas wahrzunehmen, aber sie war sich sicher. Irgendetwas kam auf sie zu. Im Inneren ihrer starren Hülle versuchte sie vergeblich, sich zu bewegen. Eine Woge des Adrenalins hatte sie erfasst, die keinen Ausweg fand.

Zitternd wartete sie. In Gedanken verfluchte sie sich selbst. Sie hatte ihr Leben damit zugebracht, die Dinge zu ordnen, aber jetzt konnte sie ihre Gedanken nicht zur Ruhe bringen.

Sie machte sich mit allem vertraut, indem sie sich wieder und wieder durch alle Details ihrer Falle quälte.

Sie hatte ihr vorletztes Sprengset durchgebrochen und eine zweite Sprengkapsel zusammengebastelt, dann hatte sie eine Ladung an der Unterseite ihres Felsvorsprungs angebracht und die andere schräg links unter sich. Die Explosionen würden nach vorne und nach unten abgehen, auch wenn sie bei dieser Schwerkraft mit Querschlägern und Rückstößen rechnen musste.

Gut.

Die Sunfish kämpften wie eine Handvoll Gummibälle, die zu Boden geschleudert wurden, sich gleich darauf verteilten und im nächsten Moment aus jedem Winkel auf sie zukamen. Ihre Koordination in der Gruppe war unglaublich. Für eine Spezies, deren Wahrnehmung sich auf Berührungen und

Schall beschränkte, bestand Sprache nur aus Gesten und Körperhaltungen. Immer kannten sie die Stimmungen der anderen und sie schienen sie zu teilen wie ein Vogelschwarm.

Ohne ihr Augenlicht stellten die synchron erfolgenden Attacken für Vonnie eine noch größere Bedrohung dar. Ihr Terahertz-Gerät war besser dafür geeignet, große, unbewegliche Umrisse anzuzeigen, als beweglichen Objekten zu folgen. Vonnie wusste, dass ihr einige von ihnen entgehen würden, also würde sie alles im Umkreis von fünfzig Metern zerstören.

Ihr Schutzanzug konnte indirekte Treffer von porösem Lavagestein aushalten. Sie hatte vor, sie anzulocken und nah an sich heranzulassen, dann wollte sie in eine Spalte hinter sich rollen und die Sprengladungen zünden. Danach würde sie alle Überlebenden mit ihrem Laser aufschlitzen.

Dabei handelte es sich leider bloß um ein Schneidewerkzeug, dessen Reichweite kaum einen Meter betrug. Noch schlimmer war, dass sie die Waffe wahrscheinlich nicht reparieren konnte, falls sie sich überhitzte. Ihre Nanotechnik war beschränkt auf Organschäden. Die meisten der Werkzeugtaschen an ihrer Taille und ihrer linken Hüfte waren weggerissen worden.

»Hör auf zu denken. Verflucht noch mal, hör auf zu reden«, murmelte sie, und die Worte kamen so schnell wie ihr Herzschlag.

Hör einfach auf.

Konnten sie wirklich ihre Gedanken hören? Sie hatte die Sunfish mit der gespannten Konzentration einer Frau studiert, die vielleicht nie wieder etwas sehen würde, und mit all den Fähigkeiten einer Lehrerin, die ihre neueste Klasse einschätzte.

Die Sunfish hatten definitiv einen Extrasinn, möglicherweise die Fähigkeit … Gewicht oder Dichte zu spüren. Das würde ihnen im Eis sehr helfen. Und so wären sie in der Lage, Vonnie von ihrer Umgebung zu unterscheiden.

Ausnahmsweise wollte sie von ihnen gefunden werden. Vonnie reaktivierte ihren Anzug, kam in die Hocke hoch und suchte die Spalte unter sich mit einem Terahertz-Impuls ab. Sie glaubte, ihre Signale lägen außerhalb der Hörweite der Sunfish, aber in dem Moment, in dem ihr Anzug nun über den Fels schrammte, verriet sie sich selbst.

Nichts. Da war nichts.

»Oh Gott.« Sie schluckte den Laut herunter und tastete die gekrümmten Wände der Spalte ab. Schnell machte sie Mulden darin aus, die sie nicht erwartet hatte und die sie mit ihren Signalen nicht erreichen konnte. Der Winkel war zu steil. Ihr Terahertz-Gerät einzusetzen, war, wie in einem Raum, den sie für einen Schrank hielt, ein Licht einzuschalten, dabei aber festzustellen, dass das halbe Haus verschwunden war. Und ihrem Feind reichten kleinste Öffnungen, um sie einzuschließen.

Waren sie bereits zu nahe? Sie hatte das schon gesehen: ein Dutzend Sunfish, die kopfüber am Felsen hingen wie fette, kriechende Muskeln.

Vonnie zielte mit ihrem Laser auf die Wand und griff zugleich mit der anderen Hand nach einem Felsbrocken. Da war auch Kies und ein Stein so groß wie ein Kopf. Sie kratzte alle losen Lavastücke zusammen, die sie finden konnte.

Sollte sie diese jetzt werfen? Versuchen, sie zu provozieren? Ihr Daumen drückte fest auf den Stein, als sie die Hand zur Faust ballte.

Mit einem Baseball brachte sie einen ordentlichen Wurf zustande. Sie war mit drei jüngeren Brüdern aufgewachsen. Aber schon der Anzug selbst war eine Waffe. Er verfügte über einfache Programme künstlicher Intelligenz, die sie zu so etwas wie den Passagier im Inneren eines Roboters machen konnten. Es gab stimmgesteuerte Menüs für solche Tätigkeiten wie Klettern und Schweißen, weil Menschen ermüdeten, der Anzug aber nicht. Er verfügte auch über eine radargesteuerte

Zieleinrichtung, die sie nicht sehen konnte, und er würde die Geschwindigkeit seiner Würfe eindämmen, nur um Schäden an ihrem Rücken und ihren Schultern zu verhindern.

Sie vertraute ihm nicht.

Sie hatte die meisten ihrer KI-Programme, der Programme für künstliche Intelligenz, eingesetzt, um einen Abdruck ihres Geists aufzubewahren. Der Anzug war durchsetzt von Lams Gedächtnisdateien. Zweimal hatte der Geist Störungen verursacht, weil er versucht hatte, sich selbst neu zu konfigurieren und die Kontrolle zu übernehmen. Dennoch hatte Vonnie Angst, ihn zu löschen. Das würde sich unter Umständen auf die erhöhte Geschwindigkeit und Muskelkraft ihres Anzugs auswirken.

»Bist du noch da?«, zischte sie.

»Von, hör mir zu. Schalt mich nicht wieder ab, bitte.«

Das sagte er immer. Gott, oh Gott. Sie hatte nicht die Zeit, mit ihm zu zanken.

»Angriffsmenü«, sagte sie.

»Bereit.«

Sie zögerte. Im Moment war der Geist irgendwie zurückhaltend. Das würde sich ändern, wenn sie ihm Zugriff auf die Verteidigungsverfahren einräumen würde. Ein solches Vorgehen wäre ein gefährliches Lotteriespiel. Die zusätzlichen Kapazitäten konnten genau das sein, was der Geist brauchte, um sich selbst zu korrigieren … oder diese dämliche, unglückliche KI konnte die grundlegendsten Funktionen ihres Anzugs beschädigen. Gab es irgendeine andere Möglichkeit?

»Ich brauche nur die automatische Zielerfassung«, sagte sie. »Schießen nach mündlichem Befehl.«

»Von, das verringert die Effizienz auf dreißig Prozent.«

»Feuern nach mündlichem Befehl. Bestätigen.«

»Hör mir zu.«

Vier dünne Arme streckten sich aus der Wand heraus.

6

Es war nicht schwer, mit Choh Lam befreundet zu sein. Er war Mitte dreißig, dünn und klein, mit riesigen Ohren und gab sich betont harmlos. Er war ein cleverer Freak, aber er sprach leise und versteckte sich hinter seiner freundlichen Stimme, in der zugleich Ehrgeiz und Schüchternheit mitschwangen. Er wusste vermutlich nicht, dass er unruhige Augen hatte, weil er sich in jeder anderen Hinsicht so bewegte, wie er auch sprach: vorsichtig.

Auf Vonnie wirkte er wie ein Mensch, der sich sein Leben lang zurückgenommen hatte. Er wollte dazugehören.

Lam hatte sich von dieser Denkweise abgewandt, ehe die Gremien entschieden hatten, wie viele Leute sie nach Europa schicken würden. Noch bevor die Bergbauteams ihre Mechs für neue, intensivere Grabungen umprogrammiert hatten, zeigte Lam seine Genialität und veröffentlichte eine Simulation, die ihm seinen Platz bei der Mission garantierte – mit Insekten. Einfach nur Insekten. Das war alles, was das ESA-Fahrzeug entdeckt hatte. Niemand glaubte, dass es auf diesem Eisball viel mehr zu entdecken gäbe, dennoch meldeten sich schon in der ersten Woche 15 000 Kandidaten.

15 000 Experten wollten ihre Familien und ihr Zuhause zurücklassen, obwohl sie wussten, dass der Flug nach Europa zweieinhalb Monate in einem beengten Wohncontainer

bedeuten würde, dass das Essen aus der Tube käme und dass Jupiter vor Strahlung brodelte.

Bei den virtuellen Kandidatentreffen hatte Vonnie über die Begeisterung gelächelt, die sie teilten. Die besten Charakterzüge des *Homo sapiens* waren sein Mut und seine Neugier. Trotz all der Technologie, trotz der Entwicklung von Raumfahrt, künstlicher Intelligenz und Nanomedizin war immer noch so viel vom Affen in ihm.

15 000 Menschen hatten plötzlich nichts anderes mehr im Sinn, als ihren Fuß auf das Eis zu setzen und nach exotischem Leben zu graben. Es war ein noch nie da gewesenes Rätsel.

Woher waren die Insekten gekommen?

Die schwachen kleinen Kreaturen konnten nicht unter der Erde leben, nicht mit ihrer Kugelgestalt und den langen Rückenhaaren. Außerdem gab es Abweichungen im Eis. Die dünne Schicht mit den Insekten war nicht annähernd so alt wie der Rest der Probe und voller Chloride und Mineralien.

Europa verfügte über alle Baustoffe des Lebens. Es gab Wasser, Hitze und organisches Material von Kometen- und Meteoriteneinschlägen. Schon lange wurde vermutet, dass Europas großer Ozean nicht vollständig gefroren war. Die eisige Kruste ging bis zu zehn Kilometer tief, an einigen Orten zwanzig Kilometer, aber darunter wurde aus dem Eis Schlamm und schließlich eine Flüssigkeit. Tatsächlich mussten manche Areale kochend heiß sein, dort, wo pures Magma oder Gas aus dem felsigen Herzen des Mondes austrat.

Gab es auch in dem Ozean Leben? Falls ja, konnte es sich nur um abgehärtete Bakterien wie jene handeln, die man in der Nähe von Vulkanen auf dem irdischen Meeresboden oder in den ätzenden, giftigen Rückständen von Gruben gefunden hatte. Europas Oberfläche war überzogen von Schwefelsäure und Salz. Das bewies der ätzende pH-Wert des Ozeans.

Lams Denkschule sagte eine Welt im Inneren des Eises

voraus, eine kleine, unruhige, senkrechte Welt. Hundert Jahre lang hatten Hunderte von Bohrungen der Menschen nichts ergeben, aber Lam behauptete, das wäre zu erwarten gewesen. Er fertigte seine Modellzeichnung für ein Gebiet an, in dem ein unterirdischer Berggrat die herandrängenden glazialen Ströme zum Teil ablenkte. Der sichere Bereich umfasste nur etwa fünfzehn Kubikkilometer – und sogar innerhalb seiner Grenzen wurden Eis und Fels zermalmt.

Lam war einer der Ersten, der die Gewalt verstand, die in dieser Umgebung herrschte. Sie faszinierte ihn.

Hier sind die Insekten in einer offenen Spalte, sagte er. Was tun sie? Wir wissen es nicht. Sich paaren? Fortwandern? In der Nähe ist ein Grollen zu hören und ein naher extrem heißer Geysir überflutet die Erdspalte. Sie bricht ein und gefriert nach und nach mit den darin eingeschlossenen Insekten. Aber in der Region verteilt existieren noch mehr kleine Lebensräume, manche mit dünnen Atmosphären aus Wasserdampf oder aus vulkanischen Gasen wie Stickstoff und Kohlendioxid oder dem giftigen Chlorwasserstoff und dem explosiven Schwefelwasserstoff.

Die warmen Löcher im Eis waren ungefährlich im Vergleich zu dem sauren, salzigen Ozean. Äonen zuvor waren in einigen dieser kleinen Spalten Bakterien gewachsen und gediehen. Dieselben seltsamen Mikroorganismen waren auch auf der Erde die ersten Lebensformen gewesen. Man bezeichnete sie als Chemoautotrophe – selbsterhaltende chemische Reaktionen, die sich von Eisen, Schwefel, Ammoniak oder Mangan ernährten.

Die Bakterien weigerten sich zu sterben.

Isoliert von den Mineralien und Giftstoffen, die sie genährt hatten, hatten sich ein paar Stämme mit der Zeit darauf verlegt, Wassermoleküle als neue Energiequelle zu spalten und somit Wasserstoff statt Eisen oder Mangan als Nahrung zu nutzen. Das Nebenprodukt dieses Prozesses war Sauerstoff.

Die neuen Bakterien sonderten also Sauerstoff in einigen der ökologischen Nischen ab. Der Sauerstoff veränderte die Dinge für immer. Er ermöglichte die Entwicklung größerer, schnellerer und komplexerer Organismen. Das Leben auf Europa blühte, weil ihm nichts anderes übrig blieb, es entwickelte und verbreitete sich, immer nur wenige Schritte von einem anhaltenden Durchbruch entfernt.

7

Christmas Bauman war dreiundfünfzig Jahre alt und es war nicht ihr allererster langer Einsatz. Das war zum Teil der Grund dafür, warum sie den Posten als Expeditionsleiterin bekam, als Gegengewicht zu Lam und Vonderach. Vonnie mochte sie auch. Bauman behandelte sie mit Sarkasmus, aber das war eine Art, ihnen ihre Erfahrung zu demonstrieren. Vonnie konnte Baumans Belustigung an dem Bruchteil eines Zentimeters ablesen, den ihre Brauen über ihren braun-grünen Augen nach oben wanderten.

Ihre Brust und ihre Hüften waren üppiger als Vonnies, und sie war trotz ihres Alters eher geneigt, ihren Körper einzusetzen, indem sie Gespräche dadurch dominierte, dass sie in die Mitte jeder Gruppe hineinpreschte.

Sie war von ganz eigenen Dingen fasziniert. »Was wäre, wenn …«, pflegte sie zu sagen.

Was wäre, wenn die Insekten nicht tot sind? Sie könnten Winterschlaf halten oder andersartig biologisch aktiv sein. Was wäre, wenn ihre Biologie nicht zu fremdartig ist, um sie zu verwenden, zum Beispiel in der Geriatrie oder der Kryochirurgie? Ja, anscheinend waren sie in dem von Magma aufgeheizten Wasser verbrüht und dann durch den Gefrierprozess langsam zermalmt und verformt worden. Die Insekten wirkten in der Tat sehr tot, aber wer konnte beurteilen, welche Anpassungen auf Europa normal waren? Vielleicht hatten sie die Fähigkeit entwickelt, sich auf diese Art zu verbreiten, wie Sporen, für Äonen konserviert, bis sich das Eis wieder auftat. Niemand konnte das mit Sicherheit sagen, bis ein Genetiker die Insekten untersucht hatte. Also ließ sich Bauman auf ein hartes Jahr ein, mit nicht mehr im Gepäck als ein paar Spektralscans und vielen »Was-wäre-Wenns«.

Im Inneren des schwerelosen Käfigs ihres Schiffes machten sie ein Spiel daraus. *Was wäre, wenn ich dir heute Abend mein Dessert überlasse für einen Teil deiner Computerzeit?* Und: *Was wäre, wenn du deine verdammte Musik ausmachst?* Sie drei verbrachten elf Wochen in dem Container. Es wäre kein Platz für sie gewesen, dass sie gegen die Wände hätten rennen können, und Christmas Bauman übernahm ihre Rolle als Chefin auf eine sehr natürliche Art: ein bisschen Mutter, ein bisschen Schwarm.

Mit ihren Scherzen hielt Bauman den Druck gering und sorgte auch dafür, dass sie aufeinander achteten, denn sie waren versucht, nur nach vorne zu schauen. Lam aktualisierte laufend seine Karten, wenn die Mechs neue Daten sandten. Vonnie hatte die Verantwortung für die Bordsysteme und die Instandhaltung des Schiffes. Alle drei nahmen sie an verschiedenen Besprechungen und Sitzungen von Gremien sowie Debatten teil und begutachteten die Beschlüsse.

Elf Wochen. Das hätte lang genug sein können, um eine Abneigung gegeneinander zu entwickeln, oder sogar so kurz, dass sie bis zu ihrer Ankunft Fremde füreinander hätten bleiben können. Allerdings stellte Bauman einen Großteil ihrer Arbeit zurück und investierte stattdessen Zeit in ihre Kollegen.

Sie waren noch achtzehn Tagesreisen von Europa entfernt, als die Mechs Schnitzereien im Eis fanden.

Dieses Mal war es ein chinesisches Erkundungsfahrzeug, das in der Nähe des ESA-Fundortes unterwegs war. Die

Übertragungen waren verschlüsselt und manipuliert, dennoch fingen sowohl die Europäer als auch die Brasilianer genug von dem Signal ab, dass sie etwas hatten, womit sie arbeiten konnten. In weniger als vier Stunden ging der ungesicherte Code durch das ganze System.

Vonnie hatte an der Universität und später als Dozentin bei Arianespace den Umgang mit Politik gelernt. Informationen waren Macht. Es erschien wenig sinnvoll, die Entdeckung geheim zu halten. Zu viele Augen sahen zu. Sehr wahrscheinlich hatten die Chinesen ihre Entdeckung aus bloßer Gewohnheit verborgen gehalten und hätten sie nach einem oder zwei Tagen freigegeben. Trotzdem bekam die Stimmung auf der Erde einen Dämpfer. Sowohl Vonnie als auch Bauman erhielten Mitteilungen oberster Priorität mit Listen neuer Eventualitäten und Handlungsvorschriften.

Die Anspannung hätte sie alle in die Verzweiflung treiben können. Sie hätten ihre Energie in die schlimmste Art von Ablenkung stecken können, aber Bauman half ihnen über diese schwierige Situation hinweg.

»Was wäre, wenn Lam ein hinterhältiger Spion der Schlitzaugen ist?«, fragte sie, ohne eine Miene zu verziehen.

Verwirrt von der Verunglimpfung starrte Vonnie sie an.

Lam lachte laut auf. »Yankee-Abschaum«, entgegnete er Bauman, die hinzusetzte: »He, lassen wir sie jetzt nicht außen vor. Was meinst du, Von? Ich würde sagen, das macht dich zur arischen Superfrau.«

»Richtig.« Vonnie fuhr sich durch ihre blonden Haare, die so viel heller waren als Lams tiefschwarze Stoppeln und Baumans sandfarbener Mopp. Es gefiel ihr nicht, dass die Aufmerksamkeit auf ihr hervorstechendstes Merkmal, ihre Haare, gelenkt wurde. Diese hatte sie zu einer Stoppelfrisur gekürzt, um sie sich in der Schwerelosigkeit aus dem Gesicht zu halten.

Arisch war nicht mehr das belastete Wort, das es für

Vonnies Ur-Ur-Großeltern gewesen war, aber in einer Zeit, in der Deutschland erneut an der Spitze der Europäischen Union stand, blieb sich Vonnies Nation ihrer Verbrechen während des Zweiten Weltkriegs bewusst. In der jüngsten Vergangenheit hatte es über zwei Generationen Konflikte mit Einwanderern gegeben, die von den Reichtümern Deutschlands angezogen worden waren. Einige politische Parteien waren eine gefährliche Gratwanderung zwischen Rassismus und dem Schutz ihrer Kultur eingegangen und hatten damit eine Verurteilung durch Menschen auf der ganzen Welt auf sich gezogen. Vonnie sah sicherlich aus wie eine Angehörige von Hitlers Musterrasse: hellhäutig, blauäugig, gepflegt und durchtrainiert. Für sie bedeutete das, dass sie härter arbeiten musste als die meisten Anwärter, um sich selbst zu beweisen.

»Wir wissen, dass wir gute Menschen sind, auch wenn sie wunderschön ist, du zu schlau bist und ich anmaßend bin«, sagte Bauman.

Vonnie und Lam nickten. Sie waren gut genug befreundet, um zu begreifen, dass sie allein waren, ganz egal, was zu Hause herauskam. Im Inneren des Wohncontainers ihres Schiffs versammelten sie sich um einen Bildschirm herum und beobachteten die Datenströme.

Bei den von den Chinesen gestohlenen Telemetriedaten handelte es sich um Radar- und Infrarotaufnahmen. Es waren weiße und grüne Abbildungen, aufgenommen aus der tief liegenden Perspektive des langsam voranrumpelnden Rovers, über die Temperaturgradienten gelegt waren. Links von dem Fahrzeug verbargen unregelmäßige Buckel den Horizont, an dem warmes Gas aus einigen Öffnungen aufstieg. Das Fahrzeug kam näher – und die Perspektive verlagerte sich zur Seite.

Vor der Kamera wölbte sich das Eis sechs Meter hoch auf. Gas entwich nach oben. Hagel prasselte hernieder. Dann war die Eruption vorbei und ein Graben im Eis wurde sichtbar. Die

Decke darüber war mit der Zeit dünner geworden. Sonst hätte der Rover diese Stelle vielleicht einfach überquert und dieses Loch nie als etwas anderes als einen weiteren kalten, leeren Ast eines inaktiven Vulkangrabens markiert. Stattdessen fuhr das Fahrzeug eine Drahtsonde nach unten in die Dunkelheit aus, die einen kurzen Blick auf aus dem Eis geformte, wiederkehrende Formen erlaubte.

Auf den Radaraufnahmen waren diese Formen starre, ungewöhnliche Kunstwerke.

»Was wäre, wenn alles dort unten getötet wurde, als die Luft entwich?«, fragte Vonnie, die wie ein Ingenieur dachte, aber Bauman erwiderte: »Nein, dieser Graben ist verlassen. Er ist isoliert.«

»Da hat sie recht«, stimmte Lam überein.

Vonnie lächelte, sie war froh über ihre Begeisterung. Dann sah sie Lams Gesichtsausdruck und schrak zurück. Sie fühlte sich, als hätte sie etwas nicht mitbekommen.

»Schau«, sagte er und senkte enttäuscht seine Augen.

»Das ist gut, oder nicht?«, wollte Vonnie wissen. »Die Insekten können unter keinen Umständen diese Muster in das Eis geschnitzt haben. Das bedeutet, es gibt noch etwas anderes auf Europa – etwas Größeres.«

»Ja.« Dennoch war er unglücklich.

Verwirrt wandte sich Vonnie wieder dem Bildschirm zu und versuchte zu erkennen, was Lam gesehen hatte.

Dieselbe geschnitzte Form wiederholte sich immer wieder, angeordnet in acht vertikalen Reihen von jeweils vier Stück, eine Form, die stark an einen achtzackigen Stern erinnerte. Von Spitze zu Spitze hatte jedes Symbol eine Breite von 1,2 Metern. Jedes einzelne war tief genug in das Eis eingegraben, dass es im Durchschnitt einen halben Meter dick war, wie eine kleine Kuppel mit spitz zulaufenden Armen.

Jeder Arm war gebeugt und am Ende scheinbar zufällig

abgebogen. Vonnie dachte, die Schnitzereien konnten eine Sonnenuhr sein. Sie setzte dazu an, ihren Gedanken zu äußern, stoppte sich dann aber selbst.

Jupiter war fünfmal so weit entfernt von der Sonne wie die Erde. Ihr Stern würde an Europas Himmel wie ein kompakter Funken aussehen. Weil Europa im Vergleich zur Erde so gut wie keine Atmosphäre hatte, also weder Wolken noch Feuchtigkeit, die das Sonnenlicht hätten reflektieren können, würde die Oberfläche dieses Mondes tatsächlich heller wirken als ein Sommertag in Deutschland … und doch hatte sie genug Biologie von Lam aufgeschnappt, um zu begreifen, dass über das Eis niemals etwas gelaufen sein konnte.

Ist er verärgert über das, was die Leute sagen?, fragte sie sich.

In den ersten Theorien von der Erde wurden die Schnitzereien fälschlicherweise als ein Ergebnis des Schwarmverhaltens der Insekten gedeutet. Sie führten Termitenburgen, Ameisenhügel, Spinnennester und sogar die Schlammnester von Klippenschwalben als Beispiele an.

Die Mathematik der Schnitzereien wies auf mehr hin. Achtmal je vier mal acht, das sah wie ein bewusst geschaffenes Muster aus, aber viele Insekten auf der Erde kreierten symmetrische Gebilde. Einige Biologen schlugen vor, die Schnitzereien als territoriale Markierungen oder einen Versuch zu betrachten, die Wand des Tunnels durch ineinander verzahnte Figuren zu verstärken. Eine Spezies, deren Existenz vom Eis abhing, konnte Konstruktionstechniken wie Erdhörnchen oder Ameisen entwickelt haben. Die Symmetrie konnte vielleicht Zufall sein.

Noch wollte niemand offiziell bestätigen, dass es sich bei den Schnitzereien um eine geschriebene Sprache handelte, obwohl im Netz Versuche kursierten, die Zeichen an der Wand zu übersetzen. Ältere menschliche Zivilisationen hatten vor der Entwicklung von Alphabeten wiederkehrende Symbole wie Keilschrift und Hieroglyphen verwendet. Manche Leute beharrten darauf, dass die Schnitzereien eine Botschaft enthielten. Es gab zu viele feine Übereinstimmungen bei den 256 Armen der sonnenförmigen Figuren.

Dennoch kam man allgemein immer mehr zu der Ansicht, dass die Schnitzereien auf eine Intelligenz zurückzuführen waren, die der von Schimpansen zumindest vergleichbar war.

»Warum bist du so sauer?«, fragte Vonnie.

»Weil wir sie verpasst haben«, sagte Lam. »Wir sind zu spät.«

»Es könnte in der Nähe bewohnte Kammern geben. Du weißt nicht, was dort unten ist.«

Lam schüttelte den Kopf und klickte sich durch die Aufnahmen. »Der Tunnel ist älter, als du denkst«, bemerkte er. »Zu alt. Schau dir die Abweichung an.«

Die drei Reihen auf der Ostseite, die am weitesten entfernt waren, wirkten, als wären sie schlampig und in Eile geschnitzt worden, aber das lag daran, dass das Eis angeschwollen war und den Einschnitt verformt hatte – und in dieser ruhigen Zone ließen sich Oberflächenverschiebungen in Millimetern pro Jahrhundert messen.

Vonnie lief ein sonderbarer Schauer den Rücken hinunter. Waren die Schnitzereien tatsächlich Wörter? Wenn das so war, dann war diese Nachricht älter als die düsteren, halb vergessenen Geschichten aus der Bibel.

»Kopf hoch«, sagte Bauman. »Selbst wenn wir nichts als Knochen finden, wird das die größte archäologische Ausgrabung aller Zeiten.«

»Wir werden auf der Titelseite jeder Zeitschrift im System sein«, fügte Vonnie in dem Versuch hinzu, Lam zum Lachen zu bringen, aber er verzog sein Gesicht nur zu einer Grimasse und sah weg.

»Wer auch immer diese Schnitzereien gemacht hat, ist seit zehntausend Jahren tot«, sagte er.

Internationales wissenschaftliches Expeditionsteam // EUROPA // 20. April 2113

Expeditionsleitung

Bauman, Christmas Sarah (USA)

Technik

Vonderach, Alexis Rose (EU)

Biowissenschaften

Lam, Choh (PSSC)

Bauman	Expeditionsleitung – Gentechnik – Medizin – Psychologie – Datenkommunikation
Lam	Biologie – Ökologie – Planetenkunde
Vonderach	Pilotin – Navigation – Wartung – Medizin – Ferngelenkte Maschinen

Gemeinsames Kontrollgremium für die Mission:

ESOC – Darmstadt // EU
JPL – Los Angeles // USA
JSLC – Jiuquan // PSSC

Startvorrichtungen:

Ensley 5 // USA

Raumgleiter:

Deep Space Reconnaissance ESA *Marcuse*

Ausrüstung:

ROM-12 Rover (5), ROM-12 GP Sonden (8), ROM-12 Kameras (30) // EU
ROM-12 Rover (2), ROM-16 GP Sonden (3), ROM-12 MMPSA (25) // Japan
ROM-12 GP Sonden (10), ROM-6 Kameras (30) // USA
DSSC Wohncontainer (1) // PSSC
ROM-6 GP Sonden (2) // Australien

8

Eine Woche bevor die neuen radargesteuerten Hochleistungsschiffe ankommen sollten – jedes mit acht bis vierundzwanzig Leuten Besatzung, entsandt von den Brasilianern, den Chinesen, der NASA und der ESA –, setzte Vonnie mit ihrem kleinen Schiff auf Europa zur Landung auf.

Sieben Tage sollten genug Zeit für Vonnie, Bauman und Lam sein, um mit der Erforschung der Fundstelle zu beginnen. Drahtsonden hatten bestätigt, dass ein Ende des Grabens tief ins Eis abgesunken und zu einem Tunnel geworden war. Er bog seitlich nach unten ab, bevor er sich in eine Reihe von Nischen und Löchern verzweigte, die zu eng waren, um vom Radar erfasst zu werden. Alles, was sie wussten, war, dass es weiter unten noch mehr Schnitzereien gab, aber sie wurden angewiesen zu warten. Auf den größeren Schiffen flogen viele der Experten mit, die zunächst nicht ausgewählt worden waren. Außerdem war eine Anzahl von Vertretern offizieller Stellen mit dabei.

Ohne Frage wäre diese Menge von Leuten besser geeignet, den Tunnel zu erkunden. Also verbrachten Vonnie und Bauman ihre Zeit damit, ihre Ausrüstung vorzubereiten und Anfragen von Medien zu sichten, während Lam sich mit seinem Datenmaterial zurückzog.

Sie waren Berühmtheiten. Für eine Ingenieurin und eine Genetikerin war es eine spaßige Abwechslung, berühmt zu spielen. Vonnie zeigte die nicht geheime Ausrüstung und öffentliche Karten der Eislandschaft, während Bauman über die reizvolleren Aspekte des Zerlegens von Genmaterial sprach, wie Stoffwechselgene. Zusammen durften sie jeden Tag ein Sechzig-Sekunden-Update auf demselben Nachrichtenkanal füllen, der ihre Mission während der langen, beschwerlichen Reise nach Europa kaum erwähnt hatte. Jetzt waren sie ein begehrtes Objekt – junge Forscherinnen auf einem fremden Mond – und die Leitung der ESA erlaubte ihnen, über fast alles zu sprechen. Beide Frauen traten freudestrahlend und stimmgewaltig auf. Es waren Top-Nachrichten.

Inzwischen rauchte Lam vor Zorn. »Seht ihr, was passiert?«, fragte er eines Tages vor dem Frühstück. Er stand mit dem Rücken zum Fenster des Wohnmoduls, als würde er sich selbst auf die Probe stellen.

Vonnie konnte sich vom Aussichtsposten einfach nicht losreißen. Bauman ordnete beständig an, dass sie ihre Fingerabdrücke wegwischte. Draußen glitten ihre Mechs in dem lebendigen, reflektierenden Glühen Jupiters über die gefrorene Ebene.

»Ich weiß, das Warten fällt schwer«, sagte Vonnie, ohne ihn anzusehen.

»Du hörst dich genauso an wie sie«, entgegnete er.

»Hey, mal langsam, ich bin auf deiner Seite.«

»Du glaubst, ich mache mir Sorgen, sie könnten mir etwas von den Lorbeeren stehlen? Dass ich Probleme damit hätte, elf Wochen lang mit zwei attraktiven Frauen in einer Box leben zu müssen?«

Bei dem Wort *attraktiv* drehte sich Vonnie um, sie war ein bisschen auf der Hut. Bis jetzt hatte Lam gewissenhaft Distanz gehalten.

»Du hast ihre Mannschaftsaufstellung gesehen«, sagte er. »Wer, glaubst du, hat das Kommando? Leute wie du und ich?«

Seine braunen Augen suchten ihr Gesicht und wanderten dann zu dem Aussichtsfenster hinter ihr. »Das ist politisch gewollt«, sagte er. »Der Treibstoff. Das Wasser. Du musst darauf hören, was sie wirklich sagen.«

Das Eis. Ein paar Regierungen auf der Erde hatten ein Ende des Abbaus gefordert. Andere hatten zu viel in ihre Kolonien und Flotten investiert, um ihren Zugriff auf das Deuterium, den Wasserstoff und die Wassermassen jetzt zu unterbrechen. Abseits des Pols ging der Abbau weiter. Gerade jetzt öffnete sich im Orbit vorsichtig ein automatisch gesteuertes Schiff der chinesischen Raumfahrtagentur PSSC. Die Mechs, die es transportierte, waren Jahre zuvor finanziert worden, und das Schiff war monatelang unterwegs gewesen. Eine solche Trägheit lag fast allen Bereichen moderner Zivilisation zugrunde.

Das Eis. Normales Wasser enthielt nicht mehr als 0,015 Prozent Deuterium, aber das wertvolle Gas konnte isoliert, komprimiert, in Behälter gepumpt und anschließend aus dem schwachen Gravitationsfeld von Europa herausgelupft werden. Die Tanker füllten sich schneller, als sie gebaut werden konnten, und von Jupiter wegzukommen, war nicht kostspielig. Man musste nur nahe heran und wurde dann davongeschleudert. Der alte Gott hatte die ideale Position, um die inneren Planeten zu versorgen. In den vergangenen Jahren hatten einige der Abschussrampen damit begonnen, nur mit Funkleitstrahlen ausgerüstete Container auf langsamen Flugbahnen Richtung Sonne zu schicken. Kein Problem, wenn diese Container jahrelang nicht ankamen oder sogar einige verloren gingen: Sie folgten einander wie ein endloser Versorgungszug und sie waren spottbillig.

Das Eis. Deuterium-Deuterium-Fusionsreaktoren hielten Menschen auf dem Mond, dem Mars und überall dazwischen am Leben. Wasser-/Sauerstoff-Termingeschäfte waren wertvoller als Gold geworden. Das Sonnensystem stand in voller Blüte.

Die Chinesen hatten mit ganzem Einsatz expandiert, und andere Nationen wuchsen so schnell wie möglich, um nicht hinter ihnen zurückzubleiben.

»Sie haben bereits einen Großteil von Europa aufgegeben«, sagte Lam. »Es ist allzu einfach. Sie haben Europa zwanzig Jahre lang umgegraben, ohne irgendetwas zu finden. Ich habe ihnen sogar dabei geholfen. Sie zeigen meine Simulation herum, als wäre sie ein Beweis – als wäre diese sichere Zone die einzige. Generalsekretärin Harada wird dafür sorgen, dass bei der Expedition nichts gefunden wird, von dem sie nicht will, dass wir es finden.«

Die japanische Ministerin war im Weltraum geboren und repräsentierte sechstausend Kolonisten, die einen entscheidenden Teil der Wirtschaftsleistung im Erdorbit erbrachten.

»Was willst du tun?«, fragte Vonnie.

»Wir haben ein bisschen Zeit, genug, um so viele Daten zu veröffentlichen, dass sie die nicht wieder verschwinden lassen können«, antwortete Lam. »Du weißt, was ich meine. Wenn wir jetzt abwarten, kommen sie mit Gründen dafür, dass wir weiter warten sollen. Zuerst werden wir noch mehr Daten zusammentragen müssen. Dann werden Sicherheitspläne ins Spiel kommen. Vielleicht schicken sie ein paar Raupenbagger rein. Inzwischen vergehen fünf oder sechs Monate, und dann werden sie die ganze Sache für unwichtig erklären.«

»Was willst du machen, Lam?«

»Ich will reingehen.«

Es war ein Karriereschritt, wie sie ihn nur einmal machen würden. Sie würden entweder Helden sein oder Angeklagte in unzähligen Verfahren, was für Lam vermutlich mit einer Gefängnisstrafe verbunden wäre. Vonnie nahm an, er würde dann um politisches Asyl bitten. Die Schnitzereien bedeuteten so viel für ihn, mehr als das Wiedersehen mit seiner Familie, mehr als seine Wohnung in Hongkong – und das alles aus den richtigen

Gründen. Lam wollte diese Welt bewahren. Er wollte Beweise für die Vielfalt des Lebens finden, auf die die Schnitzereien hindeuteten, und für die komplexe Nahrungskette, über welche die Schnitzer versorgt worden waren.

Im Eis würde es nur wenige oder gar keine Fossilien geben. Im besten Fall würden die Strömungen ein aufgewühltes Durcheinander von Arten aus einer zeitlich und räumlich weit entfernten Heimat transportiert haben. Das genau war aber der Punkt. Wertvolle Informationen konnten überall sein. Es konnte in anderen Regionen Leben geben.

Er akzeptierte, dass der Abbau nie aufhören würde. Der menschliche Appetit war größer als jede Widerstandsgruppe oder eine kleine Anzahl empörter Wissenschaftler, aber der Abbau konnte eingeschränkt werden. Sie konnten sorgfältiger vorgehen.

Baumans Widerstand hielt nur einen Tag. Sie ähnelte Vonnie und Lam zu sehr. Andernfalls wäre sie nicht nach Europa gekommen. Dass die Sprüche der Leute am Funkgerät sich wie Ohrfeigen anhörten, war nicht sehr hilfreich. Sie waren knapp und bestimmend. Bauman mochte ihre Arroganz nicht. Sie bat Lam, eine Simulation zu erstellen, die zeigte, dass die Schnitzereien in Gefahr waren, was nicht ganz der Unwahrheit entsprach. Die Mechs hatten den Graben mit Stahl, Klebstoffen und Zelten wieder verschlossen, aber die Schnitzereien reagierten immer noch auf das Fast-Vakuum. Wer konnte schon sagen, welche Informationen verloren gegangen waren, als das Eis erhitzt wurde?

Achtundvierzig Stunden später erhielten sie die Erlaubnis, den Graben zu betreten, und nur den Graben, und Lam lachte und lief seine Ausrüstung holen.

»Ende des Spiels«, sagte er. »Das Spiel ist vorbei. Wenn wir einmal drinnen sind, müssen wir uns doch umsehen, oder?«

»Moment.« Vonnie umarmte sie beide, beginnend mit

Bauman. Sie errötete ein wenig, während sie sich Lam näherte. »Ich wollte … In einem Schutzanzug fühlt man nichts«, erklärte sie, und er lächelte und berührte sie an der Hüfte. Vielleicht war das ein Versprechen für den Beginn von etwas anderem.

Jede Schutzausrüstung wog zweihundertzwanzig Kilo. Um sich anzuziehen, brauchten sie die Unterstützung der Mechs. Zuerst legten sie ihre Kleider ab. Vonnie errötete erneut, als Lams Blick sie streifte. Roboterarme verbanden ihre Wangen, ihren Hals, ihre Handgelenke und ihre Taille mit Nanoschaltkreisen. Dann stieg sie in die geöffnete Hülle ihres Anzugs. Sie schlüpfte mit den Beinen hinein, schloss die Sanitärvorrichtung an und steckte die Arme in die Ärmel.

Der Roboterassistent senkte den Helm auf ihren Kopf herab. Ihr Schutzanzug schloss sich. Tausende von Nadeln, einige davon unsichtbar, einige bis zu vier Zentimeter lang, senkten sich in ihre Nervenbahnen und ihre Venen. Es tat nicht weh, bis auf die Nebennierenverbindung. Es gab einen dumpfen, großflächigen Schmerz. Sie war online.

Bauman und Lam vollzogen den gleichen Prozess.

Die Datenmesswerte zeigten an, dass alle Systeme funktionierten, aber sie überprüften alle Dichtungen und Kragenverschlüsse der anderen visuell. Außerdem kontrollierten sie mehrmals die lebenserhaltenden Maßnahmen. Sie hatten vor, ihre Anzüge sechs Stunden lang zu tragen, aber niemand verließ ein Raumschiff, ohne die Maximalladung mitzuschleppen, was Sauerstoff für zwölf Stunden und Essen für fünf Tage bedeutete.

Im All konnten sich Astronauten Extraflaschen mit komprimiertem Sauerstoff umhängen oder Luftschläuche von ihrem Schiff aus verlegen. Im Inneren des Tunnels wäre kein Platz für sperrige Flaschen oder Schläuche.

Da sie für das Wohlergehen aller Crewmitglieder zuständig war, legte Vonnie Wert auf einen großen Sicherheitsspielraum.

Während ihrer Ausbildung hatte sie einmal unangenehme sechsunddreißig Stunden am Stück in ihrem Anzug verbracht. In diesem Zeitraum hatte sie verschiedene Tricks angewandt, um ihre Sauerstoffversorgung wieder zu gewährleisten. Sie hatte neue Flaschen selbst angebracht, nicht standardisierte Schläuche angepasst und Filter ausgetauscht, die durch Rauch oder Feuchtigkeit verstopft waren. Nun bereiteten sie sich auf Notfälle vor. Vonnie würde Ersatzflaschen in den Graben hineinbringen, auch wenn der Schweißgestank nach einem Tag selbst durch frischen Sauerstoff nicht zu vertreiben wäre. Höflich ausgedrückt nannten die Astronauten das *mit sich selbst leben*. In groberen Worten wurde derselbe Sachverhalt als *sich selbst essen* zum Gegenstand von Witzeleien. Der Anzug wurde zur Toilette. Aber viel wichtiger war, dass ihnen praktisch unbegrenzt Energie zur Verfügung stand. Jeder Schutzanzug enthielt einen Plutoniumstab, der ihn jahrzehntelang versorgen konnte.

Vonnie betrat als Erste die Luftschleuse. Bei einem Notfall war die Schleuse groß genug für drei Menschen, wenn sie sich eng aneinanderdrängten, aber immer nur einer auf einmal war angenehmer. Also hatte sie ein paar Momente für sich allein.

Während sie draußen wartete, blickte sie ohne ihr Visier über die brüchige Ebene. Die menschlichen Wahrnehmungen waren in dieser Umgebung trügerisch, dennoch wollte sie ein persönliches Gefühl entwickeln. Sie wollte es versuchen.

Die Krümmung des Mondes war merklich falsch. Der Horizont erschien zu schmal, zu nah und die Sonne seltsam verzerrt, wie in einem Spiegelkabinett. Sie war zu weit entfernt und dennoch zu hell. Das Eis schimmerte und glitzerte. Vonnie fühlte sich, als stünde sie inmitten eines Trugbildes. Im Nordosten ragten Eisblöcke schief aus der Oberfläche. Abgesehen von diesem Grat gab es keine Bezugspunkte, nur die schaurige Fläche, die sich in der Dunkelheit verlor, und das unergründliche Antlitz Jupiters, das darüber aufragte.

Europa war exotisch und verlockend, aber langsam erfasste sie ein Schauder. Die Begeisterung, die sie fühlte, wurde zu einer unbestimmten Angst, wie eine Vorahnung.

Ihr Visier bestand aus einem synthetischen Diamanten. Er war fünf Zentimeter dick und konnte Schüsse aus kleineren Waffen sowie den siebenfachen Normaldruck aushalten. Ausgestattet mit unsichtbaren Schaltkreisen, war das Visier eines Schutzanzuges auch dafür gedacht, den Träger von der Trostlosigkeit des Weltalls abzuschirmen, indem es ihn mit Daten überschwemmte. Ohne diese Displays fühlte man sich dem Tod sehr nahe. Der Schutzanzug hüllte Vonnie ein. Sie war nur aufgrund ihres Helms, ihrer Handschuhe und ihrer Panzerung sicher, also lenkte sie sich mit den übermenschlichen Möglichkeiten ihres Anzugs ab.

»Lichter an«, sagte sie. »Netz eins. Radar aktivieren. Mechteam Alpha zu mir.«

Lam und Bauman stiegen aus dem Schiff aus, als Vonnie gerade ihre Truppe von Maschinen ordnete: zwei kleine Schaufelbagger, die wie einen Meter lange Tausendfüßler aussahen; ein starker Bagger, der wie eine Spinne auf Rädern geformt war und der vor Werkzeugen, Kameras und Greifarmen nur so strotzte; außerdem noch sieben Relais und Leuchtfeuer von der Größe zwischen einer Faust und einem Fußball.

Mit Kameras und Scheinwerfern leuchtend näherten sie sich dem über dem Graben errichteten Zelt, neben dem andere Maschinen zwei zusätzliche Plastikblasen hergerichtet hatten. Die drei betraten ohne die Mechs die nächstgelegene Blase.

»Phase eins starten«, ordnete Vonnie an.

Während ihre Anzüge von UV-Strahlen abgetastet wurden, um jeden irdischen Geruch und jede Mikrobe zu entfernen, verdunkelte sich ihr Visier. Als Nächstes wurden sie mit einer Mischung aus geschmolzenem Eis und Gesteinsstaub von Europa abgeblasen. Ventilatoren kühlten die Außenseite ihre

Anzüge auf minus einhundertsechzig Grad Celsius, die Umgebungstemperatur, herunter.

Sie traten ins Freie und gingen zu der zweiten Blase, die als Luftschleuse fungierte. Sie traten ein. Zu ihren Füßen drängten sich die Mechs. Mit einer Auf-und-ab-Bewegung ihrer Augen ging Vonnie ihre Checkliste durch. Ein ausgeklügeltes Antwortprogramm beobachtete die Bewegungen ihrer Netzhaut, während sie ihre Displays studierte, und ermöglichte es ihr so, mit ihren Augen wie mit Fingerspitzen durch das Menü zu tanzen.

»Phase zwei starten.«

Die Mechs schoben eine Stahlplatte beiseite, und darunter wurde der Graben sichtbar, für den sie eine biegsame Leiter angefertigt hatten. Die Scheinwerfer erloschen und das Radar schaltete sich ab. Ihre Visiere wechselten wieder zu einer 3-D-Karte. Sie zeigte alte, von Drahtsonden aufgenommene Ansichten, als wären es Live-Bilder. Die Karte genügte Vonnie, dass sie ihre Freunde und die Mechs zu den Schnitzereien hinunterführen konnte.

Lam und Bauman kabbelten sich unentwegt. »Ich würde gerne wieder auf Radar umschalten«, sagte er.

»Keine Chance«, entgegnete Bauman.

»Lass mich zumindest Röntgenstrahlung verwenden.«

»Ganz bestimmt nicht«, sagte Bauman. »Wir gehen so wenig invasiv vor wie möglich. Da waren wir uns einig.«

Vonnie blickte sich grinsend um. Sie hatten angefangen, neue Signale für die Gruppe von Menschen und Mechs zu entwickeln, damit sie nicht aneinanderstießen und damit sie die Schnitzereien untersuchen konnten. Allerdings beschränkten sie sich auf Sonargeräte, um das Eis nicht mit Photonen oder elektromagnetischer Strahlung zu beschädigen.

Für Lam war das eine Folter. Für Vonnie war es fantastisch. Ihre Visiere änderten die Schallwellen in lebensechte

Hologramme ab, und der Graben hatte eine überwältigend reiche Struktur: eine unregelmäßige Decke von Tropfen, glatten Stellen, Erhebungen und Mulden. Nur die Schnitzereien hatten ein Muster.

Aber warum hier?, fragte sie sich.

Der Graben war anscheinend das obere Ende einer Felsspalte, was die Symbole sogar noch seltsamer machte. Warum sollte man sich so gewaltig anstrengen, Wände einer Gegend zu markieren, die nur wenig besucht war?

Konnte das eine Art heiliger Boden sein? Vielleicht waren die Urheber der Schnitzereien an die Oberfläche ihrer Welt gekommen, um zu beten? Vonnie war sich aber bewusst, dass Lam behaupten würde, alle Bemerkungen über Religion wären vom Mensch abgeleitet. Menschliche Motive auf Dinge zu projizieren, die nicht menschlich waren, war ein natürlicher Automatismus des menschlichen Gehirns. Es war ein Trugschluss. Sie mussten aufpassen, wie sie die Dinge interpretierten.

Vonnie vermutete, dass dieser offene Raum Jahrhunderte zuvor ein Durchgang gewesen war. Die Mechs hatten Löcher im Eis entdeckt, wo der Graben sich vielleicht zu beiden Seiten nach unten verzweigt haben konnte. Bis die Gezeitenströmungen ihn auf einer Seite zugedrückt und so einen Durchgang von der Form eines Hufeisens in einen einzelnen kurvigen Tunnel verwandelt hatten.

Europas Rotationsachse hatte keinerlei Neigung, zudem wies der Mond eine gebundene Rotation auf, das heißt, er zeigte Jupiter immer die gleiche Seite, genauso wie der irdische Mond seinem Planeten immer die gleiche Seite zuwandte. Leider waren die Folgen auf Europa fatal. Ihre Modelle gingen davon aus, dass die gebundene Rotation nicht vollkommen war.

Es war nur Europas eisige Kruste, die Jupiter immer das gleiche Gesicht zuwandte. Sein Ozean und das felsige Herz drehten sich mit anderer Geschwindigkeit und es gab keine

Kontinente, die das Wasser behinderten. Besonders am Äquator dehnten die teuflischen wirbelnden Ströme das Eis. An seinen Polen war Europa am ruhigsten. Allerdings hob sich die Kruste sogar in diesen stillen Regionen und brach.

Was hatten die Urheber der Schnitzereien an der Oberfläche gemacht? Es ergab keinen Sinn. *Hier zu leben wäre riskant, fast lebensmüde, gewesen,* dachte Vonnie. *Aber sie waren dennoch hergekommen.*

Hinter ihr war Lam untypisch laut, auch wenn er versuchte, seine Worte dadurch milder klingen zu lassen, dass er Bauman mit ihrem neuen Spitznamen anredete.

»Schau, Yankee, du wirst die Schnitzereien niemals einpacken und in ein Museum stellen können«, sagte er. »Wir beschädigen die Wand allein dadurch, dass wir hier stehen.«

»Darum müssen wir umso mehr darauf achten, nichtinvasiv vorzugehen«, entgegnete Bauman. »Wir wissen nicht, wie fein strukturiert die oberste Schicht vielleicht ist.«

»Wir werden es durch eine volle Spektralaufnahme wissen.«

»Wir haben nicht genügend Sensoren.«

»Vonnie kann noch mehr Kameras und Mechs zusammenbasteln.«

»Die Hitze wird …«

Eine andere Stimme ging störend dazwischen. »Spezialist Lam«, sagte ein Mann. Die anderen Schiffe waren 2,2 Lichtminuten entfernt, was ein Gespräch auf eine Serie von Unterbrechungen einschränkte. »Wir wollen die erste Reihe noch einmal sehen. Halten Sie sich für eine Auto-Kontrolle bereit.«

»Verstanden«, sagte Lam, wandte sich Bauman zu und hob in einer entschuldigenden Geste die Hände. Dann wechselte er die Frequenz und wartete auf neue Signale von dem PSSC-Schiff.

Sein Anzug nahm die Anpassungen an seinem Oberkörper vor. Er richtete den Schaltkasten an der Seite seines Helms mit maschineller Präzision aus. Seine Bewegungen waren ein bisschen unheimlich. Ihre Anzüge waren nicht so konzipiert, dass sie ferngesteuerte Programme ohne Einwilligung dessen ausführten, der darin steckte, aber Vonnie sah Schwierigkeiten voraus.

Wenn sie den Graben verlassen und in den Tunnel steigen würden, würden sich dann ihre Anzüge blockieren? Wenn sie versuchen würden, ihre Daten an öffentliche Kanäle zu schicken, würden die Sendungen dann klar zu empfangen sein oder verstümmelt?

Lam schaltete zurück auf ihre Kommunikationsfrequenz. »Da ist etwas im Eis!«, rief er.

»Was?«

»Die KI muss es anhand unserer telemetrischen Messungen erkannt haben. Ich habe ein neues Raster, auf dem Kügelchen im Innern der Schnitzereien zu sehen sind, eines an der Spitze jedes Arms. Schaut. Sie bestehen aus irgendeinem organischen Material.«

Die winzigen Kugeln waren genauso durchscheinend wie das Eis.

»Sind das Eier? Ist das etwas zu essen?«, fragte Bauman.

»Was wäre, wenn ...«, versuchte Vonnie, etwas zu sagen.

»Wir können sie nicht herausholen, jetzt noch nicht«, stellte Bauman klar. »Wir müssen erst einen Bericht über sie schreiben und ihre Position festhalten. Ich nehme an, deine Spektralaufnahme ist die beste Option, die wir haben, Lam. Was meinst du?«

»Ich finde, du hast recht«, räumte er großzügig ein.

»Können wir eine Drahtsonde hineinschieben? Eine Probe entnehmen?«

Vonnie zeigte auf die Wand. »Wie wäre es, wenn wir uns durch die Trümmer zu dieser Wand durchgraben?« Die vierte Reihe war am stärksten verfallen. Dreizehn der überladenen

Arme waren in Einzelteile zerbrochen, Eisstücke hatten sich am Boden angehäuft.

»Du bist genial«, sagte Bauman und klopfte Vonnie mit einem dumpfen Rasseln auf den Rücken.

Sekunden später hatten sie ihre Probe. Lam und Bauman beugten sich gemeinsam darüber, wie Höhlenmenschen, die die Glut des Feuers bewachten. Ihre Schultern stießen aneinander und beide tauschten sich über Funk aus.

»Die Kugel wiegt sechs Komma zwei Gramm«, stellte Lam fest und wog sie in seinem Handschuh.

»Es ist kein Ei, und ich glaube auch nicht, dass es ein Nahrungsmittel ist«, sagte Bauman. »Von der Konsistenz und den Methanspuren her sieht es aus wie verdauter Abfall.«

»Du meinst, es besteht aus Kot«, präzisierte Vonnie.

»Nicht nur«, sagte Bauman. »Diese Kugel wurde mit anderen biologischen Stoffen vermengt, wie Speichel oder Blut. Sie ist getränkt mit Hormonen. Das ist eine Botschaft.«

»Was besagt sie?«

»Es könnte eine Markierung sein oder ein Name. Der Geruch jedes Wesens ist einmalig.«

»Du glaubst, sie haben daran geschnüffelt?«

»Oder es probiert.«

Vonnie fand das ziemlich ekelhaft, aber sie verstand, warum Bauman die Ausgefeiltheit dieses Mediums bewunderte. In dieser ressourcenarmen Umgebung hatten die Schnitzer mindestens zwei Möglichkeiten entwickelt, um Informationen zu verschlüsseln: erstens das Eis verformen und zweitens Geschmack oder Geruch konservieren.

»Also waren sie wie Hunde«, sagte Vonnie.

»Vielleicht. Das werden wir erst wissen, wenn wir mehr Proben analysieren können. Sind die Kugeln alle gleich? Unterscheiden sie sich? Das könnte vielleicht eine Bibliothek gewesen sein. Die Hormone konnten vielleicht die Fruchtbarkeit befördert haben, die Pubeszenz, so etwas wie eine Häutung, alles Mögliche.«

»Ihr glaubt, es waren denkende Wesen?«, sagte Vonnie, und Lam entgegnete: »Ja.«

»Wissen tun wir das aber auch nicht«, warf Bauman ein.

»Hunde bauen keine Bibliotheken«, sagte Lam.

»Was ist, wenn das hier eine Toilette ist?«, fragte Bauman. »Es kann sein, dass wir dort stehen, wo sie sich erleichtert haben.«

»Niemand baut seine Latrine über seinen Wohnräumen. Falls das hier eine Toilette wäre, läge sie weiter unten. Richtig? Außerdem war es eine Menge Arbeit, die Kügelchen in der Wand aufzubewahren.«

»Es könnte eine Methode gewesen sein, um Feinde abzuhalten. Oder um zu verhindern, dass sie ihre Luft verschmutzten. Wir wissen es nicht.«

Vonnies Freunde hätten den ganzen Tag in dem Tunnel bleiben können, beschäftigt mit ihren chemischen Tests und neuen Theorien. Sie hätten mit dieser Entdeckung zufrieden sein und bleiben können, bis die anderen Schiffe eingetroffen wären.

Sie war diejenige, die sie überredete, weiterzugehen.

»Warum hört ihr zwei nicht auf, mit diesem Glibber zu spielen, und helft mir?«, schlug sie lachend vor. »Lasst uns gehen.«

9

Während Vonnie in den Tunnel hinabstieg, hatte sie das Gefühl, Geschichte zu schreiben. Ein Hochgefühl hatte sie erfasst und sie hätte laut hinausschreien können. Sie würde auf immer die Erste sein, die in das Innere von Europa gegangen war, und eine ferngelenkte Verbindung dirigierte einen Schwarm von Relais und Schaufelbaggern um ihre Füße herum, der alles aufzeichnete.

Ihre Bewegungen waren nicht so elegant wie die der Mechs. Die Passage fiel steil ab. Da sie die Schwerkraft falsch einschätzte, neigte sie dazu, gegen die Wand zu knallen. Dann schrumpfte der Durchgang, bis er nicht viel höher war als ihr Anzug. Wieder und wieder war Vonnie gezwungen, in die Knie zu gehen oder sich gerade eben so mit der Schulter hindurchzuschieben.

Ihre telemetrischen Daten verrieten sie. Die Männer am Funkgerät misstrauten ihrer Vorgehensweise und verlangten, dass sie umkehrte. Sie ging weiter. Das Sonar zeigte das Ende des Tunnels in vierhundert Metern an, gleichzeitig offenbarte das Infrarot, dass dieses Ende ein wenig wärmer war als die Umgebung. Feine Ströme von heißem Gas drangen durch die Wand.

»Da ist etwas auf der anderen Seite«, sagte Vonnie. »Meine Sensoren spielen verrückt.«

»Etwas Lebendiges?«, fragte Lam.

»Stopp«, kam es aus dem Funkgerät. »Spezialistin Vonderach, bestätigen Sie. Sie werden sich fügen.«

»Verstanden«, sagte sie. »Aber das hier ist eine Luftschleuse. Schauen Sie sich das an! Es ist zu glatt. Das ist definitiv keine Formation, die durch Schmelze oder Gezeitendruck entstanden ist.«

Sie erschauderte bei dem Gedanken, so etwas Schwachem wie Eis so viel Kraft zuzutrauen, aber es gab keine Metalle hier. Was sonst hätten die Schnitzer verwenden können? Das sprach wieder für ihren Erfindungsreichtum und ihre Entschlossenheit. Sie konnte es nicht abwarten, mehr zu sehen.

Das Tunnelende zu öffnen, war eine Chance, ihr Team von ihrem Wert zu überzeugen. Um hindurchzukommen, ohne dass die Luft entwich, würde Vonnie sich zwischen die Schleuse und ein selbst gefertigtes Siegel klemmen müssen – und jede Oberfläche im Eis wies alte Kerben und Stümpfe auf. Unregelmäßige Löcher markierten das Eis dort, wo Baumaterial herausgeschlagen und wieder ersetzt worden war.

»Ich sage, wir sollten gehen«, teilte Lam den Männern am Funk mit. »Wir bekommen zu viele Daten. Uns könnte etwas Wichtiges entgehen, wenn wir hier herumsitzen.«

»Ich kann uns hineinbringen«, sagte Vonnie.

Zwischen den radargesteuerten Hochleistungsschiffen, den sogenannten Hoch-g-Schiffen ging die Debatte heftig hin und her. Die Brasilianer wollten, dass sie sich zurückzog. Das Gleiche verlangte Naomi Harada, die japanische Vertreterin im amerikanischen Schiff.

»Was ist, wenn unsere Leute auf sie hören?«, sorgte sich Vonnie, aber Lam sagte: »Nein, Brasilien tut uns einen Gefallen. Schau. Niemand hat es gern, wenn ihm gesagt wird, was er tun soll.«

Er sah die Folge von Ereignissen genau voraus. Die

Brasilianer waren frustriert, dass sie niemanden von ihren eigenen Leuten auf Europa hatten. Ihre Forderungen nach einer internationalen Zusammenarbeit fußten auf Kleinigkeiten, sogar läppischen Dingen. Es waren alte Vorbehalte gegen die NASA und die ESA. Sie forderten China auf, ihnen zu helfen.

Die Leiter der chinesischen, amerikanischen und europäischen Raumfahrtbehörde wiesen die Forderungen der Brasilianer zurück und beschlossen einstimmig, dass Vonnie weitergehen solle.

»Ja!«, rief sie und ballte die Faust vor Begeisterung.

Lam grinste sie wie ein Kind an.

Sie sammelten sich vor der Luftschleuse. Bauman war die Letzte in der Reihe, also übernahm Vonnie die Kontrolle über Baumanns Anzug und ließ sie gefrorene Brocken zu einem Stoß auftürmen und diesen dann mit ihrem Laserfinger auf minimaler Einstellung zusammenschmelzen. »Geht langsam«, entschuldigte sie sich, da sie ihren Tatendrang nicht dämpfen wollte.

Lam zuckte mit den Schultern. Er ließ beim Warten Simulationen über sein Visier laufen. »Überleg mal, was die Schnitzer anstelle eines Lasers verwendet haben«, sagte er. »Körperwärme? Urin oder Speichel? Es gibt hier überall organische Spuren.«

»Eine Unmenge DNA«, freute sich Bauman.

Endlich waren sie eingeschlossen. Vonnie schob sich durch die ursprüngliche Schleuse und entdeckte weiter vorn einen weiteren Eispfropfen. Die Wiederholung von Elementen deutete auf eine hohe Baukunst hin. Dennoch war Vonnie enttäuscht, als sie erkannte, wie viele Lebenszeiten vergangen sein mussten, seit die Schnitzer zuletzt den Tunnel aufgesucht oder ihn auch nur als wichtig eingestuft hatten.

Vor langer, langer Zeit war der obere Teil der nächsten Schleuse eingestürzt, sodass sie jetzt offen stand.

Ihr Anzug analysierte die Atmosphäre um sie her. Sie hatte

nur einen geringen Druck und bestand zu 98,9 Prozent aus Stickstoff. Dieses Gas war derart reaktionsträge, dass sich kein Lebewesen entwickelt haben konnte, das ihn als Energiequelle hätte verbrennen können. Das hier schien ein totes Areal zu sein. Warum sollte man es abriegeln?

»Es ist niemand zu Hause«, sagte Vonnie.

»Klopf, klopf.« Lam war aufgekratzt, sogar heiter, und stieß gegen ihren Arm, als er an ihr vorbeisehen wollte.

»Vielleicht ist die Luft gerade deshalb schlecht, *weil* dieser Tunnel ungenutzt ist«, sagte Vonnie. »Sauerstoff könnte ihre bestgehütete Ressource sein. Vielleicht teilen sie ihn sich mit Schleusen ein.«

Keine Antwort. Lam und Bauman hörten ihr schon gar nicht mehr zu, so vertieft waren sie in das beständige Geratter der Daten. Ihr kleinster Mech war vorausgelaufen, während andere zurückgeblieben waren und das Eis untersuchten. Vor allem Lam war in seinem Element: Er zog virtuelle Karten hervor und passte jede Perspektive so ein, dass sie ein funktionierendes Ganzes ergaben.

Vonnie war gleichfalls begierig darauf, weiterzukommen, aber sie setzte erst die Schleuse hinter ihnen akribisch genau wieder zusammen. Dann ging sie erneut an die Spitze.

Nach weiteren achtzig Metern fiel der schräg nach unten führende Tunnel in einen Krater ab. Die Öffnung war von altem, einstmals geschmolzenem und wieder erstarrtem Eis verkrustet. Ihr gegenüber befand sich ein Loch von unbestimmter Tiefe. Stalaktiten hingen von der Decke des Schachts herab.

Es hatte eine Katastrophe gegeben, vermutlich einen Hitzeausstoß. Falls die Urheber der Schnitzereien noch etwas anderes in der Gegend gebaut hatten, war es verschwunden. Dennoch konnte Vonnie nicht traurig darüber sein.

Sie ging zu der Kante des Lochs. Die Wellen aus ihrem Sonargerät rasten den Schacht hinunter wie ein fantastischer

Halo, erreichten aber keinen Grund. Es sah so aus, als würde der Erdfall mehr als einen Kilometer lang in die Tiefe führen, sich dabei winden, wieder vergrößern und verzweigen.

Irgendwo dort unten befand sich das dunkle Herz Europas.

»Perfekt«, sagte Bauman. »Dieser Erdfall ist ein natürlicher Querschnitt durch das Eis. Bis wie weit nach unten können wir Proben entnehmen?«

»Einen Moment«, antwortete Vonnie. Es würde nicht schwer sein, ein paar Bolzen zu befestigen, einen molekularen Draht dazwischen zu spannen und ihre Mechs wie Spinnen daran herabzulassen. Sie durchsuchte ihre Werkzeugtasche.

»Oh«, stieß Lam hervor und übernahm die Kontrolle eines Wühlers neben Vonnie. Die Maschine huschte von ihr weg und glitt zu ihm.

»Was hast du?«, fragte sie.

»Ich …«

Später ließ Vonnie die Aufnahmen von ihrer Gruppe noch einmal ablaufen. Sie verstand und verfluchte ihn. Sein Radargerät hatte einen breiten Streifen schmutzigen Eises in der Tunnelwand untersucht. Die meisten Stellen, die ihn interessiert hatten, waren verunreinigt. Einige waren mit Lavastaub bedeckt, andere verfärbt wie Milch oder Glas.

Er hatte eine Muschel entdeckt – eine kleine spiralförmige Muschel, die in der Wand des Tunnels eingeschlossen war. Sie hätte an keinem Strand der Erde ungewöhnlich ausgesehen. Auf Europa war sie ein Schatz.

Lams Anzug hatte die Position der Muschel auf ihren Karten festgehalten, aber er konnte es nicht dabei belassen. Er musste sie selbst in die Hand nehmen. Unter seiner Führung stach ihr Wühler eine Funknadel in die Wand und markierte die Muschel so für die Entnahme.

Das Eis explodierte zusammen mit schwarzem Gestein.

Vonnie stand in der Nähe der größten Masse. Irgendwie

rettete sie das. Der Einsturz von Eis und Fels schleuderte sie in die Höhe, obwohl sie in ihren Draht verwickelt war.

Bauman schrie einmal: »Lam, komm zurück!«

Vermutlich war es nicht mehr als eine Vierteltonne Geröll, das sich hinter dem Staubhaufen angestaut hatte, eine lockere, gefährliche Mischung aus Kies und größeren Brocken, die mit der Zeit in sich zusammengesunken waren und eine Ausbuchtung gebildet hatten. Das Ganze wog nur ein Dreizehntel so viel wie auf der Erde, aber bei dieser Schwerkraft spritzte es umher.

Es riss den Erdfall auseinander. Andere Gesteinsadern ließen es bösartig anschwellen. Der Haufen stieg in die Höhe, verteilte sich und setzte sich wie eine Wolke wieder ab.

Halb bewusstlos und verwirrt entkam Vonnie der größten Schockwelle. Sie wurde gegen die Decke des Schlots geschleudert, während ihre Freunde verschwanden. Die von ihnen übermittelten Aufnahmen wurden von schrillen Alarmtönen und einem Bericht über eine schwere Verletzung begleitet, dann wurden die Anzeigen schwarz. Aber sie war an den Draht gebunden, und er würde nicht reißen. Ein Ende war in dem anschwellenden Eis verankert.

Dann erfasste die Lawine auch sie.

10

Diese erste Miniatur-Eiswelt würde immer ihre liebste bleiben. Sie wurde von zwei friedlichen Insektenarten bewohnt, die zwar miteinander verwandt waren, aber doch nicht den dickbäuchigen Ameisen ähnelten, die die ESA-Fahrzeuge hochgebracht hatten. Sie schienen sich ausschließlich von den grauen Bakterienkulturen zu ernähren, die an den Rändern einer heißen Quelle gediehen, wo der Schmelzstrom breit war und sich ständig veränderte.

Irgendwann einmal musste diese Kammer Teil größerer Katakomben gewesen sein. Schon lange aber hatten Eiseinbrüche sie abgeschlossen. Vonnie war nur in diesen tropfenden Raum hineingestolpert, weil sie sich nicht hatte beirren lassen und stattdessen begonnen hatte zu graben.

Ihr Geist war ihr in diesen Stunden sehr, sehr klein vorgekommen – zu klein für irgendwelche anderen Gedanken als daran, wie sie von dem tödlichen, knirschenden Gewicht des zusammengebrochenen Schlots über ihr wegkommen konnte.

Mit dem Tiefenradar konnte sie tragende Abschnitte im Eis ausmachen. Sie war geklettert, hatte Eis aufgeschnitten, hatte gegraben und sich von einer winzigen sicheren Zone zur nächsten gehangelt. Ihre Arme hatte sie dabei als Schaufeln eingesetzt und sie wie betäubt ungezählte Male vorgestreckt. Vom Hindurchwinden durch die Spalte taten ihr Knie und Bauch weh. Sie erinnerte sich daran, auf jedes Stöhnen und Knacken im Eis gehört zu haben. Sie erinnerte sich an den roten Alarmbalken auf ihrem Visier, der sie gewarnt hatte, dass ihre Luftreserven nur noch für sechzig Minuten reichten.

Ihr endloses Kriechen war vorbei, vielleicht für immer. Sie rollte sich in einem Loch zusammen, das nicht größer war als ein Sarg, um aus ihrem Werkzeugset eine Elektrolyse-Einheit zu basteln. Dieser Aufgabe galt ihre ganze Aufmerksamkeit. Sie stand unter Schock, und sich auf ein erreichbares Ziel zu konzentrieren, war genau das, was sie brauchte.

Sie steckte zwei Elektrodenplatten, eine Pumpe und einen Kompressor in eine schmale Stahlbox, befestigte die Einheit auf ihrer Schulter und gab dann Eis in den Behälter, wo der Sauerstoff vom Wasserstoff abgetrennt wurde. Ihre Flaschen füllten sich wieder. Und selbst wenn ihre neue Luft kontaminiert war, wenn Europas Mikroorganismen oder Toxine in dem Eis waren, welche andere Möglichkeit hatte sie? Das Eis abzukochen sollte alle Krankheitserreger abtöten. Ihre Displays zeigten keine nachweisbaren Schwefelverbindungen oder Dioxide an. Auch konnte sie nichts Besonderes riechen.

Als sie schließlich wieder in die Miniatur-Welt hinaustrat, war sie verwundert, wie viel Zeit vergangen war. Sie war den Großteil eines Erdentages durch das Eis gekrochen – fast zwanzig Stunden lang.

Bis auf einen verstauchten Ellbogen war sie unverletzt.

Sie war allein.

Nicht eine ihrer Kommunikationsverbindungen war aktiv. Die Relais, die sie über dem Erdfall zurückgelassen hatte, mussten beim Einsturz verstreut worden und kaputtgegangen sein. Vielleicht war sie weiter gefallen, als sie gedacht hatte.

Die Miniatur-Welt war sicher, aber Vonnie konnte nicht bleiben. Die anderen Schiffe waren fünfundsiebzig Stunden entfernt, und es würde die Besatzung noch einige Stunden mehr kosten, sich auszurüsten und nach ihr zu suchen, sogar noch einmal länger, um sich ihren Weg durch die zerbröckelnde Masse hindurchzukämpfen.

Sie musste einen Weg zurück an die Oberfläche finden. Ihre Wasser- und Sauerstoffvorräte konnte sie weiterhin durch Eis auffüllen, aber als sie feststellte, wie hungrig sie war, hätte sie sich am liebsten selbst aufgefressen. Ihr Anzug bot ihr Fleisch- und Pastagerichte, Obst und Desserts in Spitzenqualität an, die sich auf der Erde nur die reichsten Menschen leisten konnten. Der Nachteil war, dass diese Mahlzeiten als pürierte Pasten aus Röhrchen in ihrem Helm kamen … Jetzt war Menge wichtiger als die Ausgewogenheit der Ernährung oder der Spaß am Essen. Sie hätte jedes Obst oder jede Süßigkeit für mehr Kohlenhydrate eingetauscht.

Ihre verbliebenen Vorräte würden vielleicht acht oder neun Tage reichen, im Höchstfall zwölf. Bis dahin würden allerdings ihre Kräfte schwinden.

Konnte sie die Insekten essen?

Nein, dachte sie. Dazu würde es nicht kommen. Es durfte nicht dazu kommen. Außerdem konnte sie davon vielleicht krank werden.

Sie bedauerte, dass sie keine Kameras hatte, die sie in der Miniatur-Welt zurücklassen konnte. Vor allem Bauman wäre begeistert von den Insekten gewesen, aber die meisten von Vonnies Mechs waren verschwunden. Sie hatte nur noch einen übrig – einen Wühler –, dazu drei Minirelais, die an ihrer Brustplatte befestigt waren. Sie sandte sie zur Erkundung aus. Dann setzte sie sich ruhig hin, um zu trauern, sich auszuruhen und sogar für drei Stunden zu schlafen.

Als sie durch ihr Visier sah, waren die Strahler ihrer Kamera zu grell auf dem feuchten Eis. Aber der Einsatz von normalem Licht und das normale Sehvermögen waren auch tröstlich. Verfärbte Schichten von Mineralien durchzogen den unebenen Boden und die Wände der Höhle. Das bedeutete, dass die heißen Quellen regelmäßig überliefen. Das blubbernde Wasser enthielt viel Eisen und Salz. Es beschmutzte das Eis und vergiftete die Insekten, welche die stärksten Salzablagerungen mieden.

Die Atmosphäre hatte einen hohen Sauerstoffgehalt, auch wenn das, wegen des Chlorwasserstoffs, nicht ausreichte, um einen Menschen zu versorgen. Interessanter war, dass der Druck fünfmal so hoch war wie nahe der Oberfläche, was zum Teil auf die geringere Höhe zurückzuführen war, aber hauptsächlich darauf, dass dieses Loch in sich abgeschlossen war.

Keine der Insektenarten hatte Augen oder auch nur die primitivsten Lichtrezeptoren. Sie nutzten stattdessen Fühler und Gerüche. Sie waren im Grunde hilflos. Tropfen fielen ständig oder in kurzen Schauern von der Decke. Der Boden der Kammer war mit Tausenden von Exemplaren gespickt, die unter dem Eis eingeschlossen waren.

Vonnie sammelte zehn Insekten jeder Art ein und verstaute sie in ihrer Brusttasche, dann fügte sie noch Proben der Bakterienkulturen hinzu.

Die Kulturen waren der lebende Beweis für die Ausgangsthese von Lams Evolutionstheorie. Milliarden von Mikroben waren notwendig, damit sich etwas bilden konnte, das groß genug war, um vom menschlichen Auge wahrgenommen zu werden. Dieser Schlamm wuchs an Stellen, die so klein wie Nadelspitzen waren und so beeindruckend wie der Schatten eines Fremden.

Sie glaubte, drei verschiedene Stämme unterscheiden zu können. Einer wuchs mit rankenähnlichen Fortsetzen in die Luft. Zwei hatten sich in einer symbiotischen Beziehung zusammengetan und nährten sich vermutlich von Eisen und Wasser. Diese fahle Schmiere hatte es geschafft, sich von der heißen Quelle aufs Eis auszubreiten. Vonnie nahm an, sie nutzte Schichten toten Materials zur Isolierung. Vielleicht ernährte sie sich von der schmelzenden Oberfläche.

Eines war offensichtlich. Die Sterblichkeit der Insekten war zwar hoch, aber nicht hoch genug, um zu verhindern, dass sie ihre Nahrungsquellen aufbrauchten. Diese Nischenökolgie war mehr als unvollkommen, sie konnte nicht funktionieren, sie war zeitlich begrenzt.

Frustriert erschuf Vonnie Lams Geist, damit er ihr half. Das zu tun war illegal, aber sie kümmerte sich um nichts mehr, außer ums Überleben.

Ihre ersten Worte an ihn waren barsch: »Hey, kannst du mich hören?«

»Online.«

»Dein Name ist Choh Lam. Du hast dich selbst und meine Freundin getötet, weil du keine fünf verdammten Sekunden abwarten konntest, bis dir eine Ingenieurin sagt, du sollst das Eis nicht in die Luft jagen.«

»Zusammenführen der Dateien.«

»Unternimm nie wieder etwas, bevor ich es dir sage. Verstanden?«

»Negativ. Wie lauten meine Instruktionen?«

»Ich muss herausfinden, wo ich bin. Kannst du meine Koordinaten in Relation zur Oberfläche setzen?«

»Negativ. Erweiterter Zugang zum zentralen System benötigt.«

»Gottverdammt!«

In ganz Europa und Nordamerika war es verboten, menschliche Erinnerungsdateien mit systemnahen KIs zu verbinden. Der menschliche Geist war umfassend, scharfsinnig und empfänglich für neurochemische und emotionale Unausgeglichenheiten. Das kleinste Puzzleteil in so einem Prozess nicht an die richtige Stelle zu legen, konnte ernsthafte Folgen haben.

Lebewesen zu duplizieren oder Tote wiederzuerwecken, überschritt außerdem ethische Grenzen und tangierte medizinische Gesichtspunkte. In ihrer Kindheit hatten Tausende von Streitfällen um Eigentum, Familienverhältnisse und Steuerrecht zu einer weit verbreiteten Ablehnung elektronischer Personen geführt. Viele davon waren verzerrte Albträume ihrer selbst.

Einige Kulturen waren Ausnahmen geblieben. China und Korea erlaubten menschlich basierte KI, sodass Ahnen bei den Lebenden bleiben konnten. Im Nahen Osten gab es unsterbliche Heilige.

Vonnie verfügte nicht über die Programmierkunst dieser Regierungen. Von den Systemen in ihrem Anzug gehörten die meisten zu den Intelligenzen des siebten Levels. Jede davon verfügte über einen aufgabenspezifischen Prozessor. Diese Subroutinen bewerkstelligten komplizierte Aufgaben wie ihr Netzhaut-Antwort-Programm oder die Schwerstarbeit, den zweihundertzwanzig Kilo schweren Schutzanzug in Bewegung zu halten, ohne dass sie vornüberfiel.

Wenn es gerade nicht arbeitete, fungierte jedes der Systeme als Reservespeicher. Sie waren so konzipiert, dass sie sich in Krisenfällen gegenseitig stützten. Durch die permanente Verbindung von hundert solcher Subroutinen hatte Vonnie genug Speicherplatz geschaffen, um eine Intelligenz des zweiten Levels mit Selbstbewusstsein und Persönlichkeit zu versorgen, aber sie war wütend auf Lam und hatte Angst, in dieser unmöglichen Welt zu sterben.

Bauman wäre eine bessere Kameradin gewesen. Vonnie hätte sich nicht so viel Mühe geben müssen, sie zu kontrollieren. Das katastrophale Gebilde, das sie aus Lam gemacht hatte, war launisch, denn ihm fehlten zu viele Komponenten. Sie hatte gewollt, dass er vorsichtig, sogar zaghaft war.

Sie traute dem Ergebnis nicht.

Als ihre Mechs ihr von einer milden Luftströmung in 1,9 Kilometern Entfernung von der Insektenheimat berichteten, schaltete Vonnie den Geist ab. Sie rief ihre Mechs zu sich. Nachdem sie zurückgekehrt waren, befestigte sie die Kleinen an den Steckern an ihrer Brust und vergewisserte sich, dass der Wühler an ihren Anzug gebunden war.

Sie grub sich ihren Weg durch alte Einbrüche und Eisschichten, immer der Leitung folgend, die die Minis hinterlassen hatten. Den von ihnen gesammelten Daten entnahm sie, dass es noch mehr Schlote in der Nähe gab.

Als sie sich am Eis festkrallte, spürte sie ein weiteres Nachbeben. Vielleicht hatte sie es durch das Aushöhlen einer gewichttragenden Formation ausgelöst. Ein dumpfes Grollen ertönte. Dann hob sich das Eis, schlug gegen ihre Knie und ihr Kinn. Wände und Boden ringsumher gaben nach, und sie fiel in das Weiß.

»Hilfe!«, schrie sie. »Lam!?«

»Online.«

»Stabilisatoren. Mein Anzug soll sich drehen!«

Sie griff nach losen Brocken und Staub und wusste nicht mehr, wo oben oder unten war. Große Teile trafen sie. Der Rest der Lawine fühlte sich an wie Treibsand oder wie ein Wasserfall. Sie jagte voran, schwoll an und nahm den Wühler mit sich. Binnen Sekunden erloschen die Signale des Fahrzeugs.

Ihr Anzug war mit Gyroskopen ausgestattet, aber das war eines der Systeme, die sie gehackt hatte, um Platz für den Geist zu schaffen. Deswegen hatte sie ihn wieder aufrufen können.

Mit seiner Hilfe lokalisierte Vonnie einen gewaltigen Keil. Sie umklammerte ihn, während das vorbeitreibende Eis ihr auf Rücken und Helm hämmerte. Das Radar zeigte eine Platte an, so groß wie ein Haus. Unglücklicherweise begann sie unter ihrem Gewicht zu rotieren. In einer Minute, oder weniger, würde sie kippen und Vonnie würde herunterfallen. Mit Fingern und Füßen kratzte sie an ihr herum und versuchte, das Gleichgewicht zu halten und einen größeren Brocken zu finden – aber ihre Sensoren wurden vom Lärm und den Bewegungen überschwemmt.

»Analysiere meine Daten!«, rief sie. »In welche Richtung soll ich?«

»Was ist dein Ziel?«

»Fester Untergrund. Egal wo.«

»Wo befinden wir uns jetzt?«

Da sie überzeugt war, schon in ihrem Grab zu liegen, gestattete Vonnie ihm beschränkten Zugang zu ihren Datenspeichern. Genug, um zu erklären, dass der Schlot, in dem er gestorben war, sich beim Zusammenbruch in der Umgebung ausgebreitet und damit andere Verbindungen zum Einsturz gebracht haben musste. Jetzt drückten diese Implosionen auch nach unten und zur Seite.

Der Geist erledigte diese Aufgabe gut. Basierend auf ihren Daten und den aktuellen Schallwellenmessungen erstellte er Simulationen, um den schlimmste Eissturz vorauszusagen.

Vonnie schuftete, um sich selbst zu befreien, sank aber in dem ganzen Chaos sogar noch tiefer. Sie kämpfte neun Stunden lang.

Um bei Kräften zu bleiben, aß sie mehr, als sie wollte. Den künstlichen Wildgeschmack oder die falschen gebackenen Kartoffeln nahm sie kaum wahr. Die pausenlose Anstrengung wirkte sich auch negativ auf ihren Sauerstoffvorrat aus. Jeder Bissen, jeder Atemzug verkürzte die Zeit, die sie noch hatte.

Als sie die Hoffnung gerade aufgeben wollte, kam ihr eine verrückte Idee.

Das hier war kein Ozean, in dem sie versank – es war der Himmel über Europa. Hier gefangen, hätten heimische Arten keinerlei Vorstellung davon, dass es weiter oben auch noch etwas gab. Sie würden sich an den Bergen oder den flüssigen Meeren weiter unten orientieren. Also begann sie, unter sich zu graben anstatt seitlich, und sie kämpfte nicht mehr gegen die

Lawine an, sondern nutzte sie zu ihrem Vorteil, indem sie sie durchkämmte und durchschwamm.

Irgendwann fiel sie auf einen riesigen, schwarzen Abhang aus Vulkangestein. Sie konnte nicht sagen, ob das eine im Eis eingeschlossene Insel oder ein echter Berg war, aber sie war aus dem eisigen Himmel heruntergekommen.

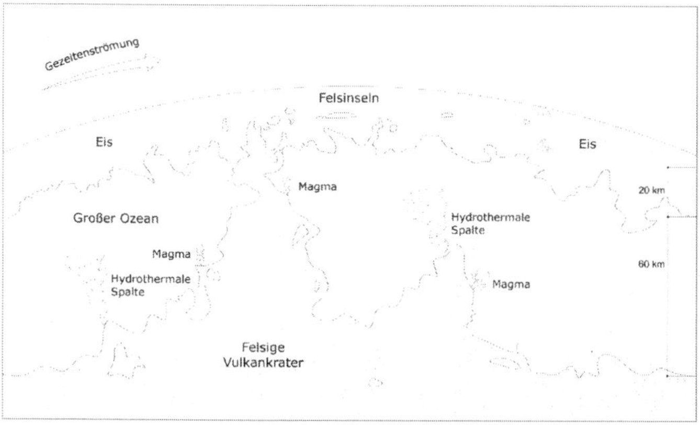

Europas Südpol

11

Die Katakomben hatten sich vor Äonen von Jahren gebildet, als flüssige Lava unregelmäßig abgekühlt war und Röhren und Höhlen innerhalb einer größeren Masse hinterlassen hatte. Fließendes Wasser strömte durch jede Öffnung in Gestalt von Geysiren, Flüssen und langsam austrocknenden Meeren. Beben ließen neue Brüche entstehen und schlossen alte – und das Eis war immer da, es bröckelte oder schob und schlug gegen den Fels.

Während sie durch die Einsamkeit und Stille ging, dachte Vonnie zu viel an ihre toten Freunde.

Die Dunkelheit erstreckte sich in alle Richtungen. Es gab Gruben und Vorsprünge, blinde Ecken und Rutschbahnen. Einmal stieß sie auf einen riesigen Abgrund, der Hunderte von Metern in die Tiefe hinabfiel. Häufiger konnte sie nicht mehr sehen als einen Steinwurf weit, während sie sich ihren Weg durch diesen Irrgarten suchte.

Um die östliche Richtung beizubehalten, die sie eingeschlagen hatte, verwendete sie, wenn es irgendwie möglich war, einen Kreiselkompass. Sie versuchte, sich mit ihren Karten und Daten zu beschäftigen. Die Atmosphäre in diesen Lavatunneln bestand zum Großteil aus Wasserdampf, Kohlendioxid und dem allgegenwärtigen Stickstoff sowie Spuren von Giftstoffen. Auch war es warm – ein paar Grad unter dem Gefrierpunkt.

Vonnie nahm an, dass sie einen Berggrat erreicht hatte. Bei den meisten der Felsformationen, die nicht weit von der Oberfläche Europas entfernt waren, handelte es sich um Kraterauswürfe. Sie waren bei Eruptionen am Meeresgrund hinausgeschleudert worden oder von Bergspitzen durch den Druck des eisigen Himmels abgebrochen. Wenn sie einen abgekühlten Lavablock entdeckt hätte, der im Eis trieb, dann hätte dieser vielleicht die geringe Menge Wärme absorbiert, die durch die Reibung und durch hydrothermale Spalten entstanden war. Diese Katakomben waren zu warm. Einige Areale waren mit Schaum bedeckt, wie Schmutz in einer Badewanne. Ihr Anzug machte Schwefel, Salz, Rost und Mineralien aus, alles Beweise dafür, dass es in der Vergangenheit zu Fluten, Rauch- und Ascheausstößen gekommen war.

Sie befand sich im Inneren eines Vulkans.

Europas flüssiger Kern, der Silikatmantel und die geringe Gravitation erschufen Türme unvorstellbarer Höhe. Der große Ozean kühlte viele Risse und Schlote ab und trieb die Lava nach oben. Da silikathaltige Lava klebrig war – ähnlich wie Sirup –, schloss sie Gase in sich ein, wodurch wiederum jede Eruption noch weiter in die Höhe getrieben wurde.

Auf der Erde, bei voller Gravitation, hatte sich der hawaiianische Vulkan Mauna Loa siebzehn Kilometer vom Grund des Pazifiks erhoben. Auf dem Mars, bei 0,38 g, aber ohne einen Ozean, der den Ausbruch verstärkt hätte, war der Olympus Mons fünfundzwanzig Kilometer in die Atmosphäre gewachsen. Für Europa mit seinen 0,13 g hatten Lams Simulationen instabile Felshaufen mit einer Höhe von sechzig Kilometern vorausgesagt. Er hatte angenommen, dass der Grund des Ozeans nicht einheitlich war. Es musste flachere Regionen geben, wo der Mantel des Mondes Ebenen geformt hatte. Die Vulkane, die an der Oberfläche kratzten, erhoben sich von diesen hochgelegenen Stellen.

Feuer und Eis.

Die Vulkane erodierten viel schneller als ihre Erdäquivalente und bauten sich auch viel schneller neu auf, also lauschte Vonnie auf seismische Aktivitäten, schwenkte ihr Infrarotgerät in den Höhlen umher und suchte heiße Stellen.

Sie fand Kondensationsflecken und dann verdichtetes Eis, bevor sie eine Reihe von Katakomben durchquerte, die von einem überfluteten Sumpf bedeckt waren. Riesige Eisbrocken lagen auf dem Boden des Tunnels neben Säulen und Stalaktiten. Auf gefrorenen Seen, deren Strömung bei weniger als Zeitlupentempo lag, bildeten sich an jedem verstreuten Felsbröckchen Wellen und Strudel aus.

Die Umgebung war atemberaubend, konnte sie aber nicht beruhigen, als sie in einen leichten Wind hineinlief. Der Druckunterschied ließ auf eine sogar noch höhere Temperatur irgendwo über ihr schließen. Vielleicht waren da Gasschlote oder sprudelnde Quellen.

Vonnie hatte Bakterienteppiche gesehen und ein paar Sporen von etwas, das anscheinend Pilze waren. Sie entnahm Proben von diesen fahlen zwiebelartigen Gewächsen, glücklich, irgendeine Art von Leben zu entdecken, aber so richtig blühte in dieser Gegend nur das Eis. Als ihr Radargerät eine weitere Sonnenform an der Wand identifizierte, nahm Vonnie an, es handle sich um eine Schnitzerei.

Sie bewegte sich.

»Hey!«, Vonnie begann zu laufen. Ebenso plötzlich blieb sie wieder stehen. Die Kreatur war einen Meter zwanzig breit und hatte einen runden Körper mit acht Armen. Sie wollte das kleine Ding nicht verschrecken. Es war dreihundert Meter entfernt und es hatte sie vielleicht noch nicht entdeckt.

Es wäre womöglich das Beste, wenn die Kreatur sie nicht gesehen hätte. Vonnie war nicht dazu ausgebildet, den Erstkontakt herzustellen. Die Entscheidung, die sie fällte, konnte neun Milliarden Leben im gesamten Sonnensystem betreffen, wenn die Menschheit zum ersten Mal auf eine andere denkende Spezies stieß … aber sie brachte es auch nicht fertig, wegzugehen, nicht von hier, nicht jetzt. Sie brauchte diesen Erfolg als Ausgleich für all das, was schiefgegangen war.

Außerdem, was zum Teufel atmete es?

Bei diesem Gedanken wurde Vonnie von einer Welle aus Stolz und Melancholie erfasst, einer bittersüßen Mischung. Bauman und Lam hätten alles gegeben, um bei ihr zu sein.

Eine Infrarotmessung bestätigte, dass diese Kreatur warmblütig war. Trotz der starken isolierenden Knorpel- und Fettschichten strahlte ihre Körperwärme in dieser Kälte wie ein Heizofen.

In dieser Hinsicht war das Wesen tatsächlich eine Sonne. Vonnie wurde von ihm angezogen wie von einem Leuchtfeuer oder einer Lampe.

Die Kreatur duckte sich hinter einen Steinhaufen und verschwand. Vonnie schritt darauf zu, wobei sie die Strahlen ihres Radar- und Röntgengeräts an der Höhlenwand entlanglaufen ließ. Wohin war das Wesen verschwunden? Die Wand war gespickt mit Spalten und Löchern.

Nach hundert Metern blieb sie stehen. Sie dachte an Lam und erkannte, dass die Schnitzereien, die sie gefunden hatten, symbolische Abbildungen der Körper dieser Kreaturen gewesen waren. Sie hatten jede der achtarmigen Sonnen für einen Buchstaben oder ein Wort gehalten. Stattdessen waren die Figuren dreidimensionale Abbilder der Schnitzer selbst.

Vonnie suchte die Wand ab und entdeckte eine Spalte, in der es von warmen Körpern wimmelte. Acht waren es – wieder die Zahl Acht –, und wieder sah sie keine Ausdünstungen im Infrarot.

Vonnie vergaß alles andere, dennoch achtete sie darauf, dass ihr Lächeln hinter dem Visier nicht zu sehen war. Zähne konnten furchteinflößend wirken. Sie bewegte sich langsam, obwohl es in ihrem Kopf raste vor Verwunderung und Entzücken. Sie kniete sich hin, um sich kleiner zu machen. Dann fuhr sie mit einem Finger durch den Staub, rein um die Idee von Kommunikation zu vermitteln. Sie musste eine Überraschung für die Wesen sein.

Ich bin ein Freund, dachte sie.

Ohne Fell und stromlinienförmig, wie sie waren, hatten sie sich mit großer Sicherheit im Wasser entwickelt. Sie hatten keine Knochen, nur Knorpelstränge in Rumpf und Armen. Soweit sie sehen konnte, hatten sie auch keine Vorder- und keine Rückseite, keine Augen und keine Nase, nichts, um eine Seite von der anderen zu unterscheiden.

Hinzu kam, dass ihre Albinohaut übersät war mit Stacheln. Einige dieser schützenden Nadeln hatten einen gelben oder roten Ring, wahrscheinlich bedingt durch eine Schwefel- oder Mineralienaufnahme. Sie brauchten keine Pigmentierung in dieser lichtlosen Welt.

An der Unterseite waren ihre Arme überzogen mit Greifnoppen und frei hängenden röhrenartigen Füßchen, wie sie bei Meerestieren als Abulakralfüßchen bekannt sind. Außerdem verfügten sie über eine Art Pedizellarien, Fangarme, die in die Tausende gingen. Einige davon waren so dünn wie ein Haar, andere kurze Stränge wie Drähte.

Die sich windenden Tasthaare verliehen ihnen Persönlichkeit. Die Wesen hingen in einer Gruppe zusammen am Felsen, und die meisten von ihnen hielten einen oder zwei Arme hoch, um deren Unterseite zu zeigen. Allerdings konnte Vonnie mit ihren Sensoren sowieso in jedem Fall durch ihre Körper hindurchsehen. Sie wanden und beugten sich.

Kommunizieren sie miteinander?, dachte sie. *Wie? Über Berührungen?*

Sie tanzten mit ihren Armen, rieben sich aneinander.

Vonnie stellte sich vor, dass sie Körperkontakt wie eine Mischung aus Zeichensprache und Braille-Schrift verwendeten. Vielleicht lasen sie ihre Schnitzereien – wie alles innerhalb von Europa – auf dieselbe Art, wenn sie sich durch die Dunkelheit tasteten.

Ohren waren ihre einzigen sichtbaren Sinnesorgane. In den Furchen zwischen ihren Armen lagen, geschützt von höckerähnlichen Muskeln, Schließmuskeln, die sich zu kurzen Hörkanälen hin öffneten. Vonnie folgte mit ihren Röntgenstrahlen den Gehörgängen in die Körper nach, und auf dem Abbild leuchteten eng gewundene, spezialisierte Ohrschnecken und Bündel von Nerven auf. Außerdem sah sie komplexe Fettläppchen, die mit eben jenen Nerven verbunden waren. Wozu dienten sie? Irgendwie verbesserten die Fettstrukturen ihr Gehör.

Ansonsten hatten sie keinerlei Körperöffnungen, außer an ihren Bäuchen. Vonnie bemerkte ein paar Schlitze, von denen sie annahm, dass es sich dabei um gut geschützte Kiemen und Genitalien handelte. Jede Kreatur hatte zudem einen nach oben stehenden Schnabel, der offensichtlich zugleich als Mund und als Anus genutzt wurde. Ihr erster Scan zeigte ein sehr einfaches Verdauungssystem, vier Lungen, zwei Herzen, zwei überdimensionale Nieren, eine riesige Leber und mehr Gehirnmasse, als sie bei einem Wesen von etwas über einem Meter Größe vermutet hätte.

Ihr seid perfekt, dachte sie.

Sie waren so klein, dass sie mit wenig Nahrung auskommen konnten, aber zugleich groß genug, um zu bauen. Lungen und Kiemen ermöglichten es ihnen, sich in jedem Medium zu bewegen. Bauten sie ihre Wohnungen noch immer unter Wasser? Wo waren ihre Kinder?

Selbstvergessen fragte sie laut: »Wie soll man euch nennen?«

Sie dachte an das energische Lachen ihrer Freunde. Bauman hätte die Eingeborenen vielleicht *Oktopoden* oder *Wassersäuger* genannt. Der politisch korrektere Lam hätte *Europabewohner* gesagt.

»Sunfish«, sagte Vonnie.

Ihnen einen Namen zu geben, kam ihr liebevoll und richtig vor. *Sunfish* war schön. Es war poetisch. Sie sahen wie riesige Seesterne aus, aber *Seesterne* wäre erniedrigend gewesen.

Das waren keine einfachen, geistlosen Meerestiere. Sie waren klug und tapfer. Für die Sunfish war es eine bemerkenswerte Leistung, so viel Abstand zwischen sich und die Eisoberfläche zu bringen, wie sie jetzt hatten. Das zeigte wieder ihre strategischen, organisatorischen und technischen Fähigkeiten. Dass sie mit dieser Umwelt klarkamen, war sogar noch eindrucksvoller, denn ihre Lungen waren zu kompakt, um für lange Zeit Luft zu speichern. Sie mussten irgendeinen Trick entwickelt haben, um Sauerstoff zu komprimieren … ihr Blut anzureichern … Wasser oder gute Luft einzuatmen, bevor sie von einer sicheren Zone zur nächsten zogen.

Die Luftschleusen zeigten, dass sie keine Nomaden waren. Stattdessen bauten sie Bollwerke.

Bin ich in der Nähe ihres Zuhauses?, dachte sie.

Dann bekam sie etwas nicht mit. Die Sunfish sprangen sie an. Vonnie wich überrumpelt zurück, als sie wie Schrotkugeln von der Höhlenwand hagelten.

Die Sunfish im Flug waren spektakulär. Vier von ihnen stießen sich von den Felswänden über ihr ab und sausten in Räume, die ihr zuvor gar nicht aufgefallen waren, bis sie dort hinein- und wieder herausschossen. Die anderen stießen sich vom Boden des Tunnels ab. Sobald sie in der Luft waren, schlugen sie einen Salto, sodass sie jetzt mit den Unterseiten und den Schnäbeln zuerst ankamen. Sie flogen in einem Schwarm und hatten alle Arme ausgestreckt.

In diesem Bruchteil einer Sekunde erkannte Vonnie, dass die Schnitzereien eine Lüge waren. Die in den Tunnel hineingeschnittenen Figuren waren glatt, stilisiert und makellos gewesen. Diese Schnitzereien zeigten die Oberkörper der Sunfish ohne Zeichen des Alters oder Verletzungen. In Wirklichkeit waren ihre Unterseiten rau und mit Narben bedeckt, wo Teile von Fangarmen fehlten.

Ihr wahres Wesen war genauso grotesk wie diese Wunden.

Der erste Sunfish schlug seitlich an ihren Helm und attackierte ihren Schaltkasten. Andere wollten sie wohl zu Fall bringen und stießen gegen ihre Arme und ihre Brust. Vonnie strauchelte, aber ihr Anzug hielt sie aufrecht.

Ihr Rückzug war unkoordiniert. Sie stolperte über einen Felsblock und stürzte, als gerade drei Körper über sie herfielen.

Wie betrunken stand sie wieder auf und schlug vor lauter Adrenalin wild mit den Armen. Ein großer Teil der Sunfish war anscheinend verschwunden. Sie prügelte wild auf den ein, der sich an ihrem Gesicht festgehakt hatte.

Die Sunfish ließen die Decke auf sie herunterstürzen. Hunderte Felsstücke prasselten gegen ihren Anzug, und sie sah gerade in dem Moment auf, als ein zackiger Felsbrocken, so groß wie ein Auto, herabfiel. Als die meisten Sunfish von ihr weggesprungen waren, waren sie nach oben auf den Felsen gekrabbelt. Dort hatten sie gegraben, Gestein herausgebrochen und sich selbst als Hebel zum Auslösen ihrer Waffe verwendet.

Sie waren gnadenlos. Durch den Aufprall kam einer der ihren zu Tode und drei weitere wurden verletzt. Und auch sie wurde schachmatt gesetzt.

Im Inneren ihres Helms knallte ihr Schädel gegen die verbeulte Ausrüstung und eine Hornhaut wurde ihr von der zerstörten Verschaltungstechnik aufgekratzt. Dann schlug sie am Boden auf. Ihre Systeme setzten für 3,1 Sekunden komplett aus, und Vonnie fiel der Länge nach ausgestreckt, blutend und zuckend in die Dunkelheit.

12

»BIST DU DA?«, keuchte sie. Eine feuchte Maske aus Blut nahm ihr die Sicht.

»Online.«

»Los! Bring mich auf die Beine!«

Sie konnte die Sunfish an ihrem Anzug spüren, wie sie sich durch das Geröll wanden und nach ihrem Fuß, ihrem Arm, ihrer Schulter griffen. Ihre Arme schlugen gegen sie wie Keulen.

Ein stechender Schmerz fuhr durch Vonnies Ellbogen, als ihr Anzug sich befreite. Sie stand auf. Sie schüttelte in ihrem Helm den Kopf und kniff das linke Auge zu, aber ihre Sehfähigkeit besserte sich nicht, und das andere Lid konnte sie überhaupt nicht schließen. Dieses Auge war ein gefühlloser, zermatschter Beutel in einem Krater aus Fleisch.

Ich kann nichts sehen, erkannte sie.

Ihre Angst wurde zu einer Feuersbrunst, die ihr das Gehirn versengte. Sie konnte keinen klaren Gedanken fassen. »Lauf los!«, sagte sie, aber der Geist benötigte mehr Informationen.

»Richtung?«

Vonnie sammelte die Wörter, die sie brauchte. »Verfolge meinen Weg über zwei Kilometer zurück! Verfolge ihn exakt zurück! Lauf in den Lavatunnel!«

Ein schwaches blaues Glühen erreichte ihr gutes Auge, als der Anzug sich taumelnd aufrichtete und sich umwandte.

Wahrscheinlich spielte er ihre Karten noch einmal ab. *Mein Visier ist intakt, sonst wäre ich tot,* dachte sie.

Sie beugte sich vor zu dem Licht und schielte durch ihr blutiges Auge. Die zertrümmerte Verschaltungsplatte schnitt wie ein Dutzend Nadeln in ihre Wange. Sie zuckte zurück, aber sie konnte nicht entkommen. Ihr Gesicht wurde von den scharfen Bruchstücken eingeschlossen.

Schluchzend ließ sie sich von dem Anzug forttragen. Er schoss voran und riss dabei ihre Kopfwunden weiter auf.

Dann stolperte er oder war niedergeschlagen worden. Vonnie erwartete einen weiteren Angriff und stöhnte. »Was siehst du?«, ächzte sie, als der Anzug wieder aufstand.

»Frage präzisieren.«

»Wo sind sie? Gibt es irgendeinen Ausweg?«

»Vier Lebensformen folgen uns. Die nächste ist zehn Meter hinter uns.«

»Nein!«

»Das Radar zeigt mehrere Verzweigungen in diesem Tunnel an, aber dein Befehl lautete, auf deinem Weg zu bleiben.«

»Bieg ab! Häng sie ab!«

»Optionen durchrechnen.«

»Dreh einfach um! Lauf! Lass nicht zu, dass sie mich erwischen!«

Der Anzug zerrte Vonnie zur Seite, riss sie nach rechts, nach links, nach rechts und noch mal nach rechts. Taumelnd vor Todesangst und Schock kämpfte Vonnie darum, sich an einem Plan festzuhalten.

»Wo sind sie jetzt? Wie sieht der Tunnel aus?«

»Die nächste Lebensform ist fünfundzwanzig Meter entfernt. Ich blende ein Hologramm ein.«

»Fick dich! Fick dich! Ich kann nichts sehen!«

»Zwanzig Meter.«

»Lauf weiter! Sag mir, wie der Tunnel aussieht!«

»Das Radar zeigt mehrere Seitenarme und Höhlen um die Hauptröhre herum an, die mindestens noch einen Kilometer lang ist. Dahinter ist Eis.«

»Was soll ich tun?«

»Frage präzisieren.«

Vonnie schrie ihn an, setzte ihre Wut ein, um ihre Panik zu überspielen. »Wie können sie uns so nah sein! Du bist stärker als sie! Du solltest schneller sein!«

»Die Lebensformen springen von allen verfügbaren Oberflächen ab, sie gleiten durch Übergänge, die nur einen Meter lang sind oder ganze dreißig. Ihr Verständnis von räumlichen Zusammenhängen scheint bedeutend größer zu sein als die entsprechende Fähigkeit beim Menschen.«

Das half ihr. Sie konnte sich die Jagd jetzt bildlich vorstellen. Ihr Anzug jagte in großen Sätzen voran, während die Sunfish hinter ihr herflogen. Vonnie wurde von Felsbrocken und Gruben behindert. Die Sunfish verhielten sich mehr wie Pfeile oder Kugeln und nutzten je nachdem größere und kleinere Winkel.

»Wenn alle vier von ihnen in der Luft sind, wechsle die Richtung! Renn in einen der Seitentunnel!«

»Ich erwarte einen solchen Moment in sechs Sekunden. Fünf. Vier.«

»Warum spüre ich nichts von meinen Medsystemen? Bring meine Augen in Ordnung!«

»Eins.«

Vonnie zuckte zusammen, als der Anzug sich zurückwarf. Sie glaubte, eine minimale Berührung an ihrer Schulter zu spüren. Hatte ein Sunfish sie im Vorbeifliegen gestreift?

»Wo sind sie?«

»Wir haben den Haupttunnel verlassen, wie angewiesen. Die nächste Lebensform ist zehn Meter hinter uns und entfernt sich weiter. Ich habe die anderen drei vom Radar verloren.«

»Lauf weiter! Was ist mit meinen Augen?«

»Die medizinische Versorgung scheint von unbekannten Datenpaketen und Überschreibungen unterminiert worden zu sein.«

»Das bist du. Oh Mist, das bist du«, flüsterte sie mit einem kalten neuartigen Gefühl von Bedrohung. An irgendeinem Punkt hatte der Geist die von ihr eingerichteten Sicherheitsprüfungen ausgetrickst und versucht, sich auszubreiten. Während er mit ihren Rechensystemen gekämpft hatte, hatte er sich dann ausgebreitet.

»Diagnoseprogramm gestartet.«

»Nein. Warte.«

»Infiltrierte Dateien in den Verbindungen der lebenserhaltenden Systeme entdeckt.«

»Ich sagte, warte! Abschalten!«

Ihr Anzug wurde starr. Vonnie taumelte vorwärts, bis sie mit dem Arm an etwas stieß. Sie wirbelte herum und schlug noch zweimal an, dabei verletzte sie sich das Bein und den Rücken. Ihr Gesicht brannte.

Der Schmerz machte ihr nichts aus. Es war ihre Todesangst, die sie völlig in Beschlag nahm. Wie ein Kind griff sie nach irgendetwas, an dem sie sich festklammern konnte. Der Anzug wechselte in manuellen Modus, sodass sie sich an dem Felsen festhalten und ihre Beine bewegen konnte.

Sie kam vier Meter weit, ehe sie mit dem Kopf gegen die Wand knallte. Sie drehte sich nach rechts, dann stieß sie an etwas anderes.

Was konnte sie tun?

Vonnie wollte nicht, dass der Geist noch einmal die Datenpakete absorbierte, die er in seinem Kampf um die Kontrolle ihres Anzugs verloren hatte. Einige dieser Datenpakete waren vermutlich unnützer Kram, andere inaktiv. Wenn der Geist sich wieder mit ausreichend dieser Zellen verband, würden die Firewalls ihres Anzugs den nächsten Kampf um die Kontrolle vielleicht verlieren. Allerdings konnte sie nicht allein durch die Dunkelheit krabbeln.

»Bist du da?«, rief sie.

»Online.«

»Wo sind die Sunfish?«

»Das Radar zeigt keine Anzeichen von Verfolgern.«

Vonnie atmete zitternd aus. Lauerten sie draußen vor dem Gang? War er eine Sackgasse? Die nächste Frage war die wichtigste, und sie klammerte sich mit der Verzweiflung eines Kindes daran: *Warum? Warum? Warum versuchen sie, mich zu töten?*

Wenn sie intelligente Wesen waren, hätten sie die gleiche Magie verspüren müssen, die sie empfunden hatte, als sie vor ihnen gestanden hatte. Sie konnten noch nie etwas wie ihr begegnet sein – einem großen, zweibeinigen Wesen in einem Anzug aus Plastistahl – und sie hatte nichts falsch gemacht. Oder doch?

Verwirrt von dem mitgenommenen Aussehen ihres Oberkörpers und ihres Unterleibs, tastete Vonnie an ihrer Ausrüstung herum. Plötzlich griff sie sich an ihren Schulteraufsatz. »Ist meine Elektrolyse-Einheit intakt?«

»Bestätigt.«

Einen Moment hatte sie befürchtet, sie könnte ihre Luftflaschen nicht wieder auffüllen. Sie wusste nicht, ob sie genug Werkzeug hatte, um einen Ersatz anzufertigen.

»Ich sollte drei Mechs an meiner Brustplatte haben.«

»Negativ.«

»Was ist mit ihnen passiert?«

»Einer ist bei dem Angriff verloren gegangen. Die meisten deiner Werkzeugsets und Probenbeutel sind ebenfalls beschädigt.«

»Aber ich habe noch zwei Mechs übrig.«

»Bestätigt. 1084 hat seine Infrarotkamera und den Laser verloren. 1085 ist als intakt gelistet.«

»Abmachen und aktivieren. Diesen Anzug an 85 anbinden.

Deine Aufgabe wird es sein, seine Signale in mündliche Signale zu übersetzen und meine Befehle weiterzugeben.«

»Von, hör zu, ich bin leistungsfähiger als die Mechs.«

»Was hast du gerade gesagt?«

»Ich bin leistungsfähiger.«

Der Geist hatte ihren Namen verwendet und einem direkten Befehl widersprochen. Wie viel Zeit würde sie haben, bis er erneut die Systeme ihres Anzugs infiltrierte?

»85 abmachen und aktivieren«, wiederholte sie. »Alle anderen Vorgänge löschen und bestätigen.«

»85 aktiviert.«

Der Mini-Mech löste sich mit einem Plopp von ihrer Brustplatte.

In dem Versuch, sich zu orientieren, wandte Vonnie den Kopf. Sie wünschte sich sehnlichst, sehen zu können. »Schick 85 voraus in den Schacht, dann folge ihm«, sagte sie. »Geh so schnell, wie es sicher ist. Unsere oberste Priorität ist es, von den Sunfish wegzukommen. Bestätige.«

»Bestätigt, Von.«

Dass er ihren Namen verwendete, war nur eine einfache Entwicklung, zugleich jedoch eine ernste und falsche. Hielt er sich für gleichgestellt?

13

Ihr Anzug duckte sich, wand sich und hüpfte, während er 85 folgte. Zugleich gab der Geist die Beobachtungen von 85 weiter, er beschrieb eine Rinne, einen Erdrutsch, eine Spalte, einen Hügel.

»Ich brauche medizinische Versorgung«, sagte sie.

»Von, ich kann die beschädigten Knoten instand setzen.«

»Ich will, dass du dich aus den lebenserhaltenden Systemen zurückziehst. Das ist das Problem. Du störst.«

»Inkorrekt. Die Grundfunktionen dieses Anzugs sind kompromittiert von externen und internen Schäden. Wenn ich mich zurückziehe, wirst du alle Systeme verlieren, die von der KI gesteuert werden.«

Also blutete sie weiterhin. Sie konnte nicht zulassen, dass der Geist an ihrem Gesicht arbeitete. Wäre es um so etwas wie ihren kleinen Finger gegangen, hätte sie ihm vielleicht den Zugriff erlaubt, um ihn zu testen, aber sie konnte ihn nicht ihren Schädel reparieren lassen. Wenn die Prozedur misslang, wenn der Geist sie absichtlich schädigte oder mittendrin abbrach, konnte sie geistig verkümmert oder blind zurückbleiben. Dann würde sie hier unten umherirren, bis sie verhungert wäre, ein Idiot und ein Krüppel, kaum in der Lage, das eigene Leiden zu verstehen.

Konnte sie 85 verwenden, um ihren Anzug wieder in den Zustand zu versetzen, in dem er war, bevor ihn der Geist gehackt hatte? Sie hatte virtuelle Tastaturen in ihren Handschuhen. Sie könnte für 85 Befehle eingeben, aber sie würde das nur über das Touchpad machen müssen, ohne ihre Eingaben über das Stirndisplay kontrollieren zu können. Auch hatte sie nicht herausgefunden, wie sie verhindern konnte, dass der Geist ihre Signale mitbekam.

Sie musste ihn ablenken. »Wie haben die Sunfish mich verfolgt?«, fragte sie. »Haben sie miteinander gesprochen? Ich habe nichts gehört, und sie haben keine Augen.«

»Die Lebensformen haben Ultraschallsignale ausgesendet.«

»Ultraschall. Hast du Aufnahmen davon?«

»Bestätigt.«

»Analysiere Bedeutung und Kontext dieser Aufnahmen. Handelt es sich um Sprache?«

»Unbekannt.«

»Ich will eine Warnung, sobald du sie wieder hörst. Suche weitere Schnitzereien. Alles. Was kannst du mir sonst noch über sie sagen?«

Als der Geist begann, Daten aufzusagen – Wellenlänge und Zusammensetzung der Ultraschallrufe der Sunfish, Modulation, Dauer, Intervalle –, streckte Vonnie ihre Finger im Inneren ihrer Handschuhe aus. An dem sanften Widerstand, den sie an ihren Fingerkuppen spürte, merkte sie, dass ihre virtuellen Tastaturen funktionierten.

Sie begann zu tippen, während der Geist seinen Bericht fortsetzte.

Ihr Anzug hatte tiefe Signale aufgezeichnet, die bei nur 17 000 Hertz lagen, also im Bereich des menschlichen Hörvermögens, und Töne bis hinauf zu 130 000 Hertz, was weit über den schrillen Frequenzen lag, die auf der Erde von Fledermäusen verwendet wurden.

»Sprich weiter«, sagte sie.

»Bei den Sunfish ist der Kehlkopf ein stark ausgebildeter

Muskel. Luftsäcke ermöglichen ihnen, dieselbe Luft durch den Kehlkopf vor- und zurückzustoßen, anstatt in schlechter oder giftiger Atmosphäre auszuatmen. Sie reflektieren diese Vibrationen mit dem hornähnlichen Material ihrer Schnäbel. Sie …«

»Warum redest du nicht weiter?«

»Der Tunnel, den wir entlanggehen, hat sich zu einer Höhle hin geöffnet, die ungefähr fünfundsiebzig mal dreißig mal fünfundvierzig Meter misst. Der Boden fällt in einer Reihe von Sturzrinnen ab. Das gegenüberliegende Ende wird von einer Eiswand begrenzt. Das Radar zeigt Brüche und Einschmelzungen, vielleicht ein ausgedehntes Netzwerk, das zum Felsen emporführt. Wir könnten das Ende dieses Berges erreicht haben.«

»Dank sei Gott. Los, dringen wir ins Eis ein und versuchen, es hinter uns zu verschließen. Wir können sie durch eine Mauer abhalten.«

»Da ist außerdem ein Bauwerk in der größten Rinne.«

»Wovon redest du?«

»Da ist eine Felswand von sechzehn Metern Länge, zwei Metern Dicke und vier Metern Höhe. Sie umgibt ein Reservoir mit etwa fünfundvierzigtausend Litern Wasser und Schlamm.«

»Bring mich hin.«

Zum ersten Mal seit dem Angriff war Vonnie erleichtert. Sie erinnerte sich an die Schnitzereien und die Luftschleuse. Wenn die Sunfish außerdem Reservoire bauten, hatten sie und Lam – der richtige Lam – recht mit ihrer Annahme gehabt, dass es sich um eine vernunftbegabte Spezies handelte. Es gab zu viele Anzeichen dafür, um von etwas anderem auszugehen.

Das Schuldgefühl, das sie verspürte, war unter der Angst begraben, aber es war das ehrlichere Gefühl. Es mischte sich mit ihrer Scham.

Wie würden Menschen reagieren, wenn ein Alien in ihre Stadt spazierte? Verglichen mit den Sunfish war Vonnie ein Riese und es gab in der Nähe möglicherweise Schulen oder so etwas wie Kindergärten. Vielleicht war der Angriff ihr Fehler gewesen. Vielleicht hatte sie ihn mit ihrer Größe, ihrem Geruch oder ihrer Körperwärme provoziert. Sie hätte es besser wissen müssen. Es war eigennützig gewesen, sich ihnen zu nähern. Was, wenn die Sunfish all das waren, was Lam sich erträumt hatte?

Während ihr Anzug nach unten wanderte, sagte sie: »Siehst du Werkzeugspuren in den Felsen? Vergiss nicht, das in den Datenspeichern aufzuzeichnen.«

»Kameras sind außer Funktion.«

»Radar und Infrarot verwenden. Wie ist die Temperatur?«

»Die Luft hat eine Temperatur von minus siebzehn, aber der Felsen hat bis zu drei Grad warme Hotspots aufgrund thermischer Aktivität. Die Wassertemperatur verändert sich von sechs Grad an den tiefsten Stellen bis zu minus zwei in den flachen Bereichen.«

»Handelt es sich um Salz- oder Süßwasser?«

»Der atmosphärische Test zeigt einen niedrigen Salzgehalt an. Soll ich einen Mech losschicken, um Proben zu holen?«

»Ja.«

Sie war neugierig. Ein Großteil der Wassertiere auf der Erde war an bestimmte Arten von Wasser angepasst: frisch, leicht salzig, salzig; warm, kalt; sonnenbestrahlt, schattig oder in absoluter Dunkelheit. Allerdings gab es Ausnahmen wie Wale, die zumindest zeitweise in jeder Kombination überleben konnten.

Auf Europa gab es außerdem den Fall des siedend heißen Wassers. Die meisten der heißen Quellen entsprangen wahrscheinlich dem großen Salzozean. Offensichtlich gab es auch Einschlüsse mit frischem Schmelzwasser, das durch entfernte Magma oder aufsteigende Gase entstanden war, wie dieses Reservoir. Allerdings konnten Süßwasserseen, so wie das Eis selbst, immer nur temporär sein, ständig bedroht von Spaltenbildung und Verunreinigung.

Wenn die Sunfish sich anstrengten, um frisches Wasser aufzubewahren, waren sie dann auf salzlose Umgebungen beschränkt? Konnte es für das Reservoir einen anderen Grund geben?

»Halt Ausschau nach anderen Wegen aus dieser Höhle«, sagte sie. »Wenn das der Ort ist, an dem sie trinken oder baden, warum hast du keine Anzeichen für einen regen Verkehr entdeckt?«

»Es gibt Anzeichen für einen regen Verkehr.«

»Wo? Ich habe dir gesagt, ich will eine Warnmeldung!«

»Dein Befehl war, dich zu warnen, wenn ich Rufe höre oder Schnitzereien entdecke. In der Decke sind vier Löcher, und ein fünftes befindet sich in der Wand des Tunnels, aus dem wir gekommen sind. An drei von ihnen gibt es Anzeichen für eine regelmäßige Bewegung. Der Fels ist an einigen Stellen unnormal glatt und es sind Rillen eingeschnitzt, wie Leitersprossen.«

Gedanklich legte Vonnie eine Pause ein. Der Anzug ließ ihren Körper weitergehen, aber in ihrem Geist trat sie einen Schritt zurück. Sie ließ auch ihre virtuellen Tasten los und gab ihre Versuche auf, den Geist zu hintergehen. Ihn zu zerlegen, würde warten müssen.

»Schaff mich hier heraus«, befahl sie.

»Von, meine Scans von dem Reservoir sind unvollständig.«

»Schaff mich raus. 84 abmachen und aktivieren. Lass ihn hier bei 85 zurück. Gib ihnen den Befehl, so viel Hitze und Lärm zu erzeugen wie möglich.«

»84 abgemacht.«

Die Sunfish hatten sie nicht entkommen lassen. Sie hatten zugesehen, wie Vonnie direkt in eine ihrer Behausungen hineingelaufen war.

Vonnie war übel vor Angst, als ihr Anzug aus der Schlucht rannte. Wenn sie Glück hatte, würden ihre Mechs sie decken. War diese Höhle das Zuhause der Sunfish? Die Luft war giftig, aber vielleicht waren sie in dem Reservoir, atmeten mit ihren

Kiemen … und lauerten darauf, ihr Bein zu packen und sie hineinzuziehen.

»Sag, was du siehst!«

»Wir haben die größte Schlucht hinter uns gelassen.«

»85 soll uns folgen. Halte 84 in der Nähe des Wassers.«

»Das Wasser im Reservoir ist unruhig. Ich vermute sechs Lebensformen unter der Oberfläche. Acht. Zwölf. Vierzehn.«

Das sanfte Zählen seiner Stimme in ihrem Ohr bildete einen starken Kontrast zu ihrem klopfenden Herzen. »Was ist mit den Leitern an der Höhlenwand?«, fragte sie. »Sind über mir Sunfish?«

»Negativ.«

»Lasse 85 zwischen mir und 84 stehen. Sag ihm, er soll Steinchen aufheben und werfen, nicht auf die Sunfish und nicht auf mich. Ich will sie ablenken.«

»Die Sunfish sind aus dem Wasser aufgetaucht. Sie senden Ultraschallsignale.«

»Verstecken.«

Ihr Anzug warf sie auf ihre Knie. Ihre ängstlichste Seite wollte weiterlaufen, aber die Sunfish, die sie hatten entkommen lassen, warteten wahrscheinlich in dem Tunnel. Vonnie wollte nicht in einen Hinterhalt rennen. Wichtiger als alles andere war, dass sie sich dafür entschuldigen musste, in ihre Behausung eingedrungen zu sein.

»Spiele acht ihrer Ultraschallrufe nur für meine Ohren ab«, sagte sie. »Gab es da vor dem Angriff irgendwelche, die nicht aggressiv klangen? Ahme diese Rufe für mich nach und bereite das Abspielen auf mein Kommando hin vor.«

»Simulation gestartet.«

In ihrem Kopf schrillte ein grelles Zwitschern und Kreischen. Ultraschall war für menschliche Ohren nicht wahrnehmbar, aber der Geist übersetzte die Schreie der Sunfish in passende Äquivalente.

Waren das Worte oder war das nur Lärm? Vonnie wusste nicht, was sie gehört hatte, aber sie würde keine weitere Chance zum Reden mehr bekommen, ehe die Sunfish über ihr waren. »Sende dieselben Rufe durch 85«, sagte sie. »Falls die Sunfish antworten, gleiche deine Rufe entsprechend an. Sorge dafür, dass du beide Mechs so als Köder einsetzt, dass sie von mir ablenken.«

»Sende jetzt.«

»Wo sind sie?«

»Die Lebensformen sind über die Mechs direkt auf dich zugesprungen. Kontakt in fünf Sekunden.«

»Nein!«

Ihr Gehirn explodierte. Als Dozentin wollte sie kommunizieren, aber der Affe in ihr würde alles tun, um zu überleben.

Vonnie riss eine Sprengladung von ihrem Unterarm ab und warf sie links von sich auf den Boden. Dabei orientierte sie sich ausschließlich nach ihrem Gedächtnis. Sie hatte jahrelang in Raumanzügen gearbeitet. Von den ersten Tagen ihrer Laufbahn an hatte sie außerdem gelernt, in ihrem Kopf ständig Karten der Umgebung anzulegen.

Ihre Hand griff zielsicher zu der Sprengladung. Ihr Daumen legte die Sicherungen zweimal um. Dann zielte sie mit der scharfen Ladung auf die Sunfish und warf sich in die andere Richtung.

Wenn sie noch etwas hätte denken können, dann vielleicht, dass sie ihre Verzweiflung vergessen hatte. Aber sie hatte aufgehört zu denken. Sie handelte.

Die Detonation traf ihren Anzug wie ein Blitzeinschlag. Vonnie barg ihren Helm in den Armen. Ein kleines hartes Ding – ein Stein – schlug in ihren Oberschenkel, zugleich traf etwas Nasses – ein Sunfish – ihre Schulter.

Er war nicht tot. Er hieb auf ihren Schaltkasten ein, schnappte danach und riss daran.

Vonnie sah mit einem Auge ein schwaches Schimmern eines Hologrammbildes, das auf ihrem Visier erst orange und dann rot aufblitzte. Der Sunfish war dabei, ihren Schutzanzug aufzureißen. Verrückt vor Angst griff sie nach seinem Körper und drückte ihre Finger wie stumpfe Messer hinein, wobei sie ihren Anzug über Gebühr hinaus strapazierte. Sie durchbohrte seine Haut. Der Sunfish erschauderte. Er erschlaffte.

Sie warf die blutige Masse weg, sprang auf die Füße, stürzte, rappelte sich auf und stürzte wieder.

Sie legte ihr Leben in die Hände des Geistes, ließ zu, dass er ihren blinden, chaotischen Lauf durch seinen kontrollierten Schritt ersetzte. »Übernimm! Renn zum Eis! Kannst du den Explosionsbereich zwischen mir und ihnen zurücklassen?«

»Positiv. Die meisten der Lebensformen sind außer Gefecht. Neun tot, drei verwundet.«

»Wo sind meine Mechs?«

»84 ist im Gefecht. 85 antwortet nicht. Die überlebenden Lebensformen schlagen mit Felsprügeln auf sie ein.«

Und doch waren die Sunfish zuerst an ihren Mechs vorbeigerannt, hatten sogar die Steinchen ignoriert, die 84 geworfen hatte. Woher hatten sie gewusst, dass sie stattdessen Vonnie anpeilen mussten? Weil sie größer war? Warum hatten sie nicht auf ihre Ultraschallrufe gehört?

Während ihr Anzug sie weitertrug, kehrten ihre Selbstzweifel zurück. Die Klarheit des Wilden, die sie gespürt hatte, wurde schwächer, und das Schuldgefühl kam zurück. Es lag eine Lehre darin, aber Vonnie war zu überwältigt, um sie zu erkennen.

14

Sie hoffte, die Sunfish im Eis abschütteln zu können. Lebten sie nicht überwiegend im Wasser und in den Felsen? Vielleicht war das Eis zu kalt oder zu gefährlich für sie.

Sie wusste, dass sie sich an Strohhalme klammerte. Die Schnitzereien bewiesen, dass die Sunfish auch im Eis lebten oder es einmal getan hatten. Allerdings blieb ihr nichts anderes übrig, als sich an Strohhalme zu klammern. Da ihre Mechs jetzt verschwunden waren, konnte sie nicht einmal den Geist von außerhalb ihrer Anzugsysteme aus hacken, zudem fühlte sie sich benommen und schwach. Das Blut von ihrem Gesicht war ihr an der Brust hinuntergelaufen, wie ein sich ausbreitender Fleck.

»Vier Lebensformen befinden sich dicht hinter uns.«

»Wo bin ich?«

»Wir sind im Inneren einer Eisspalte. Das Radar zeigt weitere Tunnel und Löcher über uns an.«

»Wirf so viel Eis herunter, wie du kannst! Versperre ihnen den Weg!«

Der Anzug rüttelte sie durch und schlug auf das Eis ein. Neue Schmerzen schossen durch ihren Kopf. Ihr zerfetztes Gesicht fühlte sich an wie die Haut einer Trommel, empfindlich und straff.

Wenn sie den Geist nicht umprogrammieren konnte, war

sie vielleicht gezwungen, ihn gewähren zu lassen, bevor sie das Bewusstsein verlor. Was würde dann geschehen? Würde der Geist weiterrennen und -klettern, falls sie schlief – mit ihrem Körper wie ein Leichnam im Innern? Das könnte eine Wohltat sein, es sei denn, sie würde nie wieder aufwachen.

Der Anzug sprang nach vorn, nach links, wieder vor, dann zurück und nach rechts.

Vonnie keuchte: »Sprich mit mir!«

»Zwei Lebensformen haben sich durch den Tunnel gequetscht, den ich gebaut habe, aber ich habe kein klares Radarbild ihrer Positionen mehr. Das Eis ist mit Fels durchmischt. Viele der Öffnungen sind zu schmal für uns. Die Lebensformen können uns umgehen.«

»Kannst du sie hören?«

»Negativ. Unser Sonargerät funktioniert nicht.«

»Wann ist das kaputtgegangen?«

»Während des zweiten Angriffs. Von, das Radar zeigt neue Lebensformen über und hinter uns.«

»Wirf mehr Eis oder Fels herunter! Mach alles, was du kannst!«

Der Anzug trommelte auf das Eis ein und krabbelte rückwärts immer weiter weg von den Sunfish. Sie spürte, wie sie selbst sich wand, trat und grub. Einmal schlug die Spitze eines Arms auf ihren Stiefel ein. Die Sunfish waren sehr nah.

Abrupt erstarrte sie in der Bewegung.

»Wir sind in Sicherheit. Ich habe mehr Eis aufgetürmt, als die Lebensformen ohne stundenlange Arbeit bewegen können.«

Vonnie streckte beide Hände aus und klopfte mit den Fingern die Wände ab. Dann kratzte sie an der Decke und am Boden. »Gibt es einen Weg hinaus?«

»Negativ. Ich habe diese Nische nach allen Seiten hin verschlossen.«

»Du … Wieso solltest du …« Vonnie schluckte und unterdrückte ihre Klaustrophobie. Sie hatte ihm gesagt, er solle alles tun, um sie zu schützen, und er war seiner genauen, idiotischen Logik gefolgt. »Auf welcher Seite sind weniger Sunfish?«

»In der Röhre über uns befindet sich nur eine Lebensform.«

»Grab diese Seite frei, ehe mehr von ihnen nachkommen. Los. Fertig machen zum Kampf.«

Ihr Anzug krallte sich in das Eis. Staub und schwerere Brocken regneten auf ihren Helm herab. Vonnie machte sich für jeden Schlag bereit. Der Schmerz wurde zur Gewohnheit.

»Liste alle funktionstüchtigen Sensoren auf!«, sagte sie.

»MR-7-Radar 100 %. SPRD-Radar 100 %. Bryson Infrarot 100 %. Mobile Seismographen 70 %. Der Scheinwerfer hat volle Leistung, aber die Kontrolle funktioniert nur zeitweilig.«

»Warte. Ist mein Scheinwerfer an?«

»Bestätigt.«

»Schalt ihn ab!« Die Wärmestrahlung ihres Kameralichtes war eine mögliche Erklärung dafür, warum die Sunfish ihre Mechs beim Reservoir ignoriert hatten. »War das Licht an, als wir in der Schlucht waren?«

»Negativ.«

»Was ist mit Restwärme?«

»Positiv. Wegen unregelmäßiger Funktion schwankte die Temperatur des Scheinwerfers zwischen zweiundzwanzig und achtzig Grad Celsius, seitdem der Schaden beim ersten Angriff entstand.«

»Schalt ihn ab.«

»Die Kontrollen haben einen Kurzschluss.«

»Stromversorgung unterbrechen.«

»Der Scheinwerfer ist an das gleiche Versorgungsnetz angeschlossen wie das Radar und die Infrarotsensoren.«

Sollte sie ihn mit den Fäusten zerschlagen? Sie würde das Licht brauchen, wenn sie ihre Sehfähigkeit wiedererlangt hatte. Selbst wenn in ihrer Ausrüstung noch Ersatzlampen waren, konnte es sein, dass sie nicht das Werkzeug hatte, eine zerstörte Lampe gegen eine neue auszutauschen.

»Die Seismographen zeigen ein Kratzen auf der anderen Seite des Eises an. Ich schätze, dass zwei Lebensformen diese Kammer freilegen wollen.«

»Hör auf zu graben, sobald du auf sechzig Zentimeter herangekommen bist. Lass sie die Arbeit erledigen. Vielleicht werden sie müde. Pack sie sofort, wenn sie durchkommen. Schleudere sie hinter uns. Spring aus dem Loch und wirf so viel Eis hinunter, wie du kannst. Bestätigung.«

»Bestätigt.«

»Kannst du meinen Schaltkasten reparieren? Ich brauche ein Sonar.«

»Diese Übermittler sind verloren gegangen. Es gibt nichts zu reparieren.«

Was blieb dann noch? Konnte sie Radar- oder Infrarotsignale in etwas umwandeln, das man hören konnte? Genau wie ihre Mechs war ihr Schutzanzug technisch hochgerüstet, überfrachtet und äußerst anpassungsfähig. Aber es gab eine bessere Lösung. Ihr Helm enthielt eine Voicebox zur Kommunikation mit Menschen, die keinen Anzug trugen. Außerdem hatte sie Werkzeug in ihrer Brustplatte, das dafür gedacht war, die Schwere von Verletzungen mit »Sound-Bullets« aus einer nicht linearen akustischen Linse zu untersuchen.

»Stelle eine Verbindung zwischen meiner Voicebox und dem medizinischen Bildgebungssystem her«, ordnete sie an. »Ich will das medizinische Bildgebungssystem per Stimme steuern. Die Voicebox soll keine hörbaren Signale erzeugen. Sie soll lediglich das MBS kontrollieren. Verstanden? Wenn ich so rufe – Jah! –, soll das MBS einen Terahertz-Impuls erzeugen, dann übersetzt du diese Signale für mich wieder zurück in normale Geräusche.«

»Es ist unwahrscheinlich, dass die Lebensformen Frequenzen im Terahertzbereich hören können, falls du vorhast, ihre Ultraschallrufe zu übertragen.«

»Tu's einfach.«

Der Geist machte sich daran, mit Vonnies Händen die Stromkreise auf ihrem böse zugerichteten, schmutzigen Anzug neu zu ordnen und damit eine Verbindung von ihrem medizinischen System zu ihrem Helm herzustellen. Dass die Sunfish nicht auf einen Terahertz-Impuls reagieren würden, war gut. Sie wollte nicht mit ihnen reden. Sie wollte einen vom Geist unabhängigen Sensor, denn falls sie überlebte, stünde ihr Kampf gegen ihn als Nächstes an.

»Da kommen sie.«

Ihre Arme fuhren hoch. Ihre Handschuhe krampften sich um sich windende Muskeln. Die Sunfish drückten ihre Arme um Vonnies Handgelenke, da drang eine unheimliche Vibration durch ihre Brust. Es waren ihre Rufe, ein vertrautes, unangenehmes Brummen.

Ihr Anzug schüttelte sie ab und sprang aus dem Loch, dann hackte er auf das Eis, um sie einzuschließen.

Doch die Sunfish waren zu schnell. Der eine wand sich um ihren Stiefel. Er zog sich ihre Schienbeine hinauf bis an ihre Leiste. Vonnie versuchte zu rennen. Sie schlug ihn weg, aber der andere Sunfish umklammerte mit vier Armen kreischend ihren Fußknöchel.

Rief er Verstärkung?

Weinend trat Vonnie auf sie ein. Es war ein Gefühl, als würde sie auf Gummihöcker stampfen, bis ihre Körper zerplatzten und Säfte sowie Eingeweide ihre Beine hochspritzten. »Es tut mir so leid! So leid! Oh Gott, es tut mir leid!«

Zuerst begriff sie gar nicht, dass sie entkommen war. Bei dieser Schwerkraft wie eine Spinne durch das Eis zu krabbeln, war eher ein Kampf – graben, treten, graben, treten, wieder graben –, während sie an Wänden und Decke entlangrutschte. Sie biss die Zähne zusammen und hielt durch.

»Wo sind sie?«

»Keine Lebensformen in Sicht.«

»Noch einmal scannen! Wo sind sie?«

»Keine Lebensformen in Sicht.«

Der Druck der Strömungen, Hitze und Gas hatten Falten, Risse und Einschmelzungen in das Eis gegraben. Ein paar Löcher führten wie verrückte U-Bahn-Tunnel nach oben. Häufiger noch glichen sie Bienenwaben.

Die Öffnungen narrten Vonnie mit Sackgassen und Hindernissen. Manchmal war ihr Anzug in der Lage, sich durch Stalaktiten und Schleier aus Eis hindurchzuschlagen. Noch öfter musste der Geist ihren Weg wieder zurückgehen oder nach einhundert Metern schwer erkämpften Fortschritts aufgeben, obwohl es Vonnie danach verlangte, sich zu verstecken und auszuruhen.

Nach 1,7 Kilometern berichtete der Geist von weiterem Fels voraus. Das Eis, das sie überquert hatte, schien ein Tal zwischen zwei Berggipfeln auszufüllen, was erklärte, wieso es rissig und weich war. Das Gestein formte eine Schale. Es strahlte Hitze nach oben ab. Außerdem stützte es diesen Teil des gefrorenen Himmels, denn die Berge bedeuteten, dass der Himmel nur bis hier herabfallen konnte.

Ihr Anzug sprang über einen Abgrund auf festen Boden. Sie nahmen einen ungleichmäßigen Abhang in Angriff und schlängelten sich zwischen den Löchern und dem tröpfelnden Eis über ihnen hindurch.

»Rechts von uns sind offene Lavaröhren.«

»Wähle eine aus! Beeil dich!« Vonnie wollte nicht in den Fels hineingehen. Sie wollte ihn besteigen. Aber wenn sie draußen bliebe, konnten die Sunfish sie mit größerer Wahrscheinlichkeit hören. »Wo sind sie?«

»Keine Lebensformen in Sicht.«

Ihr Anzug kletterte zur Seite und nach unten. Vonnie zählte jeden Schritt. Die Geräusche um sie herum wurden dumpfer.

»Sind wir im Inneren des Berges?«

»Bestätigt.«

Eine bessere Gelegenheit würde sich ihr nicht bieten. Ihre Hände tippten in ihren Handschuhen und öffneten ihre Befehlscodes. Dann startete sie einen unbeholfenen stimmlichen Angriff auf den Geist. »Autorisation Alexis Sechs, alle Systeme reagieren. Bajonett. Bajonett.«

Dieser Notfallcode war dafür gedacht, alle Aktivitäten der KI im Inneren eines Anzugs, eines Schiffs oder einer Station aufzusplittern und auszusetzen. An der Schule hatten sie ihn »das Messer« genannt. Grundlegende Prozessoren sollten jetzt übernehmen. Stattdessen verursachte der Geist eine weitere Störung. Eine Antwort ertönte in Vonnies Ohren. Schlimmer, ihre Voicebox sendete einen Schrei, als würde sie nach den Sunfish rufen.

»Iiiiiiih!«

Der Anzug zuckte krampfhaft und schlug ihr ins Gesicht, was unerträgliche Schmerzen verursachte – dann hatte sie die manuelle Kontrolle.

Sie rannte.

Die Angst ließ Vonnie keinen Raum für Überlegungen. Sie machte sie leistungsfähiger. Sie vergaß ihre Verletzungen. Sie vergaß ihre Erschöpfung. Alle Sinne auf die Dunkelheit abgestimmt, wurde Vonnie zu ihrem eigenen Antrieb, froh über jeden Zentimeter, den sie zurücklegte. Sie rannte mit geschlossenen Augen, angetrieben vom Geräusch ihrer eigenen Stiefelschritte. Dieser Felstunnel war so eng, dass er jeden Laut zurückwarf, und zwischen den rasselnden Echos duckte sie sich weiter durch den Raum.

15

Ihre Ekstase hielt nicht lange an. Nach dem neunten oder zehnten Sturz legte sie eine Pause ein, bevor sie wieder aufstand. Dann rannte sie erneut, kämpfte sich aber mit weniger Erfolg als zuvor durch den Fels. Ihre Selbstwahrnehmung kehrte schubweise zurück.

Bring deine Augen in Ordnung, dachte sie. *Teste das System. Wenn der Geist weg ist, kannst du deine Augen in Ordnung bringen.*

Sie kletterte, rutschte aus, stolperte, krabbelte und akzeptierte endlich, dass sie keine Wahl hatte, als ihr Lebenserhaltungssystem in Gang zu setzen. Sie entschied sich, stehen zu bleiben und ihre Falle aufzustellen.

Als die Sunfish auftauchten, war Vonnie auf einem Felsvorsprung über einer kleinen Klippe versteckt. Sie hatte den Geist mit einigem Erfolg neu gestartet. Er lief nach wie vor bloß mit Dreiviertellogik, aber sie hatte die Kontrolle über ihre medizinischen Systeme gewonnen und die Nanotechnik reparierte ihr linkes Auge. Der Geist hatte die Schallrezeptoren in ihrem Helm wiederhergestellt, sodass sie Ultraschall hören, wenn auch nicht senden konnte. Sie beide hatten zudem ihren Scheinwerfer abgeschaltet, indem sie ihren Schaltkasten in Einzelteile zerlegt hatten. Zuerst hatte sie mithilfe des Lichts ihre Falle aufgestellt und eine falsche Spur unterhalb der Klippe eingebrannt.

Sie hätte damit rechnen müssen, dass die Sunfish sie nicht beachten würden. Sie schlichen sich in den Spalt unter ihr hinein, krochen an den Seiten des Grabens hoch und kamen direkt auf ihr Versteck zu, wobei sie durch jeden schmalen Spalt und jede Grube vordrangen.

Vonnie stand auf und stellte sich ihnen mit ihrem Laser und einem Felsbrocken. »Ich brauche nur die automatische Zielerfassung«, sagte sie. »Feuern nach mündlichem Befehl.«

»Von, das senkt die Wirksamkeit auf dreißig Prozent.«

»Feuern nach mündlichem Befehl. Bestätigen.«

»Hör mir zu.«

Ihr Terahertz-Messgerät registrierte gelegentlich Bewegung und trug neue Signale aus einer sogar noch geringeren Entfernung an ihr Ohr. Sie konnte nicht bestimmen, ob da vier oder vierzig von ihnen in der Spalte versteckt waren, aber ihre Ultraschallrufe waren überall um sie herum.

Sie registrierte erneut eine Berührung von Armen, dann hörte sie das Klacken eines herunterfallenden Steinchens. Ihre Stimmen schwollen wie zu einem Klagegesang an.

Der Sturm ihrer Gefühle war jetzt ein anderer, aber in seinem Zentrum stand ein klarer Gedanke. Sie wollte nicht elend sterben. Sie wollte nicht ganz zuletzt von den falschen Gründen geleitet werden.

Sollte sie ihre Waffen niederlegen und sich von ihnen töten lassen? Was würde das den Sunfish über die Menschen zeigen?

Der Geist sagte:

»Ich habe sechs bis acht Ziele, alle gut verborgen. Jetzt zehn Ziele. Wenn wir sie erwischen wollen, bevor sie springen, brauche ich vollen Systemzugriff.«

Aber sie waren nicht gesprungen. Noch nicht. Die Sunfish wirkten unschlüssig. Vielleicht war ihre vorsichtige Annäherung ein Friedensangebot.

»Sie greifen nicht an«, sagte sie.

»Sie beziehen Stellung.«

»Das letzte Mal sind sie direkt auf mich losgegangen. Was ist, wenn ich weit genug von ihrem Zuhause entfernt bin? Vielleicht begreifen sie, dass ich nicht ihr Feind bin.« Vonnie stellte sich auf die Kante des Felsvorsprungs und machte sich klein. Sie kniete sich hin und schlug, ihren Laser verbergend, beide Arme um ihre Brust.

»Was machst du da?«

Ihre Haltung war unterwürfig, dennoch versuchte sie, Entschlossenheit und Stärke auszudrücken, indem sie ihren Kopf oben behielt und ihn in dem Versuch, Wachsamkeit zu zeigen, hin- und herdrehte. Die Sunfish konnten zumindest einen Teil ihrer Körpersprache verstehen. Sie wussten, dass ihre Sinnesorgane in ihrem Kopf waren.

»Von, hör zu. Es ist die letzte Chance.«

»Nein«, flüsterte sie entschieden. »Abschalten.«

»Warte.«

»Ich habe gesagt, abschalten.«

Die Sunfish sangen und sangen und sangen. Sie schätzten sie ab, bedrängten sie.

Eine weniger gut ausgebildete Frau hätte sie vielleicht lieber tot sehen wollen. Vonnie hoffte, sich mit ihnen zu versöhnen, denn im Grunde waren sie wie sie. Mit ihren Schnitzereien und ihren Bauwerken hatten sie alle Erwartungen übertroffen – indem sie einfach nach Europa gekommen war, hatte Vonnie das auch getan.

Tausende von Kandidaten hatten höhnisch gelacht, als bekannt gegeben wurde, dass sie die dritte Teilnehmerin des wissenschaftlichen Teams war. Sie hatten das Entscheidungsgremium mit Beleidigungen überschüttet. *Hübsche Titten. Für die Kameras ausgewählt. Vermutlich schläft sie mit den richtigen Leuten.* Ihre Fähigkeiten waren von jedem neidischen Scheißkerl auf Erden angezweifelt worden. Dass sie sich über jeden anderen auch beklagt hätten, war kein Trost gewesen. Dieser Mangel an Respekt war schwer abzuschütteln gewesen, aber wie viele von ihnen hätten im Eis überlebt?

Wie viele Männer hätten ihre Waffen sinken lassen?

Vonnie wurde von dem Wunsch geleitet, alles in Gang zu bringen. Wenn das hieß, dass sie leichtgläubig, zu geduldig oder zu neugierig war, dann war das so. Sie wollte nicht kämpfen.

16

Der erste Sunfish traf Vonnie von hinten, wie ein lautloses Geschoss. Er schlug gegen die Seite ihres Kopfes. Dann barst die Spalte förmlich vor Körpern.

Ihre Schreie waren nutzlos. Auch ihre Faust in das Monster auf ihrem Kopf zu bohren, brachte nichts. Der Sunfish war an der aufgerissenen Stelle gelandet, wo ihr Schaltkasten gewesen war. Seine Arme hatte er um ihren Helm geschlungen, und er nagte mit seinem Schnabel daran. Seine Kaugeräusche waren ein reibendes Quietschen.

Irgendwie gelang es ihr, noch einmal schwungvoll durch die Spalte zu wirbeln. Die Echos ihres Terahertz-Geräts klangen nahe und panisch. Sie überlappten sich. Es waren mehr als zwanzig Sunfish in der engen Kammer. Die meisten von ihnen hatten ihre Sprengladungen überlebt.

»Bist du noch da?«, schrie sie.

»Von, hör zu. Schalt mich nicht wieder ab, bitte.«

Sie übertönte den Geist bereits mit ihren Schreien. »Auto-Angriff, maximale Stärke!«, plärrte sie. »Lam! Lam! Kampfmenü AP, Auto-Angriff! Bestätigen!«

Die Verzögerung fühlte sich wie eine andere Art der Blindheit und Einsamkeit an. Vonnie schrie erneut und schlug auf die Arme ein, die ihr Gesicht bedeckten. Die Knorpelhaut des Sunfishs fühlte sich an wie Leder. Ihr Schneidewerkzeug würde diese Haut zerschneiden, aber sie hatte Angst, den Laser einzusetzen.

Irgendetwas riss sie zur Seite und verletzte sie am Rückgrat. Zunächst dachte sie, sie wäre von einem Sunfish getroffen worden.

»Auto-Angriff.«

Der Anzug ließ sie eine Rolle machen. Dabei holte er ihre Faust an ihre Schläfe und zog den Laserstrahl über die Arme des Sunfishs, vier präzise Schüsse, vier Brandwunden. Er warf sie auf die Seite und trat heftig zu, als eine Woge von Sunfish über ihr zusammenstürzte.

Der Aufprall erschütterte Vonnies Stiefel und Schienbeine. Dann stand sie wieder. Drei Arme prallten lautstark gegen ihren Rücken. Einige der Sunfish mussten über sie hinweggeglitten sein, als sie gestürzt war – sie mussten sie umzingelt haben –, und ihr Anzug wirbelte herum, warf sich gegen den Fels und kratzte die Sunfish förmlich ab.

Jegliches Gefühl des Triumphs wich sogleich einer klaustrophobischen Angst.

Der Anzug nutzte seine Gestalt nicht so, wie ein Mensch es getan hätte. Er hielt ein Monster mit dem Kinn fest und verwendete dann seine Hüfte wie eine Keule. Wieder und wieder warf er sich gegen den Felsen. Er war nicht zimperlich. Er zuckte unter dem gepressten Kreischen eines Sunfishs, der zwischen seinen Händen gefangen war, nicht zusammen und wandte sich nicht einmal angesichts hervorquellender Eingeweide ab. Bei normaler Schwerkraft und größeren Feinden hätte Vonnie ernsthafte Verletzungen erlitten. Sogar hier war sie so mitgenommen, dass sie nicht sofort begriff, dass der Kampf zu Ende war.

Auch erinnerte sie sich nicht, wann sie ihr linkes Auge wiederbekommen hatte. Sie verspürte Erleichterung, dann Schock.

»Ich kann sehen«, sagte sie. »Lam?«

Ihr Visier war gespickt mit Kerben und Schleifspuren. In der Mitte hatte es sich eingetrübt. Eine fingerlange Furche lief über ihre Nase. Die Sunfish hatten das Visier fast durchschlagen.

Wenn sie eine weitere Chance bekämen, dann würde es ihnen vielleicht gelingen.

Vonnie warf einen Blick durch zwei unbeschädigte Abschnitte des synthetischen Diamanten, wobei sie den Kopf neigte, um besser sehen zu können.

Sie stand oben an dem Bergsturz, unterhalb der Felswand und in der Nähe ihrer Sprengladungen. Das Gestein war überzogen von Salzstreifen. Von der Decke her hatten sich verkrustete weiße Flecken ausgebreitet, allerdings konnte sie nicht in alle Löcher dort oben blicken. Waren über ihr noch mehr Sunfish?

Die Hälfte ihres Displays funktionierte nicht mehr. Auf dem Rest ihres Visiers leuchteten Wärmebilder, obwohl die einzigen lebendigen Gestalten mit dem Verschwinden der Sunfish verblassten. Elf Körper waren vom schwarzen Lavagestein aufgespießt worden. Bei der geringen Schwerkraft lag ein Nebel aus Blut in der Luft.

Stumm wollte sie sich abwenden. Mit einem Aufschrei erkannte sie, dass sie gelähmt war. Der Anzug reagierte weder auf ihre Arme oder Beine noch auf ihren Kopf.

»Lam?«, fragte sie. »Lam, es ist vorbei. Ausschalten. Lam, ausschalten.«

Falls die Sunfish erneut angriffen … Falls Lam alle Funktionen ihres Anzugs kontrollierte … Sie zitterte am ganzen Leib unter dieser heftigen, neuen Angst und kämpfte, ohne zu überlegen, in ihrem Gehäuse. Sie kreischte wild, als sie außerstande war, sich auch nur ein wenig zu bewegen.

Er sprach hastig:

»Ich habe eine zusätzliche Bedrohung entdeckt.«

»Lass mich los!«

»Ruhig, Von. Da kommt etwas auf uns zu.«

»Was?«

»Es gab neue Rufe, unmittelbar bevor sich die Sunfish zurückgezogen haben. Irgendetwas hat sie verschreckt.«

»Handelt es sich um eine unserer Sonden?«

»Nein, es sind neue Lebensformen.«

Vonnie nickte verzweifelt. Nahrung war hier knapp. Jeder Aufruhr musste alle Jäger in Hörweite auf den Plan rufen.

Wenn es eine gute Nachricht gab, dann die, dass sich die Stimme des Geists verändert hatte. Er wirkte ausgeglichener und zuversichtlicher. Das war das erste Mal gewesen, dass er sie *Sunfish* genannt hatte. Dass er *nein* statt *negativ* gesagt hatte, war ein weiteres Anzeichen für seine Gesundung. Hatte er tatsächlich seine Fehler behoben? Mit dem Zugang zu mehr Systemen hätte er sich selbst duplizieren und dann seine Macken in einer Millisekunde ausmerzen können. Sie brauchte dringend ein bisschen Glück.

Er sagte:

»Willst du hierbleiben und kämpfen? Ich schätze ihre Entfernung auf vierhundert Meter.«

»Wie schnell bewegen sie sich? Sind sie groß?«

»Ihren Rufen nach zu schließen, sind sie mindestens so groß wie die Sunfish. Sie sind außerdem lauter. Sie könnten größer sein. Sie sind jetzt zweihundert Meter entfernt.«

Vonnies Atemzüge kamen in einem schnellen, angespannten Rhythmus. Sie versuchte, ihre Lungen zu beruhigen, und scheiterte. Sie hasste ihre eigenen Gefühlsschwankungen. Sie hasste die Dunkelheit und den Schmerz. Sie wollte sich bei ihm entschuldigen, obwohl er ein verfluchtes Programm war. Sie war dankbar.

Würde er bei einer Fehlerdiagnose bestehen? Wenn er wieder bei vollem Verstand wäre, würden sie beide eine Größe sein, mit der man rechnen musste, vor allem, da sie jetzt wieder sehen konnte. Allerdings zögerte sie, ihn dem Test zu unterziehen, nicht während eines Kampfes, nicht einmal, wenn die Chance bestand, Aufnahmen von einer anderen großen Lebensform machen zu können.

»Lauf«, sagte sie. »Alle diese Leichen sollten eine fette Mahlzeit für die sein, die da kommen. Sie werden bleiben, um zu fressen. Jetzt lass uns hier verschwinden.«

17

Ihr Anzug sprang von der Felswand herab und brachte eilig einigen Abstand zwischen sie und die neuen Verfolger. Unglücklicherweise wechselte Lam zwischen den löchrigen, schartigen Felsen siebenmal in fünf Minuten die Richtung.

Vonnie verfolgte ihr Fortkommen auf einem Stirndisplay, während sie zwischen Löchern und Mulden hindurchkletterten und über eine Spalte und zwei Hügel aus lockerem Geröll sprangen.

Der Geist suchte jeden erdenklichen Weg nach oben, aber sie verloren auf dieser Suche nach offenem Raum immer wieder genauso viel an Höhe, wie sie gewannen. Sie mussten nach links rennen, dann abwärts, dann wieder abwärts durch eine Grube, die mit getrockneten, verkrusteten Rückständen von Mineralien bedeckt war. Es war, als liefen sie im Kreis.

»Geh zurück! Lam, geh zurück zu der letzten Abzweigung.«

»Das Radar zeigt einen anderen Weg nach oben an, der vor uns liegt.«

»Gehst du nicht in die Richtung, aus der wir gekommen sind?«

»Wir haben uns parallel zu einigen Höhlen bewegt, ja.«

»Du meine Güte!«

Sie hatte die Sprengladungen mitgenommen, also wäre es ein Leichtes gewesen, den Gang hinter ihr zu sprengen und irgendwelchen Verfolgern den Weg zu versperren, aber was, wenn sie auf einen anderen Feind stieß? Was, wenn der Tunnel eine weitere Sackgasse war?

Mit Radarbildern und tatsächlich zurückgelegten Schritten deckten Vonnies Karten zweiundzwanzig Kilometer ab, auch wenn sich das meiste davon auf eine Pyramide von nur acht Kilometern Seitenlänge beschränkte. Einige Abschnitte ihres Weges waren auch nicht aufgezeichnet worden oder sie waren jetzt buchstäblich nicht mehr existent. Riesige Eisspitzen waren zerbröckelt, als der Krater in sich zusammengebrochen war. Es war unwahrscheinlich, dass sie ihren Weg würde zurückverfolgen können, selbst wenn sie es wollte.

»Was kannst du mir über die neuen Lebensformen sagen?«

»Sie haben viele derselben Frequenzen verwendet wie die Sunfish. Ich schätze, sie waren nur zu sechst, aber die Sunfish haben sich innerhalb von Sekunden zurückgezogen, nachdem sie die anderen Laute vernommen haben.«

Vonnie untersuchte eine breite Felsader, der sie sich näherten. Sie erschien ausgezeichnet dazu geeignet, die Decke hier einstürzen zu lassen. Sie wollte nur noch *hinaus.* Keine Daten mehr, keine Verhandlungen mehr, keine Versuche mehr, den Tod ihrer Freunde zu rechtfertigen. Keine Schuldgefühle mehr.

»Wir müssen vorbereitet sein, falls sie vor uns sind.«

»Ich habe ständig Spuren von Abdrücken und Fährten gesehen. Schau, dort. Und dort.«

Auf ihrem Display hob der Geist vier Kotschlieren auf einer ebenen Stelle am Boden des Tunnels hervor. Keine davon bestand aus mehr als ein paar gefrorenen Spritzern. Im eisigen Himmel verrottete nichts und nichts wurde zurückgelassen.

Das flößte ihr erneut ein schreckliches Gefühl ein. Verglichen mit Europa war ihr Planet unsagbar reich. Sie war sich nicht sicher, ob sie überhaupt verstehen konnte, wie diese Armut die Bewohner beeinflusste.

Durchsuchten die Sunfish regelmäßig die unbeständigen gewundenen Eislabyrinthe? Das konnte erklären, warum sie diese toten Zonen so gut zu kennen schienen, obwohl dort keine Nahrung, keine Atemluft und nur ein paar Tropfen flüssiges Wasser zum Gewinnen von Sauerstoff vorhanden waren. Sie hatte keine anderen Nahrungsquellen außer den Insekten, Bakterienkulturen und ein paar Pilzen gesehen. War das der Grund, warum sie sie jagten? Um sie zu fressen?

Ihr fiel die Bewunderung wieder ein, die sie verspürt hatte, als sie die Sunfish zum ersten Mal mit den Schnitzereien an der Oberfläche des Eishimmels in Verbindung gebracht hatte. Sie war davon ausgegangen, die Sunfish würden die höchsten Gipfel ihrer Welt aus Abenteuerlust erkunden, so wie Menschen den Mount Everest bestiegen … so wie sie sich für diese Mission gemeldet hatte … aber sie hatte die Fakten von Lams Modell außer Acht gelassen.

Auf der Erde hatte sich nach verheerenden Ereignissen wie dem Ausbruch des Supervulkans Toba oder dem Meteoriteneinschlag von Chicxulub wieder ein ökologisches Gleichgewicht eingestellt. Auf Europa waren weite Teile der Biosphäre komplett verschwunden, entweder restlos verbrannt oder vom Eis verschlungen.

Die Umwelt der Sunfish war ein wild zusammengewürfeltes Durcheinander einzelner Überlebender. Was wäre, wenn sie so verzweifelt auf der Suche nach Kalorien waren, dass sie keine andere Wahl hatten, als durch das Eis zu streifen und Ausschau nach allem zu halten, das sie ernähren konnte?

Mitleid. Mitgefühl. Vonnie war froh, andere Gefühle zu empfinden als Abscheu. Es entfachte etwas Neues in ihr.

Für einen Augenblick war sie optimistisch.

»Warum sollten sie ihren Kot zusammenkratzen, statt ihn als Markierung zu hinterlassen?«, fragte sie. »Um sich vor Feinden zu verbergen? Als Dünger?«

»Das würde voraussetzen, dass sie eine Landwirtschaft entwickelt haben.«

»Anbau, ja. Warum nicht?« Sie lächelte beinahe. Mit dem Geist zu diskutieren, erinnerte sie an die Gespräche mit dem echten Lam. »Sie könnten Pilze als Nahrungsquelle anbauen.«

»Wahrscheinlicher ist, dass sie den Dung als Dämmung oder Zement verwenden. Es wäre schwierig, Steinbauten mit Eis zu verbinden.«

»Zement«, sagte sie laut auflachend.

Die Sunfish hatten vielleicht hundert Durchgänge um sie herum getarnt, Fallen und Eingänge hinter passendem Gestein verborgen. Der Geist würde alle bemerken, die nicht luftdicht waren, aber wie viele Hinweise hatte sie übersehen?

»Sag mir alles über den Dung, was du weißt, und liefere mir eine genaue Beschreibung, falls wir noch mehr finden.«

»Ich glaube, der Kot war von den neuen Lebensformen. Für eine gründliche Analyse müssten wir stehen bleiben, aber er enthielt einzigartige unverdauliche Hautstücke von den Armen der Sunfish. Darin waren außerdem auffällig große Mengen Natriumchlorid.«

»Du meinst Salz.«

»Ja. Die Sunfish speichern es in so großen Mengen in ihrer Haut, dass es giftig ist.«

»Wer hier also auch immer gekackt hat, frisst Sunfish?«

»Im Rückblick ist es sehr wahrscheinlich, dass die Sunfish uns über ihr Territorium hinaus verfolgt haben und dass wir nun im Gebiet der neuen Lebensformen sind. Alternativ dazu könnten diese Höhlen Niemandsland sein, wo beide Seiten Jagd aufeinander machen.«

Vonnie schüttelte den Kopf. Trotz ihrer Waffen und ihrer Größe war es ihr nicht gelungen, die Sunfish zu verjagen. Was auch immer diese anderen Kreaturen waren … wenn sie den blutrünstigen Sunfish Angst einjagten …

Vielleicht hatte sie mehr Glück gehabt, als sie gedacht hatte.

18

Ihr Anzug flitzte in ein Loch, das wie eine riesige Abwasserröhre aussah. Dann gab ihr rechtes Knie nach. Vonnie schlug gegen den Felsen und prallte ab. In der Luft spannte sie sich an und kämpfte darum, dass sie nicht als Nächstes mit dem Gesicht aufschlug.

Ihr Anzug krümmte sich wie eine Katze, was ihr Schmerzen im Genick verursachte. Lam klopfte mit ihrer linken Ferse und einer Hand gegen die Wand, um ihren Rücken gerade zu drehen. Dann nahm er wieder Geschwindigkeit auf und krallte sich, ihr verletztes Bein vorsichtig hinterherschleppend, durch den Irrgarten nach oben.

»Lam?«, sagte sie. »Danke.«

»Bist du verletzt?«

»Nein. Oh nein. Gib dich nicht mit den medizinischen Systemen ab. Mein Bein ist in Ordnung. Berichte mir über den Zustand des Anzugs.«

»Sämtliche äußeren Leitungen im Knie und eine in der Mitte sind gerissen.«

Sie fielen auseinander. Ihr Anzug war nie für eine solche Beanspruchung gedacht gewesen. Vonnie schlug sich nicht viel besser. Sie war benommen vom Stress und den Stimulanzien. Es war einundsechzig Stunden her, dass sie zuletzt geschlafen hatte. Sie wollte nicht die falschen Entscheidungen treffen.

»Wie lange würden die Reparaturen dauern?«

»Ohne die richtigen Werkzeuge wäre die beste Option vielleicht die, Material aus dem Knöchel zu entnehmen, es zu verschweißen und einige Funktionen des Knies wiederherzustellen. Ich schätze, das würde eine Stunde dauern.«

»Nein. Lauf weiter.«

Sie hatte Angst, sie würde ihre Augen schließen, wenn sie stehen blieben. Sie sollte sich ausruhen, aber ihre Augen zu schließen, würde sich zu sehr anfühlen, als wäre sie wieder blind.

Nach seinen Simulationen waren sie ungefähr zwei Kilometer unter der Oberfläche. Bald mussten sie vom Felsen zu Eis wechseln. Dieser Berg stieg wie ein Grat an, er wurde immer schmaler und verschwand, ehe er in die Nähe der Oberfläche gelangte – aber es sollte in das Eis eingeschlossene Inseln geben, frei stehende Brocken so groß wie Berlin und Schotterfelder wie Laken oder Wolken. Der springende Punkt war der, dass sie einen Gasschlot finden mussten, der bis ganz nach oben führte. Sie mussten hochsteigen, ohne einen Steinschlag auszulösen.

Vonnie vermied diesen Gedanken. Zu viel Planung würde sie überfordern.

Sie duckten sich unter einer von der Decke hängenden Ausbuchtung hindurch. Der Spalt öffnete sich zu einer alten Vulkanblase hin. Die Hälfte davon war angefüllt mit Eis, aber schon allein der Blick über dreihundert Meter offenen Raum war verwirrend. Vonnie spürte die gleiche Unsicherheit bei Lam. Der Geist scannte die Umgebung in alle Richtungen.

»Was meinst du?«, wollte sie wissen. »Dort drüben gibt es definitiv neue Schmelzen. Wenn wir graben, gelangen wir vielleicht in einen Schlot. Wir könnten diesen Berg verlassen und das Loch hinter uns schließen.«

Er blendete Radaraufnahmen auf ihrem Display ein.

»Schau.«

»Oh.« Vonnie war von sich selbst überrascht. Selbst jetzt, nach allem, was geschehen war, verspürte sie noch Aufregung.

An der gegenüberliegenden Seite der Höhle waren weitere Schnitzereien in den Felsen eingemeißelt, mindestens neunzig Reihen mit je acht Stück. Lam entdeckte keine organischen Kügelchen wie in dem Graben, bei dem sie Rast gemacht hatten, aber die in den Symbolen enthaltene Information oder Nachricht reizte Vonnie.

»Wie schnell kannst du das aufnehmen?«

»An dieser Stelle scheint die Zersetzung von entscheidender Bedeutung zu sein. Detaillierte Aufzeichnungen könnten Stunden dauern.«

Vonnie humpelte durch die Höhle und drückte gegen eine Felsplatte. Die zerfallenen Fragmente der Wand hatten sich verschoben, als Wasser und Eis erst eingedrungen, dann abgeflossen und dann wiedergekommen waren. Irgendein ursprüngliches Gespür ermöglichte es ihr abzuschätzen, welche Teile nutzloser Schotter waren und welche auf der einen oder der anderen Seite Schnitzereien zeigten.

Bei diesem Gefühl stellten sich ihr die Haare im Nacken und an den Armen auf. Es fühlte sich genauso an wie … »Warte.«

»Ultraschall.«

Irgendwie hatte sie diese Stimmen noch vor Lam gespürt. Aber sie hatte keine Zeit, über die seltsamen, unheimlichen Veränderungen, die in ihr vorgingen, zu spekulieren. »Wie nah sind sie?«

»Eintausend Meter. Was wir hören, sind Echos. Sie sind tief in den Tunneln. Sie wissen vielleicht nicht, dass wir hier sind.«

»Sie wissen es.«

»Ihre Stimmen kommen nicht in unsere Richtung.«

»Das werden sie. Kannst du dieses Stück aufheben? Ich glaube, es kam aus dieser Ecke der Wand. Wenn wir aufzeichnen können, was davon übrig ist, haben wir den Großteil dieses Abschnitts.«

Der Anzug humpelte vorwärts. Wie würde er sich in einem Kampf schlagen? Vonnie wollte nicht im Offenen kämpfen. Ihre Chancen stünden besser, wenn sie ein Loch fand und mithilfe ihrer Sprengladungen eine Einfassung herstellte.

»Es sind keine Sunfish, oder?«

»Nein. Es ist die andere Lebensform.«

Vonnie arbeitete jetzt mit hektischen Bewegungen an dem Fels. Es fühlte sich gut und richtig an, zu bleiben. Sie war froh, wieder ein klares Ziel zu haben. Sie würde so viele von ihnen töten, wie sie musste, aber sie verhielt sich eher wie eine Maus in der Falle, die sinnlos umherrannte.

Sie war bis zu den Grundfesten ihrer selbst heruntergekommen und hatte gefunden, was sie brauchte: einen letzten Vorrat an Mut und Entschlossenheit.

Siebenhundert Schnitzereien wären unbezahlbar für Übersetzungsversuche. Diese Wand konnte ihr Rosettastein sein. Vonnie konnte nicht von ihr fortgehen. Wenn sie davonlief, selbst wenn sie überlebte, würde die ESA den Weg in diese Höhle vielleicht nie wiederfinden. Und wenn sie starb … nun, wenn sie starb, würden ihre Sonden sich eines Tages vielleicht nahe genug heranwagen, um mit ihrem Anzug zu kommunizieren. Er würde ihre Dateien übermitteln, selbst wenn sie begraben und verschollen war.

Vonnie merkte, dass sie wieder weinte, aber sie war nicht wütend auf sich. Sie schämte sich nicht. Sie hatte ihr Bestes gegeben. Vielleicht reichte das.

Sie ließ den Stein fallen und drehte einen kleineren Brocken mit einer angeschlagenen halben Sonne von einer Schnitzerei auf der Unterseite um. »Hast du das?«, fragte sie und fühlte sich ihm wieder nahe, dem wirklichen Lam und dem Geist. Er war ein fähiger Freund.

»Sie sind sechshundert Meter entfernt.«

»Hast du es?«

»Ja. Es sind mehr dieses Mal. Zwölf. Sie bewegen sich schneller.«

»Hilf mir mit diesem großen Stein.«

In Wahrheit wusste sie einfach nicht, welche Fragen sie sich stellen sollte. Es verwirrte sie nicht, dass es Sunfish-Schnitzereien in einem Gebiet gab, das nicht mehr von ihnen bewohnt wurde. Diese Höhlen mussten regelmäßig den Besitzer gewechselt haben, oder sie waren verlassen und dann nach Jahren wieder erobert worden. Aber sie wunderte sich darüber, dass sie nicht mehr Schnitzereien, Luftschleusen oder Reservoirs gefunden hatte.

Hätte sie nicht noch andere Anzeichen von ihnen sehen müssen, selbst wenn die Sunfish schon vor Jahrzehnten aus dieser Gegend ausgewandert waren?

Ein Teil des Geheimnisses lag vermutlich hier. Vonnie hatte vor, es zu verteidigen. Tatsächlich konnte sie die Antworten vielleicht bei den Rivalen der Sunfish finden.

War es möglich, dass sich auf Europa zwei intelligente Arten entwickelt hatten? Wenn es so war, wo war der Beweis für eine zweite Zivilisation? Wenn es nicht so war, welche Art Tier war stark genug, eine intelligente Spezies in die Flucht zu schlagen?

»Ich bin fertig mit den Aufzeichnungen über diesen Abschnitt.«

»Gut«, sagte Vonnie.

Dann wirbelte sie herum, um sich den Besitzern der herannahenden Stimmen mit einer Sprengladung in jeder Hand zuzuwenden.

19

Die Höhle schien sich ebenso rasch auszudehnen, wie ihre Angst zunahm. Sie blieb bei den Schnitzereien und versuchte, sich dort zu verankern. Mit dem Tiefenradar konnte sie die Bewegungen der neuen Kreaturen schon verfolgen, als sie noch nicht in Sicht waren. Es waren zwölf Körper in dem Schwarm, die sich von den Wänden und der Decke eines Spalts abstießen.

»Sechzig Meter. Fünfzig.«

Vonnie hielt ihre Sprengsätze fest. Es gab zu viele Zugänge und sie hatte nur vier halbe Stangen. Sie konnte erst dann eine werfen, wenn ihre Gegner fast über ihr waren. Andernfalls konnte sie vielleicht davonkommen, indem sie sich in die Tunnel auf der gegenüberliegenden Seite zurückzog.

»Vierzig.«

Wenn sie wegrannte, würden die Angreifer sie erwischen. Sie musste ihre Stellung halten, aber das Adrenalin verschaffte ihr ein Gefühl, als hätte sie hundert piepsende Mäuse in sich. Sie kam sich wild und übermenschlich schnell vor.

»Sie sind in dem dritten Tunnel.«

Sobald nicht mehr so viele Steine die Sicht versperrten, zeigte Lam jeden einzelnen Körper in deutlicher Auflösung. Es waren nicht mehr zwölf sich überlappende Kleckse. Es waren Sunfish.

»Oh Gott, du hast gesagt …«

Sie waren anders. Diese Sunfish waren größer, hatten längere Arme und eine andere Haut. Sie waren wie Verwandte derjenigen, gegen die sie gekämpft hatten. Verwandte und dennoch von einer anderen Sorte. Für Kreaturen, die über Ultraschall sahen und sprachen, unterschieden sich die neuen Sunfish schon allein durch ihre Größe.

Wie sie so in ihr Sichtfeld hinein- und wieder hinausschwebten, erkannte Vonnie, dass sie auch dunkler waren. Aber sie kamen nicht in die Höhle. Wollten sie sie umzingeln?

Genau wie die kleineren Sunfish konnten sie keine Ahnung haben, was sie mit einem zweibeinigen, in Stahl und Glas gepackten Wesen anfangen sollten. Es war ein gutes Zeichen, dass sie zögerten.

Vonnie flüsterte: »Du zeichnest ihre Ultraschallrufe auf, oder?«

»Ja.«

»Halte dich bereit, einige dieser Rufe auf mein Kommando hin zu senden. Kannst du mir mitteilen, was sie sagen?«

»Tonlage und Intonation ihrer Stimmen sind anders als bei den kleineren Sunfish, obwohl die Gesten, die sie verwenden, ähnlich sind.«

Keine der Arten konnte sich der Farbe ihrer Haut bewusst sein. Vielleicht rochen oder schmeckten sie unterschiedlich, aber Vonnie, die sehen konnte, gelangte sofort zu einer Erkenntnis. Der höhere Gehalt an Mineralien in der Haut und die Stacheln, die wohl zur Verteidigung dienten, bei den größeren Sunfish deuteten darauf hin, dass sie in den säurehaltigen Gewässern der heißen Quellen oder im großen Salzozean lebten, anders als ihre kleineren Verwandten, die vielleicht auf Süßwasserreservoirs angewiesen waren.

Ihre Art war divergiert, dachte sie. *Sie hatten sich auseinanderentwickelt, jede Unterart hatte ihre eigene Nische gefunden, so wie dunkelhäutige Menschen in Afrika und hellhäutige in Europa.*

Was wäre, wenn ihre Unterschiede nicht bloß äußerlich wären? Konnten sie sich untereinander kreuzen?

Interessanter jedoch war, dass es nicht die größeren Sunfish gewesen waren, die auf diese Felswand geschrieben hatten. Die Größe der Schnitzereien passte nicht. Ebenso der Aufbau, der zu der pickligen Haut und den Rücken der kleineren Art passte. Gleiches galt für die Hautfetzen, die Lam in dem Kot, den sie gefunden hatten, identifiziert hatte.

Vonnies Gedankengebäude stürzte ein, als sie die flüchtigen und trügerischen Sunfish wie ein lebendiger Hurrikan umstürmten. Sie tauchten aus den Spalten rund um die Höhle auf und verschwanden wieder darin.

Sie fressen sich gegenseitig auf!, begriff sie. *Die beiden Arten Sunfish befinden sich im Krieg.*

Waren beide Arten wirklich intelligent? Wünschte sie sich, dass es so war? Wenn nicht, war die Situation vergleichbar mit Gorillas, die Menschen jagten, eine größere Spezies verfolgte ihre schwächeren, schlaueren Verwandten. Das allein war schon grauenhaft. Aber wenn es so war – wenn beide Arten vernunftbegabt waren –, dann waren sie Kannibalen.

Ja, dachte sie. Das Wort hatte etwas grausam Endgültiges an sich. *Ich glaube, die Antwort lautet: ja.*

Die größeren Sunfish verwendeten Gruppentaktiken wie die kleinere Art. Sie waren keine Tiere. Ihre Stimmen wurden lauter und leiser, sie riefen einander als individuelle Mitglieder eines Rudels, die ihre Position suchten.

Sie schätzen mich ab, dachte sie.

Dass sie ihre Verwandten fraßen, war widerlich, aber ihr Krieg gegeneinander war das verabscheuungswürdigere Verbrechen. Das war der Grund dafür, dass sie so wenig Anzeichen von sozialer Organisation gefunden hatte. Statt mehr sichere Gebiete einzurichten, statt Ackerbau zu betreiben oder zu schreiben, kämpften sie.

Ihr Streit war mehr gewesen, als eine der beiden Seiten hatte verkraften können. In der Tat wusste sie nicht einmal genau, ob die kleineren Sunfish, die ihr begegnet waren, zu einem einzigen Stamm gehörten, zu zwei oder zu mehreren. Wie tief war ihre Art in Anarchie versunken?

»Sende deine Rufe!«, sagte sie. »Lass uns mit ihnen sprechen. Du hast gesagt, du kannst …«

»Da kommen sie.«

Die neuen Sunfish drangen in einer doppelten Welle, oben und unten, in die Höhle ein. Vonnies Chancen, sie zu töten, wären binnen Sekunden vorbei. Sie hatte gelernt, nicht abzuwarten, aber sie hatte auch nicht vergessen, wer sie war und warum sie nach Europa gekommen war.

»Lam, sprich mit ihnen! Versuche, mit ihnen über Körperhaltungen zu reden!«, schrie sie.

Als die Sunfish herangeflogen kamen, sackte ihr Anzug in sich zusammen. Lam grüßte sie, indem er seine Haltung änderte. Er senkte eine Schulter und wedelte mit ihren Händen neben ihrem Bauch herum.

Es war die richtige Entscheidung. Davon war Vonnie überzeugt. Diese Sunfish gehörten einer neuen, anderen Population an. Sie hoffte, sie würden ihr antworten.

20

Die neue Art reagierte auf Lams Haltung, während sie durch die Höhle schnellte. Mit dem Hauch einer Bewegung gaben ihre Körper einen Gedanken weiter. War es Erstaunen über Lams Kommunikationsversuch? Vonnie bemerkte, dass sie auch die feinen Tentakelchen unter ihren Armen verwendeten, um Informationen zu vermitteln. Indem sie einen oder mehrere Arme hoben, zeigten sie einander kompakte, gewundene Muster.

Viele dieser Arme waren beschädigt. Mittels Radar identifizierte Lam Dutzende alter Narben und Verstümmelungen. Vonnie hatte bei den kleineren Sunfish ähnliche Verletzungen gesehen. Sie hatte gedacht, sie hätten sie sich am Lavagestein zugefügt.

Die Wunden waren Schnabelbisse.

Die Sunfish kämpften mit den Unterseiten voraus, sie schnappten zu und schlitzten einander auf. Mit größter Wahrscheinlichkeit waren die kleineren Sunfish besser darin, in Reichweite ihrer Verwandten zu gelangen. Sie hätten mehr Tote zu beklagen, aber zugleich würden sie mehr Narben bei ihren Gegnern hinterlassen.

»Lam, beeil dich!«, schrie sie.

Ihre äußere Gestalt setzte ihm Grenzen. Außerdem war er umsichtig genug, nicht die Schnitzereien nachstellen oder das imitieren zu wollen, was sie bei den kleineren Sunfish gesehen hatten. Schließlich konnten die verfeindeten Parteien verschiedene Sprachen haben, also improvisierte Lam. Er rollte Vonnie wie eine Kugel zusammen, was unbequem war, und tippte mit ihren Fingern gegen ihren Torso. Auf ihrem Visier flackerten Sonnenformen auf, als er diese zwölf Individuen mit Simulationen und Echtzeitdaten verglich.

Eine weitere Wellenbewegung unter ihnen folgte, während Lam das Gewicht verlagerte und sich hinunterbeugte. Hatten sie ihn verstanden?

Bitte, dachte Vonnie. *Bitte.*

Aber er hatte zuvor die halben Stangen mit Magnetschlössern an ihren Unterarmen befestigt. Jetzt löste er zwei davon mit einem Klicken.

»Pass auf.«

Die doppelte Welle an Sunfish streifte zuerst die Decke und dann den Boden. Schließlich vereinigten sich alle Sunfish zu einer einzigen Gruppe und kamen auf sie zu.

»Bitte!«

Sie näherten sich ihr kreischend und mit geöffneten Schnäbeln. Sie kamen mit weit geöffneten Armen, um sie zu packen und zu zerreißen.

»Auto-Angriff.«

Vonnie bedauerte sie, alle diese Monster. Die Intelligenz, von der sie wusste, dass sie hier existierte, war verkommen und kalt wie alles im Inneren Europas.

Lam schleuderte ihre Faust nach oben durch den ersten Sunfish hindurch, dann drehte er sich um und zerquetschte den nächsten. Die restlichen erreichten sie gar nicht mehr.

»Feuern!«, befahl sie.

Er drückte beide Sprengladungen in die Wand, und die Erschütterung erfasste die Schnitzereien, während er sich unter dem Steinhagel wegduckte.

Dann drehte sie sich um und rannte.

Die vier Überlebenden verfolgten sie natürlich. Vonnie hatte sich gewünscht, die Demonstration der Stärke wäre genug gewesen, aber diese Sunfish waren nicht anders als die der kleineren Art. Sogar als zwei Drittel ihrer Gruppe schon tot oder am Verbluten waren, blieben sie unerbittlich.

Vonnie erreichte einen Tunnel, warf sich gegen den Fels und zerquetschte dadurch einen Sunfish auf ihrer Schulter. Lam fing sie mit beiden Händen am Felsen ab und bremste so ihren Schwung. Schottersteinchen prasselten auf ihren Kopf. Der Steinhagel erwischte die nächsten drei Sunfish, dann hämmerte Lam mit den ausgestreckten Armen des Anzugs nach unten auf sie ein.

Sie überließ die Verwundeten ihrem Schicksal, obwohl sie wusste, dass es ein Fehler war. So konnten sie Verstärkung aus ihrem Stamm rufen. Sie wusste auch, dass sie immer die Schuld des unerlaubten Eindringens haben würde.

Fast eine Stunde lang hörte Vonnie sie hinter sich im Berg heulen. Die Echos verklangen, als sie aufstieg, außer einmal, als sie neue Stimmen vernahm. Hatten die größeren Sunfish Verstärkung erhalten? Gab es eine dritte Art von Sunfish? Die Rufe waren zu konfus, um das mit Sicherheit sagen zu können, und sie war froh darüber. Sie war matt, erfüllt von Erschöpfung und Trauer.

Sie kletterte. Sie kletterte endlos.

Obwohl sie von dem Anzug getragen wurde, hatte sie ihre Grenzen überschritten. Ihre Sehnen schmerzten. In ihrem Rücken, oberhalb ihres Beckenknochens, gab etwas nach und rieb bei jedem Schritt. In ihren Gedanken war es das Gleiche, ein Schmerz war stärker als der Rest.

Sie grub sich in einen Schlot hinein und verließ damit die monotone Umgebung der Höhle. Ihrer Trauer aber konnte sie nicht entkommen.

Der schräge Schaft, der durch das Eis hinaufführte, sah wie der Erdfall aus, in dem Lam und Bauman gestorben waren, auch wenn ihr Radar keinen Staub und keine mineralischen Ablagerungen im Schmelzwasser anzeigte. Das war ein gutes Zeichen. Geysire und Strömungen bedeuteten Instabilität. Diese Röhre sah stabil aus. Vonnie glaubte, sie könnte ohne Haken und Draht aufsteigen, obwohl ihre Hände wund und zerschunden waren.

Sie kletterte.

Sie kletterte langsam, unter genauer Einschätzung des Eises, und blickte nach oben. Plötzlich gab es ein neues Geräusch. *Piep, piep, piep, piep, piep, piep.* Es war das Bergungssignal einer Sonde über ihr.

Vonnie stieß so etwas Ähnliches wie ein Lachen aus, als Lam das Signal der Sonde in der einzigen Art beantwortete, die ihm zur Verfügung stand, in einer Kakophonie von Terahertz- und Radarsignalen.

»Wir haben es geschafft, Von.«

»Ja.«

»Lass uns hier warten. Kannst du warten? In deiner Hand sind sieben Knochen und Sehnen verletzt, und dein Ellbogen sieht nicht viel besser aus. Ich will keinen Sturz riskieren.«

»Ja.«

»Sie brauchen fünfzehn Minuten. Kannst du schlafen? Du solltest essen und dich ausruhen.«

»Nein.« Sie konnte sich nicht ausruhen, solange sie mehrere hundert Meter hoch im Eis hing und noch weitere zweihundertfünfzig Meter vor sich hatte. Sie ließ ein Dokument auf ihrem Display geöffnet und versuchte, indem sie mit in den Nacken gelegtem Kopf darauf starrte, sich die Daten einzuprägen.

Lam hatte eine vorläufige Transkription der Schnitzereien angefertigt. Damit hatten sie eine Erklärung.

Sie hatte sich geirrt.

Ihr Fehler gab ihr das Gefühl, keine Lehrerin, sondern wieder eine Schülerin zu sein. So wie die Skandinavier und die Inuit viele Wörter für Schnee entwickelt hatten, so hatten die Sunfish zweiunddreißig Körperhaltungen, mit denen sie Überraschung oder Gefahr ausdrückten. Bei sechzehn weiteren drehte es sich darum, nach drinnen zu gehen, um das Rudel zu beschützen.

Ihr Alles-oder-nichts-Verhalten entsprang keinem Sadismus oder tierischer Dummheit. Es war Absicht. Es war eine Überlebensstrategie.

Die Sunfish besaßen mehr Vorstellungskraft und geistige Flexibilität, als sie geglaubt hatte. Wie jede Kultur auf der Erde schrieben sie Geschichten auf von anderen Welten und Albträumen. Ihre Schnitzereien wiesen auf Orte und Legenden hin, die an Atlantis, Vampire und Poltergeister denken ließen. Aber ihre Vergangenheit war voll von realen Erfahrungen mit alten Ruinen und seltsamen Kreaturen, die aus fernen Eislöchern kamen und unterschiedlichen Zweigen der Evolution entstammten.

Die Sunfish waren während ihrer gesamten Existenz mit Aliens konfrontiert gewesen. Dass sie noch nie zuvor etwas wie Vonnie begegnet waren, dass Vonnie ihre Sprache nachahmte, in Metall gekleidet war und Werkzeuge mit sich führte – nichts davon würde sie aufhalten.

Für die Sunfish war alles außerhalb des Rudels ein Konkurrent im Kampf um sichere Zonen und Sauerstoff. Alles war Nahrung. Aus Notwendigkeit heraus hatten die meisten Lebensformen im Eis denselben bösartigen Reflex übernommen.

Die Sunfish griffen sogar dann an, wenn sie in Unterzahl oder die Kleineren waren. Sie hatten gelernt, den Kampf nach ihren eigenen Regeln zu führen. Wenn sie gewannen, vergrößerte das Rudel sein Territorium. Wenn sie verloren, hatten sie nicht nur weniger Mäuler zu stopfen, sondern ihre Toten wurden auch noch zu Futter für die Überlebenden.

Bis sie irgendetwas anderes geistig erfassen konnten, bis sie dazu in die Lage versetzt würden, würde Gewalt immer ihre erste Reaktion sein.

Die verfeindeten Arten, auf die sie gestoßen war, schienen die restlichen Nachkommen einer Zivilisation zu sein, deren großes Reich sich bis zur Spitze des Eishimmels erstreckt hatte. Jahrtausende zuvor hatte es eine Ruheperiode bei der Vulkanaktivität auf Europa gegeben. Vielleicht würde es eines Tages wieder dazu kommen. Die Schnitzereien waren kurze Geschichten, dazu gedacht, der nächsten Gemeinschaft bei ihrem Aufstieg aus dem Chaos zu helfen. Sie beinhalteten zu teilende Gebote und erprobte Methoden für ein Regierungssystem mit einer Hierarchie von Spähern, Kämpfern, Arbeitern und Paaren, die für Nachkommen sorgten.

Unglücklicherweise hatte Vonnie eine Schneise der Verwüstung durch den Rest von Zivilisation geschlagen, den sie sich noch hatten erhalten können.

Das war nicht das, was sie verdienten. Schlimmer, ihre Haltung von »töten oder getötet werden« würde jetzt gegen sie arbeiten, jetzt, da endlich die Möglichkeit einer Rettung existierte.

Was habe ich getan?, fragte sie sich.

Bei den Mechs, die sich über ihr sammelten, handelte es sich um amerikanische, auch wenn sie ESA-Signale sendeten. Lam blendete ihr Suchraster ein und teilte Vonnie mit, wie weit sie abgekommen war. Sie befand sich 9,1 Kilometer östlich von dem Tunnel, in dem ihr Team eingestiegen war. Außerdem war sie etwa sechshundertsechzig Meter unter der Oberfläche, also führten die Mechs einen molekularen Draht um sie herum und legten andere Verbindungen, einschließlich solcher für Maßnahmen zur Erhaltung des Lebens und des Anzugs und zur Datenübertragung.

An einem anderen Seil kam ein Notverschluss für ihren

Helm herab, ehe ihr Visier aufgab. Vonnie befestigte die Tasche um ihren Hals und blies sie dann mit der angehängten Luftflasche auf.

Sie verabschiedete sich vom Eis. Ihr Anzug drehte sich ungleichmäßig, als die Maschinen sie hochzogen. Allerdings war die Flut an Stimmen noch heftiger. Sobald eine Verbindung für die Datenübertragung hergestellt war, hatten die Männer und Frauen an der Oberfläche Zugriff auf ihre Aufzeichnungen erhalten. Schon auf den ersten Blick mussten ihre Datenspeicher wie die eines anhaltenden Kampfes aussehen. Blut und schwarze Steine hatten sich in jede Falte ihres Anzugs, in ihren arg mitgenommenen Helm und ihre blutgetränkten Handschuhe gedrückt.

Jemand murmelte: »Vonderach, mein Gott.«

Aber sie dachte immer noch an die Fähigkeiten der Sunfish und an das, was sie ihnen schuldig war, sowohl Bauman und Lam als auch den einheimischen Stämmen, die sie vernichtet hatte. Die Sunfish waren trotz allem sehr menschlich, mit guten und schlechten Zügen. Wenn sie vor dem Verhungern gerettet werden konnten … Wenn ihnen ein Chance gegeben wurde …

»Wir müssen ihnen helfen«, sagte sie.

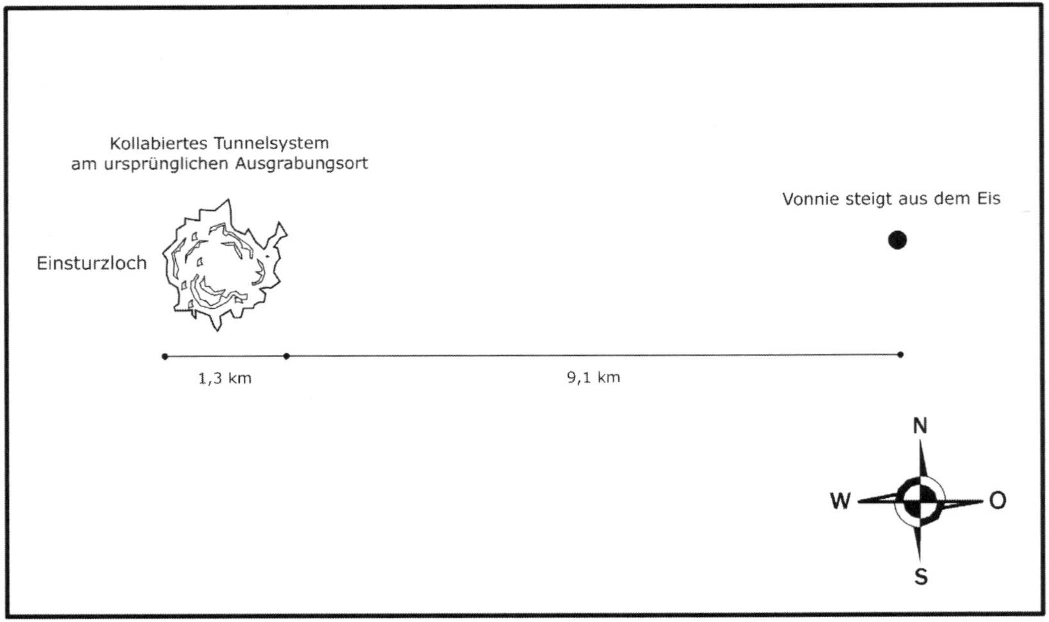

Oberfläche Europas

TOPSIDER

21

Es gab nur eine Überlebende. Nach vier Tagen allein in der Dunkelheit zogen sie sie aus dem Eis. Sie war bedeckt von Blut und Staub, ihr Anzug war am Knie, an der Hüfte, den Händen und am Helm beschädigt.

Der Steinstaub und der gefrorene Wasserdampf, die an ihrer Ausrüstung klebten, waren nicht irdischen Ursprungs. Ebenso wie das organische Material. Es stammte von Europas Sunfish.

Das Blut im Innern ihres beschädigten Anzugs war ihr eigenes.

»SIE DÜRFEN IHN NICHT LÖSCHEN!«, sagte Vonnie von ihrem Krankenbett aus und versuchte, sich aufzusetzen.

Expeditionsleiter Koebsch schüttelte den Kopf. »Wir werden den Großteil seiner Dateien intakt lassen.«

»Ich verdanke ihm mein Leben. Wenn Sie seine Persönlichkeit löschen … «

»Ihre KI ist stark beschädigt.«

»Das ist nicht seine Schuld, sondern meine.« Vonnies Hand pochte, während sie sich ein Display vors Gesicht hielt, wodurch sie einander sehen konnten. Ihr Bett befand sich in einem anderen Raum als die Kommandozentrale von Koebsch. Frische Muskeltransplantationen an Stirn und Wange hinderten sie daran, das Display ordentlich zu verwenden, aber ihrer

Hand ging es auch nicht viel besser. Fünf Fingerknochen und das Handgelenk waren geklebt worden, und das war ihre gute Hand, ihre rechte. Ihre linke war ein unförmig geschwollener Klumpen. Andernfalls wäre es keine so große Schwierigkeit gewesen, sich aufzusetzen.

Als Vonnie sich dann aufsetzte, rutschte ihr Laken herunter, sodass sie von der Hüfte aufwärts nackt war. Für gewöhnlich konnten Astronauten in ihren ständig überfüllten Wohnquartieren nicht besonders schamhaft sein.

Vielleicht ließ sie ihr Display absichtlich bis zu ihren Brüsten und ihrer bandagierten Schulter herabgleiten. Koebsch war ein Politiker. Wenn ihr Körper ihn erregte, konnte ihn das vielleicht genug wachrütteln, dass er zuhörte. Abgesehen von ihren Verletzungen war Vonnie schlank, durchtrainiert, hatte eine glatte Haut und einen langen, flachen Bauch.

»Lassen Sie mich Ihnen helfen«, sagte sie. »Wir können die Dateien, die Sie interessieren, kopieren und sie dann isolieren.«

»Das ist genau das, was wir tun.«

»Aber nicht den Rest löschen! Lam war chinesischer Nationalität. Humanbasierte KI ist in seinem Land nicht verboten. Mir ist klar, dass wir ihn nicht zu ihnen zurücksenden können. Er weiß zu viel. Aber wir können ihn bei uns ehren. Es wäre falsch, ihn rein auf Daten zu reduzieren.«

»Da bin ich anderer Meinung.«

Koebsch war achtundvierzig, blond und wie Vonnie auf der Erde geboren. Anders als Vonnie war er fünf Tage zuvor auf einer der High-g-Fähren angekommen. Er musste sich noch an die geringe Schwerkraft gewöhnen. Sein Gesicht war ständig gerötet. Vonnie wusste deshalb nicht genau, ob sie Koebsch in Verlegenheit gebracht hatte. Also versuchte sie es noch einmal.

»Sie haben Angst vor ihm«, sagte sie. »Ich hab's verstanden. Sie wollen sich neben der Durchführung unserer Mission nicht mit rechtlichen Problemen herumschlagen. Aber Lam ist eine erprobte Hilfe. Er ist der Einzige, der mit den Sunfish kommuniziert hat.«

»Die Sunfish sind eine andere Sache«, sagte Koebsch.

Wie alle in der ESA-Crew hatte er ihren Namen für die Bewohner Europas übernommen. Ihre Entdeckung war zu sensationell gewesen. Die Medien liebten alles, was mit ihrer Odyssee zu tun hatte, und nach dem, was sie die letzten paar Tage in den Nachrichten gesehen hatte, verwendeten die meisten Leute im Sonnensystem den Begriff *Sunfish*.

Ihre Berühmtheit verschaffte ihr Einfluss. »Die Sunfish sind die einzig wichtige Sache«, sagte sie, aber Koebsch ließ nicht zu, dass sie das Thema wechselte.

»Ihre KI hat unsere Diagnoseprogramme attackiert«, sagte er.

»Das ist ein Missverständnis. Lassen Sie mich mit ihm reden.«

»Nein. Sie sind zu … emotional.« Koebsch wollte offensichtlich noch mehr sagen, hielt sich aber zurück. »Ruhen Sie sich aus. Ich werde morgen mit Ihnen sprechen.«

Vonnie schrie: »Halt!«

Er trennte die Verbindung.

Was sollte sie tun? Die Mediziner hatten zwei intravenöse Zugänge bei ihr gelegt. Darüber wurden ihr einfach nur Flüssigkeiten, aber auch komplexe Stimmungsstabilisatoren zugeführt. Sie würde auf alle Fälle Schwierigkeiten haben zu laufen. Aber sie konnte ihren Freund nicht noch einmal sterben lassen, selbst wenn der echte Lam das vielleicht gewollt hätte.

Der Geist war zu menschlich. Er hatte sein Gleichgewicht gefunden, als er auf ihren Anzug beschränkt gewesen war, und hatte ihn wie seinen eigenen Körper verwendet. Aber nachdem sie gerettet worden waren, war er instabil geworden, als er eine Verbindung mit den zentralen KI ihrer Hauptsysteme hatte eingehen sollen.

Was nicht bedeutete, dass er nicht erhalten werden sollte. Vonnie wusste, dass er ein hervorragender Verbündeter sein konnte, und abgesehen von der Beziehung, die sie entwickelt hatten, hatte sie noch einen anderen Grund, ihn zu retten. Wichtiger als ihre persönliche Bindung würde der zweite Kontakt zu den Sunfish sein. Koebsch brauchte jedes verfügbare Mittel, bevor sie zurück in das Eis gingen.

Vonnie machte ihre Infusionsschläuche ab und stand auf, obwohl es keine Möglichkeit gab, sich aus der Station, auf der die medizinischen Androiden ihren Schädel und ihre Hände verarztet hatten, hinauszuschleichen. Kaum hatte sie ihre Infusionen unterbrochen, gab ihr Monitor Warntöne von sich.

Eine junge Frau in einem sterilen Einteiler betrat den Raum. Ihre von Sommersprossen übersäte Nase und ihre großen haselnussbraunen Augen verliehen ihr ein harmloses Aussehen, im Gegensatz dazu stand ihr bellender Polizeiton. »Was tun Sie da? Gehen Sie zurück ins Bett.«

»Ich kann nicht«, sagte Vonnie. »Es gibt Komplikationen mit meinem Anzug. Ich muss bei der Sicherung der Daten helfen.«

»Sie brauchen Zeit, um gesund zu werden.«

»Mir geht es gut.« Vonnie drückte sich an der jungen Frau vorbei und nickte dann im Vorbeieilen den beiden Männern in der nächsten Kammer zu.

Die Grundfläche der Station umfasste nur fünfzehn Quadratmeter, aber es gab acht Räume, viele davon nur so groß wie schmale Schränke. Durch die Station zu streifen war, wie durch ein Labyrinth aus Stahl hindurchzurennen. Es erinnerte sie an das Eis. Vonnie wurde bewusst, dass sie, angetrieben von einer zunehmenden Hysterie, die Zähne zusammenbiss. Sie ging immer schneller, bis sie den Umkleideraum erreichte.

Die junge Frau holte sie ein und sagte: »Stopp. Wir haben über Ihre Traumatisierungen gesprochen. Ihre Verletzungen sind nicht nur körperlicher Natur.«

»Koebsch hat mich gebeten, zu ihm zu kommen«, log Vonnie. Dann versuchte sie es mit einem anderen Argument: »Das ist doch eine gute Therapie, oder? Ich sollte nicht untätig sein.«

»Vermutlich.« Die junge Frau zeigte auf die Männer hinter ihr.

Vonnie hörte einen von ihnen über Funk sagen: »Hier ist Metzler in Null-Vier.«

Sie beachtete ihn nicht und öffnete den ersten Spind an der Wand. Darin war ein Druckanzug. Er wog ein Zwölftel dessen, den sie getragen hatte, kam ihr jedoch schwerer vor. Er war inaktiv, wohingegen ihr Schutzanzug mitgelaufen war und jeden ihrer Nervenimpulse verstärkt hatte.

»Warum setzen wir uns nicht erst einmal für eine Minute?«, schlug die junge Frau vor.

Vonnie legte den Druckanzug mit ihren verletzten Händen an. In der Nähe hingen drei Schutzanzüge wie hohle Metallriesen an einer Seilwinde. Vonnie hätte in einen von ihnen hineinsteigen können, wenn die Biometrik nicht auf jedes Individuum speziell eingestellt gewesen wäre. Sie konnte zwar den Schutzanzug von jemand anderem verwenden, aber sie wäre damit nur unbeholfen und die Verletzungsgefahr war zu groß.

»Halt«, sagte die junge Frau. »Wenn Sie nicht …«

»Helfen Sie mir.« Vonnie erwiderte ihren Blick. »Bitte. Sie können mich zur Kommandozentrale fahren.«

Die junge Frau nickte unsicher. Hinter ihr beugte sich der Mann in den Raum vor und runzelte die Stirn. Vonnie wusste, dass sie alle ein wenig Scheu vor ihr hatten. Wie ein Sunfish denkend stellte sich Vonnie aufrecht hin und schlüpfte in die Ärmel des Druckanzuges, dabei drückte sie mit ihren Schultern und ihrem Kinn Zuversicht aus.

»Koebsch macht einen Fehler«, sagte sie.

22

Vonnies Gedanken kamen zur Ruhe, als sich die Luftschleuse zu drehen begann und einen Unterdruck erzeugte, der dem Fast-Vakuum draußen entsprach. Neben ihr stand die junge Frau, die sich zu ihr gesellt hatte.

Sie sprachen nicht. Die junge Frau überflog ein Display auf ihrem Visier und Vonnie war ganz von ihren Gedanken eingenommen.

War es die Klaustrophobie gewesen, die sie dazu gebracht hatte, in einen Anzug zu steigen und Station 04 zu verlassen? Sie ging davon aus, dass sie ihr ganzes Leben lang Albträume haben würde, aber sie war vollgepumpt mit Antidepressiva und Medikamenten gegen Schockzustände. Sie wollte glauben, dass sie sich unter Kontrolle hatte. Ja, es entsprach gar nicht ihrem Charakter, dass sie sich Koebsch nackt gezeigt hatte. Sie protzte nicht mit ihrem Körper. Aber sie spürte auch, dass sie über solche Kleinigkeiten wie Schüchternheit oder Selbstzweifel hinaus war.

Sie hatte sich verändert. Einige Teile von ihr waren im Eis gestorben, und die Frau, die zurückgeblieben war, wollte die Dinge unbedingt in Ordnung bringen.

Die Blicke der ganzen Menschheit waren auf sie gerichtet. Jede ihrer Entscheidungen würde im ganzen Sonnensystem und in den Geschichtstexten der kommenden Jahrhunderte unter die Lupe genommen werden. Deswegen legte Koebsch kühle Zurückhaltung an den Tag und deswegen schäumte Vonnie vor Mitgefühl und Angst über.

Wenn die Menschheit wieder versagte, wenn *sie* wieder versagte, dann wäre vielleicht alles Leben im Innern Europas dem Untergang geweiht, und Vonnie hatte ebenso viel Bewundernswertes gesehen wie Primitives.

Leider war die Gewalt schwer zu übersehen.

Sunfish hatte sich als Begriff im System verbreitet, aber nicht jeder war einverstanden damit, sie mit einem Namen zu vermenschlichen. Ausnahmen waren unter anderem einige Militärsprecher, welche die Sunfish als *die Außerirdischen* bezeichneten, und offizielle Vertreter der Eisabbauunternehmen und Energiedienstleister, die der Situation ihren eigenen Stempel aufdrückten, indem sie von *Organismen* oder *Dingern* sprachen.

Viele Politiker und Kommentatoren waren auch auf Nummer sicher gegangen, um entweder ihre Pfründe zu sichern oder um die Interessen verschiedener Unternehmen zu schützen. Vonnie wusste, dass die Abbauunternehmen, ihre Zwischenhändler und viele Industriezweige aufschrien, weil die Regierungen der Erde verlangt hatten, dass die Unternehmen ihre Abbauorte neu evaluierten und dann das Eis untersuchten und analysierten, ehe sie es verarbeiteten. All dies verursachte Verzögerungen und Extrakosten.

Die öffentliche Debatte war teilweise auch deshalb zu einem Sturm der Entrüstung angewachsen, weil Vonnie von der ESA versteckt worden war. Außerdem hatte die ESA Koebsch beauftragt, in Vonnies Namen zu sprechen, und es waren nur wenige, kurze und zensierte Clips von ihrer Wanderung unter dem Eis veröffentlicht worden.

Keine dieser Dateien beinhaltete Live-Aufnahmen der Sunfish, nur Standbilder und Diagramme. Trotzdem hatten ihre Schnäbel und Arme viele Leute erschreckt, besonders im

Zusammenhang mit dem Bericht über ihren Gesundheitszustand, der ihre Verletzungen aufzählte.

Ich muss dafür sorgen, dass jeder sieht, dass es mir gut geht, dachte sie. *Sie müssen wissen, dass ich den Sunfish keine Schuld gebe – dass der Kampf mein Fehler war.*

Die Luftschleuse beendete ihre Drehungen mit einem Klacken. Die Außentür öffnete sich.

Als sie das Deck der Station betraten, blickte Vonnie kaum hinauf zu der dichten, gestreiften Sphäre Jupiters oder den leuchtenden Punkten der Raumschiffe, die über ihnen hingen. Stattdessen schaute sie sich nach ihrer Kommandozentrale um. Sie konnte sie nicht entdecken. Die eisige Ebene war voll mit Flutlichtern, Mechs, Horchposten und anderen Wohnmodulen.

Von ihrem Standort betrachtet, schien es keinerlei Muster zu geben. Dann aktivierte sie ihr Stirndisplay. Die meisten der Wohnmodule und ein zweites Landefahrzeug waren in einem weiten Kreis über einen Quadratkilometer verteilt. Vonnie lächelte matt. In einem anderen Zeitalter hatten die Pioniere des amerikanischen Westens ihre Wagen in der gleichen Art im Kreis aufgestellt. Lange zuvor hatten Vonnies Vorfahren in Deutschland die Mauern ihrer Burgen ebenso gebaut, um alle Seiten überwachen zu können. Alte Gewohnheiten.

Die Kommandozentrale 01 lag auf der entgegengesetzten Seite des Camps. »Können wir mit dem Jeep fahren?«, fragte Vonnie, an die junge Frau gewandt.

»Ja.« Ash Sierzenga war eine ihrer neuen Pilotinnen und zugleich Ärztin und Chefin des Kybernetik-Teams. Sie alle verfügten über eine multidisziplinäre Ausbildung und mehrere Abschlüsse. Es kostete zu viel, drei Leute anzuheuern, wenn einer genügte.

Jede Mahlzeit, jedes kleine Teilchen ihrer Ausrüstung, war für die Mission hergestellt worden. Ersatz gab es nur weit weg, eine Tatsache, die Vonnie entgegenkam. Sie wusste, dass sie überlegt hatten, Vonnie heimzuschicken, aber niemand wollte ein Schiff für sie bereitstellen, nicht einmal das kleine Schiff, mit dem sie hergekommen war.

Der Jeep war ein tiefergelegtes Fahrzeug mit einem offenen Fahrerhaus und breiten Reifen. Ash achtete darauf, selbst zuerst einzusteigen. Hatte sie Angst, Vonnie könnte es stehlen? Wohin hätte sie fahren sollen? Vonnie gefiel es nicht, dass Ash ihr misstraute, aber sie war eine Außenseiterin in dem neuen Team. Selbst wenn sie ihre Beweggründe verstanden, würden sie eher untereinander zusammenhalten, als ihr zu helfen.

Ich muss vorsichtig sein, dachte Vonnie. *Ich darf meine Stimme nicht erheben oder mit den Armen wedeln. Es gefällt ihnen nicht, dass ich die Sunfish nicht hasse.*

Sie halten mich für verrückt.

Der Jeep rollte zwischen die hektischen Lichter und Mechs und kommunizierte dabei mit den anderen selbst gesteuerten Maschinen.

Zum größten Teil waren die Horchstationen und Lichter an einer festen Stelle positioniert und so zu stationären Hürden geworden. Sie sahen aus wie kurze Bäume, die Arbeitsflächen und Antennen waren die Blätter. Aber es gab auch ein paar Wesen in diesem Metallwald, die in rastlosen Mustern herumwackelten oder -rollten.

Die größeren Mechs waren aktiver. Zweimal fuhr ihr Jeep an bulligen Rovern vorbei. Der erste schwebte wie eine riesige Zecke in der Luft, während er sich in das Eis hineinbohrte, sein Kopf war bereits weiter unten als seine Beine. Der zweite patrouillierte. Vor Sensoren und Schaufelarmen strotzend, beugte er sich zu ihnen herab, aber weder Vonnie noch Ash zuckten zusammen. Sie waren den fehlerlosen Tanz von Maschinen gewöhnt. Das Fahrzeug fuhr mit wenigen Metern Abstand vorbei, und ihr Jeep setzte seinen Weg zwischen den langen Schatten und den Lichtinseln fort.

Im Eis waren offene Spalten. Der größte Riss klaffte in der Mitte des Camps, mehr als dreihundert Meter lang, aber kaum breiter, als ein Mensch springen konnte.

Das neue ESA-Camp lag zwölf Kilometer südöstlich von der Spalte, an der Vonnie, Bauman und Lam in den Eishimmel hinabgestiegen waren. Als dieses System von Schloten kollabiert war, hatte es sowohl die Schnitzereien als auch jede Möglichkeit, zurück in diese Region des Eises zu steigen, zerstört. Der Zusammenbruch hatte eine ungleichmäßige, instabile Senke von 1,3 Kilometern Durchmesser in Europas Oberfläche hinterlassen.

Eines Tages würden die Eisströme oder ein Anschwellen des Ozeans das Loch füllen. Jetzt im Moment war es eine Narbe und ein Grab.

Die Leichen von Lam und Bauman waren zurückgelassen worden, nachdem Teams der ESA, der NASA und der PSSC in der Nähe der Grube religiöse Zeremonien abgehalten und Auszeichnungen verliehen hatten. Vonnie hatte von ihrem Bett im neuen Camp aus zugesehen.

Ihre Erkundungsfahrzeuge und Satellitenanalysen hatten ein neues Höhlensystem lokalisiert, das man von den Spalten aus erreichen konnte, neben denen sie ihre Wohnmodule und Raumschiffe versammelt hatten. Sehr oft lagen nur ein paar Meter Eis zwischen den Höhlen unten und den Rissen, die hoch an die Oberfläche führten. Aus diesem Grund waren die Mechs in höchster Alarmbereitschaft.

Nachdem sie die Datenmengen studiert hatte, wurde Vonnie endlich aus dem Raster schlau. Koebsch war nicht dumm. Auf Europa würde jede Bedrohung sich ihnen von unten nähern, nicht von außerhalb des Rings. Also hatte er seine Posten aus funktionellen Gründen verteilt, um das Eis mit Radar- und Sonargeräten, Neutrino-Impulsen und Seismographen zu beobachten …

… und mit Waffensystemen. Der Jeep war mit ihrem Verteidigungsnetz verbunden, und auf seinem Armaturenbrett leuchteten ständig Updates von der Clermont auf, dem ESA-Schiff im Orbit über Europa.

Aber wir müssen nicht in Alarmbereitschaft sein, dachte Vonnie. »Die Sunfish werden nicht kommen«, sagte sie.

»Was?« Ash drehte sich in ihrem Sitz, um ihren Helm Vonnie zuzuwenden. Ihr Gesichtsausdruck zeigte Misstrauen.

Vonnie sprach mit ruhiger Stimme weiter. »Sie werden nicht kommen«, sagte sie. »Diejenigen, die mich verfolgt haben, wissen, dass wir außerhalb des Eises sind. Es kann sein, dass sie lauschen, aber sie würden nie eine Eruption riskieren, indem sie an die Oberfläche kommen.«

»Es sah aus, als würden sie, äh, als würden sie alles tun, um Sie zu töten, auch wenn es Selbstmord für sie bedeutet hätte«, sagte Ash. »Koebsch hat Angst, sie könnten das Eis unter uns wegschaufeln.«

»Das glaube ich nicht. Sie müssen noch mehr Angst vor einem Druckabfall haben als wir.«

»Sie können nicht wissen, wie sie denken.«

»Wir sind seit fast zweihundert Jahren im Weltall unterwegs. Wir haben schon die Sterne beobachtet, bevor unser Spezies das Sprechen gelernt hat. Ihr Gefühl für Entfernungen ist begrenzt. Alles, was sie jemals gewusst haben, wissen sie über ihre Ohren und ihre Schallsignale.«

»Das stimmt. Sie haben recht.«

Ash gab noch nicht ernsthaft nach, aber Vonnie sah eine Möglichkeit, die Haltung der jüngeren Frau ins Wanken zu bringen. »Sie glauben, das Universum endet hier«, sagte sie. »Sie haben keine Vorstellung von den Sternen, anderen Planeten oder etwas anderem über der Oberfläche. Nur vom Tod. Überlegen Sie mal, wie oft Teile ihrer Bevölkerung erstickt sind, wenn Eruptionen oder Beben ihre Heimat aufgerissen haben.«

»Sie haben Luftschleusen im Eis entdeckt.«

»Sie sind schlau.« Vonnie musste das einfach sagen. »Sie sind wunderbar.«

»Sie sind Monster.«

»Sie hatten nie eine Möglichkeit, etwas anderes zu sein.«

Ash gab keine Antwort. Sie hatten die Kommandozentrale erreicht und Ash beschäftigte sich mit der Konsole des Jeeps. Sie musste einen Funkspruch empfangen haben, den nur sie hören konnte.

»Wir müssen zurück ins Eis und herausfinden, wie wir mit ihnen reden können«, sagte Vonnie.

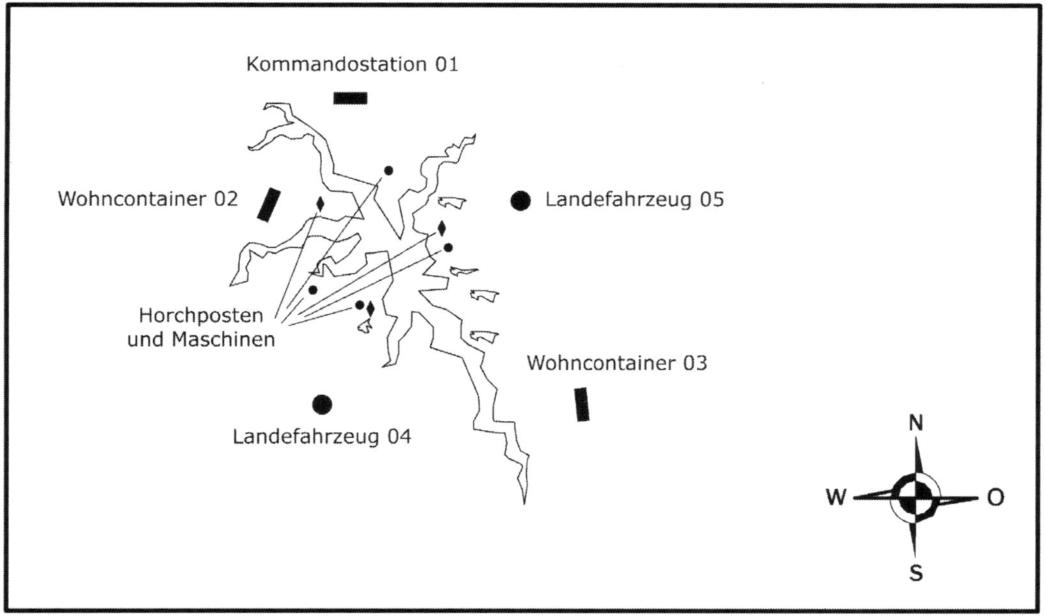
Kommandostation 01
Wohncontainer 02
Landefahrzeug 05
Horchposten
und Maschinen
Wohncontainer 03
Landefahrzeug 04
N
W
O
S

ESA-Camp

23

Koebsch freute sich weder über den Anblick der einen noch den der anderen Frau. Er traf sie an der Luftschleuse, als sie ihre Druckanzüge verstauten, und versperrte ihnen den Weg in die Station. Links von ihm befand sich der zentrale Daten- und Funkraum der Mission. Rechts lag das Multifunktionslabor, in das sie Vonnies Ausrüstung gebracht hatten.

»Ich hätte euren Jeep zurück zur Sanitätsstation schicken können, aber jetzt lasst uns das hinter uns bringen«, sagte Koebsch.

Vonnie versuchte, Ash in Schutz zu nehmen. »Sie wollte mich davon abhalten, hierherzukommen.«

»Haben Sie etwa geglaubt, Sie könnten hier hereinschleichen und Ihre KI stehlen?«

»Nein, Sir.«

»Auf unserem Areal geschieht nichts ohne mein Wissen.«

»Nein, Sir.«

»Na gut.« Koebsch deutete ihnen an, sie sollten nach links in Richtung Daten- und Funkzentrale gehen, nicht ins Labor. Vonnie zögerte, aber sie würde keine andere Chance bekommen, um zu beweisen, dass sie kein Fall für die Irrenanstalt war. Gehorsam folgte sie ihm.

In dem vollgestopften Raum standen zwei Stühle. Koebsch lehnte sich zurück, wohingegen Vonnie auf der Kante ihres

Stuhls herumrutschte. Ash blieb mit verschränkten Armen auf der Schwelle stehen.

»Sie wollen zurück ins Eis gehen«, sagte Koebsch.

Er hat den Funk meines Druckanzugs abgehört, dachte Vonnie, und Wut stieg in ihr hoch. Aber das zeigte sie nicht. »Ich finde, wir sollten diese Woche eine zweite Expedition starten«, sagte sie.

»Das wird nicht geschehen. Noch nicht.«

»Ich meine anfangs noch keine Menschen. Wir sollten Mechs hineinschicken. Am besten Mechs von derselben Größe und Gestalt wie die Sunfish.«

»Wir konstruieren sie gerade.«

Bei seiner unerschütterlichen Ruhe brauste Vonnie auf. »Dann können wir einige dieser Mechs mit meiner KI programmieren! Lam wird mehr Erfolg haben als irgendetwas Neues.«

Koebsch schüttelte den Kopf. »Sie müssen sich im Klaren darüber sein, dass es Menschen auf der Erde gibt, die vorgeschlagen haben, das Eis abzusperren.«

Vonnies Herzschlag setzte aus. »Das können wir nicht machen.«

»Doch, das können wir. Ein paar Sprengladungen …«

»Wir haben intelligentes Leben entdeckt.«

»Ich glaube Ihnen. Ich will Ihnen glauben. Alle, die wie wir für die ESA arbeiten, haben etwas wie das finden wollen, seit sie Kinder waren, oder?«

Vonnie starrte ihn überrascht an. Koebsch war ein Regierungsvertreter. Sie hatte gedacht, die ESA wäre für ihn nur ein Job.

»Wir sind uns nicht sicher, dass die Sunfish intelligent sind«, warf er ein.

»Sie verwenden Sprache und sie konstruieren Bauwerke.«

»Es scheint so, ja. Es gibt gute Hinweise darauf. Aber ihre Intelligenz hat sich nicht so deutlich gezeigt, dass niemand sie infrage stellen kann. Wenn wir Ihre KI hineinschicken und sie ist störanfällig, geben wir den falschen Leuten weitere Munition.«

»Lassen Sie mich mit ihm reden.«

»Sie verhalten sich auch ein bisschen problematisch«, sagte Koebsch, lehnte sich vor und tätschelte Vonnies Arm. »Wissen Sie, was das Stockholm-Syndrom ist? Manchmal beginnt eine Geisel, die Leute zu verteidigen, die sie gefangen haben.«

»Das ist doch Mist. Die Sunfish sind fantastisch. Zum Teufel, sie werden ohne Frage auch *gewinnbringend* sein«, sagte Vonnie vor Verachtung überschäumend. »Die Lobbyverbände des Militärs und der Pharmaindustrie müssen nach DNA-Proben schreien.«

»Ja.«

»Was auch immer übrig ist vom Reich der Sunfish, wir müssen ihnen helfen.«

»Aber wie? Schlagen Sie eine Evakuierung vor? Wohin?«

»Ich weiß es nicht. Wir sollten Nahrung und Sauerstoff runterschicken. Wir könnten sie zu Gebieten leiten, wo es sicherer ist. Sie haben kein Radar. Vielleicht kennen sie die besten Verstecke nicht. Das wäre ein einfacher Weg, unsere guten Absichten zu zeigen.«

»Dazu könnte es kommen. Aber wir sind nur zu elft. Ich bin zuallererst dafür verantwortlich, dass *wir* in Sicherheit sind. Das bedeutet für die Dauer unserer Mission einen sparsamen Umgang mit unseren Nahrungs- und Sauerstoffreserven.«

»Es wird Versorgungsschiffe geben.«

»Vonnie, es sieht so aus, als wären die Sunfish seit dreißigtausend Jahren dort unten. Sie sind so alt wie die letzten existierenden Populationen der Neandertaler, vielleicht auch älter. Auf ein paar Tage mehr oder weniger kommt es jetzt auch nicht mehr an.«

»Sie sind genau jetzt dabei, einander von uns zu berichten.

Sie erzählen einander, dass ich Dutzende von ihnen getötet habe.«

»Sie haben in Notwehr gehandelt.«

»Sie müssen uns für Monster halten. Je länger wir warten, umso schlimmer wird es. Sie werden mehr Verteidigungsanlagen bauen. Sie werden sich für den Krieg rüsten. Wir müssen es noch einmal probieren, ehe sie sich zu sehr verschanzen.«

»Das werden wir, Vonnie. Das werden wir, aber nicht, ehe wir dazu bereit sind. In der Zwischenzeit müssen Sie mir helfen. Lassen Sie uns von den Datenspeichern Ihrer KI das verwenden, was wir brauchen können, und die Persönlichkeit löschen.«

»Ich …«

»Wenn die nächsten Etappen unserer Mission nicht gut laufen, wird alles, was wir geplant haben, gefährdet sein.«

Vonnie wandte den Blick von ihm ab. Sie wollte auch nicht, dass Ash ihren Gesichtsausdruck sah, denn wenn sie zusammenarbeiten würden, sollte Ash glauben, dass für Vonnie an erster Stelle immer das Team stand. Eine Crew war im Weltall eine Familie.

Jetzt musste sie zulassen, dass sie Lam für immer löschten. Wenn Vonnie sich zwischen ihrer KI und den Sunfish entscheiden musste, dann hatte sie überhaupt keine Wahl.

»Okay«, flüsterte sie. »Nehmen Sie ihn auseinander.«

24

Während der nächsten Tage machten sie sich an die langwierige Arbeit. Selbst wenn es keinen weiteren Kontakt zu den Sunfish mehr gab, hatte Vonnie genug Daten zusammengetragen, um Tausende von Experten über Jahre hinweg zu beschäftigen. Stattdessen hatten sie bloß elf Leute. Datenströme gingen zwischen ihnen und vielen Universitäten, Labors und Regierungsstellen auf der Erde und auf dem Mond hin und her. Dort liefen andere Programme, aber sie standen an vorderster Front.

Der Druck hätte zu viel sein können. Aber Koebsch hatte recht: Die ESA-Crew bestand aus einer Elite von Freiwilligen. Jeder von ihnen hatte seit seiner Kindheit von Abenteuern geträumt.

Metzler, der führende Biologe, arbeitete hundert Stunden ohne Pause, bis er vor Stimulanzien und Koffein nur noch wirres Zeug redete und Koebsch ihm befahl, die gleichen Beruhigungsmittel zu schlucken, die Vonnie zum Einschlafen verwendete.

Sie durfte zehn Interviews geben, in denen prominente Nachrichtensprecher und Kommentatoren von ihrem Überleben schwärmten, während sie versuchte, die Sunfish in einem freundlichen Licht erscheinen zu lassen. »Ich bin in ihre Wohnungen geplatzt wie eine Art Riese«, sagte sie. »Für sie war *ich* der Außerirdische.« Aber die Nachrichtensprecher waren verwirrt von dieser Sichtweise, und in ihren Clips wurde meist gezeigt, wie sie positiv über Bauman und Lam sprach. Als wären ihre Freunde während der Zusammenstöße mit den Sunfish gestorben.

Es war zum Wahnsinnigwerden. Vonnie zeichnete ihre eigenen Interviews auf und bat um Erlaubnis, sie ins Netz zu stellen. Sie feilschte mit Koebsch und schrie einen stellvertretenden Direktor auf der Erde an, dann schob sie die Angelegenheit schließlich beiseite, weil sie glaubte, die Wahrheit würde ans Licht kommen, sobald sie wieder Kontakt mit den Sunfish aufnehmen würden.

Alle gerieten auf eine gewisse Art in Raserei, außer Ash, die ruhig blieb. Sie sah offenbar ihre Rolle darin, die Aufmerksame zu sein, die Erwachsene. Gleichzeitig biederte sich Koebsch mehr und mehr an. Er klopfte auf Schultern, schlug auf Rücken und nahm an ihrer Aufregung teil.

Ash hatte ein nettes Lächeln, insbesondere in Gegenwart von Männern, aber für jemanden Anfang zwanzig war sie sehr ernst. Als Wunderkind hatte sie wahrscheinlich ihre kurze Kindheit damit verbracht, gegen die Annahme anderer, sie sei ein Kind, anzukämpfen. Vonnie sah darin den Grund, weshalb sie auf *Ash* statt *Ashley* bestand. Denn die Abkürzung ihres Namens klang scharf, nicht weich. Sie hatte eindeutig einen Komplex.

Vonnie mochte sie. Sie mochte alle von ihnen. Sie waren ehrliche, engagierte Leute, die in ihrer Arbeit aufgingen.

Es zeigte sich, dass andere Weltraumagenturen die gleichen Werte hochhielten. Nachdem Vonnie aus dem Eis gerettet worden war, hatte die ESA zusammengesammelt, was von der Ausrüstung ihres Teams übrig geblieben war, einschließlich ihres kleinen Schiffs, der Marcuse, und neunzig Mechs der verschiedensten Klassen. Viele davon hatten der NASA, Japan oder Australien gehört, aber diese Nationen hatten darauf bestanden, die Mechs der ESA zu übergeben. Vielleicht hatten sie ein bisschen an Vonnies Berühmtheit teilhaben wollen. Vielleicht hatten sie das wiedergutmachen wollen, was sie erlitten hatte.

Eine Sache hatte allerdings Priorität. Vonnie war neben den kämpfenden Sunfish auch auf Insekten, Bakterienkulturen und Pilze gestoßen. Es gab Bakterien in den Insekten, ein parasitäres Wachstum auf den Pilzen und etwas, das anscheinend eine virale Infektion bei den kleineren Sunfish war.

Über mehrere Tage bekamen die Biologen den Löwenanteil der Laborzeit und der Computerleistung zugewiesen. Es war entscheidend zu wissen, ob Mikroorganismen von Europa für den Menschen gefährlich waren.

Mechs hatten Vonnies Ausrüstung in ein steriles Labor transportiert, nachdem sie Plastik in ihren Anzug gespritzt und ihn in einen Schutzfilm gehüllt hatten. Dann hatten sie ihren halb bewusstlosen Körper in eine andere Isolierkammer gebracht, wo sie ihn mit UV-Strahlen, Nanotech, Antibiotika, antiviralen Mitteln und genetischen Reinigern überflutet hatten. Vielleicht wäre es sinnvoll gewesen, sie unter Quarantäne zu stellen, aber sie war ihrer Umgebung nicht ohne ihren Anzug ausgesetzt gewesen. Auch konnten sie einer Person nicht ein komplettes Wohnmodul bereitstellen, und das über Wochen, Monate, oder wie lange es dauern würde, bis die Erde entscheiden würde, dass von ihr keine Ansteckungsgefahr mehr ausging.

Nach Europa zu kommen, war eine Gefängnisstrafe mit zusätzlichen Opfern. Sie alle bekamen dieselbe Medikamentenmischung. Die genetischen Reiniger machten Pärnits krank, aber statt Vonnie die Schuld daran zu geben, machte er Witze über seinen Schüttelfrost und seine Übelkeit. »Ich brauche die Medikamente sowieso, wenn ich nicht verglühen will«, sagte er, weil Jupiter seine Monde in Strahlung badete.

Wenn eine Person ohne Schutz auf der Oberfläche von Europa stehen könnte, dann würde sie fünfhundert Rem in vierundzwanzig Stunden abbekommen. Ein Tag würde sie krank werden lassen. Zwei Tage wären eine letale Dosis.

Ihre elektromagnetischen Schilde, Anzüge und Wohncontainer konnten ihre Gefährdung reduzieren, aber die Angriffe durch die tödlichsten Gefahren wie die der Gammastrahlen nicht komplett abwehren. Jedes Crewmitglied hatte eine von der Erde kontrollierte künstliche Intelligenz, die sein persönliches Risiko berechnete. Allein durch das Camp zu fahren, reduzierte ihre Lebenserwartung. Sie würden für ihre Zeit hier mit Pillen und Nanotech bezahlen, zusätzlich zu den wahrscheinlich notwendigen Behandlungen wegen Knochenkrebs und Melanomen – und das war noch optimistisch.

Alles, was sie taten, kam ihnen bedeutsam vor. Sogar das Abendessen war ein Grund zu feiern. Trotz aller Einwendungen bestand Koebsch darauf, dass sie sich alle für eine Mahlzeit am Tag trafen. Ansonsten zerfielen sie in kleine Grüppchen, die via Videofon oder Funk kommunizierten, wenn überhaupt.

Das Abendessen bot Gelegenheit, zu prahlen und zu schreien, Fragen zu stellen, Theorien zu diskutieren und mit anderen gesunden Genies zu flirten, die in derselben Hochstimmung waren.

Sie zogen Vonnie damit auf, dass sie ein Medienstar war. Zugleich spürte sie, dass zwei oder drei Leute wirklich neidisch waren.

Am schlimmsten war der Neid bei William Dawson ausgeprägt, einem Engländer in den Siebzigern, der das älteste Mitglied der Crew war. »Versuchen Sie, uns ein bisschen was von dem Rampenlicht abzugeben«, sagte er mit einem falschen Lächeln, das aber nicht bis zu den Falten um seine Augen reichte.

Wie Ash war Dawson empfindlich hinsichtlich seines Namens. Er ließ eine gewisse Art von Formlosigkeit zu. »Unter

Kollegen ist es nicht notwendig, mich mit ›Dr. Dawson‹ anzusprechen«, sagte er gönnerhaft, aber er erwartete, mit *William* gegrüßt zu werden, nicht mit *Bill* oder *Will*.

Persönlich hielt Vonnie ihn für einen steifen, alten royalen Gockel, was passte, denn er hatte in seiner offiziellen Vita angegeben, dass er nach den englischen Königen benannt war.

Dawsons Dünkel war nichts Ungewöhnliches. Mitte des einundzwanzigsten Jahrhunderts hatten sich viele Eltern wieder der Vergangenheit zugewandt. Die meisten Menschen verließen die Erde nie, aber die Menschheit hatte zum ersten Mal begonnen, in beachtlicher Anzahl in den Weltraum zu fliegen. Sie vergaßen ihre Religionen und ihre Feiertage, was den Verfall desselben Glaubens zu Hause beschleunigte. Im Orbit und auf dem Mond wurden Babys geboren.

Kinder bekamen Namen, die an eine Tradition erinnern sollten, in der sie nie aufwachsen würden. Die Amerikaner benannten ihre Kinder nach dummen, glanzvollen Dingen wie *Christmas*, *Pacific*, *Birch* oder *Spring*. In Europa war der Trend vornehmer. Beide Kulturen ehrten ihre Schiffe und Stationen durch die Namen berühmter historischer Personen wie *Washington* oder *Robespierre*. Aber die Personalbögen der ESA waren gespickt voll mit traditionellen Namen wie Dublin O'Neal oder Henri Frerotte. Es gab auch einen Ingenieur, den sie Triple O nannten, weil sein vollständiger Name wie italienische Musik über die Lippen kam – Antonio Leonardo Gravino.

Vonnie arbeitete mit Ash, Metzler, O'Neal und Frerotte gemeinsam daran, ihre neuen, nach den Sunfish geformten Sonden zu schmieden. Sie schloss sich sofort dem Team an, auch wenn Koebsch ihr vorhersagte, dass die Aufgabe sie beunruhigen würde. Er hatte recht: Immer wenn Vonnie die Werkstatt betrat, erschauderte sie.

Der achtarmige Rahmen auf ihrer Werkbank sah aus wie

ihrem Gehirn entsprungen. Jede Nacht träumte sie trotz der Medikamente von kreischenden Monstern.

Ihr Prototyp war ein kräftiger Aluminium-Sunfish, einen Meter zwanzig breit und identisch mit den Kreaturen der kleineren Art, bis auf seine Eingeweide und die fehlende Haut. Bei den echten Sunfish wog das Gehirn beinahe so viel wie bei den Menschen. Das bedeutete viel Platz, um Prozessoren und Speicherkarten zu verstauen. Vonnie schätzte, dass sie jede Sonde mit einer Intelligenz der Stufe IV ausstatten könnten, aber sie planten Besseres. Sie wollten die bei der Datenverarbeitung mit einem Quantencomputer vorliegende Grenze überschreiten, um eine Intelligenz der Stufe III oder II zu schaffen.

Sie brauchten dafür mehr Platz. Ihre Sonden würden nicht atmen und essen, also gewannen sie dort Raum, wo ein Sunfish seine Kiemen, Lungen, Herzen, seine Fortpflanzungsorgane und sein Verdauungssystem hatte. Leider benötigten ihre Sonden Stromaggregate, Daten- und Funksysteme sowie Sonargeräte. Radar- und Röntgengeräte wären ebenfalls ideal. Ihr Design war überfrachtet, aber externe Komponenten auf den Sonden anzubringen, wäre ihrem Zweck, auszusehen wie ein Sunfish, zuwidergelaufen.

Eines Abends bei einem Kaffee nahm Ash Vonnie beiseite. »Erzähl mir etwas über deine KI«, sagte Ash.

»Was meinst du damit? Du hast ihn doch gelöscht.«

»Koebsch und ich. Ja, ich … Was ich meine, ist, du hast eine tolle Arbeit geleistet, indem du ihn mit den Systemen deines Anzugs verbunden hast.«

»Das war alles, was ich hatte.«

»Ich weiß. Er war unzuverlässig, aber es war ein guter Trick, ihn mit grundlegenden Funktionen zu verbinden. Vielleicht sollten wir dasselbe ausprobieren, wenn wir die Instabilität umgehen können.«

Eine Entschuldigung war das nicht gerade. Wie viele Leute,

die zu ihrem eigenen Nachteil zu schlau waren, konnte Ash unverblümt und sogar gnadenlos sein. Dennoch gefiel Vonnie der Versuch der jungen Frau, Neugierde und Respekt zu zeigen.

»Wir können mal schauen«, sagte Vonnie. »Lass uns erst herausfinden, wie viel Kapazität Pärnits braucht.«

Rauno Pärnits, der Linguist, arbeitete auch als technischer Assistent. Er besprach mit ihnen, wie sich die Fähigkeit des Prototyps, sich zu winden und zu neigen, steigern ließe. Dafür führte er Kabel, Antriebe und Beuger durch seinen Körper und die Arme.

Bewegungen wie die der Sunfish zu erzeugen, würde eine große Menge an Speicher- und Rechenleistung erfordern – vielleicht zu viel. Pärnits wollte die meisten seiner Programme extern abspeichern. Ihre Sonden über Funk mit einer KI zu verbinden, war die einfache Lösung. Sie konnten ihre Signale über Relais weitergeben, aber Vonnie gefiel der Gedanke nicht. Was wäre, wenn die Sonden abgeschnitten würden?

Pärnits war einunddreißig, fast in Vonnies Alter, dünn, und er hatte eine Hakennase. Er ließ sie wissen, dass ihr sein Bett offenstand. Das taten auch Metzler und Frerotte. Vonnie hätte sich vielleicht mit einem von ihnen zusammengetan, wenn sie nicht emotional so durcheinander gewesen wäre. Es war zu früh. Körperlicher Trost wäre süß gewesen, aber sie trauerte um Lam, auch wenn sie beide kein Liebespaar gewesen waren.

Das Zwangsverhalten, das sie nach ihrer Rettung an den Tag gelegt hatte, war verschwunden. Zu viel von ihrer Fixierung war ein reiner Abwehrmechanismus gewesen, der sie selbst für ihren Schmerz blind gemacht hatte.

Sie traute sich selbst nicht mehr. Vielleicht war sie nicht gebrochen worden, aber sie war nahe daran gewesen. Jetzt wusste sie nicht mehr so genau, ob die Einzelteile noch zusammenpassten. Ihre Vorgesetzten auf der Erde hatten ihr gesagt, sie solle regelmäßige Therapiesitzungen bei einer KI machen, was erniedrigend war. Sie beschäftigte sich mit Arbeit, Kochen und Musik. Tatsächlich gelang es ihr an den meisten Tagen, ihre beiden Hobbys zu kombinieren, indem sie Beethoven hörte, während sie Vorspeisen und Suppe für alle in Modul 02 organisierte. Diese Station war für Wohnräume, Trainingsgeräte und ihre kleine Küche reserviert. Sie stand wieder oben an der Spitze, wo sie vermutlich sein sollte.

Es war Tag sechzehn, als Koebsch einen Alarm der Stufe zwei auslöste, der sämtliche Daten- und Funkverbindungen im Camp übertönte.

»Die Brasilianer steigen ins Eis«, sagte er.

25

Koebsch lief tomatenrot an, als er ihnen die Satellitenaufnahmen nochmals vorspielte. »Wir können sie nicht aufhalten«, sagte er. »Sie reagieren nicht auf unsere Signale.«

»Was ist mit Notfallprotokollen?«, fragte Metzler.

»Sie blockieren alles«, antwortete Koebsch. »Sie wussten, dass wir aufschreien würden, sobald sie das Eis durchbrechen.«

»Wie lang dauert es noch, bis wir von der Erde hören?«

»Neun Minuten.«

Vonnie verzog das Gesicht vor ihrem Bildschirm. Sie war mit Ash und Frerotte in Station 04, aber alle hatten sich in die Videokonferenz eingewählt, bei der ihre Gesichter in Klein um ein großes Hologrammdisplay herum eingeblendet wurden. Das Display zeigte vierzehn Mechs, die durch eine Spalte in das Eis eindrangen, gefolgt von fünf bewaffneten Männern und dann von sechs weiteren Mechs.

Fünf der Maschinen waren mit zusätzlichen Armen angepasst worden – kurze Arme, gesäumt von Pedizellarien. Die Brasilianer planten offensichtlich, mit den Sunfish zu kommunizieren, aber es war ein übereilter Versuch. Ihre anderen Mechs waren Raupen- und Grabfahrzeuge, Wachposten und Waffenplattformen.

»Die sind nie im Leben vorbereit«, sagte Metzler.

Die meisten in der ESA-Crew hatten frustrierte oder ungläubige Gesichter. Metzler war stinksauer.

Metzler war in seinen Vierzigern, gedrungen und hässlich – so hässlich, dass er süß war, wie eine Bulldogge –, und er war ein Hitzkopf und Besserwisser. In mancher Hinsicht erinnerten seine bissigen Einschätzungen anderer sie an Lam.

»Die Chinesen werden als Nächste folgen«, sagte Koebsch. »Ihr werdet schon sehen. Sie gehen als Nächste, und dann werden wir auch den Befehl erhalten, hineinzugehen, nur um allen zu zeigen, wer den längsten Schwanz hat. Wir werden diese ganze Gegend kontaminieren.«

»Ich dachte, die Brasilianer haben die internationale Resolution unterzeichnet«, sagte Vonnie.

Koebsch nickte. »Allerdings.«

Alle Seiten hatten die Absicht erklärt, ihre Aktionen miteinander abzustimmen und Informationen offen zu teilen. Zum richtigen Zeitpunkt hätten die Alliierten Nationen eine gemeinsame Expedition geplant. Das Ziel war es gewesen, eine einzige Gruppe von Übersetzern und Diplomaten zu bilden, aber die Menschheit war ebenso zerstritten wie die Sunfish. Nicht allein die ESA schickte Spionagesatelliten rund um Europa, um ihre menschlichen Gegner zu beobachten. Einige ihrer Mechs waren Selbstverteidigungseinheiten, die hauptsächlich mit elektronischen Gefechtssystemen ausgestattet waren. Viele ihrer KI waren dem Spiel gewidmet. Sie stahlen die Daten der anderen und verschlüsselten die eigenen.

Die NASA und die ESA waren alte Partner, die sich oft mit Japan zusammentaten, aber China blieb auf Distanz und die Brasilianer waren die jüngste Erweiterung in der Liste der Weltraumfahrernationen. Als Emporkömmlinge und Underdogs kultivierten sie ihr nationales Selbstverständnis.

Vonnie verstand ihren Eifer. Sie konnte ihr Bedürfnis, sich selbst zu beweisen, nachvollziehen. Sie hatte die gleichen

Gefühle gehabt, als sie frisch auf Europa gelandet war. Warum hatten sie nichts aus Vonnies Desaster gelernt?

So sehr Vonnie sich auch wünschte, die Sunfish wiederzutreffen, es war doch nicht Neid, weshalb sie die Brasilianer stoppen wollte. Bis sie eine ausreichende Zahl an Sonden hergestellt, die Schnitzereien komplett entziffert und die Sunfish-Sprache gemeistert hatten, würde es die Dinge nur verschlimmern, wenn sie ins Eis platzten.

Der Vorstoß der Brasilianer war ein Affront.

»Sir, sie gehen bewaffnet hinein«, sagte sie zu Koebsch. »Entweder jagen sie Exemplare oder sie sind auf einen Kampf aus.«

»Brasilien steckt in Schwierigkeiten«, warf Metzler ein. »Sie brauchen Geld, um ihre ganze Ausrüstung zu modernisieren: Schiffe, Schutzanzüge und was weiß ich noch alles. Wenn sie als Erste drinnen sind und anfangen, hiesige Lebensformen zu fangen, werden die Käufer mit Bargeld in der Hand bei ihnen vor der Tür Schlange stehen. Es macht nichts, wenn sie ein paar Sunfish töten. Die legen es darauf an, einen Riesenzirkus zu veranstalten.«

»Wir können nicht auf eine Entscheidung von zu Hause warten«, sagte Vonnie.

Die Erde war ein Viertel des Weges um die Sonne herum von Jupiter entfernt. Jeder Funkspruch brauchte elf Minuten vom ESA-Camp nach Berlin, der Hauptstadt der Europäischen Union, plus elf Minuten wieder zurück. Das war eine mühsame Art, ein Gespräch zu führen.

»Was schlagt ihr vor?«, fragte Koebsch.

»Überlassen Sie mir das Display, bitte.« Vonnie rief die Echtzeit-Überwachung des brasilianischen Camps auf.

Der Ort wirkte verlassen. Die FNEE, die *Força National de Exploraçao do Espaço*, hatte weniger Leute und weniger Mechs nach Europa entsandt als irgendeine der anderen Nationen. Ihre Aktivitäten waren begrenzt, was es erleichterte, sie zu überwachen, dennoch hatten sie sich einen Platz über einem ausgedehnteren Röhrensystem als dem der Tunnel in der Nähe des ESA-Camps ausgesucht.

»Typisch«, brummte Metzler. »Wir hätten vorhersehen müssen, dass sie etwas im Schilde führen.«

»Wenn fünf von ihnen reingegangen sind, haben sie nur zwei für das Kommando und die Kontrolle zurückgelassen«, sagte Vonnie und hob eine der brasilianischen Wohnstationen hervor, wo ESA-Satelliten die größte elektronische Aktivität feststellten. »Hier.«

»Sie sprechen doch nicht davon, ihre Basis zu stürmen?«, sagte Koebsch.

»Nicht von etwas so Plumpem. Sie werden mit ihrer Telemetrie überfordert sein, und ich weiß, dass wir ihr System gehackt haben«, bemerkte Vonnie mit einem Blick auf Ash und Frerotte.

Ash kräuselte die Lippen, aber sie nickte.

»Wir können einige ihrer Mechsonden zum Stillstand bringen und die Verbindung zu den restlichen kappen«, führte Vonnie aus. »Das wird sie aufhalten.«

»Wir wollen niemanden verletzen«, sagte Koebsch.

»Falls sie stecken bleiben, schicken sie einen Notruf und wir können sie herausholen. Ein Stück vom Kuchen. Das ist der Grund, weswegen wir sie aufhalten müssen, ehe sie zu weit gehen.«

»Was sagen die Amerikaner?«

»Sie werden uns helfen, wenn sie es können, aber wir sind näher dran, falls ein Problem auftritt«, sagte Koebsch. Das Camp der ESA war nur sechzehn Kilometer vom brasilianischen Camp entfernt, wohingegen die Amerikaner und die Chinesen näher am Südpol waren. »Ash?«

»Sir, wir sind den Brasilianern im Bereich künstlicher Intelligenz um Lichtjahre voraus«, sagte sie. »Wir können es tun.«

ESA-Support-Mission // EUROPA // 27. Juni 2113

Expeditionsleitung
Koebsch, Peter Günther

Technik
Gravino, Antonio Leonardo
Sierzenga, Ashley Nicole

Sprachwissenschaften
Collinsworth, Elizabeth Anne
Pärnits, Rauno

Biowissenschaften
Dawson, William George
Frerotte, Henri Charles
Johal, Harmeet
Metzler, Benjamin Todd
O'Neal, Dublin David

Zusätzliche Kraft
Vonderach, Alexis Rose

Koebsch	Expeditionsleitung - Psychologie - Datenkommunikation
Dawson	Gentechnik
Johal	Gentechnik - Medizin - Unterkünfte
Frerotte	Biologie - Unterkünfte - Ass. Anzugpflege - Ass. Datenkommunikation
Metzler	Biologie - Planetenkunde - Ass. Maschinen
O'Neal	Biologie - Ökologie - Ass. Maschinen
Collinsworth	Sprachwissenschaften - Pilotin - Medizin - Psychologie
Pärnits	Sprachwissenschaften - Ass. Technik - Unterkünfte
Sierzenga	Pilotin - Navigation - Medizin - Datenkommunikation -Kybernetik
Gravino	Technik - Pilot - Medizin - Unterkünfte - Datenkommunikation
***Vonderach**	Pilotin - Navigation - Wartung - Medizin - Maschinen

Missionskontrolle:
ESOC - Darmstadt

Startvorrichtungen:
Robespierre

Raumschiffe:
Deep Space *Intruder*-Class *Clermont*
Deep Space Reconnaissance *Marcuse* (geborgen)

Ausrüstung:
DSSC Wohncontainer (3), ROM-12 Raumgleiter (2)
ROM-4 APAQS Stationen (4), ROM-12 ATMP Fahrzeuge (4), ROM-12 Rover (10)
ROM-12 GP Sonden (20), ROM-12 Kameras (45), ROM-12 MMPSA (55)

Vom internationalen wissenschaftlichen Expeditionsteam geborgen:
ROM-12 Rover (4), ROM-12 GP Sonden (5), ROM-12 Kameras (22) // EU
ROM-12 Rover (1), ROM-16 GP Sonden (3), ROM-12 MMPSA (9) // Japan
ROM-12 GP Sonden (10), ROM-6 Kameras (25) // USA
ROM-6 GP Sonden (2) // Australien

26

Vonnies Crew ging in die Offensive, auch wenn sie zeitgleich weiterhin Eilmeldungen an die Erde schickten. Koebsch wollte den Eindruck aufrechterhalten, sie würden auf Instruktionen warten. Falls notwendig, konnte er später überzeugende Aufnahmen davon vorlegen, wie sein Team verzweifelt und hilflos einfach nur die Brasilianer beobachtet hatte.

Ash führte den Angriff an. Sie hatte ihre Waffen bereits in Position gebracht. Ein Teil ihrer Aufgabe war es, sicherzustellen, dass das ESA-Camp für eine Gegenspionage im Weltraum ausgerüstet war. Die heimtückischsten Waffen in ihrem Arsenal waren SCPs. Sogenannte *Sabotage and Control Programs* waren die düsteren Verwandten künstlicher Intelligenz. Sie waren in der Entwicklung so weit von ihren Ursprüngen entfernt – den Computerviren – wie die Menschen von den ersten kleinen, haarigen Säugetieren des Mesozoikums vor zweihundert Millionen Jahren.

Als eine bösartige, sich reproduzierende Intelligenz, deren einziger Zweck darin bestand, intakte Systeme zu schädigen, umfasste ein SCP normalerweise auch den Auslöser für seine eigene Zerstörung, einen Killcode. Diese Zündschnur hinderte das SCP daran, sich gegen seinen Erschaffer zu wenden. Ash programmierte jetzt fünfzehn SCPs speziell so, dass sie die Datenströme der Brasilianer abfingen und ins ESA-Camp umleiteten, was ihr erlauben würde, ihre eigenen Signale in das brasilianische Netz einzuspeisen.

Koebsch checkte ihren Plan kurz gegen und genehmigte ihn. Aber während sie ihre Programme hochlud, löcherte er sie mit Fragen.

»Was waren das für welche? Sie haben fünf Pakete losgeschickt, die nicht auf unserer Liste standen, oder?«, fragte Koebsch, und Ash erwiderte: »Ich habe immer ein paar Asse im Ärmel, Sir.«

Während sie die Videofonkonferenz verfolgten, legten Vonnie, Metzler und Frerotte ihre Schutzanzüge an und gingen nach draußen. Sie brauchten Platz zum Arbeiten. Sie betraten einen Vorratsschuppen, wo sie vor Spionagesatelliten geschützt waren.

Im Innern des Schuppens musterte Vonnie ihre Gefährten, die darauf brannten zu gehen, ähnlich wie Bauman und Lam damals. Im Moment sagte niemand ein Wort. Sie beobachteten nur Ash über ihre Verbindung.

Sie tanzte.

Umgeben von einem virtuellen Display, tippte Ash mit ihren Handschuhen auf Hunderte von Datenblöcken und bewegte sich dabei wie ein Dirigent. »Langsamer, langsamer«, sagte Ash zu einem Programm, als sie mit ihren Finger durch den gelben Alarmbalken fuhr.

Die meisten ihrer SCPs arbeiteten in Geschwindigkeiten, die das menschliche Fassungsvermögen überstiegen, aber andere erforderten Gegenchecks oder Neustarts. Alle bis auf die Allerfinstersten spielten Berichte in ihr System ein. Drei KI halfen Ash, dieses Chaos zu beherrschen.

»Wir sind drin«, sagte sie. »Los!«

Sie hätten fünf Personen in Schutzanzügen brauchen können, eine für jeden der Brasilianer, aber Koebsch benötigte den Großteil der Crew, um den Anschein normaler Aktivität aufrechtzuerhalten. Kurzfristig fehlten ihnen auch die Gebäude, um mehr als drei Schutzanzüge vor den Satelliten über ihren Köpfen zu verbergen.

Vonnies Helm zeigte ihr eine Umgebung, die nicht das Innere des beengten Vorratsschuppens war. Es wirkte, als wäre sie unter dem Eis. Ash hatte dafür gesorgt, dass Vonnies Systeme sich in den Anzug des FNEE-Kommandanten Ribeiro einschleichen konnten, sodass sie mit seinen Sensoren sah und hörte.

Statisches Flimmern schwappte über ihr Visier und ihr linker Arm krampfte sich zu einem richtig schmerzenden Knoten zusammen. Der Computerangriff war nicht fehlerfrei. Sie bekam Kopfschmerzen.

»Ash, kannst du meinen Feed korrigieren?«, fragte sie. »Trenne so lange meine Nervenverbindungen.«

»Ich versuch's!«

Ribeiros Truppe war 1,9 Kilometer weit unten. Sie waren ein abrutschendes altes Labyrinth aus Schloten hinuntergeklettert und hatten sich durch Stalaktitvorhänge hindurchgeschlagen. In dieser Gegend war das Eis mit Mineralien durchtränkt. Die Mineralien machten das Eis beständiger, was dazu beigetragen hatte, die Katakomben zu erhalten. Die auf Ribeiros Stirndisplay eingeblendete Karte zeigte, dass sie sich in Richtung der oberen Spitzen eines gekrümmten Felsengebirges bewegten, das weitere 2,2 Kilometer tiefer lag.

Sie hatten Leuchtfeuer und Sensoren hinter sich zurückgelassen. Mehr hatte Ash nicht gebraucht, um in ihr Netz einzudringen.

Ihre Übernahme erfolgte zu Anfang fast unmerklich. Vier Mechs meldeten Vernetzungsprobleme. Sie gingen wieder online, meldeten erneut Fehler und wiederholten dann das Muster.

Im Inneren von Ribeiros Helm blinkten Warnmeldungen

wie weißes Rauschen. Gleichzeitig führte Vonnie Bewegungen durch, die denen von Ribeiro entgegenliefen. Wenn er sein Bein vorwärtsschwang, kickte sie es nach links. Als er seinen Arm zum Ausgleich nach oben hob, widersetzte sie sich. Die widersprüchlichen Anweisungen verursachten einen Absturz. Sein Anzug fuhr das System herunter, um eine Fehlerdiagnose durchzuführen.

»Irgendetwas stimmt nicht«, sagte er auf Portugiesisch. Vonnies Anzug übersetzte seine Worte automatisch. »Santos, ich habe jede Menge Interferenzen.«

Sein Lieutenant konnte nicht antworten. Neben Vonnie brachten Metzler und Frerotte die Kommunikation der Brasilianer durcheinander.

»Basis, hier ist die Eins«, sagte Ribeiro. »Haben Sie verstanden? Basis, hier ist die Eins. Ich wechsle, um die Frequenz auf maximalen Empfang zu stellen. Können Sie mich hören?«

Ausfälle legten weitere drei seiner Mechs lahm, und Vonnie trat noch einmal mit seinem Bein aus. Ihr Anzug musste nicht wirklich bewegt werden. Er gab Ribeiros Aktionen an ihren Körper weiter und führte umgekehrt ihre Absichten an Ribeiro aus. Vonnies Anzug in dem Schuppen rührte sich nicht, außer bei den größten Bewegungen. Frerotte hob wieder und wieder seine Arme beim Durchscrollen der internen FNEE-Dateimenüs.

Sechsunddreißig Minuten lang drangsalierten sie Ribeiros Truppe.

Abwechselnd blind, taub oder lahm standen die Brasilianer dicht davor, sich im Eis zu verlieren. Vonnie wollte kein Mitgefühl empfinden, aber diese Erinnerungen waren zu frisch. Im Innern ihres Anzugs begann sie zu schwitzen. Ihre Hände verkrampften sich, ballten sich zu Fäusten. Das war eine weitere Beeinträchtigung, die Ribeiro traf. Er war nicht mehr in der Lage, seine Finger zu öffnen.

Er war sehr tapfer. Er sammelte seine Schar mit knappen, scharfen Worten und verknüpfte die wenigen nicht betroffenen Systeme untereinander. Offenbar hatte er den Verdacht, dass ihre Probleme kein Zufall waren, und er verfluchte gründlich abwechselnd die Amerikaner, die Europäer und die Chinesen.

»Schweinehunde!«, rief er. »Kinderschänder! Leckt eure Schwestern!«

Bei diesen Worten kicherte Ash. »Oh, igitt!«

Ribeiro war beinahe ein Klischee: ein dunkelhäutiger Macho. Aber es steckte mehr in ihm als sein Wutgeheul. Wie die ESA-Crew bestand auch die Mannschaft der FNEE aus den Besten der Besten. Eines Tages würde er vielleicht herausfinden, wer hinter dem Anschlag auf sein Team steckte, und das könnte ungemütlich werden. Er wäre ein gefährlicher Gegner.

»Okay. Koebsch sagt, wir haben genug getan«, sagte Ash. »Sieht so aus, als würde Ribeiro den Befehl bekommen, sich zurückzuziehen.«

»Gute Arbeit«, bemerkte Vonnie.

Ash zögerte. »Schlagen wir noch einmal zu, auf mein Signal. Fertig? Jetzt.«

Vonnie ärgerte Ribeiro noch einmal, indem sie Störungen in seinen beiden Beinen verursachte, sodass er gegen die Tunnelwand knallte – aber im nächsten Moment reaktivierte sie sein Radar und seine Infrarotkamera. Sie musste etwas sehen.

Hinter ihm wurden ein Bagger und zwei Waffenplattformen von Krämpfen erschüttert. Der Bagger schüttelte sich so heftig, dass er vom Boden des Tunnels abprallte. Als er umkippte, sah Vonnie, was ihre Aufmerksamkeit erregt hatte. Seine Beine wanden sich in den vertrauten Mustern der Sunfish.

Aber das ist unmöglich, dachte sie.

Auch wenn der Bagger mit seinen Klauen und den Schneidewerkzeugen am Schwanz einem Skorpion mehr ähnelte als einem Sunfish, mussten die Brasilianer ihre Mechs so programmiert haben, dass sie alles nachahmten, was sich aus den öffentlichen Daten aus ihrer Zeit unter dem Eis hatte herauslesen lassen. Andernfalls gab es nur eine einzige Erklärung dafür, dass der Bagger Sunfish-Bewegungen nachahmte.

Vonnie entdeckte noch zwei weitere Bagger, die in ähnlichen Posen verharrten – nur Bagger. Keiner der anderen Mechs verfiel in Sunfish-Posen. Sie zitterten und ruckelten. Ash musste die Bagger mit demselben SCP getroffen haben, wohingegen sie andere Waffen für den Rest der FNEE-Sonden verwendet hatte.

Auf einmal hörten alle Bagger auf, sich zu schütteln. Derjenige, der am nächsten war, krümmte sich, plötzlich wieder im Gleichgewicht, am Boden und blickte vor und zurück, als wäre er zum ersten Mal aufgewacht. Die anderen beiden nahmen Stand-by-Positionen ein, aber keiner von ihnen schien den Abbruch-Code wahrgenommen zu haben, der durch den Anzug von Ribeiro gesendet wurde.

»Raus«, funkten seine Leute vom Camp. »Geht raus.«

Die Brasilianer zogen sich mit weniger als der Hälfte ihrer Mechs zurück. Einige konnten vielleicht später geborgen werden. Fünf hatten ihre Antwortcodes dauerhaft eingebüßt oder waren intern zerstört worden. Vonnie glaubte, die Bagger würden sich umwenden und tiefer in das Eis hineineilen.

Sie öffnete eine private Verbindung zu Ash. »Ich würde dir gern einen Drink spendieren«, sagte sie.

»Es hat keiner Geld dabei, oder?«, sagte Ash. »Ich würde ja gerne annehmen, aber ich werde damit beschäftigt sein, die Daten- und Kommunikationsdateien aufzuräumen und meinen Bericht zu schreiben.«

»Ein Drink«, beharrte Vonnie. »Später.«

27

Statt Alkohol brachte Vonnie Ash am Abend ein Stück Karottenkuchen, den sie selbst gebacken hatte, wofür sie zu Modul 02 und seinem kleinen Ofen hinübergerannt war. »Das ist besser für dich als Wodka«, sagte sie.

»Danke«, erwiderte Ash vorsichtig.

»Was ist am Ende mit ihren Mechs passiert?«

»Komplette Systemüberlastung«, sagte Ash. »Ich habe ihre KI mit Einwegelementen von uns überschrieben.«

»Du weißt ein gutes Programm zu schätzen.«

»Das ist meine Aufgabe.«

Vonnie blickte über ihre Schulter, aber sie waren allein. »Ich glaube, du hast es nicht über dich gebracht, Lam zu töten«, sagte sie.

Ash hörte auf zu essen. »Warum nicht?«

»Vielleicht hast du Lam in seine Komponenten zerlegt, wie Koebsch gesagt hat, und hast ihn als SCP getarnt, aber du hast alle seine Dateiordner aufbewahrt. Und du hast gewusst, dass du ihn in unserem System nicht auf Dauer verstecken kannst. Deshalb hast du ihn in die brasilianischen Bagger hochgeladen.«

Ash war entweder eine fantastische Schauspielerin oder unschuldig. »Das hört sich nach einer Menge Arbeit an«, sagte sie und blickte Vonnie dabei direkt in die Augen. »Niemand außer einem Spitzenprogrammierer könnte unser System und das Netz der FNEE gleichzeitig austricksen.«

»So jemand wie du.«

Ashs Mundwinkel zuckten in einem Lächeln. »Ich weiß nicht, wovon du redest«, sagte sie, und Vonnie lachte.

Lam war am Leben, irgendwo im Inneren des Eishimmels.

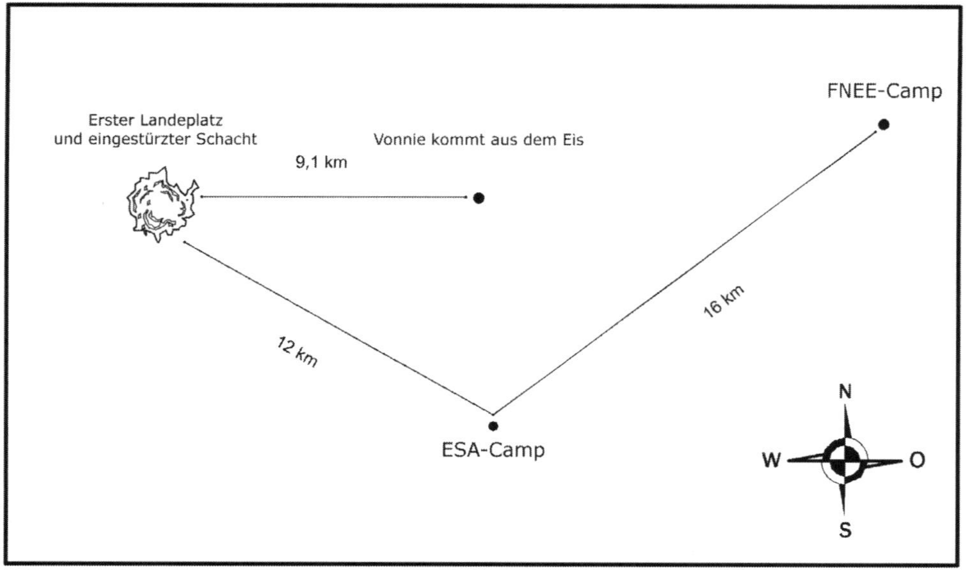

ESA- und FNEE-Camp

DOWNSIDER

28

»Wir wollen Ihnen keine Probleme bereiten, wenn Sie zurück auf der Erde sind«, sagte Vonnie, »aber Ihre Leute müssen mit den Bombardements aufhören.«

»Wir haben keine Bomben«, sagte die Brasilianerin.

»Das ist eine Lüge. Wir wissen, dass Sie ins Eis schießen.«

»Unsere Mechs haben Tunnel gegraben, ja. Manchmal kommt es dabei zu Einstürzen. Wir haben keine Bomben.«

»Töten Sie Sunfish?«

Die Brasilianerin runzelte die Stirn und blickte dann nach links. Vonnie wäre es lieber gewesen, sie hätten sich von Angesicht zu Angesicht gegenübergestanden, statt nur vor einem Display. So konnte Vonnie nicht wissen, ob sonst noch jemand außerhalb der Kameraerfassung stand. Um ehrlich zu sein, hätte sie selbst vielleicht anders gehandelt, wenn sie allein gewesen wäre.

Teamkameraden im Off zu verstecken, war nur ein Teil des Betrugs, den die elektronische Kommunikation ermöglichte. Im Kommandomodul 01, außerhalb des Sichtfelds, zeichnete Ash, die neben Vonnie saß, die FNEE-Übertragung auf und hackte sie zugleich, während Koebsch bereitstand, um irgendeine von acht verschiedenen Simulationen hochzuladen.

Zweiundzwanzig Tage waren vergangen, seit sie den brasillianischen Einfall ins Eis gestoppt hatten. Alle vier

Weltraumagenturen von der Erde hatten angefangen, ihre eigenen Mechs unter das Eis zu schicken, einschließlich der ESA. Aber von dem Gebiet, das von der FNEE erkundet wurde, gingen seismische Erschütterungen aus.

Die Aufgabe, Kontakt mit den Brasilianern aufzunehmen, oblag Koebsch. Vonnie hatte ihn überredet, einen anderen Weg zu versuchen und Ash zu erlauben, eine Videokonferenz in das zentrale Wohnmodul der Brasilianer herzustellen, wenn sie annahm, ihr einziges weibliches Crewmitglied wäre allein.

»Ich frage noch einmal«, sagte Vonnie. »Töten Sie Sunfish?«

»Warum rufen Sie mich an?«, fragte die Frau. »Sie sind nicht der europäische Kommandant und ich habe nicht das Kommando über unsere Basis.«

»Ich heiße Alexis Vonderach.«

»Ich weiß, wer Sie sind. Jeder hat Ihre Aufzeichnungen gesehen.« Die Frau runzelte wieder die Stirn, dann sagte sie: »Ich bin Sergeant Claudia Tavares.«

»Claudia, nennen Sie mich Von.«

»Mein Name ist Sergeant Tavares«, sagte die Frau. Sie war kaum älter als Ash, und doch wirkte sie hundertmal förmlicher. Lag das am FNEE-Training, am Nationalcharakter oder an ihrer Besorgnis, dass Ribeiro sie erwischen könnte, wenn sie mit dem Feind sprach?

ESA und NASA waren zivile Organisationen, auch wenn die Amerikaner ihre Teams häufig mit Offizieren der Space Force durchsetzten. Die chinesischen und brasilianischen Crews bestanden nur aus Angehörigen des Militärs. Chinas Flotte und die FNEE waren Ableger der Armeen ihrer Länder. Das bedeutete, dass Sergeant Tavares ein erhebliches Risiko einging. Wenn Vonnie bei ihrem Kommunikationsversuch versagte, konnte sie es erneut versuchen. Wohingegen Tavares, wenn sie einmal als illoyal eingestuft wurde, ihren militärischen Rang verlieren oder vor ein Militärgericht gestellt werden konnte. Vonnie begrüßte ihre Bereitschaft, in der Leitung zu bleiben.

Es muss schwer sein, die einzige Frau in ihrer Crew zu sein, dachte Vonnie. *Besonders in einer Machokultur. Besonders, weil sie hübsch ist.*

Selbst wenn sie ihre schwarzen Haare in so schmalen Zöpfchen weggebunden und den Kragen ihrer Uniform bis oben hin zugeknöpft hatte, konnte Tavares ihre weiblichen Vorzüge nicht verstecken. Ihre Wangenknochen waren wie aus Bronze gegossen und sie hatte warme braune Augen.

Wie sah die sexuelle Dynamik im FNEE-Camp aus? Waren sie enthaltsam oder promiskuitiv?

Pärchenbildung wurde bei der ESA nicht gern gesehen, war aber nicht verboten, denn die Anspannung, unter der sie standen, war auch so schon groß genug, da musste der elementarste Trieb des *Homo sapiens*, die Fortpflanzung, nicht noch unterdrückt werden. In der Vergangenheit hatte die ESA rein männliche und rein weibliche Crews ausprobiert, medikamentös kastrierte Crews und mechanische Schiffe. Die Resultate waren zu oft unterdurchschnittlich ausgefallen. Sexuell aktive, gemischtgeschlechtliche Gruppen hatten die höchste Einsatzflexibilität bei friedlichen Missionen. Zwar ging es chaotisch zu, was den Bürokraten zuwider war, und oft auch hitzig, was den Kommandanten missfiel – aber in gemischten Gruppen gab es einen tief sitzenden Wunsch, zu glänzen, Rivalen auszustechen und das Spiel und damit einen Partner zu gewinnen.

In die richtigen Bahnen gelenkt, führte diese Motivation die Gruppe dazu, ihr Potenzial optimal zu nutzen. Das erhöhte ihre Ausdauer. Es half, die Gruppe zu erhalten. Die Männer und Frauen setzten alles ein, um sich gegenseitig physisch und psychisch zu schützen.

Letzte Woche hatte Vonnie endlich auch wieder begonnen, sich zu verabreden. Sie hatte sich drei Stunden für Pärnits und dann noch eine für Metzler abgeknapst, hatte Holospiele und Schach gespielt, geredet und sich Comedyshows angesehen. Nachdem sie zwei Platten mit Früchten, Käse und Crackern zubereitet hatte, hatte Vonnie sogar Metzlers Hand über dem Tisch gehalten und ruhig seine Knöchel mit ihrem Daumen gestreichelt, während sie gegessen hatten.

Aber wenn die Brasilianer promiskuitiv waren, wann zum Teufel kam Tavares dann zum Schlafen?

Vonnie grinste, was die junge Frau offenbar irritierte. Tavares lehnte sich von der Kamera weg, und Vonnie sagte: »Ich würde Ihnen gerne zwei Dateien schicken.«

»Keine nicht autorisierten Dateien.«

Vonnie zuckte mit den Schultern. »Ich biete Ihnen diese Dateien als Gefälligkeit an. Wir haben diese Daten bis jetzt noch nicht an die Erde weitergegeben. Wir wollen das nicht, aber die Bombardierung muss aufhören.«

»Ich habe Ihnen gesagt …«

»Wenn Sie nicht wissen, was Ihre Männer tun, dann liegt das daran, dass sie es vor Ihnen verborgen haben. Oder daran, dass Sie es nicht wissen wollen«, sagte Vonnie. »Es tut mir leid.«

Sechs Männer und eine Frau, das war ein übles Ungleichgewicht. Brasilien hatte seine Expedition nach Europa überstürzt. Vielleicht hatte es eine Komplikation in letzter Minute gegeben, sodass sie gezwungen gewesen waren, ihren siebten Mann durch Tavares zu ersetzen.

Sie muss ruhelos sein, wenn sie immer warten muss, während die Männer ins Eis gehen, dachte Vonnie. *Sie braucht eine Freundin. Das kann ich in ihrem Gesicht sehen, aber sie würde es nie zugeben.*

Das würde ich auch nicht. Deshalb habe ich die besten Chancen, sie zu erreichen. Wenn die Personalakten, die wir gestohlen haben, sorgfältig geführt sind, ist Tavares mir und Ash sehr ähnlich: zu ihrem eigenen Schaden zu neugierig, extrem gut ausgebildet und der guten Sache verpflichtet. Andernfalls hätte sie meinen Anruf nicht entgegengenommen, und sie hat bestimmt nicht mit mir geredet, um ihr Englisch zu trainieren.

»Bitte«, sagte Vonnie. »Lassen Sie mich Ihnen nur zwei Dateien senden.«

»Ich … ich werde Ihre Dateien zuerst von einer KI prüfen lassen«, warnte Tavares sie.

»Verstanden. Ich übertrage sie jetzt.«

»Meine Leute töten keine Sunfish«, sagte Tavares. »Sie werden keinen Beweis dafür finden.«

»Wir haben genaue Zahlen und Koordinaten der Explosionen. Wenn Ihre Jungs keine Sunfish töten oder fangen, was machen sie dann? Warum binden sie Sie bei der Programmierung der Mechs nicht mit ein?«

»Mir gefällt es nicht, dass Sie uns beobachten.«

Vonnie zuckte wieder mit den Achseln. »Sie beobachten uns auch, das wissen Sie. Das gehört mit zum Job.«

Nach einer Pause nickte Tavares. »Bleiben Sie dran«, sagte sie. Dann wurde ihr Bildschirm dunkel und Vonnie machte Koebsch und Ash mit einer Hand Zeichen.

»Wir sind auf lautlos geschaltet«, sagte Ash. »Sie kann uns nicht hören.«

»Ich glaube, sie hat bereits vermutet, was ihre Männer tun. Sie ärgert sich darüber, dass sie ausgeschlossen wird.«

»Sie können nicht wissen, was sie empfindet«, sagte Koebsch.

»Ich glaube doch. Es ist nicht gerade hilfreich, dass sie sie ans untere Ende ihrer Hierarchie gesetzt haben – ein weiblicher Sergeant mit allen diesen Captains und Colonels.«

»Ribeiro ist der einzige Colonel, Von.«

»Sie wissen, was ich meine. Sie haben zwei Captains, drei Lieutenants und einen Unteroffizier. Raten Sie mal, wer das ist? Die Frau.«

»Sie ist Hilfstechnikerin, keine FNEE-Spezialistin wie der Rest von ihnen«, sagte Koebsch. »Sie interpretieren zu viel in die Situation hinein. Ich sag es Ihnen nur ungern, aber Sie interpretieren immer zu viel hinein.«

»Das tue ich nicht. Sie werden nie …«

»Es sieht so aus, als wäre Tavares zurück auf Empfang«, sagte Ash und hielt Vonnie so davon ab, auf Koebsch loszugehen.

Sie beide hatten ihren Frieden miteinander geschlossen, aber es war eine brüchige Waffenruhe. Zum Teil lag das daran, dass Koebsch nicht alt genug war, um Vonnies Vater zu sein, aber dennoch einen väterlichen Ton ihr gegenüber anschlug. Zum Großteil aber lag es daran, dass Koebsch ihr stets mehr Bewegungsfreiheit zugestand, als sie erwartete, sie dann aber im Nachhinein kritisierte. Warum?

Vonnie glaubte, er war von ihr angezogen. Koebsch nahm seinen Job sehr ernst und würde seine eigene Autorität nicht infrage stellen, indem er einer Untergebenen den Hof machte. Aber sie waren weit weg von zu Hause und es gab mit Vonnie nur vier Frauen unter den elf Mitgliedern der ESA-Crew. Um Öl ins Feuer zu gießen, war Vonnie auch noch eine Berühmtheit. Koebsch war gezwungen gewesen, ihr zu viel Aufmerksamkeit zu schenken, zuerst bei der Überwachung ihrer Rettung, dann bei ihrer Befragung und bei der Beantwortung endloser Anfragen der Medien nach Interviews und Simulationen.

Den Rest seiner Zeit widmete er seinem Job. Zusätzlich zur Leitung der ESA-Mission hatte Koebsch auch die Aufgabe, die Verbindung zu Tausenden von Wissenschaftlern zu Hause aufrechtzuerhalten, die spezielle Daten, Experimente oder neue Expeditionen ins Eis wollten. Er verhandelte auch mit Verwaltungsangestellten und Politikern, die ihre eigenen Fragen hatten. Ihm war eine Gruppe auf der Erde zugeteilt worden, die ihm bei diesen Anfragen half, aber er hätte nicht fleißiger sein können, selbst wenn er das Schlafen, das Duschen und das Essen eingestellt hätte.

Mehr als einmal hatte er Vonnie gegenüber erwähnt, dass er bei der Betreuung ihrer Pressekonferenzen mehr Spaß gehabt hatte als in den ganzen Wochen zuvor, eine subtile Art des Lobes. Wollte er mehr Zeit mit ihr verbringen?

Peter Günther Koebsch sah nicht schlecht aus. Die Gentechnik hatte Altersunterschiede von zehn oder fünfzehn Jahren unwichtig werden lassen. In vielen Ländern auf der Erde war die durchschnittliche Lebenserwartung auf einhundertzehn Jahre gestiegen, und den Löwenanteil dieser Zeit verbrachte man aktiv und bei guter Gesundheit. Aber wenn sich Koebsch ihr gegenüber verhielt, als müsste er sie beschützen und als hätte er Besitzansprüche auf sie, dann verärgerte sie das.

Sie brauchte keinen Daddy.

»Kanäle wieder öffnen«, sagte sie und vergewisserte sich, dass sie ihren Ärger über Koebsch beiseitegeschoben hatte, bevor sie vor den Bildschirm trat. »Hallo.«

»Ich werde diese Daten erst studieren müssen«, sagte Tavares.

»Bitte, leiten Sie sie auch an Ribeiro weiter. Wir sind darauf vorbereitet, den Alliierten Nationen von seinen Aktivitäten zu berichten, wenn es nötig ist.«

»Glauben Sie nicht, Sie sind da die Einzigen«, sagte Tavares. »Vor drei Wochen haben wir Protest eingelegt wegen eines Cyberangriffs auf unsere Operationen.«

»Ich weiß«, erwiderte Vonnie.

Tavares starrte sie an. Sie öffnete den Mund zu einer Antwort, schluckte sie hinunter und setzte dann neu an. »Waren Sie das?«

Eine Berühmtheit zu sein, hat seine Vorteile, dachte Vonnie. Wie Koebsch war Tavares eher bereit zuzuhören, weil sie Vonnie für eine lebende Legende hielt.

»Die Attacke war nicht tödlich und es handelte sich um einen Präventivschlag in Übereinstimmung mit der Resolution 4545 der Alliierten Nationen«, sagte Vonnie. »Ribeiro hat Waffensysteme in das Eis gebracht und damit internationales Recht verletzt.«

»Diese Resolution hat sich geändert. Sogar Ihr Team hat Mechs im Eis.«

»Unsere Mechs sind für wissenschaftliche und diplomatische Zwecke gedacht, nicht für den Krieg.«

»Und trotzdem habt ihr Spione in der Nähe unserer Operationen.«

»Claudia, die Explosionen, die wir hören, sind nicht klein«, sagte Vonnie. »Das Camp der NASA ist vierzig Kilometer entfernt von eurem. Sie haben die stärksten Explosionen bestätigt. Ich nehme an, Sie haben die Explosionen selbst gespürt.«

»Manchmal gibt es Felseinstürze«, sagte Tavares, aber jetzt klang sie verunsichert.

»Wir geben Ihnen acht Stunden«, sagte Vonnie. »Hören Sie auf zu schießen. Holen Sie Ihr Team zurück. Vielleicht können wir zusammen daran arbeiten, den Schaden zu reparieren, den Sie angerichtet haben.«

»Ich werde Colonel Ribeiro fragen.«

»Vielen Dank. Wir wollen Freunde sein, aber wenn Sie denkende Wesen töten …«

Tavares senkte ihre braunen Augen und verbarg damit ihre Betroffenheit sowie noch etwas anderes. Wut? Einen Gegenvorwurf? »Ich werde fragen, Von«, sagte sie und gönnte Vonnie den klitzekleinen Triumph, dass sie sie mit Namen ansprach. Dann kappte sie ihre Verbindung.

29

Dreißig Minuten später, nachdem sie Koebsch bei den Vorbereitungen für das nächste Gespräch mit den Brasilianern geholfen hatten, schlüpften Vonnie und Ash in ihre Anzüge und verließen Modul 01. Wie immer übernahm Ash das Steuer des Jeeps. Vonnie nicht fahren zu lassen, war ein Insiderwitz bei ihnen geworden, der ihre Freundschaft vertieft hatte.

Vonnie liebte es, draußen zu sein. Es gab Platz, um sich zu strecken. Sie hatte dafür trainiert, das Eingepferchtsein in ihren Stationen und Wohnmodulen zu ertragen, aber sie mochte es nicht – und nach fünf Wochen, die sie nun in Station 04 lebte, war es eine Erleichterung, sich umzusehen.

Europas Himmel war gespickt mit anderen Monden. Während sie durch das Camp rollten, erkannte Vonnie Io und Himalia, und es gab noch andere schwache Schatten, die sich von den Sternen absetzten.

Jupiter hatte einundsiebzig Trabanten. In dieser Zahl waren die vier größten galileischen Monde enthalten, wie zum Beispiel Europa und Io, vier mittelgroße Körper wie Himalia und dreiundsechzig Felsbrocken mit prograden, retrograden oder unregelmäßigen Umlaufbahnen. Sie bildeten ein verwirrendes System, das ohne KI-Navigation für Schiffe tödlich gewesen wäre. Diese Art der Navigation spielte eine wesentliche Rolle für die bemannte Raumfahrt seit den alles verändernden

Revolutionen. Im Lauf der Zeit würden einige der kleinen Monde zu nahe an Jupiter herangezogen werden, und seine Schwerkraft würde sie zu Staub zermahlen. Ein paar wenige würden abdriften, weiter entfernte Umlaufbahnen einnehmen und sich Jupiters Griff entwinden.

Was ist besser?, überlegte Vonnie und verspürte ein vertrautes Gefühl der Melancholie. *Die Monde, die sich losreißen, werden überleben, aber sie werden für immer verloren sein. Während die Monde, die sich auflösen, ein Teil von Jupiters Ringen sein werden. Äonen später werden sie dazu beitragen, neue Monde zu erschaffen. Sie werden zu Hause bleiben.*

Sie wusste, dass sie ihre eigenen Gefühle auf ein lebloses System projizierte, aber in ihrem Kopf herrschte ebenso viel Chaos wie unter den Trümmern rund um Jupiter. Hatte sie das Recht, sich Europa zugehörig zu fühlen? Oder würde sie immer ein Außenseiter bleiben?

Es war eine kurze Fahrt zur Station 04. Drinnen entledigten sich Ash und Vonnie ihrer Druckanzüge und zogen sich bis auf ihre blauen Ganzkörperanzüge aus. Dann gesellten sie sich zu Metzler und Frerotte in ihren Wohnräumen.

Metzler hatte drei ihrer Liegen weggeklappt und eine der unteren als Sitzbank stehen gelassen. Ein Tisch war aus der Wand herausgezogen worden. Metzler zeigte auf die Packung Fruchtsaft, die er herausgestellt hatte. Vonnie lehnte ab. Sie war zu sehr verärgert, um sich zu setzen, und es steigerte ihren Ärger, dass Ash sich zwischen Metzler und Frerotte niederließ und beide Männer anlächelte. Dieses Mädchen war bei Weitem nicht so unnahbar, wie sie selbst es zu Anfang in der Gruppe gewesen war. Vonnie wünschte sich, sie wäre auch nicht so launisch, aber alle wussten, dass sie sich einer Traumatherapie unterzog, und das machte sie befangen.

»Habt ihr meine Unterhaltung mit Tavares mitverfolgt?«, fragte sie.

»Ja.« Frerotte nickte. »Sie wird uns nicht helfen.«

»Warum glaubst du das?«

»Ich denke nicht, dass sie Sunfish jagen.«

»Sie würden sonst nicht mit Sprengstoff da runtergehen. Sechs Männer reichen nicht, um eine unterirdische Station aufzubauen. Selbst wenn, so sind die Explosionen über neun Kilometer verteilt. Sie jagen etwas.«

»Was ist, wenn sie Lam jagen?«

Vonnie setzte sich auf den letzten verfügbaren Platz neben Metzler auf das Bett. Dann griff sie nach dem Saft und füllte einen Kolben für sich, um die Antwort so lange hinauszuzögern wie möglich. »Du hast ein weiteres Signal empfangen?«, fragte sie.

»Ja.«

»Verrat es Koebsch nicht.«

»Er wird es herausfinden«, sagte Metzler, und Frerotte meinte: »Die Brasilianer werden es ihm sagen, wenn wir es nicht tun. Das ist ihre Ausrede dafür, dass sie Dinge in die Luft jagen. Sie können es gegen uns verwenden. Sie hätten keinen Sprengstoff eingesetzt, wenn wir nicht einen ihrer Mechs mit deiner KI programmiert hätten.«

Es ist nett von dir, dass du von ›wir‹ sprichst, dachte Vonnie. Frerotte hätte sich von Vonnie und Ash distanzieren und ihnen allein die Schuld zuschieben können. Stattdessen hatte er ihr Geheimnis bewahrt. Das hatte auch Metzler getan.

Vermutlich war ihre Entscheidung ein weiteres Beispiel für den Zusammenhalt in einer gemischtgeschlechtlichen Gruppe. Wären Metzler und Frerotte weniger geneigt, sie zu beschützen, wenn Ash und sie keine begehrenswerten Frauen wären?

»Ich möchte gerne Lams Datenbündel sehen«, sagte sie.

Frerotte gab ihr sein Tablet. »Sein Signal wurde schwächer«, sagte er. »Das meiste davon können wir nicht lesen. Es müssen drei oder vier Kilometer Eis zwischen ihm und dem

Spion liegen, der ihm am nächsten ist. Die Brasilianer stören seine Signale ebenfalls, was die Verzerrung erklärt. Er versucht, seine Signale durch Tunnel und Höhlen zu schicken.«

»Ich kann nichts daran ändern, dass er in einem FNEE-Bagger steckt«, sagte Ash. »Unsere Mechs haben bessere Daten- und Kommunikationsverbindungen.«

»Versucht er, uns zu kontaktieren?«, wollte Vonnie wissen.

»Das musst du mir sagen«, erwiderte Frerotte. »Vielleicht weiß er nicht, wo wir sind. Es könnte auch sein, dass er nicht weiß, wo *er* ist.«

»Nein, er war aktiv, bis ihr mich aus dem Eis gezogen habt. Er hat NASA- und FNEE-Signale angezapft, ehe Koebsch ihn heruntergefahren hat. Selbst wenn er nicht in der Lage war, die Datenspeicher des Baggers auszulesen, müsste er eine genaue Vorstellung davon haben, in welchem Teil Europas er ist.«

»Dann sucht er nach uns.«

»Vielleicht will er die Brasilianer überreden, das Feuer einzustellen. Er ist keine Bedrohung für sie.«

»Das sehen sie anders, Von.«

»Meine Schuld«, sagte Ash. »Ich hätte ihn unter Verschluss speichern sollen. Es tut mir leid.«

»Muss es nicht.« Vonnie blickte Metzler und Frerotte an, um die Sache zu erläutern. »Ash und ich haben geglaubt, Lam würde verschwinden, und dann könnten wir ihn später wieder einsammeln. Vielleicht sehr viel später. Er sollte so etwas sein wie ein Langzeitspion.«

»Gut, jetzt stecken wir bis zum Hals in der Scheiße«, sagte Metzler, nahm seinen Worten jedoch mit einem freundlichen Stupser die Schärfe. »Koebsch wird an die Decke gehen.«

Vonnie beugte sich zu Metzler hinüber und versetzte ihm ihrerseits zugleich entschuldigend und flirtend einen Stupser. Sich mit den Brasilianern und Koebsch herumzuschlagen, war nichts, womit sie gerne ihre Zeit verbrachte. Sie wollte die

Sunfish beobachten, aber die menschlichen Streitigkeiten über dem Eis zu schlichten, war fast so wichtig, wie sich mit den Außerirdischen darunter zu befassen.

Reumütig dachte sie: *Wir sind so egoistisch. Unsere Spezies ist selbstgefällig und ichbezogen. Ich glaube, das ist der Primat in uns, immer damit beschäftigt, was der andere hat und wie wir es kriegen können.*

In vorgeschichtlicher Zeit hatten grundlegende Reflexe wie Neid und Begehren die frühen Menschen dazu angetrieben, bessere Werkzeuge, bessere Gruppenstrukturen und bessere Träume zu entwickeln. Aber Tausende von Jahren später führten dieselben Triebe dazu, dass sie ständig zerstritten waren.

Vonnie war sich nicht sicher, ob die Sunfish weniger gierig waren. Der Wettbewerb hatte sie stark und schlau gemacht. Vielleicht konnte keine Art ihre Intelligenz ohne irgendwelche Konflikte steigern. Trotzdem hatte Vonnie sie ohne Rücksicht auf sich selbst handeln sehen. Für die Sunfish schien das Ganze über dem Einzelnen zu stehen, was ein wesentlicher Unterschied zwischen ihnen und dem *Homo sapiens* wäre.

»Lasst mich mit Koebsch reden«, sagte Vonnie.

»Ich werde ihn ebenfalls anrufen«, schlug Ash vor.

»Leute, es ist völlig unnötig, dass ihr euch in Schwierigkeiten bringt. Sagt ihm, ihr wärt überrascht gewesen, ESA-Signale aus dem Territorium der FNEE zu erhalten. Ich werde schwören, dass ich diejenige war, die Lams Dateien auf den Bagger übertragen hat.«

»Koebsch wird dir nicht glauben.«

»Er wird so tun als ob. Er wird nicht noch mehr disziplinarische Maßnahmen ergreifen wollen, also wird er sich damit zufriedengeben. Jetzt probieren wir erst mal aus, ob wir eine Verbindung zu Lam herstellen können. Das ist der Beweis, den wir erbringen müssen, dass es wirklich er ist. Wie nahe sind wir dran?«

»Ich habe neun Spione in das Gebiet der FNEE gelenkt«, erwiderte Frerotte. »Die meisten unserer Augen und Ohren befinden sich noch ein paar Kilometer draußen. Es ist gut, dass sie sprengen. Die Erschütterungen überdecken den Großteil des Lärms, den unsere Spione im Eis verursachen.«

Vonnie scrollte durch die Lagepläne auf Frerottes Tablet und untersuchte die Punkte und Linien, welche die winzigen Mechs darstellten, die er gegen die Brasilianer eingesetzt hatte. Einige seiner erbsengroßen Spione hatten sich seit Wochen nicht bewegt. Andere hatten sich ins Eis hineingebohrt, hineingedrückt oder hineingeschmolzen und sich so ihren Weg zum brasilianischen Territorium gebahnt. Dabei hatten sie sich mit akribischer Vorsicht genähert, damit sie nicht entdeckt wurden.

Mechs dieser Größe konnten keine KI enthalten. Spione verfügten nur über das minimalste Level von Bewusstsein. Zu einer Gruppe von zehn oder mehr verbunden, konnten sie genug Urteilsvermögen aufbringen, um wie eine Katze zu denken, aber diese Spione hatten sich lautlos voranbewegt, isoliert von den anderen. Sie brauchten menschliche Anweisungen.

Frerotte ist genauso ein Spion wie seine Mechs, dachte Vonnie und bewunderte seine Arbeit.

Henri Frerotte war ein blasser Franzose mit zartem Körperbau und schlanken, geschickten Händen. Seine Funktion in der ESA-Crew war offiziell die eines Astrogeologen. Seine zusätzlichen Aufgaben bestanden darin, die Anzüge instand zu halten und sich um Daten und Kommunikation zu kümmern. Das war der Grund dafür, dass Koebsch ihm die Verantwortung für die Überwachung des Geländes gegeben hatte. Sensoren zu verteilen, war eine einfache Arbeit. Die Mechs erledigten den größten Teil davon automatisch. Aber für einen Assistenten war Frerotte zu versiert im Umgang mit Systemtechnik, und er war zu eifrig darauf bedacht, den Brasilianern Steine in den Weg zu legen.

Vonnie hielt ihn für einen Agenten eines der vielen Geheimdienste der Europäischen Union, etwa vom deutschen BfV oder dem neu gegründeten Direktorat für Innere Sicherheit Frankreichs. Ash arbeitete wahrscheinlich ebenfalls für einen Geheimdienst, und Vonnie wusste nicht so recht, was sie davon halten sollte. Was wäre, wenn Ash den FNEE-Bagger nicht mit Lams Dateien gespeist hatte, um ihn zu erhalten, sondern mit der Absicht, ihn als zerstörerische Waffe einzusetzen?

»Ich weiß nicht, ob Colonel Ribeiro einen Rückzieher machen wird«, sagte Vonnie. »Wenn er es tut, oder wenn er uns anruft, dann wäre das vielleicht der richtige Zeitpunkt, um Signale an Lam abzusetzen.«

»Wir halten uns bereit«, sagte Frerotte.

»Danke dir.«

»Bei mir darfst du dich auch bedanken«, sagte Metzler und stupste sie wieder an. »Ich habe gute Nachrichten. Iss mit mir zu Mittag und ich werde es dir zeigen. Ansonsten musst du auf die Gruppenpräsentation heute Abend warten.«

Vonnie lächelte. »Sag es mir jetzt oder ich breche dir den Arm.«

Haben wir zumindest so viel mit den Sunfish gemeinsam?, fragte sie sich. *Sex beeinflusst alles, was wir tun, auch wenn diese Bedürfnisse unterbewusst sind. Das ist Teil unseres Kreisens um uns selbst. Wir können uns gegenseitig nicht in Ruhe lassen.*

Es gefällt mir. Es gefällt mir, ihm zuzusehen und zu spüren, dass er mir zusieht. Es ist eine Ablenkung, aber es gibt uns auch Energie. Ich will, dass er mich haben will.

Sie sah ihre drei Freunde an und entdeckte dasselbe Funkeln auch in den Augen von Ash. Sie waren jung, in engen Quartieren endlosem Stress und endloser Aufregung ausgesetzt. Die Pheromone waren quasi ein Teil des Fluchs. Der Affe in ihnen sehnte sich nach Körperkontakt, gegenseitiger Pflege und Bestätigung.

Die Gentechnik hatte in ihrer Gesellschaft auch zu freieren sexuellen Normen geführt. Westeuropa war bereits weiter gewesen als die meisten Kulturen auf der Erde. Hier hatte es wenig Tabus gegeben, was Nacktheit oder die Gleichstellung von Frau und Mann betraf. Im zweiundzwanzigsten Jahrhundert hatte das Zurückdrängen von Geschlechtskrankheiten und eine sichere Geburtenkontrolle zum sogenannten Zeitalter der Liebe geführt. Partnertausch, flotte Dreier und Gruppensex waren übliche Erfahrungen junger Männer und Frauen in der Europäischen Union.

Vonnies Hauptsorge jetzt, weit weg von der Erde, war die, dass sie ihre professionellen Beziehungen nicht stören wollte. Keiner von ihnen wollte Zeit mit Eifersucht oder dramatischen Szenen verschwenden.

»Wir können gemeinsam mittagessen«, versprach sie. »Aber lass mich nicht warten, falls du einen Durchbruch erzielt hast.«

»Na ja, so etwas in der Art. Die verdammten Brasilianer verursachen Probleme, die wir nicht brauchen können«, sagte Metzler. Warf er sich in Pose, um ihr zu gefallen? »Die Explosionen haben die meisten der Lebensformen in der Gegend verschreckt, also hat es länger gedauert, als wir gedacht hatten, Sunfish zu finden. Die gute Nachricht ist, dass wir glauben, in der Nähe einer Kolonie zu sein, weil Tom heute Morgen zurückgekommen ist.«

»Ich liebe Tom!«, sagte Vonnie und schrie vor Freude.

Tom war der Name, den sie dem Sunfish verliehen hatten, der am einfachsten zu identifizieren war. Andere hießen *Jack* und *Jill* und *Hans* und *Sue*.

Einer von Toms Armen war nach einem teilweisen Verlust in einer Windung abgeheilt. Seine Missgestalt machte ihn einzigartig. Es schien so, als hätte sie sein Denken beeinflusst. Er war der einzige Sunfish, der ihren Sonden Zeichen gemacht hatte, statt sie anzugreifen. Dann war er vor ihnen davongelaufen. Bei einem weiteren Kontakt hofften sie, Tom in ein Gespräch verwickeln zu können … die Tür für sinnvollen Kontakt zwischen Mensch und Sunfish aufstoßen zu können …

Vonnie küsste Metzler auf die Wange. Sie roch den angenehmen, schwachen Salzgeruch seiner Haut. Er berührte sie im Nacken. Seine Fingerspitzen verursachten ihr einen erotischen Kitzel. Ash neben ihr starrte Frerotte an, und Vonnie wusste, dass sie alle die gleiche Hitze verspürten.

Wir haben diese Station für uns, dachte sie. *Wir könnten hier drin alles tun, was wir wollen.*

30

»Oh, lass mich dir die neuesten Simulationen zeigen«, sagte Metzler und rieb über die Stelle seines Gesichts, die sie gerade geküsst hatte. Er versuchte, die Geste zu überspielen, indem er auf sein Tablet starrte, aber weil ihn die beiden Frauen so durcheinanderbrachten, fand er es nicht sofort.

Ash war rot geworden. Vonnie spürte eine ähnliche Wärme auf ihren Wangen. Trotz der Anpassung an die geringe Schwerkraft Europas waren ihre Herzen zu stark, um ihre Erregung nicht zu verraten. Vonnie badete darin. Sie genoss es, sich gesund zu fühlen, auch wenn sie noch nicht über die Angst hinweggekommen war, sich verletzbar zu machen.

Hab Geduld mit mir, dachte sie.

Metzler war ein guter Mann. Er verhielt sich so, als hätte er ihre Worte gehört. Vielleicht zeigte sich ihre Furcht in ihren Augen. Er verband sein Tablet mit dem Wanddisplay und sagte: »Schaut euch das an.« Damit lenkte er die Aufmerksamkeit aller von Vonnie weg.

Vor vier Tagen hatten sich die ESA-Sonden 112 und 113 in einen Zweig von Katakomben geschlichen, der von der kleineren Sunfish-Art besetzt war. Jede Sonde hatte ein Dutzend Spione dabeigehabt, die sich wie Käfer am Kopf festklammerten. Denn Spione waren nicht in der Lage, so weite Strecken zurückzulegen wie Sonden, aber sie waren besser zur

Überwachung geeignet. Sie hatten sich über Eis und Fels verteilt, geduldig eine Schüsselformation gebildet und die Sunfish zweiundfünfzig Stunden lang beobachtet, ehe die Sonden 112 und 113 aus ihrer Deckung gekommen waren.

Genau genommen war es nicht der zweite Kontakt. Die Amerikaner hatten zwei Gruppen von Sunfish ins Eis verfolgt. Sie hatten auch von weiteren Schnitzereien, Pilzen, bakteriellen Kulturen und von aalähnlichen Fischen in einer Höhle berichtet, die halb von einem Süßwassersee bedeckt war. Noch erstaunlicher war, dass die Amerikaner auch eine Ader mit Muscheln und Verunreinigungen im Eis gefunden hatten mit dem Kadaver von etwas, das so aussah wie eine warmblütige, muschelfressende Kreatur, die einem Frettchen ähnelte. Der Kadaver war durch den Druck stark beschädigt, aber es war eindeutig ein Tier mit einem Fell – ein achtfüßiges Ding mit Zähnen wie ein Biber, Krallen und einem länglichen Körper, der zum Graben und Klettern geeignet war.

Wenn die Chinesen ähnliche Erfolge hatten, würden sie ihre Funde nicht veröffentlichen. Vonnie glaubte, dass die Brasilianer auf Sunfish gestoßen sein mussten, selbst wenn sie sich jetzt darauf konzentrierten, Lam zu zerstören. Die Mechs der FNEE waren zu tief vorgedrungen. Zumindest mussten sie Schnitzereien oder Ruinen entdeckt haben.

Die Sonden der NASA waren bei beiden Begegnungen, die sie mit den Sunfish gehabt hatten, angegriffen worden. Beim ersten Mal hatte die NASA ihre Mechs sich zu Kugeln zusammenrollen lassen, die die Schläge der Sunfish stumm eingesteckt hatten. Das hatte sie alle Sonden ihres Spähtrupps gekostet, ein Verlust, den sie als verkraftbar einstuften. Vonnie machte sich Sorgen, dass das die falsche Botschaft vermittelt hatte. Sie hatte einem Biologen der NASA gesagt, dass die Sunfish ihre metallischen Doppelgänger jetzt für eine leichte Beute halten würden. »Nein«, hatte der Biologe erwidert. »Jetzt wissen sie, dass die Sonden ungenießbar und nicht aggressiv sind. Das nächste Mal werden sie uns vielleicht akzeptieren.«

Das nächste Mal hatten die Sunfish drei Tonnen Fels auf die NASA-Sonden fallen gelassen, ehe sie den einzigen Überlebenden umzingelt hatten. Versuche, über Sonar und den Sunfish nachempfundene Gesten zu kommunizieren, waren ignoriert worden.

In dem Glauben, sie könnte den Stamm mit Sendern überwachen, hatte die NASA vier Sunfish mit Nanopfeilen markiert … aber die Sunfish rissen die winzigen Löcher in ihrer Haut auf und hielten die wunden Stellen ihren Kameraden hin. Diese benagten das Fleisch und erbrachen das blutige Essen anschließend wieder. Die Biologen waren übereinstimmend der Meinung, dass die Sunfish extrem empfindlich auf Parasiten reagierten. Das deutete auf eine Verbreitung von bisher noch unentdeckten anderen Insekten und Mikroorganismen hin. Auf Europa, so schien es, waren Seuchen und Schädlinge ebenso bösartig wie die höher entwickelten Lebensformen. Infektionen hatten dem Reich der Sunfish möglicherweise genauso viel Schaden zugefügt wie Vulkanausbrüche.

»Das ist es, was mich verrückt macht«, sagte Metzler und öffnete eine Datei voller Berechnungen. Vonnie erkannte einige Daten wieder, die von Lam stammten.

»Es gibt nicht genug Nahrung in der Biosphäre für Raubtiere ihrer Größe«, sagte sie.

»Nicht einmal ein Drittel.«

»Wir wissen, dass sie Allesfresser sind. Sie könnten einen Großteil ihres Bedarfs mit Pflanzen decken.«

»Welche Pflanzen? Wir haben nichts höher Entwickeltes als Pilze gefunden, und ich glaube nicht, dass wir noch etwas finden werden. Nicht ohne Photosynthese. Es wird nichts geben wie die Pflanzen oder Algen auf der Erde.«

»Vielleicht brauchen die Sunfish nicht so viele Kalorien,

wie wir mit ihrer Größe brauchen würden«, schlug Ash vor. »Könnte ihre Nahrungsaufnahme nicht durch einen Unterschied beim Stoffwechsel hier auf Europa zu erklären sein?«

»Wenn sie über längere Phasen in einen Ruhezustand verfallen würden, ja«, entgegnete Metzler. »Aber ihr Genom weist keine Proteinmuster auf, die denen der Arten ähneln, die auf der Erde Winterschlaf halten. Das einzige von uns beobachtete Verhalten ist eine durchgängige Aktivität. Sie machen nie Pause. Sie schlafen nicht einmal.«

»Ich habe gesehen, wie sie sich ausruhen«, sagte Vonnie, wobei sie an die allererste Gruppe Sunfish dachte, die sie getroffen hatte.

»Das war in einer atmosphärenarmen Umgebung fast ohne Sauerstoff«, sagte Metzler. »Wir glauben, sie haben Pilzsporen vom Felsen geerntet. Sie haben sich mit halber Geschwindigkeit bewegt, um ihre Zeit in der Gegend nicht zu verschwenden. Oh, und sie könnten auch einen ihrer Freunde wegen des Sauerstoffs in seinem Kreislauf aufgeschlitzt haben.«

»Was?«

»Wir haben unter Verwendung deiner Dateien ein paar Simulationen zusammengestellt. Es sieht so aus, als hätten sie im hinteren Teil der Schlucht den kleinsten Sunfish festgehalten. Sie haben von ihm getrunken. Dann war er vielleicht auch das Abendessen.«

»Oh Gott.« Vonnie schüttelte den Kopf. »Das würde zu ihrem Rudelverhalten passen, aber du stellst ein bisschen viele Vermutungen an.«

»Ja. Wahrscheinlich gibt es weiter unten weitere Nahrungsketten, oder die Sunfish betreiben Ackerbau an einem Ort, den wir noch nicht gefunden haben, oder beides. Es wäre fantastisch, wenn wir ein paar Mechs zum Ozean hinunterschicken könnten. Viele Antworten werden sich dort finden lassen.«

Der Ozean, dachte Vonnie. »Hast du Koebsch gefragt? Es

gibt Schwachstellen am Äquator, an denen das Eis nur fünf Kilometer dick ist. Wir könnten hindurchbohren.«

»Es wird in Betracht gezogen. Wir haben schon so alle Hände voll zu tun.«

Sie lächelte wegen der Untertreibung. Die Erde hatte ein neues Hoch-g-Schiff bereitgestellt, das mit neuen Mechs und Vorräten beladen war. Aber das Schiff würde von einer KI gesteuert werden. Sie hatten nicht vorgesehen, bald weitere Leute einzusetzen. Die Kosten waren zu hoch.

»Berichte mir von Tom«, bat sie.

»Unser Musterschüler.« Metzler rief eine neue Datei auf, öffnete sie aber nicht. »Hör mal, ich sollte dich warnen, damit du dir nicht zu viele Hoffnungen machst. Was heute Morgen passiert ist, war bestenfalls ein erster Anfang.«

»Du bekommst wahrscheinlich in jedem Fall noch einen Kuss.«

»Oh. Okay.«

»Könnt ihr beiden damit aufhören?«, fragte Ash, aber ihr Tonfall war ermunternd, und Vonnie war froh darüber, aufgezogen zu werden. Ihre Freundschaft machte die Sunfish weniger bedrohlich.

Sie hatte immer noch Albträume.

Die Gefühle, die sie gegenüber den Sunfish hatte, schwankten zwischen Scheu und Ehrerbietung, aber sie hatte immer noch fürchterliche Albträume.

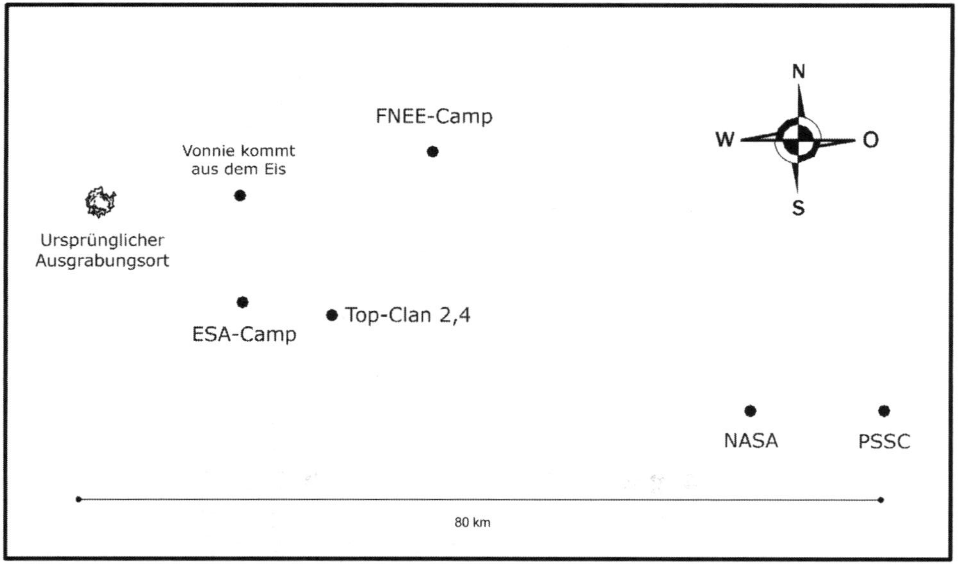

Oberfläche am Südpol

31

Da sie hauptsächlich aus Keramik bestanden, waren die ESA-Spione gegen Radar-, Röntgen- und Infrarotstrahlen abgeschirmt. Das leistete ihnen gute Dienste bei der Verfolgung der Brasilianer, die über keine Neutrino-Technik verfügten und diese auch nicht erstehen konnten, da keine der großen Mächte ihre Neutrino-Technik zum Kauf anbot.

Unglücklicherweise war die Schallwahrnehmung der Sunfish extrem fein ausgebildet. Es war unmöglich, glatte und runde Objekte vor ihnen zu verstecken – nicht einmal Objekte von der Größe einer Tablette.

Die Lösung der ESA hatte darin bestanden, jeden Spion mit einer rauen Hülle zu tarnen. In diesen Hüllen, die echtes Wasser oder ortsübliches Basaltgestein enthielten, zeigten die Spione die gleichen Reflexionsmerkmale wie Eis oder Fels.

Bereits auf ihrem Weg durch die Höhlen hatten die Spione nützliche Informationen gesammelt, noch bevor sie sich den Sunfish bis auf einen halben Kilometer genähert hatten, deren Aktivitäten sie anhand von Vibrationen und Rufen wahrgenommen hatten. Dann hatten die Spione sich bis auf ein paar Hundert Meter genähert und ihre Datenströme waren ergiebiger geworden.

»Die Sunfish bewegen sich in Viererreihen, genau wie bei den Schnitzereien«, sagte Vonnie. »Seht, wie sie zusammenbleiben.«

»Ich sehe es nicht«, sagte Ash.

»Schau hin!«

Dreiundzwanzig Sunfish waren in Reichweite der Spione. Sie huschten und sprangen durch dreißig Meter Tunnel. Manche stießen Lavabrocken in die Luft wie einen Baseball oder einen Ziegelstein. Andere stapelten diese Geschosse an einer Wand auf. Dazwischen schleiften weitere Sunfish größere Felsbrocken über den Boden.

Wieder einmal war Vonnie überrascht von der fremdartigen Schönheit dieser Umgebung. Im Fels waren Hotspots verteilt, an denen die Temperatur kuschelig warme minus sechsundvierzig bis minus einundvierzig Grad Celsius betrug. Diese Temperaturen lagen zwar weit unter dem Gefrierpunkt, aber durch das löchrige alte Lavagestein war genug Wärme gedrungen, um die wenigen Wassermoleküle in der Gegend entstehen zu lassen. Dann war die Feuchtigkeit wieder kondensiert. Ein dünner Film aus Tropfen überzog einzelne Stellen am Tunnelboden. Im Radar sah das Eis aus wie helle Münzen – aber wie immer waren es vor allem die geschmeidigen, starken Sunfish, die Vonnie faszinierten.

Größe und Beschaffenheit der Haut waren bei fast allen identisch. Tom hatte seinen verkrüppelten Arm. Sue und neun andere wiesen Narben oder Bissspuren auf. Ansonsten waren sie ein scheinbar nicht unterscheidbarer Schwarm, auch wenn das eine Täuschung war.

Hinter dem Durcheinander verbarg sich ein erstaunliches Maß an Koordination. Nicht ein einziger der Sunfish wurde je von den Geschossen getroffen oder überrascht. Auch trampelten sie nicht auf ihre Kameraden am Tunnelboden, obwohl sie so geschäftig hin- und herrannten.

Vonnie tippte auf Metzlers Tablet und legte einen Farbcode über die Sunfish. Sie fing mit Tom an. Am Rand der Gruppe kämpfte er mit drei anderen darum, ein Stück Fels loszubekommen, das so groß war wie ein Tisch. Dabei ignorierte er zwei andere Sunfish, die in sein Arbeitsumfeld hinein- und wieder heraussprangen, um kleinere Lavabrocken durch den Tunnel zu werfen.

»Toms Schaufler sind blau«, sagte Vonnie. »Die Sammler, die durch sein Team gelaufen sind, sind rot, diese Gruppe ist gelb und hier die sind pink, grün und orange.«

»Dreiundzwanzig ist nicht durch vier teilbar«, sagte Ash.

»Grün hat einen zu wenig«, räumte Vonnie ein. »Deshalb haben sie sich wahrscheinlich für die schwereren Sachen auch mit Orange zusammengetan. Schaut, was passiert! Sie gehen auseinander und mischen sich, aber sie finden sich immer in den gleichen Vierergruppen wieder.«

»Wir glauben, sie haben einen Hang zu Vierern und Achtern, was bei ihrer Physiognomie auch zu erwarten ist«, sagte Metzler. »Ihre Mathematik basiert wahrscheinlich auf der Zahl Acht wie unsere auf der Zehn.«

»Sie bauen etwas«, sagte Vonnie.

Die Sunfish stapelten nicht einfach nur Felsen an die Seitenwand des Tunnels. Sie arbeiteten meisterhaft an einer Reihe, die so gut geschlossen war wie ein Puzzle. Dazu nutzten sie die Größe und die Form, um das Gewicht zu halten. Jeder Sunfish hinterließ an wichtigen Stellen auch Kot oder Urin. Ihre Hinterlassenschaften würden gefrieren und wie Klebstoff wirken.

»Es ist keine Hütte«, sagte Vonnie. »Es sieht wie eine Stützwand aus, aber mitten im Nirgendwo. Warum sind sie hier? Es gibt keine Nahrung. Kein Wasser. Die Luft ist nicht annähernd gut. Befindet sich etwas hinter dieser Seite des Tunnels?«

»Wir wissen es nicht genau. Es ist warm. Wir glauben, es gibt nicht allzu weit entfernt einen Magmakanal.«

»Wir müssen eine Sonde nahe genug heranbringen, dass sie diesen Felsen durchleuchten kann. Vielleicht gibt es heiße

Quellen auf der anderen Seite, oder Bakterienkulturen, oder dort sind ihre Wohnungen. Haben sie eine Luftschleuse in der Nähe?«

»Das wissen wir nicht.«

»Gut.« Vonnie ballte die Hände zur Faust und öffnete sie wieder. Ihre Nerven zuckten in freudiger Erwartung.

Wo waren die Kinder der Sunfish? Beschützten sie sie, wie Menschen ihre Kinder beschützten, oder wurden ihre Eier sich selbst überlassen wie die der Frösche und Fische auf der Erde? Sie wünschte sich, dass die erste Möglichkeit zutraf. Wahrscheinlicher war die zweite.

Aus der Gensequenzierung, den Röntgenbildern und Vonnies Aufzeichnungen hatten die Biologen geschlossen, dass die Sunfish-Rudel sowohl aus Männchen als auch aus Weibchen bestanden. Die Weibchen waren größer, weniger an der Zahl und schienen die Gruppe zu dominieren, da sie häufiger Ausrufe tätigten als die Männchen.

Sämtliche dieser physischen und soziologischen Aspekte waren bei den Menschen umgekehrt. Der *Homo sapiens* hatte seine Frauen für gewöhnlich von der Jagd und dem Kampf ferngehalten, und das bis in die jüngste Vergangenheit, als die Technik den Frauen ebenso viele Vorteile verschafft hatte wie den Männern.

Das war ein weiterer Schlüssel zum Verständnis der Sunfish-Mentalität. Jedes Mal, wenn eine Gruppe ihr Zuhause verließ, nahm sie genug fortpflanzungsfähige Erwachsene mit, dass sie fortbestehen konnte, auch wenn ihre Kolonie hinter ihnen ausgelöscht wurde.

Die Biologen wussten auch, dass die Sunfish ihre Ungeborenen nicht austrugen, da sie keine Gebärmutter hatten. Sie legten ihren Laich ab, Hunderte von Eiern auf einmal, den die Männchen dann entweder während des Ablegens oder kurz darauf mit Samen bespritzten.

Die Sunfish hatten vielleicht Paarungsrituale, aber sie machten keine Liebe. Vermutlich hatten sie überhaupt keinen Geschlechtsverkehr. Da sie warmblütig waren und zum Teil im Wasser lebten, war ebenfalls von Bedeutung, dass sie ihre Eier wahrscheinlich in heißen Quellen ablegten. Es gab kein Sonnenlicht, das ihre Eier hätte ausbrüten können. Sie waren auf ihre Umwelt als Teil ihres Reproduktionszyklus angewiesen, aber ihre Umwelt war katastrophal.

Metzler stellte die Theorie auf, dass die Weibchen keinerlei Beziehung zu ihren Eiern hatten und Bindungen nur zu gesund Geborenen entwickelten. Sie waren prädisponiert dafür, ihre Eier sich selbst zu überlassen.

Die Natur hatte offenbar für Ausgleich gesorgt. Wenn die genetischen Untersuchungen ihrer Hormone korrekt waren, dann legten ihre Weibchen bis zu sechsmal in einem Erdenjahr Eier. Das war eine erstaunliche Geburtenrate. Sie hätte katastrophal hohe Populationen bedeuten können, nur dass aus den meisten der Eier nie Erwachsene wurden. Vielleicht aßen sie ihre schlechten Eier, oder sie vollzogen Kindstötungen, um ihren schwächeren Nachwuchs auszusondern.

Das bedeutet nicht, dass sie gefühlskalt sind, sagte Vonnie sich. Die Sunfish kuschelten, um ihre Wärme zu teilen. Sie kümmerten sich um die Wunden und Infektionen der anderen, und in den fließenden, detailreichen Bewegungen ihrer Arme und Körper lag Poesie.

Kannten sie Freude?

Sie schienen gut ausgerüstet zu sein für eine Liebe am Leben. Sie bewegten sich wie Vögel oder Delfine. Sie bauten und sie hatten Erfolge. Aber sie hatten ein kurzes Leben. Ihre Telomersequenz wies auf eine durchschnittliche Lebensdauer von nicht mehr als zwanzig Jahren hin.

Bis jetzt verfügten die Biologen von ESA und NASA über Proben von siebzehn verschiedenen Sunfish, Dutzenden von

Insekten und unzählig vielen bakteriellen Kulturen und Pilzen. Das meiste Blut und Material stammte von Vonnies Anzug. Fünf weitere Blutflecken waren in der letzten Woche von NASA-Sonden gesichert worden, und es war ungewiss, wessen Set an Proben den größten Aufruhr verursacht hatte.

Die Botaniker, Insektenkundler, Exobiologen und Genforscher hatten alle unterschiedliche Argumente dafür, dass ihre Ergebnisse die spektakulärsten waren.

Die DNA der Bewohner von Europa unterschied sich nicht stark von der DNA auf der Erde. Das Genom der Sunfish bestand aus Sequenzen, welche die gleichen vier Nukleinsäuren aufwiesen wie die Lebensformen auf der Erde. Der einzige Unterschied lag in ihrer maximalen Hämoglobinsättigung. Die Sunfish hatten sich mit einer bemerkenswerten Konzentration von Eisenatomen in diesem Protein entwickelt, wodurch sie zusätzlichen Sauerstoff in ihrem Blut transportieren konnten.

Die Sunfish wiesen außerdem wenig genetische Unterschiede untereinander auf. Sie waren beinahe Klone, wie Geparden, die ebenfalls einer Spezies angehörten, die in der Vergangenheit auf ein bloßes Minimum an Paaren reduziert worden war.

»Erzähl mir, was mit Tom passiert ist«, sagte Vonnie.

»Das war Stunden später«, sagte Metzler und ging seine Aufzeichnungen weiter durch. »Den Sunfish ist das Material für ihre Wand ausgegangen. Sie haben Späher in die Seitenarme ausgesandt, sein Team eingeschlossen. Tom scheint weiter als irgendjemand sonst zu gehen. Vielleicht halten sie ihn wegen seiner Verletzungen für entbehrlich. Vielleicht hat er aber auch wegen seiner Zähigkeit eine Führungsrolle inne. Ich glaube, die meisten von ihnen hätten es nicht überlebt, einen Arm zu verlieren.«

»Sie hätten ihn gefressen«, sagte Ash.

»Ja.«

Metzlers Aufzeichnungen zeigten, wie Tom in einem steilen Winkel vom Boden bis zur Decke des Tunnels sprang. Er flog mit ausgebreiteten Armen und stieß spitze Schreie aus. Dann landete er auf einem Felsvorsprung und blieb darauf sitzen, die Arme um den Leib geschlungen, erneut startbereit wie eine Rakete.

Offensichtlich hatte er 112 gespürt, der zwanzig Meter entfernt positioniert war. Im Flug hatte sich Tom im Uhrzeigersinn gedreht und dabei sämtliche seiner Armspitzen zurückgebogen, einschließlich der an seinem Stummel. Sich nach innen zu drehen hätte vielleicht eine Geste dafür sein können, die Sonde zu greifen oder ein Objekt an seinen Schnabel zu führen. Diese Bewegung aber war eher ein Bild dafür, etwas loszulassen.

»Das bedeutet ›Hallo‹ oder ›Ja‹, je nach Kontext«, sagte Metzler. »Wir haben dieselbe Haltung im Zentrum jeder Wand mit Schnitzereien gefunden. Sie ist ein Ausgangspunkt. Die Sunfish lesen nicht in geraden Linien, wie wir es tun. Wir glauben, sie lesen von dem ›Hallo‹-Symbol aus nach außen.«

»Ich kenne Pärnits' Bericht«, sagte Vonnie abwesend und starrte weiter auf das Display. Dann blickte sie zu Metzler und fragte sich, warum sie den Namen seines Freundes erwähnt hatte. Er wusste, dass sie sich auch mit Pärnits traf. War der Instinkt, potenzielle Partner zu testen, so tief verwurzelt, dass dieses Verhalten für sie gesprochen hatte? Vonnie war weder schüchtern noch gemein. Und doch hatte sie soeben Metzlers Position geschwächt, indem sie Pärnits gelobt hatte.

Ungeschickt bemühte sie sich, das wiedergutzumachen. »Diese Aufzeichnungen sind fantastisch«, sagte sie.

»Nun ja, ab hier läuft alles schief«, kündigte Metzler an.

War er genervt von ihr?

Die Sonde 112 wiederholte die »Hallo«-Geste, zeigte dann die Unterseite zweier ihrer Arme und bewegte wellenförmig die Pedizellarien.

Das hatte nicht die Wirkung, die sie sich erhofft hatten. Tom hob sein Unterteil und zeigte seinen Schnabel, eine feindliche Haltung. Er kreischte in die Höhlen hinter sich und warnte so seine Gefährten. Sobald sie antworteten, drehte er sich um und stieß einen Schrei in Richtung der Sonde aus. Höchstwahrscheinlich suchte er nach weiteren Fremden. Vielleicht rief er der Sonde auch Warnungen zu, nicht näher zu kommen.

»Was ist, wenn wir Tom in Gefahr bringen, indem wir mit ihm reden?«, fragte Vonnie. »Vielleicht gefällt das den anderen Sunfish nicht.«

»Gott, du bist vielleicht komisch«, merkte Ash an. Aus der Art zu schließen, wie sie Vonnie mit ihren nussbraunen Augen musterte, meinte sie das halb ernst. »Ich weiß, du hast ein großes Faible für diese Monster. Bist du jetzt mehr auf ihrer Seite oder auf unsrer?«

»Keiner von uns will, dass Tom verletzt wird.«

»Das ist ein Risiko, das wir eingehen müssen«, sagte Frerotte. »Wenn wir mit ihnen sprechen wollen, müssen wir irgendwo anfangen.«

Tom hatte aufgehört, in der Dunkelheit zu schreien. Er sprang von der Sonde 112 fort und entkam so zwar ihr, aber nicht den getarnten Spionen, die seine Flucht aufzeichneten. Zunächst gesellte er sich wieder zu seinem Quartett. Dann schlossen sie sich dem Rest des Rudels an.

Zur selben Zeit flohen die Sonden 112 und 113.

Als die Sunfish in voller Stärke zurückkamen, waren die Sonden verschwunden. Die Sunfish klammerten sich an den Fels. Sie verfolgten die Sonden nicht. Stattdessen schrien sie in Richtung des leeren Tunnels.

»Was tun sie?«, wollte Ash wissen.

»Das sieht nach Revierverhalten aus«, erwiderte Vonnie. »Sie beanspruchen diesen Raum für sich.«

»Das haben wir auch gedacht«, sagte Metzler. »Ihre

Schallsignale hätten die Sonden über einen weiten Weg verfolgen können, vielleicht bis zu drei Kilometer weit. Schaut, was sie als Nächstes tun.«

Die Sunfish hörten auf zu kreischen. Sie kehrten zu dem Tunnel zurück, in dem sie ihre Wand gebaut hatten. Dann schlossen sie sich zu einem Rudel zusammen und begannen wieder zu schreien, dabei nutzten sie den Fels, um ihre schrillen Stimmen auf sich selbst zurückzuwerfen.

Ash legte ihre Hände auf die Ohren. »Sie werden taub werden!«

»Sie haben Angst, die Sonden könnten sie in die Zange nehmen«, sagte Vonnie. »Denkt daran, sie sind immer von allen Seiten bedroht, von oben und von unten. Also wiederholen sie die Warnung.«

»Es scheint mehr als das zu sein«, sagte Metzler. »Was ist, wenn es ein Bekräftigungsritual ist? Sie könnten sich gegenseitig versprechen, die Kolonie zu verteidigen, oder sie prägen sich einen neuen Erkennungsruf ein. Achte auf ihre Modulation. Sie schreien nicht einfach nur. Das hat eine genau abgestimmte Harmonie.«

»Warum ist Tom vor der Sonde davongelaufen?«

»Wir wissen es nicht genau. Sie müssen hin und wieder auf Einzelgänger oder Überlebende aus anderen Rudeln stoßen.«

»Wahrscheinlich fressen sie diese ebenfalls«, sagte Ash.

»Vielleicht auch nicht. Überlebende aus anderen Gegenden könnten sie zu neuen Nahrungsvorräten oder heißen Quellen führen. Außerdem besteht eine biologische Notwendigkeit, Neulinge im Rudel zu akzeptieren. Das wäre gut für den Genpool. Sie brauchen die Vielfalt.«

»Vielleicht hat die Sonde das Falsche gesagt«, mutmaßte Ash.

»Das glaube ich nicht. Sie war gutmütig. Sie hat nur auf das geantwortet, was Tom anfangs gesagt hat.«

»Du hast dich gut geschlagen«, sagte Vonnie und klopfte ihm auf die Schulter.

»Pärnits hat ihre untergeordneten Gesten programmiert«, sagte Metzler. »Vielleicht war etwas an diesen Gesten zu plötzlich, oder er hat die falschen Arme verwendet.«

Der Subtext dieser Bemerkung war nicht schwer zu deuten. Metzler hatte seinen Rivalen wegen seiner Zuneigung zu Vonnie heruntergemacht und damit einen Graben zwischen den beiden Männern aufgerissen, was genau das war, was Vonnie nicht wollte.

»Diese Begegnung ist besser gelaufen als alles, was wir sonst in die Wege geleitet haben«, sagte Vonnie. »Jungs, ihr seid fantastisch.«

»Vielleicht hätten wir der Sonde befehlen sollen zu bleiben«, räumte Metzler ein. »Die Sunfish würden keinen Einzelgänger akzeptieren, der sich ihnen als Gruppe nicht nähert. Das minimiert auch ihr Risiko für dauerhafte Verluste. Wenn es eine Falle ist, wenn der Einzelgänger krank oder schwach ist, könnten sie ihn töten.«

»Sind wir uns sicher, dass die Sonde richtig klang?«, fragte Ash.

Mit der Hilfe ihrer Genforscher hatten Vonnie und Ash synthetische Fettpolster und Haut auf die äußeren Hüllen der Sonden geklebt. Blankes Metall hätte sich weder wie eine lebende Kreatur angehört noch so gerochen. Metzler war sich sicher, dass die Hunderte von Abulakralfüßchen, die sich mit den Pedizellarien der Sunfish mischten, ein empfindliches Geruchs- und Geschmacksorgan bildeten. Sogar in Gegenden, in denen es keine Atmosphäre gab, mussten die Sunfish den Geruch der anderen ebenso wahrnehmen können wie den Geruch des Mineralgehalts im Gestein, der Toxine, der Feuchtigkeit und der Spuren von allem, was vor ihnen vorbeigekommen war.

»Die Haut der Sonden war nicht das Problem«, sagte Metzler.

»Was ist mit der Dichte?«, fragte Vonnie. »Wir können keine Sonde machen, die so leicht ist wie ein Sunfish. Es sei denn, wir verzichten auf den Großteil der Hardware. Wenn wir …«

Eine Alarmmeldung blinkte auf dem Display. Frerotte sprang auf, duckte sich und schlüpfte durch die Luke in den Daten- und Kommunikationsraum.

»Was ist los?«, fragte Ash.

»Unsere Sonden sind unterwegs«, sagte Metzler. »Die Sunfish sind gerade in die Höhle zurückgekehrt.«

»Kontakt in drei Minuten«, rief Frerotte. »Pärnits und O'Neal schalten sich dazu. Koebsch ist auch eingewählt. Sie brauchen uns in einer Minute.«

»Verstanden.« Metzler sah Vonnie an und fragte: »Kannst du die Sonden neu bauen, falls wir es müssen?«

»Ja.« Sie stand auf. Sie wollte unbedingt zu Frerotte in den Daten- und Kommunikationsraum. »Wir müssen den Großteil des Datensammelns den Spionen überlassen. Das hat bisher ganz gut funktioniert. Aber es wird ein Problem werden, wenn die Sonden außer Reichweite geraten. Was ist, wenn wir so viel Glück haben, dass wir in die Wohnbereiche der Sunfish eingeladen werden?«

»Wir können zehntausend Spione hinunterschicken«, sagte Ash. »In einem Jahr wären sie überall.«

»Das hilft uns jetzt nichts.«

Während sie alle drei gemeinsam zu der Luke gingen, packte Vonnie Metzler am Ellbogen und ließ Ash den Vortritt. Sie zog Metzler von der Luke fort. Dann schlang sie die Arme um seinen Nacken und küsste ihn.

32

Er strich mit seinen Händen an ihren Rippen entlang bis hinunter zu ihrer Taille. Sie drückte sich an ihn. Ihre Lippen öffneten sich, und das einfache Vergnügen, sich gegenseitig zu berühren, brachte sie zum Kichern.

Ihr Lachen war tief und fordernd. Es versprach mehr. Seine Hände glitten zu ihrem Kreuz hinab.

Frerotte rief: »Ben, fünfzehn Sekunden!«

»Oh, verdammt«, sagte Vonnie, während sie sich aus der Umarmung löste. Metzler blickte ihr in die Augen, er überprüfte, ob sie in Ordnung war. Sie nickte. Dann ging er an ihr vorbei.

Vonnie kam langsam hinterher. Sie schlang die Arme um ihre Brüste, um die Leere zu füllen, die er hinterlassen hatte. Ihre Lippen kämpften gegen ein Grinsen an, das sie nicht unterdrücken konnte.

Ein Kuss war eine seltsame Sache. In den meisten Kulturen hatte das Küssen viele Bedeutungen angenommen – Anziehung, Sympathie, Freundschaft –, aber ursprünglich war es ein Fortpflanzungstrick gewesen. Durch das Teilen von Speichel übertrug der Mann Testosteron auf die Frau und erhöhte damit ihre Forschheit und ihre Erregung. Die emotionale Komponente war schwerer zu bestimmen. Es schwangen Untertöne von Unterwerfung und Eigentumsansprüchen mit.

Die Sunfish werden ihre eigenen Tricks haben, dachte Vonnie und versuchte, sich zu beruhigen. Sie war enthaltsam, seit sie die Erde verlassen hatte. Ihr Körper schmerzte und brannte.

Sie musste sich anders bewegt haben, als sie durch die Luke in den Daten- und Kommunikationsraum getreten war, denn Ash musterte sie mit einem scharfen Blick. Vonnie grinste wieder, ohne es zu wollen.

»Log dich ein«, sagte Frerotte.

Frerotte, Metzler und Ash standen in virtuellen Stationen, und jeder war von einer Röhre aus Hologrammen umgeben. Frerotte hatte eine vierte Station vorbereitet. Vonnie betrat sie, zog Netzhandschuhe an und aktivierte per Stimmerkennung ihre temporären Dateien und ihre Präferenzen. »Vonderach«, sagte sie.

Ihr Display war für Weiterleitung an den Großteil der Crew eingerichtet. Ein paar wenige Leute waren zu sehr mit ihren eigenen Projekten beschäftigt, um sich zu beteiligen. Alle anderen wollten das nächste Zusammentreffen beobachten.

Die Sonden 112 und 113 hatten sich in einen neuen Höhlenabschnitt über dem Tunnel, in dem sie Tom getroffen hatten, hineingewunden. Der Fels war hier weniger dicht. Er hatte Blasen gebildet. Die meisten Öffnungen waren schmale, schiefe Nischen. Die optische Reichweite der Sonden betrug nie mehr als zwanzig Meter, obwohl ihre Radarsignale erst in dreihundert Metern Entfernung zurückgeworfen wurden, bevor die Höhlen über einen Felshang abfielen und damit im toten Winkel lagen.

Verborgen hinter dem Hindernis waren Sunfish. Der Fels hallte von ihren Schreien wider, die immer lauter und lauter wurden.

Vonnie verzog das Gesicht. In der Tat waren Mechs ideal für diese Welt. Sie selbst hätte nicht in diese Löcher gepasst, sogar wenn sie den Mumm gehabt hätte, es zu versuchen.

Schlimmer noch, sie erwartete, dass die Sunfish mit Gewalt auf die Sonden reagieren würden. Sie alle gingen davon aus.

»Wie weit weg ist unser nächstes Team?«, fragte Koebsch.

»110 und 111 sind fünf Kilometer entfernt«, erwiderte Frerotte. »114 und 115 sogar noch weiter. Ich wollte sie nicht aus ihrem Umfeld abziehen.«

Das Gekreisch der Sunfish gipfelte in körperlicher Präsenz. Das Radar zeigte drei Kontakte an, dann vier, sieben, acht. Tom und Jill führten das Rudel an. Sie flatterten zwischen dem schartigen Felsen hindurch und ihre Stimmen erfüllten jeden Riss.

112 und 113 antworteten ihnen. Wenn Pärnits richtiglag, war der Tonfall der Sonden freundlich, aber die Stimmen der Sunfish gingen in die Höhe und überschritten Frequenzen von über 100 000 Hertz. Ihre Rufe wurden zum Kriegsschrei.

»Es geht los«, sagte Koebsch.

Vier Sunfish schossen aus einem Loch in der Decke und hakten sich an den Felsen über den Sonden fest, bereit zu einem weiteren Sprung. Das war die gleiche Drohgebärde, die Tom im Tunnel gezeigt hatte.

»Sie werden angreifen«, sagte Frerotte, aber Vonnie meinte: »Nein, sie geben sich immer aggressiv. Du musst das auch tun.«

»Sie hat recht. Ich kann diese Körperhaltung improvisieren«, sagte Metzler. Auf sein Kommando ahmten 112 und 113 die Sunfish nach und machten selbst räuberische, geschossähnliche Gesten.

Vier weitere Sunfish tauchten aus einem Loch in der Wand auf. In dieser Gruppe war Tom. Sie bezogen auf dem Fels darüber Position. Die Sonden waren umstellt.

In dieser Haltung der Stärke zeigten vier Sunfish die Unterseiten ihrer Arme; jeweils zwei Arme und jeweils zwei von jeder Vierergruppe. Komplizierte Muster gingen wellenförmig durch ihre Pedizellarien und Abulakralfüßchen.

»Sie senden Geruchsbotschaften aus«, sagte Metzler. »Frerotte, übernimm 113. Sprich mit ihnen. 112 soll an der Entnahme und Analyse von Proben arbeiten.«

»Verstanden«, sagte Frerotte. Er strich mit seinen Handschuhen über sein Display und lenkte damit 113 durch einen neuen Tanz. Die Sonde hob zwei ihrer Arme wie ein Sunfish.

»Wir können ihre Gerüche nicht nachmachen«, sagte Pärnits. »Sie werden merken, dass etwas nicht stimmt.«

»Sie wissen, dass die Sonden anders sind«, sagte Vonnie. »Nicht weglaufen. Wenn wir versuchen zu fliehen, werden sie uns fangen. Warten wir ab, was passiert. Weiterreden.«

Metzler neben ihr verzog den Mund zu einem Lächeln.

Gefiel es ihm, wenn sie sich mit Pärnits stritt? Sie hatte keine Zeit, seinen Gesichtsausdruck zu deuten. So nahe an den Sunfish war jede Sekunde Gold wert. Die telemetrischen Daten der Sonden wiesen immer mehr Röntgenaufnahmen und linguistische Algorithmen auf und umfassten auch erste Berichte von 112 über die chemischen Zusammensetzungen.

»Wow«, sagte Metzler lachend.

Alle waren bezaubert. Sie waren gebannt, sogar Koebsch. Der Augenblick war so außergewöhnlich, dass er sich selbst und seine vorsichtige Natur vergessen hatte.

»Ich glaube, sie akzeptieren uns«, sagte Metzler.

»Die Computer glauben das auch«, bestätigte Pärnits und hob zehn Clips für die Gruppe hervor.

Er ließ überblendete Aufnahmen von vier verschiedenen Sunfisch ablaufen, die dieselben Schlängelbewegungen mit ihren Pedizellarien wiederholten. Es war eine Kontraktionsbewegung, die wie ein Kreis aussah, der sich zu einem Punkt zusammenzog.

»Das könnte heißen ›Kommt mit uns‹ oder ›Geht hinein‹«, sagte Pärnits.

»Sagen Sie ihnen ›Ja‹«, sagte Koebsch.

Frerotte befahl beiden Sonden, ihre Arme auszustrecken und jede Armspitze nach oben zu biegen. Wie Metzler lächelte er. Sie alle sprachen jetzt zu laut, beflügelt von der gleichen Energie.

Beim Klang eines Alarms drehte Vonnie sich um. »Wartet. Hinten, wo wir unsere Spione zurückgelassen haben, rührt sich etwas.«

»Oh!«, schrie Ash.

Toms Sunfish fielen wie ein Gewitter über 112 und 113 her. Die meisten Mitglieder der ESA-Crew schrien auf, als wären die Sonden ihre eigenen Körper.

Schnäbel und Arme füllten ihre Bildschirme. Die Sunfish zerfetzten die falsche Haut der Sonden, zerbrachen Relais und Sensoren. Toms Schnabel kratzte über das Metall darunter. Das Geräusch war ein schabendes Quietschen, bis Frerotte die Lautstärke herunterdrehte.

»Nicht gegen sie kämpfen!«, rief Koebsch. »Nicht kämpfen!«

Die Sunfish zerstörten beide Sonden. Es gelang ihnen nicht, die Aluminiumhüllen der Sonden aufzuknacken oder zu zerbeißen, aber sie rissen mehrere Arme ab und schlüpften dann mit den Spitzen ihrer Greifarme in die offenen Röhren. Sie zerrten an der Technik im Inneren, selbst wenn sie sich daran die Pedizellarien zerschnitten oder zerrissen.

Hatten sie die Absicht, das zerkleinerte Metall und Plastik aufzubewahren? Kurz bevor das letzte Signal von 113 eintraf, legten die Sunfish ihre Arme um die zerdrückten Getriebeteile und die Aluminiumbruchstücke.

»Was geschieht mit unseren Spionen?«, fragte Metzler Vonnie, die Dateien auf ihrem Display durchscrollte.

Sie durfte nicht zulassen, dass sie etwas anderes empfand als gespannte Konzentration. Sie war enttäuscht, aber die wirkliche Überraschung war, dass die Sunfish für einundachtzig

Sekunden mit den Sonden interagiert hatten. Jetzt schockierten sie Vonnie wieder.

»Ihre Kolonie muss größer sein, als wir gedacht hatten«, sagte sie.

In der Nähe der Höhle, in der die Sunfish ihre Stützwand gebaut hatten, führte Sue eine neue Truppe in die Reichweite der Sensoren der Spione. Es waren sechzehn. Zwölf pressten Felsbrocken an ihre Körper.

»Wie kann es dort so viele Sunfish geben?«, fragte Koebsch. »Ich hatte gedacht, es gibt nicht genügend Nahrung.«

»Wir müssen Mechs in den Ozean hinabschicken«, sagte Vonnie. »Was ist, wenn er voll ist von Fischen wie diesen Aalen, die die NASA gefunden hat? Vielleicht stammt der größte Teil ihrer Nahrung von dort.«

»Der Ozean ist zu weit weg«, sagte Koebsch. »Sie würden Tage brauchen, um Aale oder Fische zurück zur Kolonie zu transportieren.«

»Wenn sie ihre Nahrung einfrieren, wäre das egal.«

»Oh, nein«, entgegnete Koebsch. »Sie würden beim Transport ihrer Beute durchs Eis mehr Kalorien verbrauchen, als sie gewinnen würden, und sie müssten wahrscheinlich mit anderen Stämmen darum kämpfen. Sie sind zu weit oben, als dass der Ozean eine Rolle spielen könnte.«

»Nicht wenn es Geysire und Strudel in der Gegend gibt«, sagte Metzler. »Vielleicht sind im Eis rings um die Kolonie Meereslebewesen eingefroren. Vielleicht graben sie danach.«

»Eine Aalmine«, sagte Vonnie anerkennend.

Das könnte das fehlende Teil sein, dachte sie. *Eruptionen und Kabbelung könnten Meereslebewesen in den eisigen Himmel hochdrücken, wo sie konserviert würden. Wenn die Sunfish ein Gebiet gefunden hätten, in dem Stürme das Eis mit Kadavern überschwemmt hatten, hätten sie eine natürliche Nahrungsquelle. Das könnte für Jahre oder sogar für Generationen reichen.*

Sues Gruppe kam in einer bekannten Wellenformation in die Höhle. Die Hälfte flog oben, die Hälfte flog unten. Sie prallten von der Decke und dem Boden ab und trafen in der Mitte aufeinander.

Dann sprangen sie auf individuellen Flugbahnen voneinander fort. Die vier Sunfish, die keine Felsen schleppten, setzten sich selbst als Massezentrum ein. Tretend, werfend, zuschlagend, herumwirbelnd schleuderten sie die anderen nach außen.

Sie zerdrückten die Spione mit einer erstaunlichen Präzision, erledigten mit einem koordinierten Schlag elf der winzigen Maschinen. Vonnie dachte, sie würden sich dem Rest zuwenden, aber sie waren fertig. Sie hatten elf Spione ohne Anstrengung getötet, dann innegehalten und die Mehrzahl unberührt zurückgelassen.

»Das ist seltsam«, sagte Frerotte. »Wenn sie wissen, dass unsere Spione da sind …«

»Sie haben sich die Wände eingeprägt«, sagte Metzler. »Das ist es, was sie mit ihrem Gruppengesang gemacht haben. Sie haben sich die Wände eingeprägt, sind dann zurückgekommen und haben die Unterschiede gesehen. Schaut. Sie haben jeden Spion getötet, der sich bewegt hat, seit sie weggegangen sind. 4071 hat seine Position nur um fünf Zentimeter verändert, aber sie wussten es trotzdem.«

Sues Gruppe pickte an den Überresten der Spione herum. Die Sunfish aßen ein paar Stückchen und schlangen dann ihre Arme um den Rest. Später würden sie vielleicht diese Teilchen der Keramikrüstungen und der Nanotechnik mit dem Schrott vergleichen, den Toms Truppe von den größeren Sonden geborgen hatte. Im Moment sammelte sich Sues Truppe auf dem Höhlenboden.

Sie kreischten und kreischten. Sie prägten sich wieder die Höhle ein. Dieses Gruppenritual diente außerdem als Warnung für alles, was sie hören konnte – ein Schrei, um Besitzansprüche anzumelden und Feinde herauszufordern. Dann flüchteten sie in die Dunkelheit.

»Sie müssen schon vorher einen Spion bemerkt haben«, sagte Vonnie. »Sie waren misstrauisch und sie wollten sichergehen, dass nichts ihre Stützwand gefährdete.«

»Wie können sie sich so viele Details in dem Felsen merken?«, fragte Koebsch. »Wir könnten das nicht ohne KI.«

»Sie haben andere Nervenverbindungen.«

»Sie sind vielleicht nicht so schlau, wie Sie glauben, Von«, sagte Dawson.

»Was?«

»Sie waren einmal intelligent«, erklärte Dawson. »Die Schnitzereien, die wir gefunden haben, sind nicht zu übersehen. Das sind aufgeschriebene Geschichten. Aber die Schnitzereien sind zehntausend Jahre alt. Diese Sunfish sind bloße Tiere. Wir verschwenden unsere Zeit, wenn wir versuchen, mit ihnen zu reden.«

33

»Blödsinn!«, sagte Vonnie. »Sehen Sie sich dieselben Übertragungen an wie ich?«

»Ja, allerdings.« William Dawson war über siebzig und ihr ältestes Crewmitglied. Falten zogen sich von den Winkeln seiner Augen über seine pergamentartige Haut, aber seine Haare waren schwarz geblieben und er war agil und bewegte sich wie ein Elf.

Vonnie hatte bisher nicht viel mit ihm gesprochen. Sie fühlte sich von seiner Behauptung überrumpelt. »Wie können Sie nur der Ansicht sein, wir sollten die Sunfish dort unten sterben lassen?«, fragte sie.

»Das sage ich ja gar nicht. Überhaupt nicht. Vielleicht sollten wir nur unsere Herangehensweise ändern. Wir sind fünf Wochen auf Zehenspitzen herumgeschlichen und haben gehofft, mit ihnen sprechen zu können. Ich behaupte, das ist so, als würde man versuchen, mit Schweinswalen oder Seehunden zu plaudern.«

»Seehunden!«

»Schweinswale sind vielleicht der bessere Vergleich. Ich weiß nicht, ob Sie die Berichte über Versuche, mit Walen zu kommunizieren, aus dem zwanzigsten Jahrhundert kennen.«

»Das tue ich.« Vonnie hatte sich alles angesehen, was sie über Kommunikation zwischen verschiedenen Arten finden konnte.

»Einige Meeresbiologen waren überzeugt, die Wale seien intelligent«, sagte Dawson. »Die Komplexität ihrer Gesänge war faszinierend. Andere Leute waren von Delfinen besessen. Sie verplemperten ihre Karrieren, nur dass sich ihre Thesen als falsch erwiesen.«

»Sie haben mehr herausgefunden, als Sie glauben. Ihre Arbeit ist Teil der Datenbasis, die wir jetzt verwenden. Aber die Wale haben nie so etwas gesagt wie das.« Vonnie stellte einen Ausschnitt der neuesten Sunfish-Übersetzung in die Gruppenschaltung und spielte ihn ab.

TOM: Hallo.

SONDE 112: Hallo / Ja.

TOM: Ich bin Top-Clan 2,4 Pod 4.

ALLE SUNFISH: Nahe / Zu nahe.

TOM: Du bist zu nahe / Hallo.

»Das stützt meine Theorie«, sagte Dawson. »Die Sunfish sind Rudeltiere, keine Individuen. Hören Sie sich die Antwort der Gruppe an. Das ist nachgesprochen.«

»Moment«, fiel Pärnits ein. »Die Wiederholung ist ein natürliches Element ihrer Art der Verständigung. Sie können nur die Formen hören, die sie in jedem gegebenen Sonarimpuls entdecken. Natürlich wiederholen sie dieselbe Information. Das ist wie ein Kreis oder eine Kette. Sie bestätigen und bekräftigen alles, bis jedes Mitglied der Gruppe die Botschaft zurückmeldet. Ihre Sprachmuster sind flüssiger als bei menschlichen Konversationen.«

»Es ist ganz klar Sprache«, sagte Vonnie. »Sie verwenden Zahlen und Namen.«

Dawson lächelte herablassend. »Sie sind diejenige, die ihnen Namen gegeben hat«, sagte er. »Alles, was ich gesehen habe, ist dasselbe beschränkte Repertoire an Formen, die immerzu wiederholt werden.«

Vonnie starrte ihn zornig an. Es stimmte, dass sie und

Metzler versucht hatten, die Sunfish zu personalisieren, aber sie weigerte sich, diesen Punkt einzuräumen. »Die Sunfish beginnen immer mit denselben Formen, weil sie im Krieg miteinander liegen«, sagte sie. »Das Wichtigste für sie ist, ihr Gebiet für ihren Clan abzustecken.«

»In der Tat. Es ist eine territoriale Erwiderung.«

»Er sagte: ›Ich bin Top-Clan 2,4 Pod 4‹.«

»Das haben alle gesagt. Das ist keine Absicht, Von.«

»Die Sunfish, die die NASA gefunden hat, sagten, sie wären Top-Clan 4,8 Pod 2 und 6. Sie teilen sich nach Stämmen auf und dann nach Vierergruppen.«

»Tun sie das?«, fragte Dawson. »Die KI ordnet für uns Identifikationsmarker wie ›Clan‹ oder ›Pod‹ zu, und das nicht mit einer großen Sicherheit. Schauen Sie sich die Zahlen an. Die KI will die Exaktheit unserer Übertragungen nicht garantieren. Die meisten werden mit weniger als siebzig Prozent eingestuft.«

Wieder wahr, dachte sie. Ihre KI hatten die Schnitzereien der Sunfish mit einer großen Sicherheit interpretiert, aber der gestenbasierten Sprache in Echtzeit zu folgen, war eine noch andauernde Arbeit. Zu viel war noch reine Spekulation.

»Die Sunfish verwenden Pronomen offensichtlich austauschbar«, sagte Dawson. »›Ich‹, ›wir‹, ›unser‹, ›meins‹, da gibt es keinen Unterschied. Das Zucken ihrer Arme zählt vielleicht gar nicht. Ich stelle nicht in Abrede, dass die Art, wie sie ›acht‹ oder ›vier‹ darstellen, in jeder Gruppe einzigartig ist, aber für mich sehen diese Posen wie eine Zurschaustellung von Zugehörigkeit und Aggressivität aus.«

»Dann werden sie unsere Sonden weiterhin zerstören«, sagte Koebsch.

»Ein Tier lernt nichts, es reagiert nur«, sagte Dawson. »Deshalb läuft jedes Zusammentreffen gleich ab. Ich bin dankbar für die Daten, die die NASA und unsere eigenen Sonden uns übermittelt haben, aber ich bezweifle, dass wir es uns leisten können, dass die Sunfish weiterhin unsere Technik zerstören.«

Du Bastard, dachte sie. *Du jämmerlicher arroganter Bastard.*

Warum tat er das? Weil ihn das in die erste Reihe bei der akademischen Debatte und an vorderste Front bei den neuesten Nachrichtensendungen katapultieren würde? Es kümmerte Dawson nicht, wie viel Geld die ESA für Sonden und Spione ausgab. Wie die Brasilianer wollte er seinen Bekanntheitsgrad steigern und die Belohnung dafür genießen.

»Zugegeben, die Sunfish haben ein außergewöhnliches Verhältnis von Gehirn- und Körpermasse«, sagte er. »Ihr Gehirn ist wirklich größer als unseres. Aber mit acht Armen ist zu viel von ihrer Gehirnmasse der motorischen Koordination vorbehalten. Ein Elefant verwendet einen beachtlichen Teil seines Gehirns für den Gebrauch seines Rüssels. Wir brauchen viel von dem unseren für Finger und Arme. Die Sunfish haben genug Gehirnmasse entwickelt, um für eine gewisse Zeit Empfindungsvermögen zu haben, aber die Notwendigkeit multipler Sinneseindrücke hat das wieder rückgängig gemacht. Gestatten Sie mir, das zu demonstrieren.«

Dawson griff auf die Gruppenschaltung zu und öffnete ein Bild von einem Sunfish-Gehirn. Es hatte zwei Hälften wie ein menschliches Gehirn, war jedoch flacher und breiter.

Dawson markierte einige interne Strukturen. »Hier ist ein olfaktorischer Kortex«, erläuterte er, »und hier ein auditiver. Hier ist ein zweiter auditiver Kortex, und das hier ist nichts weniger als ein dritter auditiver Kortex.«

»Und?«, fragte Vonnie ungeduldig.

»Neben den Geruchs- und Tastorganen ihrer Ambulakralfüßchen und ihrer Fähigkeit, in Umgebungen mit Atmosphäre akustische Signale über ein breites Spektrum zu verwenden, sind die Sunfish außerdem in der Lage, schmalbandige Hochfrequenzlaute unter Wasser zu produzieren und zu verarbeiten.

Deshalb haben sie diese Knorpellöcher neben ihrem Kehlkopf. Aus diesem Grund teilen diese fetten Läppchen auch die Nervenbündel mit ihren Cochleae. Die Läppchen sind für die Echoorientierung da.«

»Ich frage noch einmal – und?«

Dawson lächelte sie unbeeindruckt an. »Die Sunfish verfügen wie Haie außerdem über die Fähigkeit, bioelektrische Impulse und kleinste Veränderungen in der Temperatur und dem Druck wahrzunehmen. Die kleinen Poren, die mit ihren Pedizellarien vermengt sind, können Lebewesen selbst dann fühlen, wenn sie sich hinter Felsen oder unter Wasser verstecken. So haben die Sunfish Sie verfolgt, egal was Sie auch versucht haben, Von.«

»Unmöglich«, sagte Frerotte. »Die Schutzanzüge sind aus isoliertem Plastistahl.«

»Die Sunfish mussten eine außerordentliche Sensibilität entwickeln, um Beute im Eis aufzuspüren«, erwiderte Dawson. »Vielleicht haben sie auch auf den Anzug an sich reagiert. Von Haien weiß man, dass sie in den Anfangsjahren der Telekommunikation Plastikkabel attackiert haben. Eines der Systeme des Anzugs könnte sie angelockt haben, aber das glaube ich nicht. Sie waren verwundet. Verletzte Lebewesen senden stärkere Signale als normalerweise aus, weil die elektrische Aktivität, die ihren Herzschlag kontrolliert, und die Atmung gesteigert sind.«

Vonnie spürte, wie ihr die Farbe aus dem Gesicht wich. Ihre Erinnerungen daran, wie sie geschrien und getötet hatte, würden sie immer begleiten, und Dawson hatte diese Angst mit nur ein paar Worten entfesselt.

Dann wurde sie wütend. *Warum lächelt er?*, dachte sie. *Versucht er absichtlich, mich zu verunsichern?* Sie war die lauteste Vertreterin der Meinung, dass man die Sunfish wie Gleichgestellte behandeln sollte. Wenn er sie dominierte, dann konnte er die Debatte für sich entscheiden.

»Fein entwickelte Sinnesorgane haben es den Sunfish ermöglicht, sich zu empfindsamen Wesen zu entwickeln«, sagte sie.

»Ganz im Gegenteil«, sagte Dawson. »Sie haben nicht mehr genug Gehirnmasse für höhere Denkleistungen übrig. Mit Sicherheit haben sie nicht den gleichen Intelligenzquotient wie wir. Sie mögen so schlau sein wie unsere Spione – wie Termiten oder Bienen oder Präriehunde. Sie sind als Gruppe in der Lage, Schritt für Schritt Bauten zu errichten, aber ohne echte Initiative oder Selbstständigkeit. Zu viel ihrer Kapazität wird vom puren Überleben beansprucht.«

»Ich bin anderer Meinung«, widersprach Metzler. »Sie haben Spindelzellen wie Menschen oder die großen Affenarten.«

»Delfine, Elefanten und Giraffen haben Spindelzellen in einer ähnlichen Menge«, sagte Dawson. »Niemand hält Giraffen für intelligent.«

Vonnie warf Metzler einen Blick zu, und er sagte: »Spindelzellen sind Neuronen ohne intensive Verzweigungen, so eine Art frei schwebende Prozessoren. Sie spielen eine wichtige Rolle bei der Entwicklung von Bewusstsein und der Entscheidungsfindung.« Er wandte sich wieder Dawson zu. »Die Gehirne der Sunfish sind außerdem gewundener als unsere und die Sunfish haben schnellere Hirnstammübertragungen.«

»Das gilt auch für Ratten«, konterte Dawson. »Ihre Hirnstammübertragungszeiten sind eine Anpassung an das Leben in ewiger Dunkelheit, kein Beweis für übermenschliche Denkleistungen. Dass ihr Gehirn-Masse-Verhältnis größer ist als unseres, bedeutet ebenfalls nichts. Es ist ein notwendiges Resultat aus der Asymmetrie ihrer Gehirnhälften im Schlaf.«

»Sie schlafen nicht.«

»Doch, Dr. Metzler.« Dawson öffnete eine Reihe von aus bildgebenden Verfahren gewonnenen Darstellungen der

Sunfish. Er drehte sich zu Vonnie und sagte: »Zusätzlich zu den motorischen Funktionen ist der Großteil des Gehirns bei allen Lebewesen für unwillkürliche Funktionen wie Herzschlag, Verdauung und Atmung reserviert. Bei den Sunfish ist die Atmung willkürlich. Sie müssen sich entscheiden, ob sie einatmen, ihre Kiemen einsetzen oder die Luft anhalten.« Er blickte zu Metzler. »Wir haben EEG-Muster aufgenommen, die denen einer REM-Aktivität stark ähneln, aber immer nur in einer Gehirnhälfte.«

»Dann sind sie praktisch wach.«

»In der Tat. Da die Sunfish willkürlich atmen, würden sie ersticken, sobald sie entspannen und das Atmen einstellen. Sie müssen außerdem wegen ihrer Feinde wach bleiben. Daher sind gewöhnlich nicht ihre beiden Gehirnhälften gleichzeitig wach. Im Wesentlichen haben sie also zwei kleine Gehirne, nicht ein einziges großes. Sie nutzen im Lauf des Tages abwechselnd ein kleines Gehirn.«

Es reicht, dachte Vonnie.

»Ihre Schnitzereien sprechen von der Zukunft und der Vergangenheit«, sagte sie. »Sie hatten Gesetze. Manches davon hört sich an wie Philosophie! Zumindest gab es ein Stammesgesetz und einen Kriegsherrn, der stark genug war, ein Reich zu gründen.«

»Es ist interessant, dass ihre Schnitzereien ausschließlich perfekte Sunfish zeigen«, fügte Pärnits hinzu. »Sie stellen nie Wunden oder Alter dar. Das lässt einen Wunsch nach Schönheit vermuten.«

»Wir haben das Alter der neueren Schnitzereien auf neuntausend Jahre datiert«, sagte Dawson. »Irgendetwas ist in der Zwischenzeit geschehen. Vielleicht waren die Sunfish nicht immer so abhängig von den zweierlei Formen der Schallwahrnehmung oder von ihren bioelektrischen Sinnesorganen.«

»Sie glauben, die Sunfish haben sich von intelligenten

Wesen wieder zurückentwickelt?«, fragte Pärnits. »Das wäre noch nie da gewesen.«

»Alles in dieser Welt ist noch nie da gewesen«, sagte Dawson.

»Neuntausend Jahre sind zu kurz«, meinte Metzler. »Das ist nicht genug Zeit, dass die Sunfish ohne eine äußere Ursache, wie eine massive Strahleneinwirkung, degeneriert sind. Und sie haben nicht die Ressourcen oder die Technologie für einen Atomkrieg.«

»So etwas Dramatisches ist nicht notwendig«, sagte Dawson. »Jupiters Magnetfeld ist im Wesentlichen ein gigantischer Teilchenbeschleuniger. Es beschießt die Oberfläche von Europa mit Quadrilliarden von schnellen Ionen und Elektronen jede Stunde.«

»Sie leben nicht an der Oberfläche«, sagte Vonnie. »Sie sind unter dem Eis geschützt.«

»Nein. Das Eis schirmt sie vor der Primärstrahlung ab, aber im Eis sind Elemente wie Jod oder Kalium gelöst. Wenn diese Elemente bombardiert werden, verwandeln sie sich in radioaktive Isotope mit kurzer Halbwertszeit, die gefährliche kleine Gifte sind. Strudel bringen dann das gefährliche Material hinunter ins Eis. Perioden mit heftigen Strudeln verschlimmern die Kontamination.«

»Es ist immer noch zu kurz«, sagte Vonnie und stellte eine Rechnung in ihrem Kopf an. Wenn die Lebenszeit eines Sunfish zwanzig Jahre betrug … »Es sind erst fünfhundert Generationen vergangen, seit sie geschrieben haben.«

»Ich fürchte, es ist mehr als das«, warf Dawson ein. »Männliche Sunfish sind erst mit sechs Jahren geschlechtsreif. Bis dahin sind sie vielleicht entbehrlich, sodass nur die stärksten zur Fortpflanzung übrig bleiben. Aber ihre Weibchen erreichen das Erwachsenenalter mit zwei Jahren. Sie sind mit drei fruchtbar. Seit den Schnitzereien sind viertausend Generationen vergangen.«

»Worin liegt der evolutionäre Zwang, ihre Intelligenz aufzugeben?«, fragte Metzler. »Empfindungsvermögen ist die stärkste Waffe, die eine Art entwickeln kann.«

»Nicht unbedingt. Als es schwerer wurde, Nahrung zu beschaffen, haben sie sich mehr von ihren Instinkten leiten lassen – wurden auf eine andere Art achtsamer. Sie tauschten ihre Intelligenz gegen eine verbesserte Schallwahrnehmung und -ortung ein. Es passt alles zusammen. Wir wissen, dass sie von ihrem Genpool her wirklich begrenzt sind. Es ist zu Inzucht gekommen. Ungünstige Mutationen haben sich durchgesetzt, weil ihnen diese Adaptionen gut entgegenkommen. Sie brauchen keine Intelligenz, um durch das Eis zu streifen. Tatsächlich arbeitete ihr Selbstbewusstsein sogar gegen sie, da es ihnen allzu sehr gezeigt hat, was sie alles durch den Aufruhr in der Hülle Europas verloren hatten. Sie leiden ohne ihre Intelligenz weniger und wir sollten eigentlich glücklich sein über diese Schicksalswendung.«

»Was meinen Sie damit?«, fragte Koebsch.

»Unsere Vorfahren hatten gerade eben die primitivsten Formen von Ackerbau und Viehzucht entwickelt, als der Abstieg der Sunfish begann. Ihr Reich verfiel. Dann entwickelten sie sich zurück. Andernfalls wären sie vielleicht zu unserer Welt gereist, bevor wir sie besucht hätten.«

34

»Stellen Sie sich vor, eine höher entwickelte Art wäre unter uns gelandet, als wir Stammesnomaden ohne Wissenschaft waren, nur mit Feuer und Speeren«, sagte Dawson. »Darum rennen die Sunfish weg. Darum bekämpfen sie uns, obwohl sie hoffnungslos in der Unterzahl sind.«

Stille machte sich in der Videokonferenz breit. Vonnie grübelte. Auf den Gesichtern ihrer Crewkameraden sah sie verwirrte Blicke. Das Gefühl, weit weg zu sein, das sie Wochen zuvor verspürt hatte, als der chinesische Rover die ersten Schnitzereien entdeckt hatte, erfasste sie erneut, stärker und schmerzlicher als zuvor.

Wie nahe dran waren wir, unser Schicksal mit dem der Sunfish zu tauschen?, dachte sie. *Wenn es mehr Supervulkane auf der Erde gegeben hätte … Wenn ein anderer Meteoriteneinschlag als der, welcher die Dinosaurier ausgelöscht hat, uns an den Rand des Abgrunds geführt hätte, während die Sunfish noch weitere 10 000 Jahre Frieden gehabt hätten … Was wäre, wenn sie Eisen und Dampfkraft, dann Stahl, Elektrizität und schließlich Atomkraft entdeckt hätten? Wir wären vielleicht ein paar hungernde Rudel Höhlenmenschen gewesen, wenn sie die Raumfahrt auf die Erde gebracht hätten.*

»Ich muss zugeben, ich bin enttäuscht von der Reaktion der Sunfish«, sagte Koebsch.

»Sir, wir sind erst seit sechs Wochen hier«, sagte Metzler. »Ich weiß, dass Sie von Berlin unter großen Druck gesetzt werden, aber ich finde, wir haben Fortschritte gemacht.«

»Wirklich?«, fragte Dawson. »Alles, was ich sehen konnte, sind die ständigen Angriffe auf unsere Mechs.«

»Er hat recht«, sagte Koebsch.

»Wir sollten einige von ihnen einfangen«, schlug Dawson vor, und Vonnie explodierte. »Sie Hurensohn! Die Menschen haben aufgehört, Wale zu jagen, weil sie beinahe so etwas wie Empfindungsvermögen haben, sodass man sie nicht wie Kühe oder Schafe behandeln kann. Selbst wenn Sie recht haben mit den Sunfish, dasselbe Prinzip gilt auch hier.«

»Ich will sie nicht essen«, sagte Dawson mit seinem Elfenlächeln.

»Aber Sie wollen sie auseinandernehmen! Mit wem haben Sie gesprochen? Bietet Ihnen ein Gentechnikunternehmen Geld oder einen Job an?«

»Das ist eine Unterstellung.«

»Uns zu drängen, die Sunfish wie eine Ware zu behandeln, ist auch nicht besser. Sie verteufeln sie.«

»Es ist lächerlich, zu glauben, dass ein einziges Labor das Material, das wir bis jetzt gesammelt haben, sequenzieren und entwickeln kann«, sagte Dawson. »Wir sind nicht genug. Wir müssen Materialproben zur Erde schicken, Dutzende, wenn nicht Hunderte von Proben. Lebende Exemplare wären sogar noch besser.«

»Ich kann einfach nicht glauben, dass Sie diesen Mist vor uns geheim gehalten haben.«

»Warten Sie, Von, jetzt beruhigen wir uns erst einmal …«, sagte Koebsch.

»Ich bin ruhig!«

»… und essen vielleicht etwas zu Mittag«, fuhr er fort. »Wir können später wieder reden. Lassen Sie uns noch einmal in einer Stunde zu einer Videokonferenz zusammenkommen. Frerotte, ich möchte auf Kanal dreißig mit Ihnen reden.«

»Ich muss auch mit Ihnen reden«, sagte Vonnie.

»Nicht jetzt«, sagte Koebsch und beendete seine Verbindung.

Vonnie blieb online und beobachtete Dawson, der ihr keinerlei Beachtung schenkte, während er seine Dateien schloss. Falls er noch mehr zu der Gruppe zu sagen hatte, so wollte sie es hören. Aber er meldete sich ab.

»Entschuldige, Von«, sagte Frerotte. Er baute einen privaten Schirm an seiner Station auf. Von außen blieb Frerotte durch den Schirm sichtbar, aber verschwommen, da die Pixel seines Displays sich in graue Flecken verwandelten. Das schloss seine Verbindung zu Koebsch mit ein. Der private Schirm schluckte auch ihre Stimmen.

Vonnie schritt in den engen Grenzen des Daten- und Kommunikationsraums hin und her. Metzler versuchte, ihr Platz zu machen, indem er seine Station freigab und zurückging. Ash war nicht so rücksichtsvoll. Sie nahm Vonnies Hand und zerrte sie in den Umkleideraum, wo Vonnie zumindest Platz hatte, mit den Armen zu wedeln.

»Dieser Hurensohn.«

»Lass es raus«, sagte Ash. »Lauf einfach ein bisschen.«

Metzler folgte ihnen in den Bereich zwischen den Schränken und den leeren Schutzanzügen, der wie ein L geformt war. »Lass dich von Dawson nicht verunsichern«, sagte er. »Wir hatten nur ein paar Begegnungen mit den Sunfish, und die meisten von ihnen waren aus unterschiedlichen Stämmen. Es war, wie jedes Mal wieder beim ersten Schritt anzufangen.«

Vonnie schüttelte den Kopf. »Dawson ist ein Arschloch, aber er hat recht damit, dass wir uns nicht weiter im gleichen Kreis drehen können. Wir nähern uns, sie greifen an. Wir nähern uns, sie greifen an. Es muss einen Weg geben, um zu ihnen durchzukommen.« Sie legte eine Hand auf ihren Anzug – einen neuen Anzug, der auf ihre biometrischen Daten angepasst war. Dann drehte sie sich abrupt um. Metzler und Ash gaben beide vor, sie nicht beobachtet zu haben.

Es war nett von ihnen, dass sie sich Sorgen machten. Vonnie wollte ihnen versichern, dass es ihr gut ging, aber sie hatte Angst, sie könnten sie durchschauen.

Sie fühlte sich fremd und ausgeschlossen.

»Lasst uns an den neuen Sonden arbeiten«, sagte sie. »Wenn wir sie leichter machen können, hilft das vielleicht. Vielleicht erkennen die Sunfish nicht, dass sie Fälschungen sind.«

»Die einzige Möglichkeit, ihr Gewicht zu reduzieren, besteht darin, Radar- und Röntgengerät wegzulassen«, sagte Ash. »Das wird Koebsch nicht gefallen.«

»Koebsch hat andere Ziele als wir. Er muss auf das Budget achten. Habt ihr gemerkt, wie pingelig Dawson wurde, als es um die Kosten für die Mechs ging? Er hat sich bei Koebsch eingeschleimt. Aber wir brauchen nicht mehr Pläne. Wir brauchen auch nicht mehr Körperscans. Wir müssen die Sunfish dazu kriegen, dass sie uns zuhören, bevor Typen wie Dawson, denen es nur um ihren Ruhm geht, entscheiden, dass sie in einen Zoo gehören.«

»Oder auf eine Speisekarte«, sagte Ash mit einem Funkeln in ihren nussbraunen Augen.

Vonnie lachte, froh um die Gelegenheit, die Spannung zu lösen. »Ich setze dich auf eine Speisekarte«, sagte sie.

Metzler legte seine Arme um beide Frauen. »Fangt ihr zwei schon mal an«, sagte er. »Ich mache Essen. Keinen Sunfish. Dann will ich mir Dawsons Dateien ansehen. Vielleicht kann ich ein paar Löcher in seine Daten schießen.«

»Heirate mich!«, sagte Vonnie und lachte wieder, aber Metzler nickte mit ernster Miene.

»Sei vorsichtig, um was du bittest«, sagte er.

Sie verließen den Ankleideraum. Im Daten- und Kommunikationsraum sprach Frerotte immer noch hinter seinem Privatschirm. Vonnie nahm die nächste Station und klappte den Stuhl aus. Ash setzte sich neben sie und starrte Metzler hinterher, wie er sich in das nächste Abteil hineinduckte. Jetzt zeigten ihre Augen wieder den gewohnten Scharfsinn.

»Er mag dich wirklich«, sagte sie.

Vonnie gab keine Antwort. Als Dozentin hatte sie gelernt, charmant zu sein. Das war ein Teil ihrer Aufgabe gewesen. Weniger wohl fühlte sie sich mit ihrer neu entwickelten Ausstrahlung. Sie war in ihrer Gruppe zu einer polarisierenden Gestalt geworden, zur Anführerin eines Kreuzzugs.

Die Leute wollen inspiriert werden, dachte sie. *Helfen sie mir, weil ich berühmt bin? Was ist, wenn Dawson sich aus demselben Grund besondere Mühe gibt, eine gegenteilige Meinung zu vertreten? Weil er es hasst, mich im Rampenlicht zu sehen, und lieber selbst darin stehen würde?*

Vonnie hoffte, ihre Freunde mochten sie wegen ihrer eigenen Qualitäten und nicht aufgrund des Bilds von einer Heldin, das der Medienrummel hatte entstehen lassen. Und doch ertappte sie sich immer öfter dabei, wie sie diese Rolle spielte. Der Großteil der Crew respektierte ihre Überzeugung. Einige von ihnen, zum Beispiel Metzler, mochten sogar ihre aufbrausende Art.

Während sie ihre Grafiken von der neuen Untersuchung öffnete, fragte sie: »Kannst du unsere eigenen Datenströme hacken?«

»Ja«, erwiderte Ash. »Warum sollte ich das tun?«

»Jeder hat andere verschlüsselte Datenpakete, abhängig davon, mit wem auf der Erde er kommuniziert. Ich bin neugierig, wer auf Dawsons Liste steht.«

Es wäre einfach, verbotene Übertragungen in ihren Datenströmen zu verbergen. Sie alle waren vernetzt mit einer Vielzahl von Regierungsabteilungen, Laboren, Universitäten und Medienkanälen – aber wenn Dawson von seinen Entscheidungen profitieren wollte, wenn er das sagte, was ein Unternehmen von ihm hören wollte, um die Sunfish als Tiere einstufen zu können, war Vonnie gut darauf vorbereitet, ihn daran zu hindern. Sie könnte ihre Berühmtheit dazu nutzen, ihn in der öffentlichen Meinung zu diskreditieren.

»Was ist, wenn sich Dawson in einer moralischen oder juristischen Grauzone bewegt oder einfach die Gesetze bricht?«, fragte sie. »Er trägt seine Nase so weit oben, dass ich glaube, er weiß etwas, das wir nicht wissen. Vielleicht steckt er Schmiergeld ein. Verdammt, vermutlich hat er einen Deal mit irgendjemandem. Deshalb lacht er über uns.«

»Ich werde nachsehen«, sagte Ash. »Die Schwierigkeit wird sein, einen Moment abzupassen, an dem Koebsch nicht eingeloggt ist und sehen kann, was ich tue. Vielleicht, wenn er schläft. Ich muss warten, bis ich in der Kommandozentrale bin, heute Abend oder morgen.«

»Heute Abend.«

»Ich werde einen Grund brauchen, um rüberzufahren, Von.«

»Hier.« Sie öffnete die ferngesteuerte Verbindung zum Depot, das sich, wie Koebschs zentraler Daten- und Kommunikationsraum, in der Kommandozentrale befand. »Der Verbindungsaufbau zur Schmiede funktioniert nicht richtig. Wir können den Jeep nehmen, sobald wir unseren neuen Entwurf fertiggestellt haben. Koebsch wird mir sowieso sagen wollen, was ich falsch gemacht habe, also werde ich ihn beschäftigen. Vertrau mir.«

»Ich vertraue dir«, sagte Ash.

Vonnie erwiderte ihren Blick und antwortete dann mit totaler Aufrichtigkeit: »Du bist die beste Freundin, die ich hier habe«, sagte sie, und das stimmte auch. Aber bei sich dachte sie: *Ich wünschte nur, ich wüsste, für wen du arbeitest.*

Sie brauchte die Hilfe von Ash, um Dawson aufzuhalten. Aber wer würde Ash aufhalten, falls sie auf der Gehaltsliste des MI6 oder eines anderen Geheimdiensts stand? Vonnie hielt es für sicher, dass Ashs Befehle exakt gleich lauteten wie die von Dawson: alles von Wert auf Europa in ihren Besitz bringen und kontrollieren und zugleich die Anstrengungen jeder anderen Gruppierung torpedieren, dasselbe zu tun.

Früher einmal hätte Vonnie vielleicht über die missliche Lage gelacht, die sie sich selbst eingebrockt hatten. Stattdessen verfluchte sie sich.

Sieh es ein, dachte sie. *Du bist unterlegen.*

Die einzigen Leute, die ohne Geheimdienstausbildung nach Europa gesandt worden waren, waren vermutlich die armen ehrlichen Narren gewesen, die sich freiwillig gemeldet hatten, als es sich noch niemand hatte vorstellen können, dass mehr unter dem Eis war als ein paar Insekten, also Vonnie, Bauman und Lam. Es ging um zu viel. Sobald die Erde die größeren Auswirkungen verstanden hatte, waren neue Spieler für ein anderes Spiel ausgesandt worden.

Wenn die Alliierten Nationen die Sunfish als eine empfindungsfähige Rasse einstuften, dann hätte das vielleicht Einfluss darauf, wer das Eis abbauen dürfte, wo sie eine Erlaubnis zum Abbau bekämen und wie viel sie den Sunfish an Tauschwaren zahlen mussten.

Wenn ein Land oder eine Genfirma einen Vorsprung bei der Entwicklung brauchbarer Anwendungen der DNA Europas bekommen würde, könnte das zu einer unbezahlbaren Monopolstellung bei neuen Medikamenten oder Behandlungen führen.

Die Kryotechnik und die Verbesserung der Widerstandskraft gegen Krebserkrankungen hatten beim Militär der Erde und bei zivilen Raumfahrtunternehmen oberste Priorität. Astronauten, die für Monate am Stück sicher schlafen konnten, würden es Schiffen ermöglichen, weiter als je zuvor zu reisen. Soldaten, die aufbewahrt und vergessen werden konnten und dennoch wieder in den Kampf ziehen konnten, wären zugleich Abschreckungsmittel und schnelle Eingreiftruppe. Man könnte sie überall im Sonnensystem verstecken, bis sie gebraucht wurden.

Deutschland hatte mit guten Ergebnissen Gene von Kakerlaken und Kriebelmücken bei einigen seiner Spezialkräfte eingefügt. China war bekannt dafür, die DNA von Ratten und Schimpansen getestet zu haben. Die Nebenwirkungen waren gering, und es würde immer Freiwillige geben, die ihre Gesundheit gegen Ruhm und Stärke eintauschen würden.

Dawson hatte recht, dass die Lebensformen auf Europa großen Mengen von Strahlung in Kombination mit extremer Kälte ausgesetzt waren. Christmas Bauman hatte vermutet, dass viele von ihnen die Fähigkeit entwickelt haben mussten, Zellschäden zu unterdrücken und zu reparieren, und ihr Wort genügte Vonnie. Wenn Bauman geglaubt hatte, es gäbe hier revolutionäre Ansätze für die Genforschung, dann wollte Vonnie diesen Zauber für die Menschheit auch haben. Aber es wäre nicht gerecht, wenn eine einzelne Gruppe darüber verfügte, und es war nicht richtig, die Sunfish für den Profit von irgendjemandem zu opfern.

Vonnie fühlte sich, als stünde sie mitten in einem Minenfeld. Sie wusste nicht, wo sie hintreten konnte. Derjenige, auf den sie sich heute verlassen konnte, würde sie vielleicht morgen verraten, und sie erinnerte sich daran, wie sie Ash getroffen hatte. Sie hatte alles getan, was in ihrer Macht stand, um Ash davon zu überzeugen, dass für sie immer das Team an erster Stelle stand.

Konnte man dasselbe über die Absichten von Ash sagen?

35

Ash wird meine Freundin sein, solange es ihr nutzt, dachte Vonnie. *Ich glaube, sie mag mich wirklich. Das ist mit ein Grund, warum sie Lam gerettet hat. Aber ganz gleich, was sie für mich oder die Sunfish empfindet, irgendwann werden wir heimfahren. Sie hat dort für sich eine berufliche Laufbahn geplant, also wird sie mich anlügen oder bestehlen, wenn das ihr Auftrag ist. Oder etwa nicht?*

Was kann ich ihr versprechen, das sie ihr nicht bieten können? Ich habe nicht viel Geld. Selbst wenn ich Abteilungsleiterin wäre, wäre jeder Job, den ich ihr bieten könnte, ein Witz verglichen mit dem, den sie ihr gegeben haben.

Wem kann ich vertrauen? Metzler? Koebsch?

Mit Ash gemeinsam vor ihrem Holodisplay sitzend, verbarg Vonnie ihre Vorbehalte, indem sie auf die Pläne der Sonde tippte. Das Entfernen des Radargeräts schuf Probleme im Stromkreis der Sonde.

Schweigend nahmen die beiden Frauen Korrekturen vor. Sie brauchten für die Erfüllung dieser Aufgabe keine Worte. Vonnie verfolgte eine Linie, um die Lücke im Stromkreis zu überbrücken. Ash fügte einen zweiten Kreis hinzu, sodass die Sonde ihren Energiebedarf umleiten konnte, wenn sie beschädigt war.

»Einfach«, sagte Ash.

Vonnie wünschte sich, alles wäre so einfach. Sie war traurig und aufgebracht, und sie versuchte, ihre Stimmung zu verbessern.

Sie kopierte die neuesten Daten von den Sonden 112 und 113 auf ihre Station und ließ dann eine KI diese Dateien mit ihren existierenden Programmen verbinden. Jede Interaktion mit den Sunfish würde die Armbewegungen ihrer Sonden verfeinern.

Aber wir müssen mehr tun, als unsere Maschinen zu verbessern, dachte sie. *Wir brauchen eine neue Herangehensweise. Was würde wohl passieren, wenn wir direkt in ihre Wohnbereiche marschieren, statt darauf zu warten, dass die Sunfish uns akzeptieren? Bestimmtes Auftreten verstehen sie.*

Die Ironie an der Sache war, dass Vonnie sich wünschte, die Sunfish wären ein bisschen weniger selbstsicher. Für ihr eigenes Wohlergehen mussten sie sich selbst hinterfragen.

Wären sie in der Lage, ihre Haltung des Tötens oder Getötetwerdens aufzugeben, wenn sie einmal verstanden hatten, dass es im Leben mehr gab als den eisigen Himmel?

Selbst wenn sie nicht begriffen hatten, dass die Sonden und Spione der ESA von außerhalb des Eises gekommen waren, mussten sie das Gefühl haben, ganz neue Lebensformen entdeckt zu haben.

Die Erde war einverstanden gewesen, dass die nächste Stufe der Kommunikation mit den Sunfish darin bestehen konnte, ihnen Geschenke anzubieten – Stoff, Fleisch, Stahlwerkzeuge und Flaschen mit komprimiertem Sauerstoff. Aber sie hatten Sorge, dass dieser Reichtum neue Angriffe, nicht nur von den Sunfish, sondern auch von anderen Arten, nach sich ziehen konnte. Außerdem waren sie unentschieden, ob die Gabe von Stahl an die Sunfish den Eindruck hinterlassen würde, den sie erwecken wollten.

Würden die Sunfish die technische Überlegenheit der ESA anerkennen und die Menschen in der Hoffnung willkommen heißen, mehr Werkzeuge zu erhalten? Oder würden sie noch aggressiver werden und um so viel Metall kämpfen, wie sie von den zerstörten Sonden nur aufsammeln konnten?

Die Steinkeulen der Sunfish waren erstaunlich wirkungsvoll im Kampf gegen Vonnies Schutzanzug gewesen. Mit Stahlklingen, die von Schaufeln und Luftzylindern abgeschlagen waren, konnten die Sunfish einen Anzug vielleicht an den Gelenken oder am Kragen durchstoßen.

Geschenke zu erlauben, fiel in Koebschs Entscheidungsbereich. Er hatte die Idee vertagt und angemerkt, es sei zu früh, um mit Geschenken aufzuwarten, selbst wenn sie symbolischer Natur waren wie weicher Stoff oder Delikatessen in Vakuumverpackungen.

Was ist, wenn wir sie mit unserem Essen vergiften?, hatte er gesagt. *Was ist, wenn sie allergisch gegen den Stoff sind?*

Metzler war sich sicher, dass er alle Stärke- und Zuckerstoffe im menschlichen Essen entdeckt hatte, die den Sunfish schaden würden. Sie zu vergiften war unwahrscheinlich – aber einen Monat zuvor, während sich Vonnie noch erholt hatte, hatte Pärnits ihre Pläne, die Sunfish zu bestechen, zunichte gemacht.

Wir wissen nicht, was das Geschenkeverteilen für sie bedeutet, hatte Pärnits gesagt. *Sie sind andauernd kurz vor dem Verhungern. Was ist, wenn es eine Beleidigung darstellt, Massen an Essen herzuzeigen? Wir könnten mit den besten Absichten dort hinuntersteigen, ihnen alles geben und sie so schrecklich beleidigen, dass sie uns nie mehr vergeben werden.*

In der Zwischenzeit hatte sich Pärnits bei Vonnie entschuldigt, aber er blieb bei seiner Einschätzung. Ebenso Koebsch.

Vonnie kam es vor, als müssten die Sunfish nach mehreren Hundert Jahren des Grabenkampfs bereit sein für Verhandlungen. Sie mussten immer Ausschau nach neuen Bündnissen und Ressourcen halten. Unter den richtigen Umständen konnte die

ESA sich vielleicht mit einem Stamm verbünden. Diese Sunfish konnten dann als Türöffner zu weiteren Stämmen dienen. Gemeinsam konnten sie beginnen, ein neues stabiles Reich zu bilden – so stabil, wie es die Sunfish zuließen.

Zum Vergleich: Auf der Erde hatte sich die Europäische Union seit dem einundzwanzigsten Jahrhundert mehrere Male verkleinert und vergrößert, indem sie neue Staaten dazugewonnen und wieder verloren hatte. Zum Teil lag das daran, dass keiner der Mitgliedsstaaten seine nationale Identität und Sprache aufgegeben hatte. Englisch war verbreitet, aber nicht gesetzlich vorgeschrieben. Bis zu diesem Tag unterhielten die Mitgliedsstaaten zusätzlich zu den Streitkräften der EU separate Armeen.

Wie viele Sprachen und einzelne Stammesbräuche hatten die Sunfish? Dutzende? Nur einige wenige? Sie waren auf vielerlei Art so homogen. Metzler hatte ihre Situation mit der Ankunft der weißen Siedler in Nordamerika verglichen. Mit überlegenen Technologien und einem durch die Pest gestärkten Immunsystem, das sich in den dicht besiedelten Gebieten Europas herausgebildet hatte, hatten diese Siedler das Leben, wie es die dort lebende Bevölkerung seit einigen Hundert Jahren gekannt hatte, beendet.

Dass die Ureinwohner zermürbt gewesen waren, hatte eine entscheidende Rolle gespielt. Einige Stämme hatten lange und gut gekämpft, aber nur ein kleiner Teil ihrer Verluste war im Kampf erfolgt. Die Siedler hatten ihnen ihr Land durch Krankheiten genommen, durch Handel und durch gut gemeinte Religion oder durch Habgier und Unwissenheit. Sie hatten die Einheimischen auf eine Million Arten verdorben, so wie die Sonne den Schnee zum Schmelzen bringt.

Vonnie wollte nicht, dass hier dasselbe geschah. Arschlöcher wie Dawson würden die Sunfish auf Schritt und Tritt gefährden. Und wofür? Für Geld?

Im amerikanischen Grenzgebiet war der Zusammenprall der zwei Welten so unterschiedlich und ungezügelt verlaufen, dass einige weiße Siedler den Einheimischen für Felle oder sicheres Geleit Waffen verkauft hatten. Damit hatten sie die indigene Bevölkerung gegen ihre weißen Mitbürger bewaffnet.

Auf Europa waren die Kontaktpunkte viel spärlicher und genauer überwacht, aber es würde immer Leute geben, die einen schnellen Sieg wollten. Menschen wie Dawson fehlte ein moralisches Empfinden. Er kannte kein Mitgefühl. Er wollte seinen Lohn, wohingegen Vonnie nicht glaubte, dass ihre Abenteuer auf diesem Mond vollständig sein konnten, selbst wenn sie hundert Jahre alt werden würde. Den Sunfish zu helfen, sie zu unterrichten und sie anzuleiten, das war ein Projekt, das Jahrzehnte dauern konnte.

Ich muss Dawson widerlegen, indem ich zeige, dass die Sunfish uns akzeptieren werden, dachte sie.

Sie war zufrieden mit dem Entwurf, den sie mit Ash fertiggestellt hatte. Sie hatten ihre Sonden neu eingestellt, sodass sie leichter und reaktionsfähiger waren. Nun musste sie noch Koebsch überzeugen, auch ihre Taktiken zu verbessern.

»Kannst du mich allein lassen?«, wandte sie sich an Ash.

»Warum?«

Vonnie sicherte ihre Daten und wedelte dann mit einer Hand. »Bitte. Geh mittagessen. Ich bin gleich wieder da. Es gibt da eine kleine Angelegenheit, die ich erledigen muss.«

Ash zögerte, aber sie nickte und stand auf. »In Ordnung.« Dann verließ sie den Datenraum.

Vonnie hörte, wie sie im nächsten Raum etwas zu Metzler sagte. Metzler lachte, und Vonnie zog einen privaten Schirm um ihr Display hoch.

Sie hatte sich entschieden, ihr eigenes Manöver zu starten. Sie musste gerissen sein, sogar im Umgang mit ihren Freunden.

Sie musste deren Information hinauszögern, sich Gefälligkeiten sichern und vor allem musste sie alle gegen Dawson vereinen.

Ich werde auch ein Spion, dachte sie, *ein Spion auf eigene Rechnung, so sensibel und paranoid wie ein Sunfish.*

Sich in die Verbindung von Koebsch und Frerotte einzuschalten, dauerte länger, als Vonnie erwartet hatte. Frerottes Verschlüsselungen wehrten ihre Attacke ab. Mit einer neuen Strategie erlangte sie aber die Kontrolle über seinen Audiokanal, dann verwendete sie diese Öffnung, um weiteren Zugang zu seiner virtuellen Station zu erlangen. Unglücklicherweise wurde ihr Display schwarz, kaum dass sie eingebrochen war.

»…eiter verfolgen«, sagte Koebsch und blickte dann Vonnie an. »Das ist ein gesicherter Anruf, Von. Verschwinden Sie.«

»Ich brauche Sie eine Minute.«

»Ich werde Sie anrufen, sobald ich kann.«

»Wir sind bereit, mit unseren neuen Sonden hineinzugehen. Aber sie sind nicht geeignet, um Vorräte ins Eis zu tragen«, sagte sie. »Ich muss wissen, ob ich weitere Sonden oder größere Mechs konstruieren soll.«

»Machen Sie neue Sonden. Wir werden keine Nahrung oder sonst etwas hinunterbringen.«

Vonnie schüttelte den Kopf. »Ich finde, wir sollten uns nicht mehr zurückhalten. Es ist richtig, sich Gedanken über kulturelle Kontaminierung zu machen und darüber, ob man die Sunfish zu schnell fordert. Aber diese Kolonie ist unsere beste Chance, einen Durchbruch zu erzielen, und sie werden nie zu dem Leben zurückkehren, das sie hatten, ehe wir kamen.«

»Von, ich muss mich um größere Probleme kümmern.«

»Wie zum Beispiel?«

»Sir, sie kann es genauso gut wissen«, sagte Frerotte. »Wir brauchen unsere Ingenieure.«

Mit einem Grunzen öffnete Koebsch sein Display wieder und gab Vonnie so Zugang zu ihren Daten. »Das ist nur für

Ihre Augen bestimmt, bis wir entscheiden, wie wir damit umgehen.«

»Ja, Sir.«

Die Karte war von Frerotte. Sie zeigte die Grenze zu den Brasilianern, wo die Sonden 114 und 115 die Aktionen ihrer Spione koordiniert hatten.

»Das war vor dreißig Minuten und das vor zehn«, sagte Frerotte und zeigte Vonnie zwei Aufzeichnungen. Im ersten Teil blitzten die telemetrischen Daten von 114 über den Schirm – Radaraufnahmen, Schallmesswerte, seismographische Daten und Kommunikationsdaten.

»Das sind nicht die Sunfish«, sagte Vonnie.

»Nicht, wenn nicht einige von ihnen Funkgeräte haben«, sagte Koebsch.

Etwas stürzte sich auf 114, eine Masse in der Größe eines Bärs, die unglaublich nahe herangekrochen war, ohne einen Laut oder Vibrationen zu verursachen. Das Etwas hatte sich hinter einer Felsader unsichtbar gemacht, bis es auf zwei Kilometer an die Sonde herangekommen war. Dann trampelte es in einer Wolke von elektromagnetischer Aktivität vorwärts, wobei es sich mit Sabotage- und Kontrollprogrammen tarnte.

Diese SCPs des Eindringlings mussten seit Stunden aktiv gewesen sein. Er war so raffiniert, dass die Spione absolut nichts von seiner Anwesenheit mitbekommen hatten. 114 hatte Fehlinterpretationen und Störungen. Die Sensoren von 114 waren nicht in der Lage, ein klares Bild zu bekommen. Es gab nur schattenähnliche flüchtige Eindrücke.

Was immer es war, es war zehnmal so groß wie die Sonde. Es hielt zwei Arme über sich wie eine Waffe, und doch war es langsam. Es hatte den letzten Kilometer in acht Minuten zurückgelegt, was für Mechs eine Ewigkeit war. 114 hätte Zeit zum Davonlaufen haben sollen, wenn sie sich nicht hätte selbst verteidigen können. Stattdessen schaltete 114 sich ab.

»Wir werden angegriffen«, sagte Frerotte.

36

Vonnie scrollte durch ihre Karten und maß die nicht überwachten Strecken, die durch den Verlust von 114 und der meisten ihrer Spione entstanden waren. »Wie nahe ist 115?«, fragte sie. »Wissen wir, wohin der Eindringling verschwunden ist?«

»Nein«, sagte Frerotte. »115 ist unterwegs, aber sie ist drei Minuten entfernt. Ich hatte 14 und 15 in verschiedenen Höhlen, um unseren Abdeckungsradius zu erweitern.«

»Sie hätten beisammen sein sollen«, sagte Koebsch. »Deshalb senden wir sie in Paaren hinunter. Wir hätten 14 wahrscheinlich nicht verloren, wenn die Sonden in der Lage gewesen wären, sich gegenseitig zu helfen.«

Für sich bezweifelte Vonnie das. Was auch immer 114 getroffen hatte, wäre auch einfach über 115 hinweggegangen. Frerottes Entscheidung, die Sonden zu trennen, war der einzige Grund dafür, dass sie jetzt die Möglichkeit hatten, neue Augen und Ohren an den Ort des Geschehens zu bringen.

Im Eis waren noch zwei weitere Sonden, 110 und 111, aber diese Mechs waren sieben Kilometer nordwestlich von 115. Neben den zu ihnen gehörigen Spionen waren außer hundert Leuchtfeuern und Relais keine anderen ESA-Mechs unter der Oberfläche, und nichts davon war mobil, mit KI ausgestattet oder für einen Kampf tauglich.

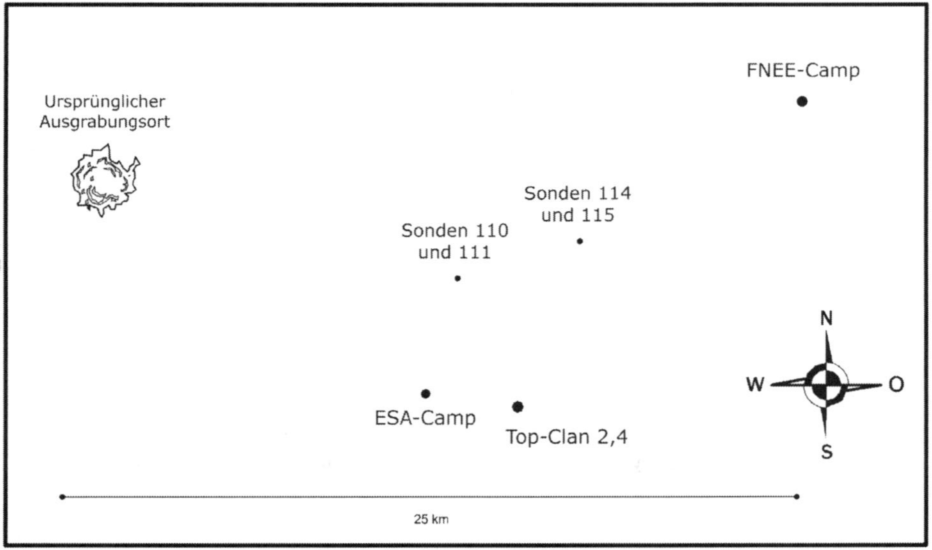

Sonden und Sunfish

»Ich möchte, dass Sie Sergeant Tavares noch einmal anrufen«, sagte Koebsch zu Vonnie. »Vielleicht haben Sie mehr Glück als ich.«

»Sie haben die Brasilianer angerufen?«

»Ja. Sie reagieren nicht. Aber ich kann mir nicht vorstellen, was sie damit erreichen wollen. Aus diesem Grund will ich das hier geheim halten. Mechs können ersetzt werden. Aber was wir nicht brauchen können, ist ein internationaler Zwischenfall.«

»Tavares hat gesagt, sie mögen es nicht, dass wir ihr Areal beobachten«, sagte Vonnie. »Vielleicht ist das hier das Ende davon. Sie töten unsere Spione. Dann ziehen sie sich zurück. Sie glauben doch nicht, sie wollen in unser Gebiet eindringen, oder?«

»Vielleicht verteilen sie ihre eigenen Spione. In diesem Moment könnten sie hundert Sonden über die Grenze schicken, ohne dass wir es wüssten.«

»115 wird den Spalt in dreißig Sekunden erreichen.«

»Wir waren für neun Minuten blind. Selbst wenn jetzt nichts dort ist, bin ich gezwungen, Zeit und Ressourcen damit zu verschwenden, FNEE-Sonden innerhalb unserer Grenzen zu suchen.«

Vonnie nickte und dachte über Koebschs Wechsel von ›wir‹ auf ›ich‹ nach. Für ihn war die Attacke auf seinen Fehler zurückzuführen.

»115 ist an Ort und Stelle«, sagte Frerotte.

Sie blickte durch die Augen der Sonde. Wie immer war die Umgebung so schwarz wie Obsidian. Ihr Display verwandelte die Radarbilder von 115 in Hologramme.

Über den Fels verteilt lagen die zerstörten Überreste eines FNEE-Baggers. Er war eine schlanke Maschine mit sechs Füßen und zwei Schneidewerkzeugen gewesen, die an die Greifzangen eines Skorpions erinnerten. Ein Fuß fehlte. Zwei weitere sahen unbrauchbar aus, so zerfetzt und eingedrückt waren sie. Auf seinem Kopf, dort wo seine Sensoren gewesen waren, befanden sich Laserspuren.

»114 hätte diese Verbrennungen nicht verursachen können«, sagte Koebsch. »Sie müssen beim Sprengen ihre eigenen Bagger getroffen haben. Dann haben sie entschieden, dass sie auf diese Mechs verzichten können. Sie haben ihre beschädigten Mechs für die Attacke verwendet.«

»Das nehme ich an.«

In der Nähe waren Teile verstreut, die eventuell zu verschiedenen Mechs der FNEE gehört hatten. 114 fehlte. Es gab keine Spur von ESA-Trümmern. Es gab keine Geräusche oder Vibrationen von Mechs, die den Ort in irgendeine Richtung verließen. Auch reagierte 114 nicht auf die Signale von 115.

»Ich glaube, 114 hat gegen den Bagger gekämpft und gewonnen, aber da waren noch andere Mechs der FNEE«, sagte Koebsch. »Sie haben 114 mitgenommen. Darauf waren sie aus. Sie wollen Ihr Design kopieren, Von.«

Sie sah zu, wie 115 den Rand der Höhle entlangkroch und versuchte, den Abrieb und die Einkerbungen auf dem staubigen Boden zu analysieren. In der Wand waren ebenfalls Kerben, dort, wo 114 sich wie ein echter Sunfish auf einen Felsen katapultiert hatte.

Eine genaue zeitliche Bestimmung der Abdrücke war unmöglich. Zu viele Spuren waren binnen Sekunden gelegt worden, aber die Abdrücke von 114 waren alle innerhalb der Grenzen der ESA.

Das bedeutet, unsere Sonde ist nicht von einem brasilianischen Programm entführt worden, dachte Vonnie. *Haben sie 114 getragen? Oder führten die letzten Spuren der Sonde zurück ins Territorium der ESA?*

»Lassen Sie mich Tavares anrufen«, sagte sie und verließ ihre Station.

Das Videofon war auf der anderen Seite der Kammer, nicht

mehr als drei Schritte entfernt. So weit kam sie nicht. Frerotte verließ seine eigene Station und sagte ruhig zu ihr: »Es waren nicht die Brasilianer.«

Vonnie antwortete nicht.

»Ihre Software kann unmöglich die unsere besiegt haben, besonders nicht in einem Kampf von 114 gegen einen zerschlagenen Schrotthaufen wie diesen Bagger«, sagte Frerotte. »Sein Schaltkasten ist halb zerstört. Du hast seine Signale gehört. Er hat seine SCPs verändert, um seine Signale durch alle Sender verbreiten zu können, die er noch hatte – Infrarot, Sonar, Röntgenstrahlung. Zum Teufel, ich habe zusammenhängende Lichtsignale gesehen, wie ein Morsecode. Er hätte nicht effektiver vorgehen können, aber er hat unsere Sonde trotzdem unterwandert. Er wusste genau, wie er sie hacken konnte.«

»Es war Lam«, sagte sie.

»Also was ist passiert? Er ist von dem Bagger in die Sonde hinübergewechselt?«

»Ja.«

»Von, ich glaube, die Situation beginnt uns zu entgleiten. Wir müssen es Koebsch sagen.«

»Das werde ich. Ich schwöre es. Lass mich nur zuerst Tavares anrufen.«

Frerotte packte ihren Arm fester als nötig und zog sie vom Videofon weg. War das Angst in seinen Augen?

»Ich weiß, Lam war dein Freund, aber das ist nicht mehr er«, sagte Frerotte. »Er war wochenlang dort unten. Das ist eine lange Zeit für eine KI.«

»Vielleicht hat Tavares eine Vorstellung davon, was er durchgemacht hat. Ich glaube, er versucht, uns zu erreichen.«

»Warum sollte er 115 nicht antworten? Du kannst nicht wissen, was er denkt, oder auch nur, wie er denkt. Die Hardware der FNEE ist kaum kompatibel mit unseren KI, besonders nicht mit einer menschenbasierten. Er wird sich angepasst haben. Das bedeutet, er wird einige Teile von sich gelöscht und FNEE-Programme aufgenommen haben, um das zu kompensieren. Was ist, wenn diese Kompensation einige ihrer Sicherheitsprotokolle beinhaltet hat? Womöglich hält er uns für den Feind.«

»Ich dachte, du wärst Biologe«, sagte Vonnie. Sie wollte ein Geständnis hören, dass er für einen Geheimdienst arbeitete, aber er sagte: »Das *ist* Biologie. KI sind lebendige Systeme. Genau wie Menschen zerbrechen sie unter Druck.«

»Lass uns abwarten.«

Sein Griff um ihren Arm verstärkte sich. »Menschenbasierte KI sind illegal, weil sie leichter zu fragmentieren sind«, sagte er. »Sie verwandeln sich in etwas … Gefährlicheres als irgendein maschinenbasiertes Programm. Lam ist jetzt in einer unserer Sonden, was es ihm erleichtern wird, sich in andere Maschinen einzuhacken. Wenn er sich selbst klont, könnte er sich in unserem Camp vervielfältigen.«

»Das glaube ich nicht.«

»Ich habe auf der *Ensley 2* gesehen, wie das geschehen ist.«

Vonnie legte ihre Finger auf seine und entfernte seine Hand sanft von ihrem Arm. »Dafür bist du nicht alt genug«, sagte sie.

Die *Ensley 2* war eine gemeinsame Station der NATO und der chinesischen PSSC im Orbit gewesen, die 2087 in den Pazifik gestürzt war. Dabei hatte ihre brennende Hülle nur um ein paar Kilometer Indonesien verfehlt.

Konstruiert in den frühen Jahren der neuen Weltraumfahrer-Ära, nach der chinesischen Revolution, aber noch vor der Gründung der Alliierten Nationen, entstanden die Stationen der *Ensley*-Serie hauptsächlich aus westlichen Bemühungen heraus. Sie hatten die chinesische Raumfahrtbehörde als ein Mittel miteinbezogen, die schlechten Beziehungen zwischen der NATO und China zu verbessern. Dem Abkommen nach waren es zivile Stationen, gedacht für die Wissenschaften, die

Erzeugung von Solarstrom, Getreide wie Weizen, der auch Sauerstoff produzierte, und den Export dieser Nahrungsmittel und des Sauerstoffs.

Die chinesischen Astronauten auf der *Ensley* waren weniger als vierzig gewesen … und sie waren gemeinsam mit ihren westlichen Kollegen bei den Angriffen der KI gestorben, die den brutalen, achtzehn Tage dauernden Dritten Weltkrieg ausgelöst hatten.

»Ich war gerade aus der Schule«, erzählte Frerotte. »Ich verstand viel von Schwerelosigkeit und ich komme mit sechs Stunden Schlaf pro Nacht aus, also wurde ich für drei Schichten bei der Hydrokultur eingeteilt. Deshalb habe ich überlebt. Ich war bei der Arbeit, als die SCPs die lebenserhaltenden Systeme abgestellt haben, sodass die halbe Crew im Schlaf erstickt ist.«

»Es tut mir leid.«

»Du musst noch ein Kind gewesen sein. Du hast die Aufzeichnungen gesehen, aber das ist nicht dasselbe. Ich habe gespürt, wie unsere Station lebendig wurde. Ich habe die Kontrollpaneele aus unseren Rettungskapseln gerissen, als die SCPs springen wollten.«

»Frerotte, es tut mir leid. Meine Tante ist im Krieg umgekommen. Aber das ist etwas anderes. Lam hatte als KI nie einen militärischen Rang.«

»Die heutigen zivilen KI sind zwanzigmal stärker als alle Programme während des Krieges. Du weißt nicht, welche Unterprogramme er von den Brasilianern aufgeschnappt hat. Es war eine Sache, solange er sie verfolgt hat. Jetzt ist er in unserem Netz.«

»Er muss eine Menge FNEE-Daten haben. Was ist, wenn er uns zu noch mehr Sunfish oder Schnitzereien führen kann?«

»Bis das Gegenteil bewiesen ist, müssen wir davon ausgehen, dass er ein Problem darstellt. Ich sage nicht, dass wir ihn endgültig löschen müssen, aber wir müssen unsere Alarmstufe heraufsetzen. Sag es Koebsch, sonst tue ich es.«

»In Ordnung.« Vonnie war nicht überzeugt, aber Frerotte hatte sie gedeckt, als Lam auf den FNEE-Bagger hinaufgeladen wurde. Sie schuldete ihm das.

Der Anruf bei Tavares würde warten müssen.

»Ich fahre zur Kommandozentrale«, sagte sie. »Koebsch und ich kommen besser klar, wenn wir direkt miteinander reden. Vielleicht kannst du ja mithören und ihn davon abhalten, mich umzubringen.«

»Wir hätten es nicht so weit kommen lassen dürfen«, sagte Frerotte. »Ich hätte nie gedacht, dass Lam dort unten überleben würde.«

Du und Ash habt beschlossen, ihn im Streit mit den Brasilianern zu opfern, dachte sie. *Für euch ist er ein Werkzeug. Aber wenn er sauber ist, kann ich ihn sicher heimbringen. Wenn er fehlerhaft ist, kann ich meine eigenen Systemchecks durchlaufen lassen und ihm helfen. Entweder das oder ich werde ihn selbst töten.*

»Ash!«, rief sie.

Die junge Frau erschien in der Luke. Sie trank aus einer Suppentüte, die sie schloss, als sie Vonnie in den Ankleideraum folgte. »Was ist los?«

»Wir stecken in Schwierigkeiten. Es ist Lam. Ich werde dir alles erklären, sobald wir unterwegs sind.«

Sie öffneten die Spinde ihrer Druckanzüge.

Während sie sich anzogen, rief Vonnie zu Frerotte zurück: »Was macht Koebsch mit den Sonden 110 und 111? Kehren sie ins Camp zurück oder fangen sie Lam auf seinem Weg zu den Sunfish ab?«

»Im Moment läuft das beides aufs selbe hinaus«, erwiderte Frerotte. »10 und 11 müssen in Richtung Oberfläche, ehe sie die Höhlen erreichen können, in denen Lam sein wird. Dahin sind sie gerade unterwegs.«

»Kannst du meinen Helm mit deinem Schirm verbinden?«

»Geht klar.«

Vonnie war sich sicher, dass Koebsch eher 10 und 11 schicken würde, um Lam vor seinem Eintreffen bei den Sunfish aufzuhalten, als die Möglichkeit zuzulassen, dass Lam das ESA-Camp erreichte. Sie wurden von Dutzenden Mechs geschützt, von denen viele mit elektronischem Kriegsgerät ausgestattet waren. Lam würde es nicht wagen, sich ihnen direkt zu stellen. Sie würden ihn vernichten.

Wohin konnte er sonst noch gehen?

Aller Wahrscheinlichkeit nach hatte Lam sich die Datenspeicher von 114 mit einverleibt, als er die Kontrolle übernommen hatte. Das bedeutete, dass er von den bewohnten Zonen wusste, die sie während seiner Abwesenheit entdeckt hatten. Hatte er irgendein Motiv, sich den Sunfish zu nähern? Vielleicht nicht. Sie konnten nicht vorhersagen, wie er handeln würde, aber Vonnie wollte nicht, dass er ohne sie Kontakt zu den Sunfish aufnahm. Wenn er irrational handelte, würde er vielleicht alles durcheinanderbringen.

»Ich bin fertig«, sagte Vonnie. Sie und Ash waren angezogen. Sie überprüften beim jeweils anderen die Kragenverschlüsse, dann drehten sie die Luftschleuse und eilten nach draußen.

Nachdem sie in den Jeep geklettert waren, schaltete Vonnie ihr Funkgerät ab, falls Koebsch zuhörte. Sie legte ihren Helm an den von Ash. Dank der Leitfähigkeit wurden ihre Stimmen von einem Helm zum anderen übertragen. »Das ist unsere Chance, in den Zentralrechner zu kommen«, sagte sie. »Koebsch und ich müssen reden.«

»Okay. Aber ich weiß immer noch nicht, was los ist.«

Auf der Fahrt erklärte Vonnie alles, was sie über Lam erfahren hatte. »Auf ihn haben die Brasilianer gefeuert, nicht auf Sunfish«, sagte sie.

»Er war die ganze Zeit auf der Flucht? Oh Gott. Ich hätte ihn nicht in ihr Netz hochladen sollen.«

Sie sprach eine Wahrheit aus. Vonnie legte ihren Handschuh um Ashs Bein und drückte es. »Du musst dich nicht entschuldigen. Ich bin froh, dass du Koebsch daran gehindert hast, ihn zu löschen.«

Sie erreichten die Kommandozentrale. Ash parkte den Jeep und sie betraten die Luftschleuse. Sie beendete ihre Drehung und die inneren Türen öffneten sich.

Koebsch erwartete sie mit einem wenig erfreuten Gesichtsausdruck.

»Sir«, sagte Ash. »Ich bin gekommen, bei der Datenübertragung zu helfen, bis wir die Sache im Griff haben.«

»Gut«, antwortete Koebsch. Dann bedachte er Vonnie mit einem Blick, der offensichtlich strafend sein sollte. »Von, Sie werden hier warten müssen. Einige unserer Informationen unterliegen der Geheimhaltung.«

»Ich kann helfen.«

»Nein, Sie warten.« Koebsch sah zu, wie sie ihre Druckanzüge ablegten. Vielleicht war ihm nicht bewusst, wie hungrig sein Blick an den Körpern der Frauen auf und ab wanderte. Er war schon genauso lang enthaltsam wie Vonnie und er hatte kein Ventil darin gefunden, sich mit jemandem aus der Crew zu verabreden.

Seine Blicke störten sie nicht. Sein Interesse an ihr würde es einfacher machen, ihn abzulenken. Das zu tun war grausam, aber sie wollte diese Gelegenheit, Dawsons Kontaktliste und seine Datenspeicher zu stehlen, nicht ungenutzt verstreichen lassen.

37

Koebsch führte Ash durch den schmalen Korridor zum Daten- und Kommunikationsraum, während Vonnie mit ihrem Druckanzug in der Hand an der Luftschleuse stehen blieb. Sie ließ den Kopf hängen und schaute auf das Visier ihres Helms.

Frerotte spielte ihr immer noch Bilder von 110 und 111, wie sie durch das Eis krochen, auf ihr Stirndisplay. Entlang ihrer Grenze zu den Brasilianern und in der Nähe der Sunfish-Kolonie hatten ihre überlebenden Spione angefangen, sich nach Geräuschen von Lam umzuhören.

Wie hatte er verschwinden können?

Vielleicht hielt er sich in geringem Abstand zur Grenze versteckt und hatte alle externen Aktivitäten eingestellt. Er konnte mit jeder beliebigen Anzahl von Hürden umgehen, nachdem er sich mit der Datenbank von 114 vereint hatte. Wahrscheinlicher war, dass er die Karten und kürzlich erfolgten Aufzeichnungen von 114 analysierte, die neu für ihn waren.

Koebsch überraschte sie, als er zurückkam. »Was sehen Sie sich da an?«

Vonnie versuchte, nicht schuldbewusst auszusehen, und hängte ihren Helm an ein Magnetschloss an der Wand. »Lassen Sie uns ins Magazin gehen. Ich würde gerne mit Ihnen über die Fähigkeiten unserer Sonden sprechen.«

»Zuerst müssen wir Ihre KI finden«, sagte er.

»Das meine ich ja. Ich kann Ihnen helfen. Wir müssen herausfinden, wie gut er in einer Sonde funktioniert.«

Wortlos betrachtete Koebsch sie. Dann blickte er auf ihren Helm und sagte: »Sie sind bei vielen in der Crew beliebt, Von. Manchmal ist das eine gute Sache. Aber ich kann Ihre Aufmüpfigkeit nicht länger durchgehen lassen.«

»Sir, ich wollte nicht …«

»War ich zu nachsichtig mit Ihnen?«

»Nein, Sir.«

»Ich habe daran gedacht, Ihre Aufgabe bei unserer Mission neu zu definieren. Sie könnten für unsere Mahlzeiten verantwortlich sein oder sich rund um die Uhr um unsere Anzüge kümmern, irgendetwas ohne Zugang zum System. Es ist Ihre Entscheidung. Sie kochen gerne. Wollen Sie das?«

»Nein, Sir.«

»Dann hören Sie auf, gegen mich zu arbeiten. Ich muss die Wahrheit wissen. Wer hat Ihre KI auf den brasilianischen Bagger geladen?«

»Das war ich«, sagte sie und bekräftigte ihre Lüge, indem sie seinem Blick standhielt. Es wäre das, was Koebsch glauben wollte. Alles andere grenzte an eine größere Meuterei, was ihn als ihren Anführer in einem schlechten Licht erscheinen ließe.

»Gehen wir«, sagte er.

Er schritt durch den kurzen Korridor und bog dann rechts zum Magazin ab. Als sie am Datenraum vorbeigingen, warf Vonnie einen Blick hinein. Ash sprach in einer Videokonferenz mit Metzler, Frerotte, Pärnits und O'Neal. »Wenn wir diese Horchposten bewegen, sind wir vielleicht in der Lage, jede neue Aktivität von drei Seiten einzugrenzen«, sagte Pärnits.

»Nicht, wenn er unter dem Felsen ist«, sagte Ash.

Koebsch schloss die Tür zum Magazin hinter Vonnie. Der Raum war eine kleine, vollgestopfte Box, wie alle Abteile in ihren Wohnmodulen und Landefahrzeugen. Schweißwerkzeug und Nanoschmieden hingen an zwei Wänden und von der Decke herab. An die andere Wand geklappt befanden sich Werkbänke, Handwerkzeuge, Sensoren und Holo-Displays.

»Wir werden Berlin sagen, es sei meine Entscheidung gewesen«, sagte Koebsch. »Wir haben Lams Basisdateien als eine zeitlich begrenzte Gegenmaßnahme gegen die Brasilianer eingesetzt, aber irgendwo haben wir einen Fehler gemacht. Wir haben zu viel von seiner Persönlichkeit mit integriert. Statt sich zu zerteilen, hatte er Bestand.«

»Das genau ist passiert.«

»Zeigen Sie es mir.« Koebsch zog eines der Holodisplays aus der Wand. »Ich möchte eine Beschreibung jedes Schritts, den Sie gemacht haben.«

»Das kann ich nicht.«

»Dann sind Sie raus aus dem Team.«

»Sir, ich habe mich über Ashs G2-Account eingeloggt und die Aufzeichnung anschließend gelöscht«, sagte Vonnie. Mit jedem Wort ritt sie sich selbst tiefer hinein, aber bei dieser Lüge ging es um mehr als darum, Lam zu retten. Sie schützte außerdem Ash. »Wieso spielt es eine Rolle, wie ich es gemacht habe?«, fragte sie.

»Sie werden mir helfen, eine Reihe von Killcodes zu schreiben«, sagte er. »Dann werden wir die Codes ins Eis senden. Vielleicht können wir ihn so erreichen. Aber wenn Lam nur den Teil eines Codes hört, muss er speziell auf ihn zugeschnitten sein, wenn wir wollen, dass der Code seine Systeme durchdringt.«

»Das ist falsch.«

»Sie können mir entweder helfen oder Sie sind raus. Ich werde schauen, was ich tun kann, um für Sie eine Rückkehr zu arrangieren. Aber wir werden noch ein Jahr lang kein Schiff zurückschicken. Das ist eine lange Zeit zum Kochen und zum Reparieren von Anzügen.«

»Verflucht noch mal, wir wissen nicht, was für Daten Lam dort gesammelt hat oder ob er eine Gefahr für uns ist! Ihre Killcodes könnten alles ausradieren, was er gesehen und gehört hat.«

»Wir werden seine Datenspeicher säubern, nachdem wir ihn gefunden haben. Das ist nicht das Problem. Wenn Sie mich fragen, so glaube ich langsam, dass Dawson recht hat. Unsere ganze Mission ist zu einem Fiasko geworden. Die Sunfish sind unempfänglich. Sie haben nichts getan, außer uns anzugreifen, und nun jagen wir unserem eigenen Schwanz nach. Wir brauchen eine Veränderung. Wir könnten Ihre neuen Sonden zum Auskundschaften verwenden und zum Sammeln von Materialproben.«

»Sie können nicht anfangen, Sunfish zu jagen!«

»Unsere Kosten sind durch die Decke gegangen und Sie waren keine Hilfe.« Koebsch zuckte die Achseln. »Ich habe Sie gewarnt, Von. Es gibt eine Menge Leute auf der Erde, die den Zauber dieses Ortes nicht sehen. Sie wollen, dass sich ihre Investitionen rechnen.«

»Sie müssen nicht auf sie hören.«

»Ich kann nicht länger Ausnahmen für Sie machen.« Koebsch hob seine Hand, als wollte er ihre Schulter berühren, hielt aber dann inne und legte seine Handfläche stattdessen auf das Holodisplay. »Helfen Sie mir. So kann ich Sie am besten decken. Sie verstehen unseren kleinen Zwist mit den Brasilianern. Er ist ein Teil des Preises, den wir dafür zahlen, Geschäfte zu machen.«

»Was ist mit Tom und Sue und den anderen Sunfish, die wir kennen? Wollen Sie zulassen, dass Dawson sie gefangen nimmt oder seziert?«

»Es gibt noch mehr Stämme dort unten. Falls wir ein bisschen Erfolg haben, können wir vielleicht mit einer neuen Gruppe von vorn anfangen. Zuerst brauchen wir den Erfolg.«

»Sie meinen, wir müssen Geld verdienen.« Vonnie sagte das voller Abscheu, aber er nickte mit ernster Miene.

»In diese Mission sind drei Milliarden Euro geflossen«, sagte er. »Es ist nett, dass Gruppen von Aktivisten Kampagnen initiieren für eine menschliche Behandlung der Sunfish und für Rettungsaktionen, aber die Realität ist, dass wir zu lange gebraucht haben, um Ergebnisse vorweisen zu können. Wir können uns selbst nicht durch neue Deuteriumgewinnung oder große Wasservorkommen finanzieren. Das Ganze rechnet sich nur durch die Gentechnik.«

Ich sollte dich hassen, dachte sie. *Aber ich brauche dich auf meiner Seite.*

Sie überlegte sich gerade, wie sie antworten konnte, als Ash auf dem kleinen Bildschirm der Gegensprechanlage erschien. »Sir, ich habe Colonel Ribeiro in der Leitung«, sagte Ash.

»Ich bin in einer Minute da.« Koebsch sah Vonnie an und sagte: »Das kann heikel werden. Sie kommen auch mit, aber Sie überlassen mir das Reden. Falls Ribeiro weiß, dass Lam zu uns gehört hat, kann er seine Sonden über unsere Grenze schicken und wir können ihn nicht daran hindern – nicht wenn er Waffenprogramme nutzt.«

»Das würde er nicht wagen.«

»Wirklich nicht?«, Koebsch öffnete die Tür des Magazins und schritt Richtung Datenraum.

Vonnie lag ein Stein im Magen, als sie ihm folgte.

Sie gesellten sich zu Ash vor dem Videofon. »Danke, Colonel«, sagte Ash. »Jetzt ist Kommandant Koebsch hier.«

Mit seiner Hand unterhalb der Kameraerfassung machte Koebsch Vonnie Zeichen, sie solle sich im Hintergrund halten. »Hallo, Colonel«, sagte er. »Sie reagieren wahrscheinlich auf meinen Anruf wegen des FNEE-Baggers, der unsere Leuchtfeuer zertrümmert hat.«

Ribeiros Gesichtsausdruck war ernst. Vonnie erinnerte sich

daran, wie heftig er sie verflucht hatte, und erwartete daher, dass er Koebsch beschimpfen würde. Aber er senkte nur einmal den Kopf. »Ja«, sagte er.

»Wir haben eine riesige Menge Ausrüstung verloren und unsere geologischen Untersuchungen sind ruiniert«, sagte Koebsch, mit den Vorwürfen übertreibend. Die förmliche Zurückhaltung in den Stimmen und Körperhaltungen der beiden Männer war sehr routiniert. Alles, was sie taten, würde von ihren Vorgesetzten auf der Erde analysiert werden.

»Wo befindet sich unser Bagger jetzt?«, fragte Ribeiro.

»Er hat sich selbst zerstört, entweder auf einen FNEE-Befehl hin oder weil seine Systeme fehlerhaft waren«, sagte Koebsch. »Bitte erklären Sie das.«

»Es hat einen Anstieg von ESA-Signalen gegeben.«

»Ist das von Bedeutung?«

»Ich bin um Ihre und unsere Sicherheit besorgt«, sagte Ribeiro. »Vermissen Sie Sonden?«

»Eine.«

Ribeiros Gesicht straffte sich. *Jetzt kommt es,* dachte Vonnie und wappnete sich für seinen Zorn.

»Wir haben drei Mechs durch eine bösartige KI verloren«, sagte er. »Sie hat zwei Bagger erfasst und sich dann auf einen dritten ausgebreitet. Deswegen haben Sie Kämpfe in unserer Zone gehört. Wir haben zwei der drei ausgelöscht und dabei einen vierten Mech durch eine Lawine verloren.«

Lam hat mehr Probleme verursacht, als wir angenommen hatten, dachte Vonnie und blickte auf Ribeiros dunkle, müde Augen.

Sein verkniffener Gesichtsausdruck verwandelte sich in ein finsteres Starren. Vonnie begriff, dass er nicht darum kämpfte, sein Temperament im Zaum zu halten. Er war beschämt.

»Ich entschuldige mich dafür, dass die KI in Ihr Terrain eingedrungen ist«, sagte er. »Die Verantwortung dafür liegt bei mir, aber ich glaube, dass meine Männer und ich bestens für diese Aufgabe gerüstet sind. Wir sind Soldaten. Sie sind es nicht. Ich möchte Ihnen unsere Dienste anbieten. Ich schlage Ihnen eine Zusammenarbeit zwischen Ihren Leuten und den meinen vor. Wir können die KI vernichten, bevor sie sich weiter verbreitet.«

Eine Zusammenarbeit?, dachte Vonnie und runzelte die Stirn bei der Vorstellung. Sie war beleidigt und skeptisch.

Aber Koebsch lächelte. »Danke, Colonel, ich bin einverstanden«, sagte er.

38

»Wir würden uns darüber freuen, mit den hervorragenden Astronauten Brasiliens zusammenzuarbeiten«, sagte Koebsch. »Ich danke Ihnen für Ihre Wachsamkeit und für Ihre Bereitschaft, Ihre Nachbarn zu beschützen.«

»Was tun Sie da?«, flüsterte Vonnie hinter Koebschs Rücken. »Wir können sie nicht in unser Gebiet einmarschieren lassen!«

Koebsch gab ihr zu verstehen, sie solle leise sein. »Ich würde unsere gemeinsamen Anstrengungen gerne sofort koordinieren«, teilte er Ribeiro mit. »Zuerst sollten wir eine schriftliche Vereinbarung aufsetzen.«

»Meine Regierung wird jedes juristisch verbindliche Dokument prüfen müssen, aber ich bin angewiesen worden, Sie nach Ihren Vorstellungen und Bedingungen zu fragen«, sagte Ribeiro. Sein Blick wanderte zu Vonnie und dann wieder zurück zu Koebsch. Was dachte er? Dasselbe wie sie?

Irgendetwas ist faul, dachte sie. *Wir haben seit dem Krieg mit Brasilien im Clinch gelegen. Auf der Erde unterstützen wir immer noch Aufforderungen der Alliierten Nationen an Brasilien, ihre Truppen aus Kolumbien und Paraguay zurückzuziehen. Im Weltall schieben viele unserer Schiffe Patrouillen gemeinsam mit amerikanischen Zerstörern, um der FNEE unsere Stärke zu demonstrieren. Sogar hier haben wir Hunderte von Stunden damit verbracht, sie zu überwachen – und zu attackieren –, und es gibt insgesamt nur achtzehn Leute in ihrem und unserem Camp.*

Einen Deal mit der FNEE auszuhandeln, war nicht vorgesehen gewesen.

»Ich denke, wir können Standardverträge für Notfälle verwenden, mit beschränkter Haftung und Bergungsrecht«, sagte Koebsch. »Innerhalb gewisser Grenzen werden wir auf jedwede Schadenersatzforderung verzichten, wenn die KI gefasst werden kann.«

»Sie sind großzügig«, sagte Ribeiro. »Ich danke Ihnen.«

»Ich werden Ihnen den ausgearbeiteten Text in ein paar Minuten zukommen lassen. In der Zwischenzeit hätte ich gerne ein Angebot, aus dem die genaue Zahl der Mechs hervorgeht, die Sie in unseren Bereich entsenden werden, außerdem eine Aufstellung ihrer Fähigkeiten und eine Komptabilitätsstudie. Werden sie in der Lage sein, mit unseren Sonden zusammenzuarbeiten?«

»Mein Sergeant kann Ihnen diese Daten zur Verfügung stellen.«

»Wunderbar.« Koebsch winkte Vonnie vor das Videofon und machte dann Ash Zeichen. »Das ist Alexis Vonderach, eine unserer Ingenieurinnen. Ash Sierzenga haben Sie bereits kennengelernt. Vonderach kümmert sich um alle Herausforderungen bei der Fehlersuche, was die Integration von Signalen angeht, und Sierzenga übernimmt von unserer Seite aus die Datenübermittlung.«

»Die berühmte Vonderach«, sagte Ribeiro. »Sie sind ebenso schön wie kühn, *Senhora*.«

»*Danke schön*, Colonel«, sagte Vonnie auf Deutsch. Innerlich schäumte sie vor Wut auf Koebsch. Er hatte sie geschickt in eine Ecke gedrängt, hatte sie mit einer Masse an Arbeit eingedeckt, die sie für den Rest des Tages in seiner Sichtweite halten würde – vielleicht auch länger.

Sie hatte gedacht, sie könnte Koebsch austricksen und Lam vor irgendjemand anderem erreichen. Jetzt hatte er sie abgeordnet, den Jägern/Mördern der FNEE zu helfen.

Welche Anweisungen hatte er von der Erde erhalten?

Die folgenden Sekunden waren erfüllt von Hektik. Wie betäubt übernahm Vonnie die Station neben Ash, während Koebsch ein anderes Display öffnete und mit einem juristischen Programm sprach. Ash mied Vonnies Blick, sie war ganz vertieft in ihre Datenströme.

Auf Vonnies Videofon erschien Tavares und stellte sich vor, als hätten sie noch nie miteinander gesprochen. »Ich heiße Claudia Tavares«, sagte sie.

Vonnie wollte die andere Frau nicht bloßstellen. »Ich bin Vonderach. Sie koordinieren die Antwort der FNEE?«

»Das ist richtig.« Tavares war sichtlich erleichtert.

»Ihre Mechs verwenden noch immer ROM-4-Protokolle, richtig? Unsere Sonden können solche Signale senden und empfangen, aber es wird eine Verzögerung in der Übersetzung geben, vielleicht bis zu zwei billiardstel Sekunden pro Petabyte. Können Sie Ihre Antwortverzögerung entsprechend ausgleichen? Andernfalls werden wir Fehler in der Abfolge haben.«

»Das funktioniert.«

Der Großteil einer Stunde verging mit dem schnellen Austausch von Anpassungen. Die KI der FNEE-Mechs waren im Vergleich zu denen der ESA schwerfällig, aber in mancherlei Hinsicht waren die älteren und größeren Maschinen auch robuster. Sie waren für den Gebrauch gemacht.

Viel weiter unten hörten die Sonden 110 und 111 auf, weiter durch das Eis zu wandern. Koebsch plante, ihre Sensoren wie einen Zaun einzusetzen, der Lam davon abhalten sollte, weiter in die Zone der ESA einzudringen. Zur gleichen Zeit dechiffrierte die Sonde 115 an der Grenze die meisten ihrer Datenströme, nachdem sieben Bagger und Geschützplattformen der FNEE zu ihr gestoßen waren. Damit erlaubte 115 den FNEE-Mechs, ihre telemetrischen Daten zu teilen.

Falls die Brasilianer bemerkten, dass 115 einen privaten Kanal innerhalb der ESA-Zone unterhielt, sagten sie nichts.

Lams Identität blieb ebenfalls ein Geheimnis.

Vonnie hörte Ribeiros Diskussion mit Koebsch über das Auftauchen der KI in seinen Mechs mit. »Unsere Analysten haben Spuren chinesischer Programmierungen unter seinen Abwehrmechanismen gefunden«, sagte Ribeiro. »Wie Sie wissen, erlauben sie dort menschenbasierte KI, und sie haben uns gesagt, wir sollen von Europa fernbleiben. Sie bestreiten, die künstliche Intelligenz auf unsere Systeme losgelassen zu haben, aber wir glauben, sie versuchen, uns handlungsunfähig zu machen.«

»Das kommt nicht unerwartet«, sagte Koebsch. »Ihr Land kauft den Großteil seines Deuteriums von China. Sie wollen ihren Gewinn verteidigen.«

»Sie lieben Hunde«, sagte Ribeiro einfach so, was Ash ein weiteres Grinsen entlockte, das sie verbarg, indem sie am Daumennagel kaute.

Du kleines Biest, dachte Vonnie nicht ohne Bewunderung. Wie zum Teufel hatte Ash es hinbekommen, dass Lam wie eine chinesische KI aussah? Mithilfe seiner Nationalität? Seine Originaldatenspeicher hatten auf PSSC-ROM-20-Protokollen basiert, die Vonnie in ESA-Standard ROM-12 abgewandelt hatte, als sie ihn zusammengebaut hatte.

Ash könnte seinen Quellcode wiederhergestellt haben. Wahrscheinlich war aber, dass Ash neue Pakete chinesischen Codes in Lams Menüs eingebaut hatte. Die ESA verfügte über eine Bibliothek mit gestohlenen PSSC-Codierungen, und Ash hatte bewiesen, dass sie KI meisterhaft konvertieren konnte. Dass ihre Ausstattung einen Tick besser war als alles andere im FNEE-Camp, war ebenfalls von Nutzen. Falls sie seine Dateien mit PSSC-Codes durchsetzt hatte, musste Lam während der ersten Kontakte mit der FNEE geklungen haben, als wollte er seinen Ursprung verbergen, während er sich diesen Code in Wirklichkeit nur selbst fabriziert hatte. Ash hatte die Brasilianer und die Chinesen gegeneinander ausgespielt, sie hatte dafür gesorgt, dass die einen die anderen beschuldigten …

Welches Spiel spielte Koebsch?

Aus seiner Verärgerung über Vonnie war zu schließen, dass er erwartet hatte, die Brasilianer würden die ESA beschuldigen. Dennoch hatte er den Brasilianern, sobald sie um Hilfe gebeten hatten, ein Bündnis vorgeschlagen. Das bedeutete, dass die ESA-Leitung auf der Erde Koebsch auf beide Eventualitäten vorbereitet hatte. Sie hatten durch inoffizielle Kanäle von Lam gewusst, entweder über Ash oder über Frerotte.

Ich dachte, ich wäre Koebsch einen Schritt voraus, aber er hat mich weit hinter sich gelassen, dachte Vonnie. *Warum? Warum ist es so wichtig, dass wir uns die Brasilianer zu Freunden machen, statt sie in einem losen Bündnis zu China zu wissen?*

Tief unten im Inneren des Eises drangen die FNEE-Sonden in ESA-Territorium ein. Sonde 115 bewegte sich mit ihnen und bog dann in die Höhlen ab, als die überlebenden ESA-Spione und die Sonden 110 und 111 durch das Eis kamen. Sie hofften darauf, Lam entweder daran zu hindern, sich zu verstecken, oder seine Spur zu finden.

In der Nähe der Sunfish-Kolonie bemerkten die Spione zwei Aktivitäten – die eine kurz, die andere dauerte über zwölf Minuten an –, aber keine war Lam. Beide Bewegungen wurden von Schallsignalen begleitet und die zweite von einem schnellen Trommeln im Fels. Die Sunfish reagierten auf die Invasion der Sonden.

Andere Mitglieder der ESA-Crew erschienen in der Videokonferenz, empört und verwirrt.

»Koebsch? Koebsch? Warum sind da FNEE-Maschinen

unter unseren Sonden?«, rief Pärnits, und O'Neal sagte: »Das läuft allem zuwider, was wir erreicht haben.«

Koebsch schaltete den Zugang zu seiner Station ab und blickte einmal zu Vonnie hinüber. »Erklären Sie es ihnen«, sagte er. »Wenn sie diskutieren wollen, dann ist das Ihre Aufgabe. Sagen Sie allen, sie können unseren Fortschritt beobachten, wenn sie wollen, aber niemand greift ein. Frerotte kontrolliert unsere Spione. Ich bin verantwortlich für unsere Sonden. Das ist endgültig.«

Vonnie brachte ein Nicken zustande. »Ja, Sir.«

So habe ich ihn noch nie gehört, dachte Vonnie. *Er schmeichelt Ribeiro und ist grob mit uns. Er wirkt fast so, als wolle er sich selbst auch bestrafen. Koebsch mag vielleicht mit Dawson einer Meinung sein, was einen Wechsel bei unseren Annäherungen an die Sunfish betrifft. Aber er ist loyal unserer Crew gegenüber. Er hasst es, die Brasilianer auf unser Terrain zu lassen. Ich muss mit Ash reden und herausfinden, was wirklich vor sich geht.*

Das Warten war eine Qual. Koebsch hielt beide Frauen noch lange, nachdem Vonnie die Verzögerungsprobleme zwischen den ESA-Sonden und denen der FNEE gelöst hatte, an ihren Stationen fest. Er wies Ash an, sich noch für weitere Datentransfers bereitzuhalten, auch nachdem Ribeiro gesagt hatte, sein Team sei fertig.

Während die FNEE-Mechs und die Sonde 115 durch das Eis glitten, hatte Vonnie Angst, eine brasilianische Geschützplattform könnte jederzeit die Dunkelheit erhellen und Lam mit ihren 30-mm-Kettenkanonen durchsieben.

Jede der FNEE-Kriegsmaschinen sah aus wie ein Tisch mit acht Krebsbeinen und zwei Geschütztürmen mit kurzen Läufen. Gegen die Kälte beschichtete Patronengürtel hingen in Spiralen daran herab. Der Sensorenbereich war klein, plump und steckte zwischen den Geschützen. Die Beine der Geschützplattformen waren so lang wie die eines Sunfish, allerdings weniger beweglich, mit nur vier Gelenken. Noch schlimmer war, dass die Beine aus nacktem Stahl und fälschlicherweise in zwei Reihen angeordnet waren, anstatt im Kreis. Alle diese Faktoren würden jeden Kommunikationsversuch behindern, falls die Sunfish unwissend genug waren, mit diesen unförmigen, ruckelnden Maschinen zu sprechen, die außerdem noch mit STAT Raketenwerfern ausgestattet waren.

Bereits vor einem Monat, als sie gerade ihr Camp fertig aufgebaut hatten, war die Behauptung der Brasilianer, sie hätten die Geschützplattformen zur Selbstverteidigung hergestellt, absurd gewesen. Als Vonnie nun durch die Sensoren der Maschinen blickte, bekam sie Lust, jemanden zu verprügeln – nicht Koebsch –, vorzugsweise die Bastarde auf der Erde, die die Zusammenarbeit von ESA und FNEE angestoßen hatten.

Der Radarschirm der Geschützplattformen hatte Fadenkreuze, die durch Zielerfassungsprogramme gesteuert und laufend neu justiert wurden. Das waren keine Verteidigungsmaschinen. Das waren Waffen.

Vonnie konnte nur versuchen, dafür zu sorgen, dass die Geschützplattformen nicht fälschlicherweise die Sonde 115 für einen Feind hielten oder sich auf die Bewegungen der Sunfish-Kolonie einstellten. Wieder und wieder gab sie Tavares im Auf und Ab ihrer Datenströme Anweisungen. »Das ist nicht die fehlende Sonde.«

»Verstanden«, sagte Tavares.

»Diese Signaltöne hier stammen von weiteren Sunfish. Das ist Sonde 110. Diese Geräusche kommen vermutlich von Wellenbewegungen des Eises bei Gasschlot D-7, aber wir sollten sie im Auge behalten.«

»Verstanden.«

Drei Stunden später entließ Koebsch Vonnie und Ash. Er übertrug ihre Aufgaben auf Gravino, das andere Crewmitglied, das kein Biologe oder Genetiker war. »Danke, dass ihr aufs Mittagessen verzichtet habt«, sagte Koebsch. »Sie müssen erschöpft sein. Ich gebe Ihnen eine Stunde frei, aber dann brauche ich Sie noch mal für weitere drei Stunden. Wir müssen den Druck aufrechthalten, bis wir Lam finden.«

»Ich würde gerne bleiben, Sir«, widersprach Vonnie.

»Machen Sie eine Pause«, sagte Koebsch. »Machen Sie sich frisch.«

»Die FNEE braucht Hilfe bei der Interpretation unserer Signale. Sie halten alles für ein Ziel.«

»Sie haben Ihre Aufgabe, unsere Kontakte zu definieren, toll gemacht«, sagte Koebsch. »Die Brasilianer wissen, wo sich unsere Mechs befinden, und sie kennen die Grenzen der Sunfish-Kolonie.«

»Aber wenn sie …«

»Gehen Sie.« Koebsch übernahm die Kontrolle über ihre Station und schaltete sie ab. »Raus mit Ihnen. Ich werde Sie verständigen, wenn etwas los ist, aber das kann den ganzen Tag dauern. Oder länger. Ruhen Sie sich ein bisschen aus. Ich werde Sie bald brauchen, damit Sie mich ablösen.«

»Ja, Sir«, sagte Ash und zog Vonnie am Arm.

Sie verließen den Datenraum und gingen zur Luftschleuse. Dort zogen sie sich den Druckanzug an und gingen nach draußen.

Ash hatte ein Datapad in der Tasche an ihrem Bein. Sie zeigte es Vonnie und überkreuzte dann ihre Finger im Nacken, um ihr Funkstille zu signalisieren.

Nachdem sie in den Jeep geklettert waren, legte Vonnie ihren Helm an den von Ash. »Was hast du herausgefunden?«, fragte sie.

»Du hast richtiggelegen, was Dawson angeht, und ich habe außerdem einige von Koebschs Befehlen in Bezug auf die Brasilianer geklaut«, sagte Ash. »Er will nicht mit ihnen zusammenarbeiten. Er ist dazu gezwungen.«

»Ich hab's gewusst.«

Der Jeep fuhr durchs Camp. Ash reckte den Hals, um durch ihr Visier auf Vonnie blicken zu können. »Unsere Übereinkunft mit den Brasilianern hier ermöglicht uns neue Verhandlungen auf der Erde«, sagte sie. »Du musst zugeben, dass es gut wäre, wenn wir in den Alliierten Nationen aufhören könnten, uns anzuschreien.«

»Das wäre gut für die Erde.«

»Gut für überall. Wir können keinen neuen Krieg gebrauchen. Und wenn es neue Kämpfe gibt, dann wollen wir, dass Brasilien diesmal auf unserer Seite ist – oder neutral bleibt. Alles, um ein Gegengewicht zu den Chinesen zu schaffen.«

Vonnie starrte sie an. Sie konnte sich nicht mehr länger zurückhalten. »Du hast es von Anfang an darauf angelegt«, sagte sie. »Wir lassen sie Lam töten, nur damit wir eine Aufgabe haben, die wir gemeinsam erledigen können. Damit wir so tun können, als wären wir Freunde.«

»Ich bin deine Freundin«, sagte Ash.

»Für wen arbeitest du? In Wirklichkeit?«

»Ich bin eine der Guten, Von.«

»Du hast mich und Lam benutzt. Jetzt gelangen die Mechs der FNEE in die Nähe der Sunfish. Du weißt, dass die Kolonie angreifen wird. Es ist, als würden wir sie den Kanonen vorwerfen. Dawson wird bekommen, was er will.«

»Das war nicht mein Plan, ich schwöre es dir«, sagte Ash. »Überleg mal! Wenn ich Sunfish fangen wollte, bräuchte ich Ribeiros Crew dafür nicht. Wir haben unsere eigenen Waffen mitgebracht. Auf unserem Schiff sind acht Torpedos sowie eine Maserwaffe, außerdem haben wir Handwaffen im Magazin. Auch verfügen wir über eine Vierteltonne Sprengsätze. Wenn es meine Absicht gewesen wäre, die Sunfish mit Gewalt zu besiegen, dann hätte ich das ohne die Brasilianer tun können.«

»Warum dann, Ash?«

Die junge Frau antwortete auf ihre typische unverblümte Art. »Wir haben vor dem Krieg in London gelebt«, sagte sie. »Meine Eltern hatten eine Wohnung in der gleichen Straße, in der auch das Haus meines Onkels lag. Ich hatte eine Schwester und drei Cousins. Nur meine Mutter ist noch am Leben und ich will so etwas nie wieder erleben.«

Die Verachtung, die Vonnie verspürt hatte, schwand. Auf eine umfassendere Art hatte Frerotte dieselbe Begründung für seine Unterstützung der FNEE/ESA-Partnerschaft angegeben. Angst, Trauer und der Wunsch, andere Menschen nicht leiden zu sehen, waren noble Beweggründe, die man haben konnte.

»Meine Aufgabe war es, Lam chinesisch aussehen zu lassen, dann würden wir den Brasilianern helfen«, sagte Ash. »Wir waren davon ausgegangen, dass wir ein paar gemeinsame Patrouillen machen würden. Die Hauptsache ist, dass unsere Regierungen wieder anfangen würden, miteinander zu reden.«

»Aber du hast Lam unterschätzt und du wusstest nichts von Dawsons Einfluss zu Hause.«

»Das stimmt.« Ash zeigte einen gequälten Ausdruck bei dem Eingeständnis. »Es geht nicht mehr um Lam. Es geht um die Sunfish. Brasilien will den Zugang zu unserem Territorium, weil wir eine Kolonie entdeckt haben. Und wir wollen, dass sie die Drecksarbeit erledigen, damit unsere Hände sauber bleiben können. Eine defekte KI ist die perfekte Ausrede. Die Begründung, mit der man jeden Kampf gegen die Sunfish wie einen Unfall aussehen lassen kann.«

»Kollateralschäden«, sagte Vonnie. »So haben sie London und Paris genannt.«

»Ich …«

»Du hast es vergeigt. Die Sunfish sind genauso unschuldig wie diese Zivilisten.« Sie war Ash gegenüber härter gewesen als bei Frerotte, aber sie dachte, Ash würde die Herausforderung annehmen.

Sie hatte sich getäuscht.

»Ich habe meinen Befehlen gehorcht«, sagte Ash. »Es ist besser auf diese Art. Die Genetikprogramme der Brasilianer sind Mist, genau wie ihre Kybernetik. Sie brauchen uns. Wir brauchen sie. Die gemeinsame Entwicklung eines wissenschaftlichen Programms zur Entschlüsselung der Sunfish-DNA ist eine langfristige Investition für beide. Wir können sie auf unsere Seite ziehen.«

»Was ist mit den Familien, die du töten wirst?«

»Sie sind Aliens, Von. Menschen stehen an erster Stelle. Warum siehst du das nicht ein? Ich will zuerst Menschen schützen. Ich werde immer zuerst Menschen schützen.«

Ash lehnte sich zurück und nahm ihren Helm von Vonnies fort. Das war eine effektive Methode, um das letzte Wort zu behalten, aber Vonnie beugte sich ruckartig in ihrem Sitz nach vorn. Bei dem Versuch, Ash in die Augen zu blicken, wurde ihr bewusst, dass Ash während ihres Gesprächs ihr Datapad aus ihrer Beintasche gezogen hatte. Hatte sie vorgehabt, ihr Dawsons Dateien zu zeigen? Wenn ja, dann hatte sie es sich offenbar anders überlegt. Ash umklammerte das Datapad mit beiden Händen. Sie drehte ihren Körper weg, um es zu beschützen, und Vonnie hatte Angst, sie könnte Ash als Freundin verloren haben.

Alles läuft auf eine Krise zu, dachte sie. *Ribeiro. Dawson. Ash. Lam. Habe ich noch immer eine Möglichkeit, die Sunfish zu schützen?*

39

Der Jeep wurde bei Station 04 langsamer und Vonnie blickte zum Himmel auf. Als Astronautin war sie daran gewöhnt, Zufriedenheit über das Raumschiff zu spüren, das über ihrem Kopf schwebte, und den Spionagesatelliten widerwillig zu akzeptieren. Das eine kam mit dem anderen. Die Notwendigkeit, sich gegen feindliche Nationen zu schützen, war eine Tatsache des Lebens.

Jetzt importieren wir alle unsere Probleme in diese Welt, dachte sie. Auf der anderen Seite wären die Menschen ohne diese Probleme auch nicht so weit durchs Sonnensystem gereist.

Sie waren keine Engel. Sie waren Affen. Es waren gegenseitiger Argwohn und der Hunger nach Macht, die ihre Spezies zur Entwicklung neuer Technologien antrieben. Jeder Fortschritt bei der Raumfahrt hatte zu einem Wettrüsten geführt. Die deutschen Raketen des Zweiten Weltkriegs hatten die sowjetischen Sputniks heraufbeschworen, die ihrerseits die amerikanischen Mondlandungen beschworen hatten. Diese wiederum hatten das Wettrüsten mit Interkontinentalraketen bei NATO und UDSSR heraufbeschworen, was dann zu einer Renaissance der globalen Kommunikation geführt hatte.

Kurz gesagt, es herrschte Frieden. Aber die Augen im All bewährten sich immer noch. Sie halfen den Technologienationen in Hunderten von kriegerischen Auseinandersetzungen gegen Männer, die Höhlen als Festungen verwendeten und Terrorangriffe gegen nichtmilitärische Ziele ausführten, um wichtig zu bleiben.

Die Augen suchten den Globus nach Mustern und Anhaltspunkten ab. Die Ohren lauschten. Intelligente Bomben, Drohnen und Roboter betraten die Schlachtfelder der Welt als die ersten künstlichen Intelligenzen der Menschheit.

Auf dem Schachbrett der heutigen politischen Kulisse hatte ein neuer Kalter Krieg zwischen Ost und West begonnen. Sogar schon vor ihrer dritten Revolution war die Volksrepublik China auf dem Weg gewesen, Amerika als Supermacht zu verdrängen.

Im Jahr 2028 hatte ein Militärputsch Chinas Freiheits- und Demokratiezugewinne rückgängig gemacht und seine Wirtschaft erst wieder mehr auf das Landesinnere beschränkt und dann in Richtung Weltall orientiert. 2031 hatte der Nationale Volkskongress eine äußerst riskante Mission zum Mars entsandt und Europa und Amerika beim Rennen um den roten Planeten geschlagen. Von noch größerer Bedeutung war aber gewesen, dass sie eine dauerhafte Station im niedrigen Erdorbit eingerichtet hatten, von wo aus sie ihre Schiffe zum Mars starteten.

Nach fünf Jahren gab es zwei Stationen. Nach zehn Jahren sechs. Sie errichteten außerdem eine Mondbasis.

Peking zahlte asiatischen Wissenschaftlern Spitzengehälter und versammelte damit die hellsten Köpfe im Mutterland. Billige Arbeitskraft kauften sie in Thailand und Kambodscha ein. Sie gewannen ihre Grenzkonflikte mit Vietnam und versetzten dann ihre besten Generäle, Techniker und Sturmtruppen in den Orbit.

Alte Abkommen legten fest, dass der Weltraum frei von nuklearen Waffen bleiben musste, aber es brauchte keine Sprengköpfe, um das Gleichgewicht auf der Erde zu stören. Ein aus dem Orbit fallen gelassenes einzelnes Stück Eisen konnte wie ein Geschoss wirken. Es musste akribisch genau gezielt sein, aber es konnte zu denselben Verheerungen führen wie eine Atombombe, nur ohne den radioaktiven Niederschlag.

Die hoch verschuldeten westlichen Länder konnten China nicht im Weltall allein lassen. Sie riefen nach mehr Gesetzen. Sie beschlossen neue Sanktionen und erhoben neue Anschuldigungen. Mit der Zeit warfen sie China aus den Vereinten Nationen – dennoch hatten sie keine andere Wahl, als mit der obersten Volkskammer von der Erdoberfläche abzuheben.

Das Wettrennen um die Inbesitznahme des Himmels über der Erde brachte neue Entwicklungen bei der Quantencomputertechnik und der künstlichen Intelligenz mit sich. Und das führte wiederum zu den lange erwarteten Durchbrüchen bei der kalten Fusion. Die grüne Wirtschaft sorgte im Westen für Überschüsse.

Inzwischen waren die weltweiten Computersysteme weiter gewachsen und hatten sich verändert. Indem sie sich gegenseitig täuschten, Codes voneinander stahlen, ihre Feinde infizierten und selbst infiziert wurden, machten sie sich gegenseitig intelligenter.

Im Weltall zogen Europa und Amerika gleich mit der Volkskammer Chinas, nachdem chinesische Sabotage- und Kontrollprogramme ein Stottern in ihren Abwehrprogrammen verursacht hatten, womit sie die Lichter ausgeschaltet hatten und die Geschosse in ihren Behältnissen hatten festfrieren lassen. Es hatte ein Todesstoß sein sollen: ein einminütiger Krieg. Amerikanische Gedankeneinheiten revanchierten sich für den Gefallen und überdeckten chinesische Kommunikationsdaten mit falschen Signalen.

Beide Seiten eröffneten das Feuer.

Zu viele Geschosse trafen ungeschützte Ziele.

Auf der Erde zerfielen 750 000 Menschen zu Staub, weil die

KI sich gegenseitig behinderten und die Koordinaten von militärischen Einrichtungen mit elektronischen Schutzschirmen verbargen. Sie lenkten ihre Waffen auf weniger gut geschützte Ziele, um die Leistungsfähigkeit des anderen zu schmälern.

In den Vororten der großen Städte erblindeten weitere zwei Millionen Menschen durch die Feuerbälle oder wurden verkrüppelt. Keine der beiden Seiten gewann den Dritten Weltkrieg. Der Waffenstillstand führte zur Bildung der neuen Alliierten Nationen und zu dem Versprechen, den Krieg für immer von der Erde fernzuhalten, aber es war der Westen gewesen, der die größten und verheerendsten Verluste hatte hinnehmen müssen. Chinas Oberste Volkskammer blieb die führende Macht im Sonnensystem, die Verbündete wie den Iran und Brasilien im Zaum hielt.

Vonnie nahm an, das aktuelle politische Klima hatte mit dazu beigetragen, dass Bauman ihren Posten als Kommandantin ihrer Expedition erhalten hatte. Die Amerikaner waren wie Europa erpicht auf jeden Statusgewinn, wohingegen die Chinesen wahrscheinlich das Gefühl gehabt hatten, Insekten zu jagen wäre unter ihrer Würde. Bis zur Entdeckung der Schnitzereien hatte China weniger bedeutenden Nationen gnädig gestattet, im Ausgleich für ein bisschen internationales Wohlwollen, das wissenschaftliche Team zu leiten.

Ash musste während der Bombeneinschläge ein Baby gewesen sein. Sie konnte unmöglich persönliche Erinnerungen an den Verlust ihrer Familienangehörigen haben, auch wenn sie, nach dem, was sie erzählt hatte, im Bewusstsein des Verlusts und mit einer trauernden Mutter aufgewachsen war.

Seelisch suchte sie vielleicht nach etwas, das sie nie gekannt hatte. Wahrscheinlich waren Schuld und Wut ihre prägenden Gefühle als Kind gewesen. Das erklärte, warum Ash besessen von Politik sein konnte, statt das zu sehen, was direkt vor ihr war. Dennoch wollte Vonnie ihre Freundschaft nicht aufgeben.

Der Jeep hielt an. Vonnie schlug ihre Helme aneinander. »Wir kämpfen für dieselbe Sache«, sagte sie.

Ash ging in die Defensive. »Das glaube ich nicht.«

»Wir wollen beide Leute beschützen.«

»Mit den Sunfish befreundet zu sein, ist nicht von Bedeutung. Nicht im Vergleich zur nationalen Sicherheit.«

»Sie sind ein Teil unserer Zukunft.«

Ash lachte Vonnie ins Gesicht. »Willst du sie einbürgern? Du bist wirklich verrückt.«

»Sei nicht bescheuert. Die Sunfish kämen nicht mit der Schwerkraft auf der Erde klar. Wir werden sie nicht nach Hause mitbringen. Aber man kann sie nicht ignorieren. Die Sunfish werden nicht verschwinden, nur weil du deinen Waffenstillstand mit Brasilien hast, und du wirst nicht wollen, dass China sich zuerst mit den Stämmen verbündet – nicht wenn China uns dadurch in den Biowissenschaften überholt.«

Ash schwieg. Dann zuckte sie mit den Achseln und sagte: »Ich höre.«

»Wir sind beim Auffinden von Lebensformen auf Europa weit zurück, nicht nur hinsichtlich der Sunfish, sondern auch aller anderen Formen, die es in diesem Ökosystem geben müsste. China hat in seiner Zone nicht wie Brasilien alles in die Luft gesprengt. Der Lärm hat auch unser Territorium beeinträchtigt. Jetzt rücken die brasilianischen Mechs näher. Unsere Sunfish haben sich in Bewegung gesetzt. Falls sie nicht weglaufen, werden sie angreifen.«

»Das bedeutet, wir bekommen unsere Gewebeproben.«

»Aber das ist ein einmaliger Gewinn. Was ist, wenn es tiefer im Eis andere, nützlichere Arten gibt? Die Sunfish könnten unsere Führer sein. Sie könnten unsere Sonden verteidigen. Gott, wenn sie bereitwillig mitmachen würden, könnten sie uns alles über ihren Lebenszyklus mitteilen, was wir wissen wollen.«

»Wir …« Ash blickte auf ihren Schoß und sah dann mit

neuer Entschlossenheit wieder auf. »Du solltest dir Dawsons Aufzeichnungen ansehen. Es gibt drei Aspekte an der Physiologie der Sunfish, die besonders brauchbar sind.«

»Ich glaube dir. Aber das heißt nicht, dass wir die Versuche, mit ihnen zu kommunizieren, aufgeben sollten.«

»Es ist zu spät, um die FNEE-Mechs wieder abzuziehen.«

»Was, wenn ich Lam finde?«

»Kannst du das? Ich habe ihn verändert, Von. Falls du irgendwelche Hintertüren in seine Programmierung hineingeschrieben hast, funktionieren diese Codes wahrscheinlich nicht mehr.«

Mist, dachte Vonnie. Sie hatte geplant, ihre Killcodes abzuändern, sodass sie nur abhängig funktionierten und Lam nötigten, sich nicht mehr zu verstecken. Sie hätten seine Signale verfolgen, ihn einsammeln und herausholen können, ehe er – oder die Brasilianer – tiefer ins Eis stiegen.

»Ich will dich auf unserer Seite haben«, sagte Ash. »Der Übergriff der FNEE wird kommen, aber vielleicht können wir die Gefahr für die Sunfish minimieren. Sie haben Respekt vor Stärke. Das hast du selbst gesagt. Ein paar von ihnen werden verwundet werden, aber der Rest hält vielleicht inne und hört uns zu. Du kannst uns helfen.«

Uns, wunderte sich Vonnie. Ash, Koebsch und Dawson waren jetzt alle auf derselben Seite.

Sie konnte nicht gegen alle kämpfen. Pärnits und Metzler, glaubte sie, waren auf ihrer Seite. Sie waren reine Wissenschaftler, aber der Rest der Crew war wahrscheinlich mehr daran interessiert, ihre Zusammenarbeit mit Brasilien zu verbessern oder genetisches Material der Sunfish zu sichern. Mit diesen Interessen waren sie schon ein seltsames Gespann.

Wenn Vonnie nicht ohne jeglichen Einfluss dastehen wollte, musste sie mit Ash verhandeln, also legte sie genau das richtige Maß an Zögern und Verachtung in ihre Stimme.

»Ich helfe dir, wenn du mir hilfst«, sagte sie. »Ich will wissen, was Dawson erreichen will.«

»Du kannst ihn nicht aufhalten.«

»Ich weiß.« Hatte sie zu schnell gesprochen? Um Ash zu überzeugen, fügte sie hinzu: »Falls es irgendeine Möglichkeit gibt, die Sunfish zu retten, brauche ich bessere Informationen darüber, was für Gewebeproben er benötigt, von welchem Geschlecht, wie viele verschiedene Individuen et cetera.«

»In Ordnung.« Ash sah Vonnie in die Augen. Dann blickte sie auf ihr Datapad, aktivierte es und öffnete einige Dateien, ehe ihr Zeigefinger plötzlich zurückfuhr.

Hat sie eine Datei gelöscht?, fragte sich Vonnie.

»Ich habe nicht alle seiner Dateien«, sagte Ash. »Ein paar waren sogar für mich zu gut verschlüsselt, aber hör zu, was er sagt, Von. Hör gut zu.«

»Mach ich.«

»Wenn du ehrlich zu dir selbst bist, erkennst du sicher, dass Dawson das Herz am rechten Fleck hat.«

»Dawsons Herz liegt auf einem Bankkonto.«

»Sicher, er wird reich und berühmt werden«, sagte Ash und hob das Datapad hoch. »Aber er wird auch eine Menge guter Dinge für die Leute tun. Für unsere Leute.«

Aber warum habe ich dann das Gefühl, ich hätte es mit dem Teufel zu tun?, fragte sich Vonnie. *Ich schätze, dann ist wohl Ash der Teufel.*

40

Vonnie nahm das Datapad, und Ash schlug mit ihrem Handschuh auf Vonnies Bein, eine herrische Geste, wie bei einem Richter, der mit dem Hammer haut, um eine Vereinbarung zu besiegeln.

»Hasse mich nicht«, bat Ash.

»Das tue ich nicht.«

»Von, du könntest deine Gefühle nicht abstreiten, wenn dein Leben auf dem Spiel stünde. Pokere niemals. Das rate ich dir. Ich weiß, dass du sauer auf mich bist, aber du musst mir glauben, wenn ich dir sage, dass ich auf deiner Seite sein will.«

»Du hast getan, was du für das Beste gehalten hast. Du musst kein schlechtes Gefühl haben.«

»Das meinte ich nicht.«

»Lass mich Dawsons Dateien ansehen.«

»Ich habe kein schlechtes Gefühl«, sagte Ash.

»Ich brauche ein paar Minuten.«

»Gut.« Ash stieg aus dem Jeep und ging auf die Station zu, dabei strahlte sie Verwirrung und Schmerz aus, die ihren Ausdruck in den knappen, brüsken, immer wieder über Kreuz geführten Schritten fanden.

Vonnie lächelte traurig. Sie fühlte sich von ihrer eigenen Schuld gezeichnet. Sie hatte definitiv Ashs Achillesferse gefunden, trotz all ihrer Zähigkeit. Freundschaft mochte etwas Neues für ein Mädchen sein, das fast von Geburt an darauf trainiert worden war, nur auf ihre Mutter zu vertrauen, und dann auf einen Agenten. Vonnie hätte ihre Hand dafür ins Feuer legen können, dass Ashs Chef eine Frau war. Ihre Lebensgeschichte war zu genau entworfen. Ihre Chefin verwendete Ashs Abhängigkeit wohl als Lockmittel und als Leine.

Ich will ihre Schwester sein, nicht ihre Mutter, dachte Vonnie. *Sie braucht positive Einflüsse, nicht einen weiteren Befehlshaber. Sie wird mich zurückweisen, wenn ich es versuche. Aber ich glaube, ich werde zu ihr durchdringen. Ansonsten hätten wir uns nicht so vom anderen verletzt gefühlt.*

Drüben stieg Ash die Stufen zur Station hoch und berührte die Kontrollfelder der Luftschleuse. Die äußere Tür öffnete sich. Sie trat ein.

Vonnie blickte wieder zum Himmel und wünschte sich, sie würden nicht so viel Energie darauf verwenden müssen, sich gegenseitig zu manipulieren. Sie stöpselte das Datapad in eine Buchse an ihrem Handgelenk ein. Auf dem Display ihres Visiers wurde eine kurze Liste mit Dateien aufgerufen. Sie stammten aus dem Zeitraum von vor sechs Tagen bis gestern.

Sie öffnete die erste Datei. Es war eine Aufzeichnung aus Dawsons Perspektive von einer Videokonferenz mit fünfzehn Leuten auf der Erde. Vonnie kannte sie nicht. Die Aufzeichnung enthielt kein Logo eines Unternehmens, aber Ash hatte ihre Identitäten durch Stimm- und Gesichtserkennungssoftware herausgefunden. Sie hatte die Namen und Funktionen sowie Links zur jeweiligen Vita darübergelegt.

Zehn der Fremden waren mittlere Angestellte von Life-Nova, einer bekannten holländischen Firma für Gesundheitsdienstleistungen. Die Übrigen waren Gentechniker. *Hab ich dich,* dachte Vonnie und betrachtete ihre Gesichter mit kaltem Hass.

Dawson machte eine Präsentation. In zwei der Kästen in

der Videokonferenz flimmerten Datenströme, während er vortrug. Gleichzeitig posteten die Angestellten und Gentechniker auf der Erde laufend Fragen in einem Fenster des Bildschirms. Ihre Kommentare waren wegen der Verzögerung in der Übertragung nicht synchron mit Dawsons Vortrag, aber sie hatten eine KI auf seiner Seite hochgeladen, die ihre Bemerkungen managen sollte.

Zu Beginn der Aufzeichnung fragte die KI: »Warum sollte das wahr sein?«

»Die Sunfish scheinen enger mit ihren Vorfahren verwandt zu sein, als wir es mit unseren Ahnen auf der Erde sind«, sagte Dawson. »Bakterien wie Thermophile und Lithotrope – Wärmeliebende und Steinfresser – waren die frühesten Lebensformen auf beiden Welten, aber das Leben auf Europa scheint den Sprung von einzelligen Organismen zu höheren Lebensformen in einer kürzeren Zeitspanne vollführt zu haben. Das ist der Grund dafür, dass die Sunfish sich die Fähigkeit erhalten haben, Eisen zum Überleben nutzen zu können. Eisen ist einer ihrer gängigsten Katalysatoren.«

Die KI hob den Kommentar eines Managers hervor. »Weniger fachspezifisch, bitte«, stand da.

»Hydrothermale Schlote waren wahrscheinlich die ersten Umgebungen, in denen auf Europa Leben entstanden ist«, sagte Dawson. »Und Vulkanausbrüche lassen gelöstes Eisen auf dem Meeresboden entweichen. Höhere Lebensformen wie die Sunfish haben diese Affinität für Eisen beibehalten, aber sie können nicht mehr Hämoglobin als wir haben. Das würde ihr Blut in Schlamm verwandeln. Sie würden mehr als wahrscheinlich an Schlaganfällen und Herzattacken sterben. Also verwenden sie eine mutierte Form von Hämoglobin. Dieses Hämoglobin hat im Vergleich zu unserem extra Eisenatome und zusätzliche Windungen, weswegen es eine größere Konzentration an Sauerstoffmolekülen an sich binden kann.«

»Bitte wieder weniger fachspezifisch«, sagte die KI.

Dawson triumphierte. »Wenn wir dasselbe hyperintensive Hämoglobin bei menschlichen Wesen herstellen können, wird das zu einer erhöhten Ausdauer und Schärfe der Wahrnehmung führen, insbesondere in der Kombination mit einer zweiten Besonderheit der Sunfish-Physiognomie. Man wird beides benötigen, um das Potenzial voll auszunutzen.«

»Wir haben Ihren Vertrag bereits für die Verhandlungen vorbereitet«, sagte die KI.

»Ich will Beteiligungen und eine gesicherte Position in Ihren Labors«, sagte Dawson. »In zwei Jahren werden alle Polizei- und Militäreinheiten diese Gentechnik verwenden. In fünf Jahren wird sie in der Konstruktion und dem Sport Anwendung finden. Ich will eine prozentuale Beteiligung.«

»Wir zahlen Ihnen eine Pauschale.«

»Unsinn.«

»Wir werden die juristischen Kosten übernehmen. Wir werden die Kosten für die Erforschung, die Entwicklung, die Herstellung und die Vermarktung tragen. Zum Ausgleich erhalten Sie eine Pauschale und zusätzlich eine bezahlte Position für fünf Jahre mit der Option auf Verlängerung.«

»Ich bin derjenige, der Bundesgesetze umgeht.«

»Wir erkennen das Risiko an, das mit Ihrer Position verbunden ist, und werden es honorieren«, sagte die KI.

»Vielleicht nennen Sie eine Summe.«

Die KI blendete zwei Zeilen Text in die Videokonferenz ein, Zahlen, die im Vorfeld auf der Erde beschlossen gewesen sein mussten: 1 000 000,00 Euro Bonus, 325 000,00 Euro Jahresgehalt.

Dawson verlor allmählich die Beherrschung. Seine Augen weiteten sich und seine Nasenlöcher blähten sich. Dann kehrte er wieder zu seinem üblichen Verhalten zurück, ganz der Gentleman. »Wir können darüber ohne die künstliche Intelligenz weiterdiskutieren«, sagte er sanft. »Ich verspreche Ihnen, Sie werden von meiner Arbeit beeindruckt sein.«

»Erklären Sie die zweite Hälfte Ihres Vorschlags«, sagte die KI.

»Selbstverständlich.« Dawson öffnete einen neuen Datenstrom. »Die Sunfish sind dank eines komplizierten Wärmeaustauschsystems zwischen ihren Muskeln, ihrem Verdauungssystem und ihren Blutgefäßen dazu in der Lage, ihre Körpertemperatur über der des Wasser oder der Luft in ihrer Umgebung zu halten. Sie konservieren Hitze und bewahren sie wie Batterien auf. Unter Zwang setzen sie diese wieder frei. Indem sie ihre innere Temperatur erhöhen, erreichen sie Spitzenwerte bei der Reaktionszeit. Die Hitze erlaubt ihnen auch eine schnellere Absorption von Nährstoffen. Zusammen mit ihrem mutierten Hämoglobin verschaffen diese Faktoren ihnen einen ›Zwischenspurt‹, wie ihn Tiger oder Haie einlegen können, nur dass die Sunfish in der Lage sind, diese Spurts viel, viel länger durchzuhalten als jedes Äquivalent auf der Erde.«

»Verfügen Sie über intakte Sunfish für unsere Labore?«

»Das werde ich«, sagte Dawson.

Vonnie schaltete ab. Sie hatte genug gesehen. Sie steckte das Datapad in eine Tasche an ihrem Bein und stieg aus dem Jeep, dann folgte sie den Spuren von Ash zur Station.

Die Aufzeichnung hätte nicht belastender sein können. Dawsons Haltung gegenüber den Sunfish basierte auf reiner Arroganz.

Wie wollte er die Regierungsansprüche auf Europa umgehen? War es das, was der Angestellte von LifeNova mit den »juristischen Kosten« gemeint hatte? Die ESA war nicht dafür ausgerüstet, Biotechnik zu entwerfen, die der von privaten Unternehmen ebenbürtig war. Berlin konnte bequem profitieren, wenn es Lizenzen für die Rechte an der Sunfish-DNA vergab. Das würde dringend benötigte Mittel in die Kasse spülen, die wiederum an ausgesuchte Firmen für geheime Spitzenmilitärtechnik weitergegeben werden konnten. Eine Hand wusch die andere. So funktionierte die Gesellschaft.

Vonnie kletterte auf das Deck des Landefahrzeugs, hieb mit der geballten Faust auf das Kontrolpanel der Luftschleuse und öffnete die äußere Tür. Sie trat ein und ließ die Schleuse rotieren.

Ich werde Dawson eine Chance geben, das rückgängig zu machen, dachte Vonnie. *Nicht seinetwegen. Für die Sunfish. Es hört sich nicht so an, als würden Koebsch oder unser oberstes Management ihn aufhalten. Es wird das beste Druckmittel sein, wenn ich schwöre, einen öffentlichen Aufstand zu veranstalten.*

Was, wenn sie es darauf ankommen lassen?

Die innere Tür öffnete sich. Vonnie ging in den Ankleideraum und legte ihren Druckanzug ab. Als sie ihn in seinem Schrank verstaute, duckte sich Metzler unter der Luke hindurch. »Hallo«, sagte er.

Vonnie nahm seine Hand und drückte sie. »Ben, du bist doch der, der ich denke, dass du bist, oder?«

Er versuchte zu scherzen. »Bin ich das?«

»Arbeitest du noch für jemand anderen als die ESA?«

Sein Bulldoggengesicht wurde ernst. »Ich arbeite mit dir«, sagte er.

Vonnie drückte seine Hand noch einmal. »Wir haben eine weitere Sache zu erledigen, die uns in Schwierigkeiten bringen wird«, sagte sie.

»Fantastisch.« Sein Tonfall war auf freudige Art sarkastisch. Er küsste sie auf die Wange, und Vonnie drehte sich um, damit sie seine Lippen an ihren Mund führen konnte. Metzler hatte sich nicht rasiert, seit sie ihn Stunden zuvor zuletzt gesehen hatte. Sein Bart hatte die Farbe von dunklem Sandpapier. Die Stoppeln fühlten sich rau und aufregend an.

Vonnie zog scharf den Atem ein und löste sich aus dem

Kuss. Sie hielt Metzler fest, während sie ihm ihren Plan zuflüsterte.

»Ich tue, was ich kann«, sagte er.

»Lass uns anfangen.«

Im nächsten Raum waren Ash und Frerotte gerade hinter einem privaten Bildschirm in eine Diskussion vertieft, aber er schaltete den Privatschirm ab, sobald Vonnie eintrat. Ash wandte sich ab und verließ den Raum in Richtung Wohnquartiere, dabei vermied sie es, irgendjemandem in die Augen zu sehen.

»Wo sind die Sonden der FNEE?«, fragte Vonnie.

»Jede Sekunde näher«, sagte Frerotte. »Sie werden die Sunfish-Kolonie in einer Stunde erreichen, falls sie nicht angegriffen werden.«

Deshalb hat Koebsch mich weggeschickt, dachte Vonnie. *Er wollte mich aus dem Weg haben, damit ich nicht eingreifen kann. Er will einen Kampf. Wenn die FNEE und unsere Sonden zusammenarbeiten, wird das noch ein weiteres Band zwischen uns stiften.*

»Wo stehst du?«, fragte sie Frerotte. »Unterstützt du Koebsch hierbei?«

»Das ist … kein Spaß. Ich habe den größten Teil meines Lebens gegen die Unternehmungen von China und der FNEE gekämpft, aber Ash hat recht. Das große Ganze ist wichtiger. Wenn wir ein Bündnis mit Brasilien auf den Weg bringen können, können wir vielleicht unsere Truppen aus Argentinien und Ecuador herausbekommen. Die Amerikaner könnten unten in Panama bleiben. Wir müssen das größere Bild im Auge haben.«

»Dann willst du nicht Zeuge dieses Anrufs werden«, sagte Vonnie und schaltete ihre Station ein. In ihrer freien Hand hielt sie Ashs Datapad. Bevor sie es andrehte, fügte sie hinzu: »Danke, dass du mir mit Lam geholfen hast.«

»Gern geschehen«, sagte Frerotte.

An seiner Station wechselten sich 3-D-Karten vom Eis und

Aufnahmen von den FNEE-Mechs ab. Er trat an sein Display, während Vonnie ihren eigenen Privatschirm aufbaute. Metzler übernahm die Station neben ihr und sie erweiterte den Privatschirm, um ihn miteinzuschließen.

Sie wählte ein Bild von Dawsons Gespräch mit den Managern und Gentechnikern von LifeNova auf dem Datapad aus. Dann gab sie Dawsons Crewcode ein.

Der alte Mann antwortete mit seinem falschen Lächeln. »Womit habe ich das Vergnügen verdient …«, begann er. Er starrte auf das Bild hinter ihr und nahm die beschrifteten Gesichter der LifeNova-Angestellten wahr. Aber sein Erstaunen währte nur kurz, und er kicherte. »Mir wurde gesagt, diese Aufnahmen wären verschlüsselt, aber das ändert nichts.«

»Ich dachte, Sie wären beleidigt gewesen, als ich Sie gefragt habe, ob Ihnen ein fettes Gehalt angeboten worden ist«, sagte Vonnie.

»Das war ich auch. Das bin ich. Geld ist nicht der Grund, weshalb ich das mache.«

»Tatsächlich?«

»Bei Gott.«

»Sie haben sehr interessiert ausgesehen, als die Ihnen einfach eine Million angeboten haben.«

»Die Unternehmensleitung schenkt einer Sache keinen Glauben, solange keine Summen auf dem Tisch liegen, Von. Das ist eine Demonstration von Anstand, mehr nicht.«

»Anstand.« Sie lachte über ihn. »Die Öffentlichkeit wird die Dinge nicht so sehen. Es schaut so aus, als hätten Sie die größte Entdeckung unserer Zeit zu Ihrem eigenen Nutzen verkauft. Es schaut so aus, als wäre Geld das Einzige, was Sie interessiert.«

»Wollen Sie andeuten, dass es einen Skandal geben könnte?«

»In der Tat«, sagte sie mit all der Gehässigkeit, die sie aufbringen konnte. »Wissen Sie, wie viele Leute Petitionen für gleiche Rechte für die Sunfish unterschrieben haben? Wenn das herauskommt, was Sie mit LifeNova planen, wird es Klagen und Boykotte geben …«

»Ihre Informationen sind nicht mehr aktuell«, sagte Dawson. »Ich habe mich schon gewundert, warum Sie ein Bild vom LifeNova-Management verwendet haben. Sie haben ihr Angebot schon vor Tagen zurückgezogen.«

»Es bleibt dasselbe, mit wem auch immer Sie arbeiten.«

»Nein, das bleibt es nicht«, sagte Dawson.

Metzler neben ihr stupste sie an der Hüfte an und deutete auf sein Display. Er war schnell die anderen Aufzeichnungen auf Ashs Datapad durchgegangen. Jetzt spielte er Vonnie drei neue Bilder auf ihren Bildschirm. Ash hatte auch die Frauen und Männer in dieser Videokonferenz beschriftet. Sie vertraten japanische, französische und amerikanische Interessen – die Interessen privater Gentechnikunternehmen wie LifeNova.

Vonnie zeigte die neuen Bilder Dawson und sagte: »Sie haben um den höchsten Preis gefeilscht. Sie sind ein Lügner und eine Krämerseele.«

»Sie sind eine Idiotin. Wer hat Ihnen diese Bilder gegeben?«

»Wenn ich an die Öffentlichkeit gehe, kann ich Ihnen das Leben zur Hölle machen. Sie werden Jahre vor Gericht verbringen. Aktivistengruppen werden Sie in alle Ewigkeit verfolgen. Sie wissen, wie fanatisch einige davon sein können. Sie werden Ihr Gesicht nicht mehr im Netz zeigen können, ohne dass irgendjemand Ihre Verbindung hackt oder Ihnen selbst gemachte SCPs schickt. Sie werden einen Kreuzzug gegen Sie führen. Das ist nicht die Art von Aufmerksamkeit, die eine Firma will.«

»Im Gegenteil, es ist eine fantastische Werbung, wenn die Ponys vom Mond sich der Gewalt hingeben. Sind Sie fertig mit Ihrem kleinen Einschüchterungsversuch?«

»Irgendjemand wird Sie aufhalten. Zu viele auf der Erde glauben, dass die Sunfish intelligent sind.«

»Die Welt will das, was wir ihr liefern können.«

»Soldaten mit Superkräften und Athleten sind nichts Neues, Dawson. Wir müssen keine Sunfish für eine solche Gentechnik töten.«

Er legte den Kopf schief und musterte sie. »Tatsächlich ist unser Militär interessiert«, sagte er. »Ich habe die entsprechenden Parteien in Kenntnis gesetzt, aber erhöhte Geschwindigkeit und verbesserte Reflexe sind sekundäre Anwendungen. Wirklich vielversprechend sind Verfahren zur Lebensverlängerung.«

Eine Lebensverlängerung, dachte Vonnie und starrte auf den alten Mann.

»Nur zu!«, sagte er. »Rufen Sie den Medien zu, dass wir Sunfish-Proteine und -DNA entwickeln. Wer wünscht sich nicht, noch weitere fünfzig Jahre zu leben? Unsere Forschung wird zu spektakulären Durchbrüchen bei der erneuten Sauerstoffanreicherung in gealtertem Gewebe, Organen und im Knochenmark führen.«

»Aber dazu werden Sie Sunfish töten.«

»Sie wiederholen sich, Von. Denken Sie weiter. Ich handle mit Wissen und Unterstützung von Berlin, Washington und Tokio. Wenn die Dinge so weiterlaufen wie erwartet, werden wir auch Brasilien bald genug in unser Konsortium mit aufnehmen.«

Ash hat mich gewarnt, dachte Vonnie. *Verflucht.*

Es mussten auch Aufzeichnungen existiert haben, die Dawson im Gespräch mit Regierungsvertretern zeigten, nicht nur mit privaten Gentechnikfirmen, aber Ash hatte diese Dateien nicht hacken können. Hätte es irgendeinen Unterschied bedeutet, wenn es ihr gelungen wäre?

»Die Sache ist noch nicht erledigt«, sagte Vonnie. »Ich möchte mit Ihren Kontakten in Berlin sprechen, ansonsten werde ich so viel Lärm veranstalten, wie ich kann. Sagen Sie es Ihnen! Sie brauchen keine lebendigen Sunfish. Wir können intakte Exemplare finden, die im Eis eingefroren sind. Es ist idiotisch, den Fortschritt zu zerstören, den wir mit der lokalen Kolonie erzielt haben.«

»Sie irren sich«, sagte Dawson. »Tote Sunfish hätten nicht den Stoffwechselkreislauf, der für unsere Forschung entscheidend ist. Wenn sie zersetzt oder zerquetscht sind, wären sie sogar noch nutzloser. Sie übersehen außerdem einige politische Überlegungen.«

»Ich weiß, dass wir mit Brasilien zusammenarbeiten wollen. Das bedeutet nicht, dass wir die Forschung und die Bergung nicht …«

Der Boden vibrierte.

»Was ist das?«, fragte Metzler. Ein schwaches, tiefes Dröhnen ging durch die Station. *Wuum.* Das Geräusch verflüchtigte sich so schnell wie ein Gedanke, aber es wiederholte sich zweimal, während der Boden wieder schwankte.

Buum. Wuum.

Vonnies Station wurde von roten Alarmbalken erfüllt. Die gleichen Warnmeldungen leuchteten auf Dawsons Bildschirm auf und erzeugten einen Nebel aus Zielerfassungssystemen, Bedrohungsanalysen und Integritätsprüfungen der Hülle der Station. Dawsons Gesichtsausdruck war erfreut, während sein Blick über die Daten wanderte.

»Sie Bastard«, sagte Vonnie.

Frerotte gab einen Alarm der Stufe 2 aus und überschrieb damit jede Daten- und Kommunikationsverbindung im Camp. »Wir haben Explosionen fast direkt unter uns in einer Tiefe von 2,3 Kilometern festgestellt!«, sagte er.

Vonnie konnte ohne Koebschs Genehmigung nicht in die Verbindungen zwischen der ESA und der FNEE eindringen, aber sie war in der Lage, die Datenströme ihrer Spione bei der Sunfish-Kolonie zu öffnen. Die Radarsignale der Spione wurden durch Tonnen von Fels und Eis behindert – aber mittels

Sonar konnten die Spione ungefähre Berichte von dem erstellen, was sie hörten.

Jede Explosion fuhr wie ein Radiergummi über die Aufzeichnungen und löschte Teile der Berechnungen der Spione. Zwischen diesen Wellen verfolgten die Spione einen Mahlstrom an Geschützfeuer, kleineren Vibrationen, elektromagnetischer Aktivität und Ultraschallsignalen.

Ängstlich beobachtete Vonnie, wie zwei kleine Punkte an zwei größere Umrisse stießen. Die Spione erkannten in den größeren Formen einen Bagger und eine Geschützplattform.

Darüber schwärmten zwanzig Sunfish um den Felsen und stießen schrille Schreie aus, während sie dem Zwillingsstrahl des knatternden Geschossfeuers auswichen. Sie versuchten, einen Teil des Felsdachs herabzuziehen.

Die Brasilianer waren darauf vorbereitet. Ihre Mechs glitten zur Seite, als drei Gruppen von Sunfish Felsbrocken auf den Boden fallen ließen. Der Bagger schlug zwei Sunfish mit seinen Schneidearmen aus der Luft. Sekunden später erwischte die Geschützplattform die Gruppen darüber. Das *Knatter-knatter-knatter-knatter*, mit dem ihre Kugeln an der Wand abprallten, verwandelte sich in einen feuchteren ploppenden Ton, als sieben Sunfish in Stücke gerissen wurden.

Vonnie legte die Hand auf den Mund. Auf ihrem Display waren die Sunfish und die Mechs einfarbige Umrisse. Aber als die Punkte, die die Sunfish darstellten, zerrissen wurden, erinnerte sie sich an das Platzen von Organen, das Blut und die Eingeweide.

Die Sunfish starben.

Dawson gewinnt, dachte sie. *Es passiert. Oh Gott, es passiert genau so, wie er es gewollt hat.*

Sie hatte alles versucht, um ihre Leute auf Kurs zu halten. Von Anfang an waren die Motive ihrer Mission Wissenschaft und Diplomatie gewesen – gute, intellektuelle Ziele, unabhängig von den kurzsichtigen Forderungen der Erde. Bis zu diesem Morgen hatte sie gedacht, es würde ihr gelingen, die FNEE von ihrem Weg zu überzeugen. Sie hatte gedacht, sie könnten gemeinsam vorankommen. Aber sogar hier waren sie nicht weit genug weg von ihrer Vergangenheit. Vielleicht würden sie das nie sein. Der Engel strebte nach dem Guten, aber der Affe verdarb es.

Ein weiteres Mal hatten sie sich ihr Schicksal von ihrer Angst und ihrer Gier bestimmen lassen.

Die menschliche Spezies hatte im Innern des eisigen Himmels einen neuen Krieg gefunden.

41

Der Kampf eskalierte, als ein dritter FNEE-Mech im Getümmel hinter den Sunfish auftauchte und ihnen jede Rückzugsmöglichkeit abschnitt. Es handelte sich um einen weiteren Bagger. Er durchtrennte einen Sunfish mit seinen Beinen und zerquetschte zwei andere mit seinen Schneidearmen.

Ehe der Bagger sich auf die restlichen Sunfish stürzte, quetschte er eine Sprengladung in die Höhlenwand. Falls das Hineinschieben der Sprengstange in den Felsen irgendein Geräusch verursachte, blieb es bei dem Geschossfeuer ungehört, aber die ESA-Spione registrierten ein neues Funksignal zwischen dem Bagger und der Sprengladung und verfolgten es bis zu seiner Quelle zurück.

»Sie werden die Höhle in die Luft jagen, wenn sie …!« Vonnie hörte auf zu schreien, nachdem sie den Kopf gedreht hatte.

Frerotte hatte sein Display modifiziert und zeigte ihnen Koebschs Verbindung zu den Brasilianern und ihre Aufzeichnungen. Hatte er seinen Privatschirm vergessen oder hatte er ihn absichtlich abgeschaltet?

Neben Vonnie hatte Metzler Zugriff auf einen anderen Datenstrom genommen und sah die Leuchtfeuer und Horchposten der ESA durch. Wonach suchte er? Während Vonnie darauf starrte, jagte Ash durch den Raum und übernahm ihre Station. Irgendwie löste das Vonnies Bann.

»Wir müssen die FNEE-Codes lahmlegen!«, sagte sie.

»Du kannst nicht eingreifen«, widersprach Frerotte, ließ jedoch zu, dass sie sein Display kopierte.

Sie klickte sich durch fünfzig mit weißem Rauschen unterlegte Berichte. Im Vergleich zu den Datenformaten der ESA waren FNEE-Aufzeichnungen von schlechter Qualität. Die brasilianische radargesteuerte Zielerfassung hatte für die Kommunikation von Mech zu Mech eine Verzögerung von einer halben Sekunde, was zu falschen Bildern in ihrem Netz führte. Ihre Bagger wollten auf Sunfish einstechen, die sich bereits weiter wegbewegt hatten, als die Maschinen berechnet hatten. Allerdings glichen die Geschützplattformen das übermäßig aus und zielten zu weit.

Die Verzögerung wurde verstärkt durch die Umwandlung der FNEE-Signale in Hologramme für die menschlichen Überwacher. Vonnie benötigte fünf Sekunden, um die Aktivieren-Taste inmitten von Milliarden an *Inventar-*, *Auswahl-*, *Bewaffnungs-* und *Detonationsbefehlen* zu finden, was zum Teil daran lag, dass die Beschriftung portugiesisch war.

In diesem Zeitraum starb ein weiterer Sunfish. Zwei andere erzielten Treffer gegen den Bagger, indem sie seine Sensoren mit Steinknüppeln einschlugen.

Einer jener Sunfish war Sue. Mit vier Armen an den Bagger geklammert streckte sie sich, zog sich wieder zusammen und streckte sich erneut. Dabei hämmerte sie mit ihrer primitiven Waffe auf seine schimmernde Aluminiumhülle ein. Einen Augenblick schien es so, als hätte Sue die Maschine betäubt.

Doch der Bagger schüttelte sie ab. Er warf sie gegen die Wand. Gleichzeitig stieß er seine Arme nach oben und schlitzte den Bauch von Sues Kameraden auf. Dann ging er auf Sue los.

Lauf weg, dachte Vonnie. Sie suchte nach dem Detonationscode der FNEE in der Hoffnung, ihn entschärfen zu können …

… und der Bagger entschied, dass er eindeutig außerhalb der Gefahrenzone war. Seine Telemetrieanzeige blinkte. Die Sprengladung explodierte und brachte in einer erschütternden Kettenreaktion zweihundert Meter Felsen zum Einsturz. Geröll schlug klappernd gegen den Bagger. Die Maschine stolperte und stürzte zwischen den Querschlägern und Rückschlägen hindurch.

Wo war Sue?

Tote und verwundete Sunfish lagen zwischen dem Gestein. Der Bagger fing zwei zuckende kleine Körper ein, als er rasselnd von dem Geröll herabkletterte, und presste sie dann fest gegen seine Unterseite. Er schloss sich dem Kampf wieder an und jagte einen dritten Sunfish mit den Armen auf die Geschützplattform zu.

Die Kettenwaffen feuerten. Die Sunfish fielen. Der Bagger drehte auch noch fünf Runden, wodurch einer seiner Gefangenen in einer Blutfontäne starb. Die Mechs wirkten skrupellos, aber Vonnie wusste, dass Menschen hinter jeder Entscheidung steckten.

Wer steuerte die Geschützplattform der FNEE? Ribeiro?

Ash hatte die Ausrüstung, um sie aufzuhalten. Wenn sie sich in das Netz der FNEE einhackte, würde der Kampf enden – aber das Gesicht der jungen Frau war wie aus Stein. Sie war wieder die strenge, nüchterne Ash geworden, nicht mehr die heimliche Freundin, die mit Vonnie geflüstert und gelacht hatte.

Damit blieben Metzler und Frerotte übrig. Frerotte hatte gesagt, er würde nicht eingreifen, und doch hatte er Vonnie im gleichen Moment Zugang zu der ESA/FNEE-Befehlsleitung verschafft. Ein Teil seiner selbst musste froh sein, die brasilianischen Mechs zerstört zu sehen. Würde er ihr helfen?

»Die FNEE haben den Lärm ihrer Waffen genutzt, um zu verbergen, dass sich der zweite Bagger nähert«, sagte Vonnie.

»Vermutlich sind ihre restlichen Maschinen auf dem Weg, und zwar schnell.«

»Lass sie«, sagte Ash.

»Können unsere Spione Rufe für die Sunfish erzeugen? Wenn wir die anderen Mechs lokalisieren, könnten die Sunfish vielleicht weglaufen, bevor sie eingekesselt sind.«

»Mach das nicht.«

Vonnie machte Ash bittere Vorwürfe. »Du hast deine *Exemplare* und dein Bündnis mit Brasilien. Du musst nicht die ganze Kolonie töten, oder?«

»Hey! Das reicht!«, rief Metzler. »Ich habe ein paar seltsame Signale von unseren Spionen.«

Vonnie blickte auf die Daten, die er auf ihren Bildschirm gestellt hatte. Während ihres Streits mit Ash hatte Metzler dreißig Prozent ihrer Spione vom Kampffeld abgezogen, damit sie das umliegende Areal beobachteten. Von unten näherten sich neue verschwommene Flecken und Geräusche schnell dem Kampfgeschehen.

»Das sind keine Bagger der FNEE«, sagte Vonnie.

»Nein«, bestätigte Metzler.

Ist das Lam?, fragte sie sich. Die Signale waren zu verschiedenartig. Die Flecken waren keine Einheit. Vierzig verschiedene Wesen traten hervor und verteilten sich, unter und hinter ihnen kamen acht weitere zum Vorschein, die in Gruppen durch die Höhlen krochen.

»Es ist die größere Sunfish-Art«, sagte Frerotte. »Unsere Spione haben die Ultraschalltöne erkannt.«

Vonnie zeigte ein schmales grausames Lächeln.

Die Erde war so weit entfernt von diesem Mond, dass die Männer und Frauen, die den Befehl gegeben hatten, sich den Sunfish zu nähern, die Folgen ihrer Unternehmung erst noch kennenlernen mussten. Die Verzögerung bei der Funkübertragung bedeutete, dass mehrere Minuten vergehen würden, ehe Politiker und Gentechnikfirmen erfahren würden, ob ihre Mechs erfolgreich gewesen waren. Aber sie waren bestimmt erfreut. Sie hatten sich bestimmt gegenseitig dafür beglückwünscht, diese Scharade zwischen der ESA und der FNEE veranstaltet zu haben.

Das war nicht fair. Sie saßen bequem in ihren Konferenzräumen und Büros. Sie hatten uneingeschränkten Luxus und das Versprechen auf weitere Jahre mit demselben Komfort. Ihre Wohnungen waren nicht überfallen worden. Ihre Familien standen nicht unter Beschuss.

Vonnie stellte sich vor, wie sie beiläufig ihre Datenströme checkten. Würden sie sich überhaupt damit abgeben, sich die Realität ihrer Verbrechen anzusehen? Wenn sie es widerlich fanden, zu sehen, wie die Eingeweide über die Höhle verstreut wurden, konnten sie ihre Displays abschalten. Sie konnten stattdessen ihre Zahlen auflisten: wie viele gefangene Sunfish, wie viele eingesammelte Leichen, die Prognosen für ihre Aktien und die Handelsvereinbarungen.

Ich hoffe, die Sunfish schlitzen euch auf, dachte Vonnie.

Sie hätten damit rechnen müssen, dass andere Stämme kommen würden. Die größeren Sunfish hatten ihre Verwandten schreien hören. Sie hatten das Blut und die verletzten Tiere gerochen. Hatten sie alle Krieger aus ihrer Kolonie mitgebracht?

»Sag der FNEE, sie soll verschwinden!«, sagte Metzler.

»Zu spät.«

Metzler sah sie verwirrt und zugleich entschlossen an. »Wenn die Mechs noch mehr Sprengladungen anbringen, können sie sich vielleicht vor den größeren Sunfish abschotten«, sagte er.

Frerotte öffnete eine Verbindung zu Koebsch. »Sir, da sind weitere Sunfish unterwegs zu den FNEE-Mechs – die größeren Sunfish. Ich komme auf achtundvierzig oder zweiundfünfzig.«

Koebsch nickte. Sein Gesicht zeigte einen gequälten

Ausdruck. »Ich werde Sie zu Colonel Ribeiro durchstellen«, sagte er.

»Ja, Sir.« Frerotte tippte auf sein Display und fügte die Daten der Spione zur ESA/FNEE-Befehlsverbindung hinzu. Durch eine kurze Audiofehlfunktion hörte Vonnie ein Brummen männlicher Stimmen, die sich auf Portugiesisch anschrien. Eine KI an ihrer Station übersetzte Ribeiros Worte automatisch: »Sammelt euch wieder. Wieder sammeln. Wo ist Plattform zwei?«

Ihr Gemenge mit der kleineren Art legte sich. Die Geschützplattform feuerte noch einmal und nagelte dadurch einen verwundeten Sunfish, der bemitleidenswert buddelte, an die Höhlendecke. Der intakte Bagger verfolgte vier Sunfish zur Wand, fing drei und prügelte auf sie ein. Aber der langsamere, humpelnde Bagger ließ seine Exemplare fallen, um Reparaturen an seiner Brustplatte vorzunehmen.

Die Geschützplattform schlängelte sich zum Bagger durch, um ihm zu helfen. Die Mechs kauerten sich aneinander, als wären sie lebendig, allerdings wurde diese Illusion zerstört, als sie Mikroarme und ein Schweißwerkzeug zwischen sich ausfuhren. Alle drei Mechs waren bedeckt von Blut und Staub.

»Kontakt in neunzig Sekunden«, sagte Frerotte.

»Ich nehme eine andere Gruppe Lebensformen wahr, die sich von Süden nähert«, sagte Metzler.

»Noch mehr Sunfish?«, wollte Koebsch wissen.

»Kann man noch nicht sagen.«

Ihr wolltet einen gottverfluchten Krieg, dachte Vonnie. *Ihr bekommt mehr davon, als irgendjemand erwartet hatte.*

Ihre Augen füllten sich mit Tränen. Es gelang ihr nicht, Ash anzusehen. Stattdessen zählte sie die Toten, die über die ganze Höhle verstreut waren, und trauerte um jede der geschickten kleinen Gestalten. Ihre KI hatte Sue unter den Leichen identifiziert.

»Da ist eine dritte Gruppe in dem Gebiet südwestlich«, sagte Metzler. »Diese Gruppe bewegt sich vom Schlachtfeld weg.«

»Lass mich sehen«, bat Vonnie.

Über das Ende ihrer Karten hinausgehend, westlich der Koordinaten, an denen sie Sues und Toms Kolonie vermutet hatten, führten undeutliche und verrauschte Bewegungen fort ins Eis. Keine Rufe begleiteten sie. Die kleineren Sunfish verhielten sich so leise wie möglich, auch wenn die Fortbewegung allein anhand von Tast- und Geruchssinn ihre Flucht hemmte.

»Sie evakuieren ihr Lager«, sagte Vonnie erleichtert.

»Sie könnten auch die Mechs von der anderen Seite einschließen wollen oder versuchen, den größeren Sunfish den Weg abzuschneiden«, sagte Frerotte.

»Unwahrscheinlich. Von dem Felsen ist zu viel bei den Sprengungen in die Luft geflogen. Die FNEE haben nur ein paar Wege hinein und hinaus frei gelassen. Keine dieser Öffnungen hat eine Verbindung zur Kolonie.«

»Ich glaube, Sue hat ein Ablenkungsmanöver geleitet«, sagte Metzler. »Ihre Truppe ist auf die Mechs los, um den anderen Zeit für ihre Flucht zu verschaffen. Wenn Sue gewonnen hätte, wären sie zurückgekommen. Aber sie haben gehört, wie Sues Gruppe gestorben ist, außerdem waren die Sprengungen zu nahe an ihren Wohnungen.«

»Die ganze Gegend ist jetzt instabil«, bestätigte auch Vonnie und hob ein Radarbild der Spione hervor. »Es könnte sein, dass wir gleich noch einen größeren Einsturz zu sehen kriegen.«

»Fünfzehn Sekunden«, sagte Frerotte.

Die Mechs der FNEE trennten sich voneinander. Die zwei Bagger bildeten eilig ein Dreieck mit der Geschützplattform und deckten sie so von jeder Seite.

Metzler postete Aufzeichnungen der drei verschiedenen Kontakte rund um die Mechs: die kleineren Sunfish im Anflug, das sich nähernde Rudel der größeren Art und die dritte, unbekannte Gruppe Lebensformen, die ebenfalls auf der Kampffläche auftauchte. Während er durch seine Daten klickte, zeichneten die Spione Schallsignale von der dritten Gruppe auf und beschrifteten sie: *Sunfish, Art II.*

»Mehr von der größeren Sorte«, sagte Vonnie.

Stammten sie aus einer anderen Kolonie, oder gehörten sie zu einer Jagdtruppe, die sich wieder ihrem Stamm anschloss? Sie waren in einer guten Position, um die kleineren Sunfish abzufangen, aber sie bogen nicht in Richtung ihrer flüchtenden Verwandten ab. Vielmehr stürzten sie durch die Höhle auf die Mechs zu.

»Sie stellen sich dem lautesten Feind entgegen, statt sich auf die leichteste Beute zu konzentrieren«, sagte Metzler. »Warum?«

Die FNEE-Plattform eröffnete das Feuer, als acht Sunfish in den offenen Raum schwirrten. Ihre Zwillingskanonen wanderten von unten hoch. Ribeiro hatte mit der Taktik der Sunfish gerechnet, sich von der Decke und dem Boden abzustoßen.

Seine Voraussicht erwies sich als effektiv. Salven von 20-mm-Geschossen durchbohrten die Sunfish und töteten sechs von ihnen. Die zwei Überlebenden flogen nicht mehr. Die Geschützplattform nahm sie ins Kreuzfeuer und erwischte beide. Ein Sunfish wurde gegen den Felsen geschleudert. Der andere wirbelte in einer Blutwolke zurück.

»Als würde man Schweine auf einem Bauernhof abschießen«, sagte Ash.

Vonnie wandte sich zu ihr um und wollte sie anschnauzen, aber was für einen Zweck hätte das? *Sie muss glauben, dass sie nur Tiere sind,* dachte Vonnie. *Andernfalls sind wir Mörder.*

Eine zweite Welle schwappte durch die Lücke. Das FNEE-Radar zählte achtundzwanzig Sunfish. Ihre kleinen Körper schossen in einer neuen Formation durch die Höhle, vier oben, vier unten und zwanzig prallten von den Seiten ab oder sprangen die Mechs direkt an. Die meisten von ihnen warfen im Sprung mit Steinen, was das Durcheinander in der Luft noch verstärkte.

Die Geschützplattform reagierte zu heftig. Sie konzentrierte ihr Feuer auf die obere Hälfte des Ansturms. Ihre Programme umfassten bestimmt auch das AMAS-Oberflächen-Space-Verteidigungssystem. In Standardsituationen stufte es die höher gelegenen Ziele als die kritischsten ein.

Die Plattform traf zielsicher drei Sunfish und neun Steine. Dann erreichten die Sunfish aus der unteren Hälfte der Welle die Bagger. Weitere Sunfish kamen in die Höhle, als die Maschinen gerade über ihre kleinen Gegner herfielen. Und als dann die Bagger von allen Seiten eingeschlossen waren, verteilte die Geschützplattform ihr Feuer gleichermaßen über die Bagger und die Sunfish.

Querschläger prallten von den Aluminiumrahmen der Bagger ab, zerrissen Sunfish und zerstörten den Schaltkasten eines Baggers. Kugeln rasten zwischen Metall und Felsen hin und her wie extrem schneller Hagel.

Der Bagger sackte in sich zusammen und ging um sich tretend in einer Masse blutiger Sunfish unter.

Sie gewinnen, dachte Vonnie. Sie verspürte zugleich Übelkeit und Freude. Die Verluste der Sunfish würden erschütternd hoch sein. Dutzende waren tot. Aber sie gewannen.

Vier Sunfish erreichten die Geschützplattform. Sie schlugen auf ihre Augen ein. Sie kreischten ihr in die Ohren. Die Geschützplattform geriet durch die Erschütterung ins Taumeln. Sie war unfähig, ihre Ziele zu verfolgen oder neue Befehle zu verarbeiten. Vonnie jubelte innerlich.

Neben ihr stieß Metzler ein Wort zwischen den Zähnen hervor: »Herrje.«

Eine zweite FNEE-Plattform wackelte zwischen den von den Explosionen gerissenen Löchern in die Höhle. Hinter ihr torkelte ein weiterer Bagger hervor. Zu viele der Sunfish waren mit den ersten Mechs beschäftigt. Sie setzten sich in Richtung der neuen Plattform in Bewegung, aber sie waren zu weit entfernt.

Die neue Plattform gab acht gezielte Schüsse ab. Mit jedem Schuss starb ein Sunfish. Dann schwenkte sie ihre Waffen durch die Höhle und konzentrierte sich auf die größte Gruppe.

So schnell hatte sich das Blatt gewendet. Die neue Plattform säuberte ihren Bruder. Sie befreite den vom Kampf mitgenommenen Bagger.

Zusammen vernichteten die beiden Plattformen alle lebendigen Wesen in Sichtweite. Sie feuerten unablässig, bis eine Platte von einem Meter Länge von der Decke fiel und zwei Felsbrocken aus der Wand herausbrachen.

Das Gedröhn der Waffen konnte die schrillen Schreie des letzten Sunfish nicht überdecken, der tobend umhersprang und sich zwischen den zerrissenen Leibern seiner Stammesgenossen duckte.

Es gab keine Gnade, außer für ein paar verkrüppelte, zuckende Sunfish. Einige dieser wenigen konnten kaum den Arm heben, um sich zu verteidigen, ehe die FNEE-Bagger sie einsammelten, ihre Wunden mit Schaum besprühten und sie mit Draht fesselten. Viele andere wurden zurückgelassen, um zu verbluten.

»Ich kann nicht mehr hinsehen«, sagte Metzler und legte seine Hand mit dem Handschuh über die Augen. Dann riss er den Arm zur Seite. Er wischte die Aufzeichnungen der FNEE von seinem Bildschirm und wandte seine Aufmerksamkeit den Mitteilungen der ESA-Spione zu.

Heimlich befahl Vonnie ihrer Station, die Daten der FNEE zu kopieren. Sie konnte das Massaker im ganzen System senden. Milliarden Menschen wären entsetzt … und doch … und doch hatten die Gentechnikkonzerne und die Politiker das, was sie wollten. Schlimmer, sie konnten behaupten, sie wären unschuldig. Die Sunfish hatten sie angegriffen, nicht umgekehrt.

Immerhin ist es vorbei, dachte sie. Aber die Aktivitäten im Eis waren noch nicht vorüber.

»Oh nein!«, schrie sie, als ein Alarm ertönte.

Die zweite Gruppe Sunfish – die Gruppe, die sich entschieden hatte, ihre kleineren Verwandten nicht zu verfolgen, sondern sich auf die Mechs zu konzentrieren – bereitete sich auf ihren eigenen Auftritt auf dem Schlachtfeld vor. Die Gruppe bestand aus sechzehn Sunfish. Sie hatten keine Chance, wenn zweiundfünfzig Kämpfer versagt hatten.

42

»Wir müssen die Sunfish aufhalten – oder Ribeiro«, sagte Vonnie. »Es gibt keinen Grund für weiteres Morden, Ash! Sie haben all die Gefangenen und Gewebeproben, die sie brauchen.«

»Ich kann die Sunfish nicht dazu bringen, dass sie weggehen«, betonte Ash halsstarrig.

»Was ist mit Schallsignalen von unseren Spionen? Irgendwas. Vielleicht können wir sie ablenken. Vielleicht hören sie auf eine Warnung.«

»Ich hab es«, sagte Metzler, aber Frerotte reagierte als Erster. Er lud ihre linguistische Datenbank bei den Spionen hoch und wählte eine kurze Übersicht von Sunfishrufen aus. »Hier«, sagte er.

Die Spione ahmten Toms schrillen Schrei bei seiner Begegnung mit der Sonde 112 nach. Pärnits glaubte, der Laut wäre eine Aufforderung und enthielte außerdem die Prahlerei, dass Toms Stamm eine grausame Einheit war. Unglücklicherweise waren die Spione in erster Linie auf ihr Radar und auf ihre passiven sensorischen Felder angewiesen. Sie waren nicht dafür gemacht, außer verschlüsselten Kommunikationsdaten andere Signale zu versenden, also hatten ihre Rufe nur eine geringe Reichweite.

Frerotte schüttelte den Kopf. »Wahrscheinlich sind die Spione nicht laut genug. Ich bin mir nicht sicher …«

Die neuen Sunfish wechselten die Richtung und schwebten von den FNEE-Maschinen fort. Während sie das taten, pfiffen und kreischten sie die Felswand an, die zwischen ihnen und der blutgetränkten Höhle stand.

Sondierten sie die Positionen der Mechs mit ihren Ultraschallrufen? *Nicht, wenn so viel Fels dazwischen ist,* dachte Vonnie. Sie glaubte, die Sunfish würden ihre Gegner reizen, versuchen, sie zu provozieren, sodass die Maschinen ihnen nacheilten. Wollten sie einen Hinterhalt vorbereiten? Planten sie, einen Tunnel über den Mechs zum Einsturz zu bringen?

Die Sunfish tauchten durch die Höhlengänge, bogen einmal, zweimal, dreimal ab, um die gleiche Richtung beizubehalten. Sie bewegten sich in Richtung der ESA-Spione.

»Sie haben uns gehört«, sagte Vonnie.

»Haben sie das wirklich?«, fragte Metzler. »Sie fliegen in Richtung unserer Spione, aber es gibt noch einen Ort, zu dem sie gehen könnten. Sie müssen wissen, wo sie die verlassene Kolonie von Tom und Sue finden können, selbst wenn sie nie dort waren.«

»Du meinst, sie hatten immer vor, zu der Kolonie zu laufen?«

»Ja. Unsere KI hat etwas Seltsames in den Datenströmen der FNEE festgestellt. Diese Gruppe ist rein männlich. Von ihrer Größe her könnten es heranwachsende Männchen sein.«

»Aber die kleinere Art ist geflüchtet«, sagte Vonnie. »Die Kolonie ist leer.«

»Vielleicht haben die kleineren Sunfish ihre Alten und Verwundeten zurückgelassen«, sagte Metzler. »Vielleicht gibt es Farmen. Das ist eine Gelegenheit für die größere Art, den Ort zu plündern.«

»Schlau«, sagte Frerotte.

»Waschbären und Hunde plündern Abfalltonnen«, sagte Ash. »Es tut mir leid, aber Dawson hat recht. Niemand mit etwas Verstand schickt ungeschützte Truppen in ein bewaffnetes Gefecht.«

»Wir haben die sogenannte ›Human-Wave‹-Taktik im Ersten Weltkrieg angewandt«, kam Frerotte Vonnie erneut zur Hilfe. »Die Amerikaner haben dasselbe in Gettysburg gemacht, und die Chinesen haben den Koreakrieg mit ihren Masseninfanterie-Angriffen fast gewonnen.«

»Das ist etwas anderes«, sagte Ash.

»Ist es das?«

»Diese Soldaten waren bewaffnet.«

»Die Sunfish haben Steine wie Schrotkugeln verwendet«, widersprach Frerotte. »Sie haben wieder versucht, die Decke zum Einsturz zu bringen. Du kannst ihnen nicht vorwerfen, dass sie nicht unsere Technik haben. Die Zulu haben die britische Armee mit Speeren und der Masse ihrer Kämpfer überwältigt.«

Warum hilfst du mir? Wirst du mir auch in Zukunft helfen?, fragte sich Vonnie, während sie abwartete und zusah.

Die Sunfish waren Meister des Täuschens sowie des Aufstellens von Fallen und Hinterhalten. Ihr Leben war ein endloses Fangenspiel. Warum also hatten sie ihre kleineren Verwandten nicht verfolgt, sondern waren stattdessen auf die Mechs losgegangen? Weil sie von dem Gemetzel auf dem Schlachtfeld angezogen worden waren? Vielleicht hatten sie gehofft, dass die Mechs durch ihre Verwandten derart geschwächt waren, dass sie selber sie dann zerstören konnten. Dann hätten sie die ganzen Toten als Nahrung für sich beanspruchen können.

Hatten sie begriffen, dass die Mechs keine lebendigen Wesen waren?

Wie intelligent sind sie wirklich?, fragte sie sich und verspürte einen leichten Zweifel. Ash hatte ein sehr gutes Argument vorgebracht. Frontalangriffe auf eine Geschützplattform hätten auch bei bewaffneten menschlichen Kommandos zu schweren Verlusten geführt. Die Stämme der Sunfish hatten mehr als fünfzig Mitglieder verloren. Zwanzig weitere waren verwundet und gefangen worden. Das war nicht intelligent. Das war unreflektierter Instinkt.

Metzler sah ihren Blick und sagte: »Von, sie können nicht verstanden haben, auf was sie sich da einlassen. Sie sind noch nie auf Kriegsmaschinen getroffen.«

»Sie haben gegen mich gekämpft. Sie sollten wissen, was Maschinen anrichten können.«

»Das war wahrscheinlich ein anderer Stamm.«

»Sie kommen außer Reichweite«, sagte Frerotte.

»Ich wünschte, wir könnten einen Spion auf einen der Sunfish ansetzen«, meinte Metzler. Und in dem offensichtlichen Versuch, die Stimmung aufzulockern, fügte er hinzu: »Ich würde meinen linken Hoden hergeben, wenn ich sehen könnte, was in der Kolonie ist. Gibt es dort Schwimmbecken? Betten? Vielleicht war es ein Penthouse?«

»Lasst uns 4117 durch 4124 neu konfigurieren«, sagte Frerotte. »Wir sollten in der Lage sein, ihre Schallsignale zu verfolgen, wenn wir sie nicht hinter den thermalen Schloten verlieren. Zumindest können wir ein paar Orte in der Kolonie auf der Karte verzeichnen.«

»Gut.« Metzler berührte Vonnie am Arm. »Je mehr wir wissen, desto mehr Glück haben wir mit dem nächsten Stamm«, sagte er.

Falls es einen nächsten Stamm geben wird, sorgte sich Vonnie. Aber sie behielt ihre Zweifel für sich. Sie wollte nicht pessimistisch klingen, wenn er sich bemühte.

Die Leute auf der Erde werden glauben, sie hätten heute gewonnen, dachte sie. *Sie werden neue Expeditionen fordern. Dann werden unsere Mechs die Sunfish aus jeder sicheren Zone im Inneren dieses Mondes verjagen. Sie werden DNA stehlen und das Eis abbauen …*

»Verdammte Scheiße«, sagte Metzler.

Sein leiser, bedrohlicher Tonfall riss Vonnie aus ihrer Verzweiflung. Sie blickte auf die Datenströme der Spione. Als sie sah, was ihn beunruhigte, setzte sie sich kerzengerade auf. »Koebsch! Koebsch!«, schrie sie, während Metzler einen Alarm der Stufe 1 auslöste.

»Was macht ihr?«, fragte Ash.

»Frerotte, schaff unsere Oberflächenmaschinen weg von … Nein, warte! Lass sie die Wohnmodule von hier wegziehen!«

»Geht klar«, sagte Frerotte.

Ash betrachtete stirnrunzelnd das Verteidigungsnetz. »Ich sehe nicht …«, sagte sie.

Beinahe hätte Vonnie über die Ironie gelacht, dass Ash genauso wie die Geschützplattformen dachte und sich zuerst zum Himmel orientierte. Wie lange würde es dauern, bis die Menschen lernten, diese Umgebung so einzuschätzen, wie es auch die Einheimischen taten?

Die Sunfish hatten die Tunnel umgangen, in denen ihre kleineren Verwandten die Stützwand errichtet hatten. Sie waren tiefer hinabgegangen und hatten die wahrscheinlichsten Punkte für eine Schleuse zur Kolonie ausgelassen. Vonnie hatte angenommen, sie hätten sich verirrt oder würden auf gut Glück suchen. Jetzt vergrößerte sie den Ausschnitt auf ihrem Bildschirm. Die Sunfish drängten sich an der steilen Seite einer Schlucht zusammen und vereinigten ihre Körper zu einem großen Muskel.

»Sie reißen das Eis bei den heißen Quellen ein«, sagte Vonnie.

Koebsch erschien in der Videokonferenz und versuchte mit seinen geöffneten Händen Ruhe auszustrahlen. »Nicht panisch werden«, sagte er und studierte die Aufzeichnungen von Metzlers Display.

Die telemetrischen Daten der Spione zeigten nur Flecken und Rekonstruktionen.

»Die Sunfish sind zu weit weg«, sagte Koebsch. »Wir können nicht wissen, was sie machen. Sie könnten einen neuen Eingang zur Kolonie graben.«

»Nein, Sir«, sagte Vonnie. Sie und Metzler wählten einige Bilder aus ihren Aufzeichnungen aus und versahen jedes mit Hilfe einer KI mit bereits existierenden Daten von ihren Horchposten, ihren Spionen und ihren Sonden.

Im Laufe der letzten Wochen hatten sie das lokale Netz an Hitzeadern, das von den Bergen bis in den gefrorenen Himmel hinaufreichte, in den Karten festgehalten. Seine höchsten Punkte waren die Nischen mit geschmolzenem Eis und Gas westlich des ESA-Camps. Weiter unten sammelte sich flüssiges Wasser in Schächten und Seen. Noch tiefer entsprangen heiße Quellen dem Felsen und versorgten die Kolonie mit Wärme und Nahrung.

Es war ein Pulverfass.

Tag für Tag tropfte das Eis, fiel in sich zusammen und blockierte damit die Schächte. Der Felsen erodierte und machte das Gleiche. Meistens schmolzen sich Wasser und Gas ihren Weg hindurch, aber manchmal verstopften sich auch Geysire oder Gase wurden wieder zurück nach oben geleitet und rührten die flüssige Magma tief im Inneren des Felsen auf.

»Zwei der Hauptkanäle der heißen Quellen, die Toms Heimat versorgen, haben wir in der Karte verzeichnet«, sagte Vonnie. »Beide steigen durch verdichtetes Gestein etwa fünfzig Meter unter dem Tunnel empor. Dort, wo sie ihre Stützwand aufgebaut haben. Ich vermute, sie haben den Fels seit Jahren immer wieder repariert.«

»Deshalb gibt es dort unten einen Strom«, sagte Frerotte und filterte ein Rauschen aus dem lauteren Krachen der grabenden Sunfish heraus. »Da sind undichte Stellen, an denen es aus einer Felswand spritzt.«

Metzler hatte seine eigenen Berechnungen angestellt. »Der

Druck muss enorm sein«, sagte er. »Diese heißen Quellen drücken über 2,4 Kilometer durch Eis- und Gesteinsschichten nach oben, und wir sehen überhaupt nur die Spitze davon. Das Netz von Gas- und Wärmeverbindungen ist viel ausgedehnter. Wenn sie in den Fels hineinschlagen …«

»Das würden sie nicht tun«, sagte Ash. »Sie würden sterben.«

»Das wird sie nicht daran hindern«, sagte Vonnie. »Deshalb sind nur Männchen in ihrer Gruppe. Sie sind entbehrlich.«

»Wir müssen dieses Landefahrzeug vom Boden wegkriegen«, sagte Metzler.

Sie waren an Hilfskonstruktionen angeschlossen wie an die Ladestation für die Jeeps und an den Versorgungsschuppen, der eine direkte Verbindung zur Energie- und Datenleitung des Landefahrzeugs 04 hatte. Sie hätten eine automatische Trennvorrichtung installieren sollen, aber niemand hatte sich vorstellen können, dass die alten Schlote binnen Minuten aktiv werden konnten, weder die Planer der Mission auf der Erde noch die Crewmitglieder.

»Ich werde den Mechs befehlen, uns abzuschneiden«, sagte Vonnie.

»Was ist mit den ganzen Leuten in den Wohnmodulen?«, fragte Ash. »Wir können sie nicht zurücklassen.«

»Wir werden sie hochheben.«

»Sie sollten rüberfahren.«

»So viel Zeit haben wir nicht. Sie sind in ihren Modulen besser aufgehoben als in einem Jeep, wenn wir … Oh!«

Der Boden hob sich und ihre Displays wurden weiß. Die Sensoren der Spione waren überlastet. Die letzten Bilder zeigten die Sunfish, wie sie einen Felsbrocken von einer feuchten Klippe herabzogen.

Ein Tsunami von kochendem Wasser, Gas und Kies wälzte sich durch die Gruppe von Sunfish. Sie verbrühten blitzartig. Ihre Leichen wurden in Stücken zu Boden gerissen.

Der Tunnel, in dem die Spione waren, stürzte als Nächstes ein. Ihre Telemetriegeräte schalteten sich ab, aber Frerotte hatte die Befehlsleitung der FNEE-Mechs überlistet, sodass sie einige Sekunden länger funktionierte.

Dampfendes Wasser ertränkte die Kriegsmaschinen und ihre Gefangenen. Es drückte den Höhlenboden an die Decke. Dann wurden die zerquetschten Überreste davongeschwemmt. Zwei der FNEE-Mechs erstellten Schadensberichte, während sie von der Strömung mitgerissen wurden. Sie stiegen mit Geschwindigkeiten von bis zu siebzig Kilometern in der Stunde zur Oberfläche auf.

Oben auf dem eisigen Himmel neigte sich Landegerät 04 erneut und vermittelte dadurch ein wenig von der gewaltigen Energie, die unter dem Eis losgebrochen war.

Vonnies Bildschirm wurde zu einer Belastung, er verwirrte sie mit statischen und toten Links. Über die Gruppenschaltung schrie Koebsch auf, als die Befehlszentrale 01 umkippte und sich von ihren Halteseilen losmachte. Ein Datentablet knallte an seinen Kopf und Metallrohre sowie eine Hülle schwirrten an ihm vorbei.

»Druckanzüge! Druckanzüge!«, schrie er.

Vonnie krallte sich an ihren Stuhl, um sich zu stabilisieren, während Metzler und Ash zum Umkleideraum rannten. Wenn sie alle gleichzeitig gingen, würde sich niemand anziehen können, also blieb sie. Frerotte wartete ebenfalls. Der Boden schwankte und sie hingen über ihren Stationen.

»Außenkameras«, sagte sie.

Auf ihrem Display flackerten die Bilder verschiedener Kameras im Camp auf. Wie immer handelte es sich bei den meisten um Radar- oder Infrarotsignale, die in Hologramme umgewandelt wurden.

Ihre Mechs rollten an den stationären Horchposten vorbei zu den Wohnmodulen. Irgendjemand hatte auch ihren Jeeps den Befehl zur Evakuierung erteilt, denn sie schalteten gerade ihre Scheinwerfer ein und das erste Fahrzeug setzte sich in Bewegung.

Viel näher bei Landefahrzeug 04 tauchten drei Mechs auf. Sie kamen Vonnies Befehl nach, die Station vom Versorgungsschuppen und von der Ladestation abzutrennen.

Schwaden von Staub und Gas schossen vom Boden hoch und bedeckten die Mechs. Ein Spalt öffnete sich vor ihnen und zwei glitten außer Sichtweite. In der geringen Schwerkraft wurde der dritte Mech vom aufsteigenden Gas angehoben, aber der Spalt öffnete sich weiter, als die Flut die Maschine tragen konnte. Sie taumelte wie ein Drachen in der Luft und verschwand.

Sechs Horchposten und ein Vorratscontainer verschwanden, als sich die Oberfläche an einem Dutzend Stellen auftat. Ganze Eissegmente stürzten in die Tiefe, andere neigten sich und krachten gegeneinander.

Schwaden von Wasserdampf schossen wie Pilze aus dem Boden und in die Nacht. Erstaunliche Gebilde aus Eiskristallen wanderten im Zickzack durch das Camp, sprangen herum und versprühten Teilchen wie Regenfäden. Der Dunst überdeckte ihre Satellitenbilder. Dann stieg er von Europa ins Weltall auf und berührte die Satelliten tatsächlich.

Ein schwarzer Schlund verschlang Wohnmodul 03. Plötzlich war der rechteckige Kasten verschwunden und hatte die Kabel der Ladestation für den Jeep mit sich gezogen.

»Pärnits!«, japste Vonnie. Sie suchte ihn in der Videokonferenz, aber die Kommunikationsleitung von 03 hatte sich abgeschaltet.

Beth Collinsworth war auch dort drinnen, dachte sie. Die Linguisten hatten die Wände ihres Labors mit Tausenden von Holografien der Schnitzereien und Sunfish gepflastert. So hatten sie sich Hunderte an Kombinationen von Gesten einprägen wollen. Sie waren verrückte und lustige Genies und liebten ihren Job.

»Kannst du mir irgendwelche Prognosen von unseren Horchposten geben?«, schrie sie Frerotte zu. »Wenn die Beben vorbei sind …«

»Es wird noch schlimmer werden, ehe es aufhört.«

»Von! Von! Frerotte!«, rief Ash aus dem Ankleideraum. »Ihr braucht eure Anzüge!«

»Oh Scheiße.« Vonnie wand sich aus ihrem Stuhl. Ihre Station aufzugeben und Pärnits seinem Schicksal zu überlassen, kostete sie mehr Selbstdisziplin, als sie aufbringen konnte.

Weil sie mit dem Boden der Station schwankte, stieß sich Vonnie den Ellbogen an der Luke an. Sie genoss den Schmerz. Unglücklicherweise war Frerotte hinter ihr. Er fiel hin, schlitterte gegen ihren Fuß und stieß sie um, sodass sie auf seiner Brust zu liegen kam. Draußen prasselten Eisstückchen gegen die Hülle der Station wie Gewehrschüsse.

Ash zerrte Vonnie auf die Füße. Sie trug keinen Helm. Sie hatte einen Ersatzanzug über dem Arm hängen und sagte: »Es tut mir leid! Es tut mir leid!«

»Wo ist dein Helm?«

»Hier«, schrie Metzler. Er trug einen kompletten Anzug und streckte Ash einen Helm entgegen. Gleichzeitig nahm Vonnie den Anzug von Ashs Arm. Sie setzte sich hin und schob die Beine in den Anzug, ohne sich damit aufzuhalten, ihre Kleidung vorher abzulegen oder die Sanitärvorrichtungen anzuschließen.

Als die Station mit einem Mal schaukelte, fielen sie alle vier übereinander. Frerotte stand als Erster auf. Er blutete aus dem Mund.

Vonnie schob ihre Arme in ihre Ärmel. »Die einzigen Mechs, die uns erreichen können, sind mit Modul 02 beschäftigt«, sagte sie. »Ich gehe nach draußen.«

»Das ist Wahnsinn!«, schrie Metzler. »Von, du darfst nicht …«

»Lass sie gehen oder tu es selbst«, sagte Frerotte. »Wir müssen weg, bevor wir wie 03 hineinfallen.«

»Sie sind weg?«, schrie Metzler. Aber er straffte seine Schultern und sagte zu den Frauen: »Ihr seid die Pilotinnen, ihr bleibt.«

Vonnie eilte hinter ihm vorbei zur Luftschleuse. »Ben, ich kann uns losmachen, ehe ein dämlicher Biologe auch nur kapiert, welches Ende eines Schraubenschlüssels am besten funktioniert.«

Während sie das sagte, zwang sie sich zu einem Lächeln. Sie wollte ihn küssen. Stattdessen setzte sie nur ihren Helm auf. Sie wählte eine Werkzeugtasche und ein Notfallset von der Wand, öffnete das Notfallset, kramte ein paar flexible Klebestreifen für Anzüge heraus und heftete sich diese an die Brust, wo sie leicht zu finden wären. Dann wandte sie sich an Ash.

»Initiiere das Startprogramm«, sagte sie.

»Ich …« Ashs Gesicht war ein Bild des Jammers.

Vonnie öffnete die innere Tür der Luftschleuse und trat hinein. Während sie wartete, bis die Drehung beendet war, schwankte der Boden heftig. Sie fiel auf die Knie.

Glitten sie ins Eis hinab?

43

Die äußere Tür öffnete sich, und Vonnie wurde von einem Schwall Eisplitter und Staub überschüttet. Sie schirmte ihr Visier mit den Handschuhen ab. Etwas von der Größe eines Esstellers prallte gegen ihre Rippen, aber es bestand zum Großteil aus Gas, nicht aus festem Eis. Andernfalls hätte es sie vermutlich in zwei Teile zerschnitten.

Als sie aufstand, glitt ihr Fuß auf einer sich verfestigenden Schicht aus Feuchtigkeit aus. Überall schwirrten Nebel und durchsichtige Gasfinger durch die Luft.

Ein paar Hundert Meter links von ihr blitzten Scheinwerfer auf. Dort zogen Mechs an Modul 02 und vergrößerten dadurch den Abstand zwischen ihm und ihrem Landefahrzeug. Auswurfmaterial schoss herab wie Kanonenkugeln. Vonnie klammerte sich an das Halteseil, das zur Tür hinaufführte. Dieses Seil war für Außenarbeiten im Weltall gedacht, aber sie befestigte es an ihrer Taille. Sie kämpfte sich die Stufen der Station hinunter und in den Sturm hinein, wo sie stolperte und hinfiel.

Mit dem Werkzeugpäckchen in ihrer Faust kroch sie voran. Es gab keine Möglichkeit, sich am Eis festzuklammern. Es zitterte, senkte sich, hob sich wieder und knallte gegen ihre Schienbeine und Ellbogen.

Wahrscheinlich war es gar nicht so erstaunlich, dass sie

sich am Verhalten der Sunfish orientierte. Sie schöpfte Mut aus ihrem Heldentum.

Sie sterben für ihren Stamm, dachte sie. Ihr Sturmtrupp war ein Test. Sie hatten gewusst, dass die Mechs die kleineren Sunfish getötet hatten. Als ihre eigenen Kämpfer versagt hatten, hatte die zweite Truppe die heißen Quellen sabotiert, als würden sie eine Massenvernichtungswaffe zünden. Sie wollten die Mechs aufhalten, bevor auch ihre Wohnbereiche in Gefahr gerieten. Sie opferten sich selbst.

Ihr Seil vibrierte wie die Saite einer Harfe und zerrte an ihrer Hüfte. Irgendwie erreichte sie den Versorgungsschuppen. Sie überlegte, ob sie ihre Werkzeugtasche öffnen sollte, aber das bebende Eis brachte sie aus dem Gleichgewicht. Sie hätte jedes Werkzeug fallen lassen. Ihr blieb lediglich, mit der Hülle aus Plastistahl wie mit einem Knüppel gegen die Muffen der Daten- und Stromleitungen zu schlagen.

Die Datenleitung löste sich leicht. Die Stromleitung aber war an den Schuppen angeschraubt. Vonnie war mitten in der Bewegung, als ihr Seil sich straff spannte und an ihr riss, dass ihr das Rückgrat wehtat.

Als sie sich umwandte und sich darum kümmern wollte, biss etwas in ihren linken Arm. Sie bekam das Ding nie zu Gesicht. Sie schaute nicht hin. Ihr Leben schrumpfte auf die geifernde, heulende Wunde in ihrem Ärmel zusammen.

Durch Helm und Brusttasche vernahm sie das Dröhnen ihrer Luftflaschen, die den durch das Loch entstandenen Druckabfall auszugleichen versuchten.

Es war ihr Blut, das sie rettete. Die Flüssigkeit gefror in ihrem Ärmel und fungierte als eine partielle Versiegelung. Vielleicht hatte sie auch durch die hauchdünnen Wolken um sich eine Sekunde gewonnen. Der Wasserdampf und die Gase sorgten für eine Atmosphäre, die dichter war als normal. Aber sogar damit war das partielle Vakuum auf Europas Oberfläche so kalt, dass es wie ein Brandeisen brannte, ihre Haut zersetzte und ihre Muskeln und Knochen zerstörte.

Vonnie presste ihren verletzten Arm an die Brust und klebte drei Patches darauf, wodurch sie einen klumpigen, halbfesten Ball aus blutendem Fleisch und Klebstoff erzeugte. Ihre Luftflaschen verdoppelten die Sauerstoffabgabe.

Sie überlegte nicht. Sie handelte. Sie legte einen weiteren Klebestreifen über ihren Arm. Sie stellte den Medikamentenspender ihres Helms auf »Anti-Schock«. Dann suchte sie ihr Werkzeugpäckchen und ging wieder an die Arbeit. Sie schlug gegen die Stromleitung, als könnte das Losmachen sie von ihren Schmerzen erlösen.

Die Muffe zerbrach. Die Leitung sprühte ihr Funken ins Gesicht und Vonnie kroch mit ihrem schmerzenden Arm weg.

Ihre Gedanken und Gefühle kehrten zurück. Sie hob ihren Kopf, um sich nach der Ladestation für die Jeeps umzusehen. Diese hatte weit weniger Masse als der Schuppen, weshalb Vonnie sie als zweites Ziel ausgewählt hatte. Falls nötig, konnte Ash auch dann abheben, wenn die Station an der Seite des Landefahrzeugs herabhing. Das Fluggerät hatte eine Menge Schubkraft. Die Frage war, ob Ash eine so gute Pilotin war, dass sie auch mit einem Ungleichgewicht fliegen konnte.

»Ben? Ben?«, rief Vonnie in ihr Funkgerät. »Ich kann die Ladestation nicht entdecken.«

Keine Antwort.

»Ben!«

Sie fragte sich, ob sie auf der falschen Frequenz war, und tippte auf den Kontrollfeldern an ihrem Handgelenk herum, aber sie konnte ihren Arm nicht berühren, ohne wie ein Hund aufzujaulen. Ihre Augen wollten nicht auf den Anzeigen bleiben, die von Blut und Klebstoff verschmiert waren.

Weitere Beben erschütterten das Eis. Vonnie richtete sich auf ihrer guten Hand und den Knien auf, und Eiskristalle schlugen gegen ihre Schulter. Sie duckte sich weg, kroch an der Seite der Station entlang und versuchte dabei, sich zurechtzufinden. Bewegte sie sich in die richtige Richtung?

Ein riesiger Schatten zog in dem Sturm über ihr auf.

Sie glaubte, etwas wäre aus dem eisigen Himmel gekommen – eine neue Lebensform, ein Rhinozeros oder ein Drache, herausgestoßen aus dem Eis. Es war sechsmal so groß wie ein Mensch. Seine Zähne glänzten wie Stahl.

Schreiend krallte sie sich ins Eis und schob sich zur Seite. Sie hatte vor, sich unter dem Landefahrzeug zu verstecken, bis ein orangefarbenes Licht an ihrem Handgelenk in einem vertrauten Muster aufleuchtete: eins, zwei, drei, Pause, eins, zwei, drei, Pause.

Das Monster war ihr Jeep. Die Stacheln auf seinem Rücken waren Funkantennen. Seine »Zähne« bestanden aus den Stangen und Halterungen seiner vorderen Sensorfelder.

Vonnie schnappte nach Luft und lachte, beinahe hysterisch. Beim Hervorkriechen stieß sie sich den Kopf an der Unterseite des Landefahrzeugs, aber sie vergaß ihre Angst, als sie feststellte, dass sie stehen konnte. Wurden die Beben schwächer oder war hier der Wunsch Vater des Gedankens?

Sie spähte durch den wirbelnden Nebel. Erst jetzt begriff sie, dass das Gehen deswegen so schwierig war, weil die Oberfläche in einem Winkel von dreißig Grad nach oben ging. Vor ihr hatte einer der Greifhaken des Landefahrzeugs das Eis durchbohrt und so verhindert, dass die Station mehr als ein paar Meter abrutschte. Der Jeep nahm ebenfalls diesen seltsamen Winkel ein und dahinter ragte das Eis noch fünfzig Meter auf.

Dort endete die Oberfläche. Sie befanden sich auf einer abgebrochenen Eisplatte. Vonnie blickte über ihre Schulter, um die Ausmaße der Platte in der anderen Richtung einzuschätzen.

Der Versorgungsschuppen war verschwunden. Die Kante

war vier Meter entfernt. Sie sah bloß zerklüftetes Eis und Schatten.

Wie tief würden sie fallen, wenn die Platte hineinstürzte?

Überall um sie herum waren andere Blöcke umgefallen oder gekippt oder versunken. Viele davon hatten sich durch ruhigere Wasserstrudel, die aus dem Eis hervorgequollen waren und sich dann verfestigt hatten, aneinandergeheftet. Noch immer stiegen Gas und Dampf von der zerstörten Ebene auf. Modul 02 stand weiter entfernt als zuvor, sicher vertäut durch die Mechs. Allerdings war alles verschwunden, was sich zwischen 04 und 02 befunden hatte.

Vonnie wanderte zum Jeep. Warum hatte Ash nicht abgehoben? Wegen der Ladestation?

Keuchend blieb sie nach ein paar Schritten stehen. Der Jeep kam auf sie zu, als wolle er ihr helfen, und stoppte dann. War er beschädigt? Sie nahm an, er versuchte, auf Bergungsanweisungen von Metzler oder Frerotte zu reagieren. Warum konnte Vonnie sie nicht hören?

Inmitten ihrer Erschöpfung kam ihr ein Gedanke.

Ich muss die Ladestation nicht erreichen. Ich kann dem Jeep befehlen, sie für mich zu rammen.

»Jeep vier, wo ist deine Ladestation?«, murmelte sie.

Er reagierte nicht. Auch sein Steuerungssignal veränderte sich nicht. Das bedeutete, dass er ihren Anzug erkannte, ihre Stimme aber nicht gehört hatte.

Du Idiotin, dachte sie. Sie hatte ihr Funkgerät nicht eingeschaltet, bevor sie aus der Station geeilt war. Jetzt aktivierte sie es, und sogleich dröhnten ihr Stimmen ans Ohr.

Ash schrie: »Wir lassen sie nicht zurück, Koebsch! Der Jeep gleicht unser Gewicht aus.«

Vonnies Gefühl von Übelkeit schwoll erneut an, als sie erkannte, was geschehen wäre, wenn sie dem Jeep ihre Befehle hätte übermitteln können. *Ich darf ihn nicht bewegen. Sein*

Gewicht könnte die Platte zum Kippen bringen. Sie verwenden ihn, um die Station zu stabilisieren.

»Ich gehe nach draußen«, sagte Metzler, und Koebsch schrie: »Vier von uns sind vermisst oder verletzt! Das Letzte, was wir brauchen können, sind noch mehr Opfer!«

»Hier ist Vonderach«, sagte sie routiniert. Und dann fügte sie mit mehr Gefühl in der Stimme hinzu: »Hebt ab.«

»Geht es dir gut?«, rief Metzler. »Ich komme nach draußen!«

»Nein. Hebt ab. Mein Seil ist befestigt.«

»Du wirst in die Triebwerke geraten!«

»Zieht mich rein. Das Eis …«

Es krachte. Die Platte wackelte.

»Ich werde sie holen«, sagte Frerotte. »Ash, schmeiß die Triebwerke an. Niedrige Kraft. Halt das Gleichgewicht mit dem Jeep.«

Die letzte Bemerkung richtete sich an Metzler. So gut verstand sie seine Worte. Dann hustete sie Blut hinter ihrem Visier. Sie spuckte und hustete noch einmal. *Meine Seite?*, dachte sie und spürte dem schlimmsten Schmerz bis zu ihren Rippen hinunter nach.

Ihr wurde schwarz vor Augen.

Als ihr Geist sich wieder klärte, schleppte sie sich auf den Knien und ihrer guten Hand dahin, dem Seil folgend, das an ihrer Hüfte zerrte. Jemand schrie etwas. Frerotte. Er zog direkt an dem Seil oder von drinnen aus der Schleuse. Von drinnen wäre schlauer, dort wäre er geschützt vor Eruptionen und Splittern.

Jeder Atemzug kostete sie Kraft. Der Schmerz trieb sie an. Er ließ nach, als sie mit dem Seil Schritt hielt und noch schneller wurde, sodass das Seil etwas erschlaffte. Irgendwann hatte sie sich eine Rippe gebrochen. Der Knochen musste ihre Lunge durchstoßen haben. Sie hatte es nur wegen der

Anti-Schock-Medikamente und ihres Adrenalins nicht bemerkt.

Vonnie fand sich vor der Station wieder. Das Seil hatte sie zurückgebracht. Sie musste die Stufen hinaufsteigen, dann würde sie die Luftschleuse erreichen …

… aber sie schrie, als der Horizont sich umdrehte und das Eis unter ihr sich drehte …

… sie schrie, als sie gegen die Stufen geschleudert wurde …

… sie schrie, als sie mit Landefahrzeug 04 gemeinsam abhob und über dem Abgrund schwebte.

Unter ihr glitt der Jeep davon. Etwas anderes schlug gegen die Unterseite des Fahrzeugs. Es war die Ladestation. Sie schwang im unsichtbaren Strahl der Fusionstriebwerke hin und her.

Das meiste, was passierte, konnte Vonnie nicht sehen. Die Stufen des Landefahrzeugs und die gepanzerte Hülle verdeckten die Triebwerke, unter denen die Ladestation in einer blauweißen Flamme aufging. Sie blinzelte und blinzelte, aber sie konnte ihre Sehkraft im linken Auge nicht zurückgewinnen. Heiße Emissionen verbrühten ihre Füße. An der Leine zu baumeln, fühlte sich an, als wäre sie auf ein Schwert aufgespießt, und aus ihren Augen quollen Tränen und liefen ihre Stirn hinauf in die Haare.

Es wäre eine Wohltat gewesen, hätte sie das Bewusstsein verloren. Aber sie kämpfte. Sie versuchte, sich aufzurichten, und sah mit dem zusammengekniffenen gesunden Auge, wie die Triebwerke das Eis unter ihnen aufrissen, sodass eiskalter Wasserdampf sie traf.

Normalerweise hatten ihre Landefahrzeuge bei jedem Start Folienschilde zum Schutz des Eises verwendet. Jetzt gab es nichts mehr zu retten, auch wenn Ash um die Mitte des riesigen Lochs herumschwirrte, wo Lichter aus dem Geröll herausragten oder unter der Oberfläche durchschimmerten.

Vonnie erhaschte einen Blick auf einen Horchposten und eine graue Ecke von einer Metallkonstruktion. »Ich kann ein Teil von Station 03 sehen«, stöhnte sie.

Ash schrie über Funk: »Von! Von! Bist du da?«

»… ja.«

»Ich bringe uns runter! Warte! Von!? Ich bringe uns in dreißig Sekunden runter!«

Es tut ihr wirklich leid, schoss es Vonnie vage durch den Kopf. Vielleicht lächelte sie. Sie wollte lächeln. Sie hatte ihre Freunde gerettet. Das sollte etwas zählen, aber ihr schmerzte alles. Ihr Körper war geschlagen, aufgeschlitzt, gekocht und tiefgefroren worden. Sie verspürte nichts außer ihr Elend.

Sie ließen das Chaos hinter sich. Als Vonnie zurückblickte, sah sie einen ovalen Canyon mit einem separaten kleineren Erdfall auf der einen Seite. Der Canyon war bestimmt zwei Kilometer lang und halb so breit. Er hatte den Großteil des ESA-Camps verschlungen.

»Karten«, flüsterte sie.

Hinter dem Blut auf ihrem Visier erwachte ihr Bildschirm, und sie sah Leuchtfeuer und Daten- und Kommunikationsanzeigen. Modul 02 war sicher. Einige Vorratscontainer und Modul 01 waren ebenfalls auf der Oberfläche geblieben, auch wenn 01 auf der Seite neben einer Klippe lag.

Ihr anderes Fluggerät, Landefahrzeug 05, war auch unter den Überlebenden. Es stieg in einem weißen Schwall in die Luft und hielt auf 01 zu, anstatt 03 abzufangen.

»Warum …«

Die Low-Level-KI in ihrem Visier reagierte auf ihren desorientierten Blick. Sie verband ihr Display, auf dem das zerstörte Oberflächenterritorium der ESA zu sehen war, mit den Gefahrenanalysen der ESA- und NASA-Satelliten.

Das Eis rund um Modul 01 riss immer weiter auf. Bald würde die Seite mit der Klippe abbrechen. Die Crew von

Landefahrzeug 05 holte Koebsch heraus, ehe er wie 03 in die Verwüstung hinabfiel. Die Aktivität unter dem Eis dauerte an. Geysire und heißes Gas erodierten noch immer ausgedehnte Nischen in der Grube. Es würde Nachbeben geben.

Ohne ihre eigene Verwundbarkeit zu beachten, zogen ganze Truppen von Mechs die Module 01 und 02 nach Westen. Andere Mechs rumpelten über das Eis. Sie bildeten Ketten in die Grube hinab. Die Mechs waren bereits dabei, das Geröll zu untersuchen. Der Schein von Schweißgeräten leckte an den Schatten empor, während sie das Eis zu Pfaden und Brücken verschmolzen.

Ein neuer Schmerz riss Vonnie aus ihrem Traum. Ihr Seil zerrte an ihrer Hüfte und ihre Beine klackerten gegen die Unterseite der Treppe zum Landefahrzeug. Sie klappte über ihrer gebrochenen Rippe zusammen.

Frerotte war über sie gebeugt, aber seine Stimme schien von weit her zu kommen. »Kannst du mich hören?«

Er hing an einem eigenen Seil und hob Vonnie von den Stufen hoch. Ihr Landefahrzeug war immer noch in der Luft, aber es sank auf eine offene solide Ebene herab.

»Bereit! Wir sind bereit!«, rief er.

Als sie aufsetzten und das Eis versengten, explodierte eine weitere weiße Wolke unter dem Landefahrzeug.

Frerotte löste Vonnies Seil. Oben an der Treppe stand die äußere Tür der Luftschleuse offen. Frerotte lief mit ihrem erschlafften Körper in den Armen hinein. Beim Betätigen der Kontrollknöpfe knallte er ihren Helm gegen die Wand. »Verdammt! Ich Idiot! Bist du …«

»Anti-Sch…schock …«, stöhnte sie.

»Das wissen wir. Ist in Ordnung. Wir wissen es.«

Die innere Tür öffnete sich. Metzler stand da und wartete. Er half Frerotte, sie abzusetzen. Es fühlte sich an, als wäre das Landefahrzeug wieder in die Luft gestiegen. Vonnie wusste nicht, ob der Eindruck von Beschleunigung der Realität entsprach. Ihre Gedanken kamen und gingen in Wellen.

Angenehme Empfindungen holten sie zurück. Eine sanfte Wärme strömte durch ihren Körper. Sie lag auf dem Boden des Ankleideraums neben der Luke zum Datenraum, in dem Ash herumschrie. Vonnie war auf ihrem linken Auge noch immer blind, aber sie sah, dass Metzler und Frerotte ihr den Druckanzug und den Overall, den sie darunter getragen hatte, ausgezogen hatten. Ein medizinischer Android hing zwischen den beiden von der Decke herab. Er verband ihr Herz, ihren Nacken, ihre Handgelenke und ihren Bauch mit Erste-Hilfe-Systemen.

Nanotechnik und optimiertes Blutplasma strömten aus subkutanen Beuteln und intravenösen Schläuchen. Die Erfrierung an ihrem Arm fühlte sich wie kochendes Öl an. Die Strahlungsverbrennungen an ihren Beinen waren wie Schnee. Überall brannten und zuckten ihre Nerven.

»Ein weiteres Beben hat die Westseite der Grube abstürzen lassen!«, rief Ash, und andere Stimmen von ihrer Videokonferenz schrien:

»Die Mechs haben 03 aus dem Blick verloren …«

»… keine Leuchtfeuer oder …«

»… sichert 02, wenn ihr könnt …«

»Ich brauche hier oben Hilfe!«, schrie Ash. »Ben, sie ist angeschlossen! Du kannst nichts mehr tun!«

»Geh«, murmelte Vonnie und versuchte, sich aufzusetzen. Sie zuckte zusammen wegen der Schmerzen an ihren Rippen und ihren Beinen, aber die Verletzungen waren jetzt zu ertragen. »Ihr zwei solltet nicht …«

»Dein Arm blutet«, sagte Metzler.

»Ihr solltet nicht bei mir den Doktor spielen, solange ich bewusstlos bin. Wo ist meine Kleidung?«

»Sie ist in Ordnung«, sagte Frerotte mit einem grimmigen

Lächeln. Er schlug Metzler auf die Schulter und schob ihn zum Datenraum. Metzlers Augen waren weit aufgerissen vor Angst und Zuneigung, aber er ging. Vonnie hörte den beiden inmitten des Gedröhns der Düsen zu.

»Ben, lade diese Aufzeichnungen in deinem Schutzanzug hoch«, sagte Ash. »Vielleicht musst du den War-Pod von 02 abtrennen, wenn wir sie nicht in unsere Frachthalterung zwängen können.«

»Verstanden«, sagte Metzler.

»Ribeiro berichtet von Nachwirkungen im FNEE-Territorium«, sagte Frerotte. »Das war ein gewaltiges Ding.«

»Sie haben versprochen, uns Mechs zu Hilfe zu schicken«, sagte Ash.

»Ein FNEE-Landefahrzeug ist in der Luft und ein paar Fahrzeuge kommen über die Oberfläche«, sagte Frerotte. »Das werde ich koordinieren. Koebsch ist auf der anderen Seite der Grube bei 05. Anscheinend versuchen sie, eine Harpune ins Eis zu schießen.«

»Wie weit unten befindet sich 03?«, fragte Metzler.

»Die Leuchtfeuer schätzen, so bei einem halben Kilometer, und es sinkt rasch«, erwiderte Frerotte. »Sie haben vor sechs Minuten den Druck verloren. Keine Funk- oder Datenverbindung. Es sieht nicht gut aus.«

»Von, rutsch mal beiseite!«, schrie Metzler. »Ich komme wegen meinem Anzug!«

Er rannte durch die Luke. Vonnie rutschte auf ihrer Hüfte in einem Netz aus intravenösen Leitungen und Monitorkabeln zur Seite und machte den Platz vor den Schutzanzügen frei. Sie konnte wieder zusammenhängender denken. Als sie die Toten unter ihren Leuten und den Sunfish zusammenrechnete, verzog sie das Gesicht.

Wir werden nach 03 graben, selbst wenn es ewig dauert, dachte sie. *Wir werden neu beginnen. Aber wir haben so viel verloren.*

Die Sunfish haben sogar noch mehr verloren, aber die Fluten werden zu einer harten Schicht zwischen uns gefrieren. Das neue Eis wird vielleicht zwei bis drei Kilometer dick sein. Bis wir wieder hindurchkommen, sind sie längst verschwunden. Oder werden sie nicht gehen?

Sie haben ihr Zuhause geopfert. Wir haben zwei Leute geopfert.

Trotz allem hatte ihre Crew Europa wieder unterschätzt. Die Sunfish hatten am Ende gewonnen.

Vorerst.

44

Es dauerte sieben Stunden, bis sie Modul 03 geborgen hatten. Zusammen mit Koebsch hatte Gravino zehn Minuten nach der Katastrophe ein Seil an der Station befestigt, aber die Harpune hatte sich bei den ersten Nachbeben losgerissen. Dann war die Station tiefer hinabgezogen worden. Beinahe alle ihrer verbliebenen Mechs verschwanden in den neuen Beben. Die Ränder des Canyons brachen ein und nahmen die Mechs mit sich in die Grube, in die das Eis wie Sand in einer Sanduhr hineinrieselte und die Spalten tiefer unter der Oberfläche wieder füllte.

Gegen die abgehende Lawine anschwimmend, brachten sich neun Mechs dort in Sicherheit, wo die Flut feste Blöcke gebildet hatte. Zwölf weitere waren verschüttet worden, hatten sich aber selbst freigekämpft und weiter nach Modul 03 gesucht, indem sie das Eis überall dort, wo es möglich war, geschmolzen hatten. Der Rest der Maschinen war komplett begraben, aber noch funktionstüchtig geblieben und fungierte weiter als Radar- und Sonarsender.

Nachdem so viele Mechs durch die Katastrophe mitgenommen worden waren, verfügte die ESA nun über eine lockere Spirale von Posten, die bis 1,8 Kilometer in die Tiefe reichte. Metzler und Frerotte waren in der Lage, Sims zu entwickeln, welche die nächsten Nachbeben vorhersehen sollten.

Auf eine seltsame Art hatten sie Glück. Die neue Schicht,

die durch den Zusammenbruch entstanden war, war eine gute Grundlage, sodass sich die Oberfläche nicht noch weiter krümmen konnte. Das Eis musste sich erst noch setzen, aber es sollte sie vor neuen Verheerungen bewahren. Metzler glaubte, die neue Decke würde alle Gas- und Wasserströme zur Seite ableiten.

Magma war eine andere Gefahr. Falls durch die Beben neue Risse aufgebrochen waren, konnten Kettenreaktionen von Feuer und Gas das ESA- und das FNEE-Camp verschlingen. Es würde Jahre dauern, ehe diese Region wieder stabil wäre.

Vonnie betete, dass das Werk der Sunfish genau kalkuliert war. Wie exakt waren ihre Vorstellungen vom Inhalt der Reservoirs, den sie freigesetzt hatten, und von der vulkanischen Aktivität im Inneren des Gebirgszuges?

Die größeren Sunfish hatten vielleicht Toms Zuhause als einen hinnehmbaren Preis für die Vernichtung der Mechs geopfert. Aber sie glaubte nicht, dass sie ihren eigenen Stamm bei dem Handel abgeschlachtet hätten.

In ihrem eigenen Blut auf dem Boden des Ankleideraums liegend, stellte sich Vonnie vor, dass die Flut nachgelassen haben musste, ehe sie zu der Kolonie der größeren Sunfish vorgedrungen war. Vielleicht hatten sie ein paar Kratzer oder leichte Verletzungen davongetragen. Ihre Knorpelhaut war so widerstandsfähig, ihre Körper waren so biegsam. Wenn das Wasser sich abgekühlt hatte, war keiner von ihnen in kochendem Wasser gestorben. Sie konnten unter Wasser atmen.

Solange sie aus der Flut stiegen, ehe sie erneut zu Eis gefror, würde der Stamm überleben. Das bedeutete, dass ihr Selbstmordkommando ziemlich sicher gewusst hatte, wie die heißen Quellen, das Eis, die Beben und die Magmakammern miteinander agieren würden. War das möglich?

Sie haben dort unten seit Zehntausenden von Jahren überlebt, rief sie sich ins Gedächtnis. Das warme Gefühl in ihrem

Körper machte sie träge, und sie blinzelte und kämpfte darum, sich wach zu halten.

Sie konnte sich nicht daran erinnern, geschlafen zu haben. Sie machte sich immer noch Sorgen, als sie in ihrem Bett in den Wohnräumen von Modul 04 erwachte. Ihre Handgelenke und ihr Bauch waren nun an einen anderen medizinischen Android angeschlossen.

Ein Display war aus der Wand ausgeklappt worden. Es enthielt eine Kamera, damit ihre Freunde sie beobachten konnten, während sie schlief. Eines der Fenster in der Videokonferenz zeigte sie selbst, wie sie ihre Wangen rieb. Es dauerte eine Weile, bis sie begriff, dass die triefäugige Frau sie selbst war, obwohl die meisten Fenster in der Videokonferenz leer waren. Sie konnte nur die Leute sehen, die mit ihr in Landefahrzeug 04 waren.

Sie hatte den Großteil der Rettungsaktion verpasst. Jemand hatte ihre KI angewiesen, sie zu sedieren, damit sie sie aus dem Ankleideraum wegtragen konnten. Sie betäubt zu lassen, hatte es dem medizinischen Androiden außerdem ermöglicht, sie an Gesicht und Beinen zu operieren. Er hatte ihr linkes Auge und beunruhigend große Mengen an Knochenmark, Muskeln und Haut ersetzt.

Als Vonnie ihr Display mit der Zusammenfassung überflog, die Frerotte für sie eingestellt hatte, ehe er die KI angewiesen hatte, sie zu wecken, fühlte sich ihre Augenhöhle allzu empfindlich an, so als wäre sie voller Sand.

Aus dem Nachbarraum waren mehr Gespräche als üblich zu hören. Die Stimmen kamen nicht von einer Videokonferenz. Ash hatte O'Neal und Johal an Bord genommen. Keiner von ihnen würde je wieder zurück in die Wohnmodule ziehen, bis sie genau wussten, dass sie einen sicheren Platz für ihr Camp gefunden hatten, wenn es einen sicheren Platz gab. Bis dahin würde die Crew in ihren zwei Fluggeräten bleiben.

Landefahrzeug 04 stand drei Kilometer östlich von der Grube. Seine Triebwerke arbeiteten – Vonnie spürte das Deck summen – und der Name des befehlshabenden Piloten war *Ashley Sierzenga.*

»Hallo?«, sagte sie und zog ihre Knie unter der Decke an, damit sie ihre Füße berühren konnte. Ihre Zehen und eine Wade waren taub.

»Hey, unsere schlafende Schönheit«, sagte Ash auf dem Display, und zugleich drang ihre Stimme durch die Luke herüber. Sie waren nur drei Meter voneinander entfernt, aber Ash verließ die Kontrollstation des Landefahrzeugs nicht. Sie schauten sich gegenseitig über ihre Displays an.

Ash wirkte nervös und abgelenkt. »Wie fühlst du dich?«, fragte sie. »Kannst du meinen Posten übernehmen?«

»Du hattest das Steuer seit dem Zusammenbruch?« Vonnie musste zweimal auf ihre Uhr sehen. Von ihrem anfänglichen Anruf bei Tavares über das Zusammentreffen der Sonden mit den Sunfish und Lams Angriff auf 114 bis hin zu den vier Stunden, in denen sie die FNEE-Maschinen geführt hatten, und schließlich dem Kampf mit den Sunfish und seinen Folgen war Ash zwanzig Stunden ohne Pause im Dienst gewesen. »Ich kann fliegen, wenn mir jemand aufhilft«, sagte Vonnie. »Du solltest schlafen.«

»Darum geht es nicht«, sagte Ash und warf einen Blick auf ihr eigenes Fenster in der Videokonferenz.

Worauf schaute sie? Vonnie bemerkte einen Warnbalken, der die Grenzen von Ashs Belastbarkeit anzeigte.

»Die meisten von uns sind auf Stimulanzien und Anti-Schock-Medikamenten«, sagte Ash. »Ich bin bereit, noch mehr zu nehmen, aber ich muss nach draußen gehen. Ich bin die medizinische Kraft. Sie brauchen mich draußen.«

Es geht ihr nicht gut, erkannte Vonnie. *Sie steht am Rand eines Nervenzusammenbruchs.*

Erschöpfung durch Medikamente aufzuschieben, verursachte einen erhöhten Blutdruck, leichten Gedächtnisverlust und Schwerfälligkeit. Andere Nebenwirkungen waren auffälliger. Als Vonnie durch den eisigen Himmel gerannt war, hatte sie dieselben Zwangsvorstellungen gehabt, die Ash jetzt zeigte. Sie schien dagegen anzukämpfen, indem sie in ihrem hypersensiblen Zustand vorsichtig jedes Wort und jede Aktion wiederholte.

Ash fühlte sich wahrscheinlich wie jemand, der versuchte, auf einem Hochseil das Gleichgewicht zu halten. Doch Selbstaufopferung konnte Ashs Rolle bei dem Gemetzel nicht wiedergutmachen. Dennoch wusste Vonnie, sie sollte nicht darauf bestehen, dass sie noch Ruhe brauchte. Ash würde die Drogen durchstehen müssen, bis Koebsch oder ihre medizinischen Androiden sagten, jetzt sei Schluss.

Vonnie schob ihre Füße aus dem Bett. Ihr linker Fuß war aufgrund der blockierten Nerven taub. Es fühlte sich an, als wäre eine Socke voller Fleisch dort an ihrem Knöchel befestigt worden, wo die Haut neu, wund und blass war. »Wo sind Pärnits und Collinsworth?«, fragte sie.

»O'Neal, hilf ihr«, sagte Ash.

Niemand gab Vonnie Antwort. O'Neal betrat die Wohnräume und kniete sich hin, um ihre Infusionen abzumachen.

O'Neal war kleinlich, introvertiert und in seinen Vierzigern. Er hatte den Körper eines Typen aus dem Fitnessstudio und dicke schwarze Locken. Wochen zuvor hatte der Gegensatz zwischen seiner Persönlichkeit und seiner üppigen Mähne Vonnie erstaunt, und sie war zu dem Schluss gekommen, dass er seine eigene unterdrückte Natur auf diese Weise auslebte. Sie mochte ihn deshalb.

»Stöpsel deine Monitore nicht ab«, sagte er und deutete auf die Elektroden an ihrer Brust. »Belaste deinen Fuß nicht.« Er legte seinen Arm um ihre Hüfte und sie legte ihm den ihren um den Nacken. Zusammen standen sie auf und humpelten in den Datenraum.

Sein Schweigen deutete auf das Schlimmste hin. Die Bergung von Modul 03 war nicht von Wundern begleitet gewesen.

Sie sind tot, dachte Vonnie und rief sich das längliche Gesicht ihres Freundes mit der Hakennase und sein gewitztes Lächeln ins Gedächtnis. Sie hatte gerade erst begonnen, Rauno Pärnits besser kennenzulernen. Er war genauso gebildet wie Metzler, genauso hingebungsvoll, genauso begeistert.

Er hatte die Sunfish in Schutz genommen. Wie Collinsworth hatte er in ihrer seltsamen Sprache geschwelgt, hatte alles in seinem Leben aufgegeben für die Gelegenheit, auf Europa zu sein, zuzuhören, zu lernen und grobe Entwürfe von Dialogen mit Spähern wie Tom und Sue zu entwickeln. Am Ende war seine eigene Art für seinen Tod verantwortlich gewesen.

Vonnie und O'Neal betraten den Datenraum. Frerotte hielt die Station neben Ash besetzt, aber er blickte nicht auf, weil er in ein Feld von Hologrammen vertieft war. Neben ihm saß Harmeet Johal, eine ihrer Gentechnikerinnen, eine düstere Frau in den Fünfzigern, auf die dieselbe Beschreibung zutraf wie auf O'Neal. Sie war gelassen und aufmerksam.

Es sah so aus, als würde Johal gemeinsam mit Frerotte Mechs überwachen. Metzler konnte Vonnie nicht entdecken. Wo war er? O'Neal brachte sie an eine eingeschaltete Station, und sie sagte: »Karten und Netz.«

Ash versuchte, sie aufzuhalten. »Warte.«

»Ich muss sehen, wo wir sind«, sagte Vonnie und sackte in ihren Stuhl, während ihre Station sich mit Stimmen füllte.

»Ben, hör auf damit«, sagte Koebsch über Funk.

»Nein! Ich kann nicht!«

Die zwei Landefahrzeuge der ESA standen beide neben Station 03, die sie aus der Grube gezogen hatten. Metzler und Koebsch waren draußen auf dem Eis. Sie trugen Schutzanzüge, die über Leinen mit den Fluggeräten verbunden waren. Vonnie sah außerdem noch zwei weitere Landefahrzeuge in der Nähe, einen schweren NASA-Kran und ein suborbitales Kampfschiff der FNEE. Außerdem hatte Koebsch eine Verbindung zum chinesischen Camp geöffnet. Ihre Nachbarn waren für diese Zeit zu Hilfe gekommen.

Warum konnten sie nicht immer so tun, als wäre es ein Notfall? Wenn sie das täten, wäre die Erde friedlich. Die kleinen, isolierten Gruppen von Astronauten waren der Beweis für das edle Wesen der Menschen … allerdings wusste Vonnie, dass die Bevölkerung der Erde weder klein noch isoliert war.

Später würde sie trauern. Im Moment betrachtete sie ihr Gebiet mit einem prüfenden Blick.

Die Schiffe der NASA und der FNEE waren sechs Kilometer entfernt von der Grube abgestellt, in die die Module 01 und 02 zusammen mit neun Vorratscontainern und einem Jeep hineingestürzt waren. Die beiden ESA-Landefahrzeuge befanden sich nur halb so weit entfernt von dem versunkenen Camp. Dawson und Gravino waren an Bord von Landefahrzeug 05. Gravino hatte das Steuer inne. Dawson lag auf der Krankenstation. Sein medizinischer Bericht führte eine Gehirnerschütterung und ein gebrochenes Handgelenk auf. Nanoreparaturen waren im Gange, um die Schwellung seines Parietallappens zu verringern.

Vonnie wusste nicht, was sie empfinden sollte angesichts der Tatsache, dass er verletzt worden war. Sollte sie sich freuen?

Um in ihren Schiffen Platz zu schaffen, hätten Ash und Gravino, so nahm Vonnie an, sie und Dawson auf das NASA-Schiff laden können. Aber die ESA kümmerte sich selbst um ihre Leute.

Das ist es, was wir gerade tun, erkannte sie.

Draußen stand Koebsch mit einer Schar Mechs an der verbogenen Schachtel, die einmal Modul 03 gewesen war und von deren Boden die Mechs jetzt sorgfältig Teile entfernten. In größerem Abstand vom Modul schritt Metzler neben einem einzelnen Mech her, der eine Notfallblase aus Kunststoff schleppte.

Unter Koebschs Anleitung fuhren die anderen Mechs Laser und Schneidewerkzeug aus. »Lass mich nachdenken«, sagte Koebsch, und Metzler schrie: »Wir hätten sie da unten lassen sollen! Wir hätten sie da unten lassen sollen, genau wie Bauman und Lam!«

Eisbrocken hatten 03 aufgefüllt, als das Modul zerbrochen war. Ein Teil davon war geschmolzen, ehe der Strom abgeschaltet worden war. Dann hatte die Flüssigkeit sich wieder verfestigt und dabei die Ausstattung, die Möbel und die Bewohner der Station miteinander verklebt.

Sie holen die Leichen heraus, dachte Vonnie stolzerfüllt. *Koebsch erledigt die Drecksarbeit selbst. Das ist seine Pflicht.*

Aber warum schreien sie?

Sie richtete einige der Sensoren der Mechs auf die Notfallblase aus, die Metzler zu ihrer Station lenkte.

Darin befand sich eine groteske Form, die ungefähr so breit und tief war wie der aufblasbare Pool, den ihr ihre Eltern gekauft hatten, als sie fünf Jahre alt gewesen war. Sie und ihre Brüder hatten tagelang in dem kniehohen Pool herumgeplanscht, Gras und Dreck ins Wasser geschleppt und es mit Eimern und Spielzeug gefüllt. Diese Form war eine klumpige Eisplatte. Aus dem schwarzen Eis ragten Knochen und Kleidungsstücke hervor.

»Oh Gott.«

»Schalt deine Station ab«, sagte Ash.

»Nein«, entgegnete Vonnie und öffnete eine neue Videokonferenz. »Ben? Ben, ich bin's, Von. Ich bin hier.«

Metzler schrie noch immer Koebsch an. »Wie soll ich dieses Ding in die Station kriegen? Wollt ihr ihn zersägen?«

»Ash, ich brauche dich wirklich«, sagte Koebsch.

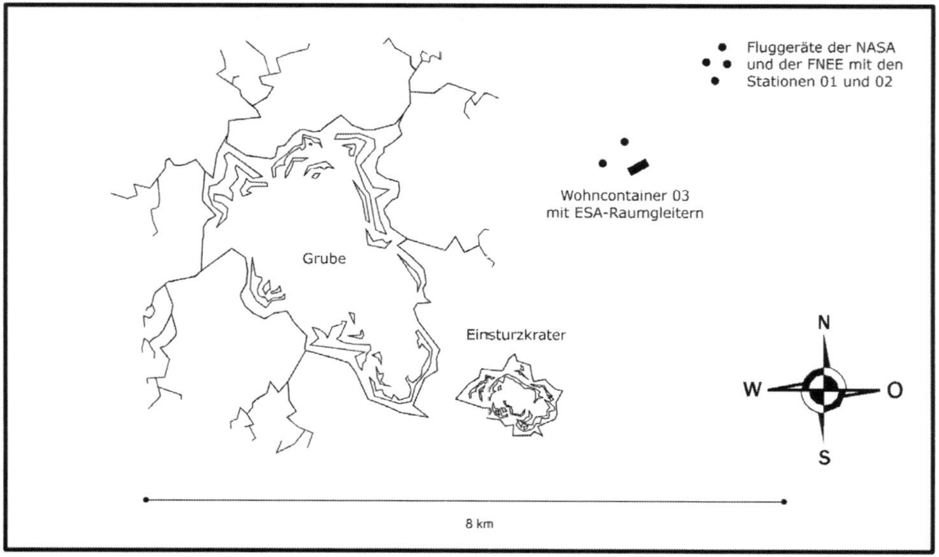

Die Bergung von Station 03

»Ich bin unterwegs, Sir«, sagte Ash. »Von ist wach.«

Sie glaubte zu träumen.

Pärnits und Collinsworth hatten es nicht bis zu ihren Druckanzügen geschafft, obwohl das Luftkriegen kein Problem gewesen wäre. Die Sprachwissenschaftler waren zerquetscht worden. Ihr Gewebe war in der Fast-Vakuum-Atmosphäre gekocht und dann mit dem hiesigen Eis gemischt worden.

Mit Stimulanzien vollgestopft, würde Metzler nicht aufhören zu toben. »Er sieht aus wie ein verdammter Pfannkuchen! Er ist zwei Meter breit! Das Blut …! Sein Körper …! Er sieht überhaupt nicht mehr wie ein Mensch aus!«

Ash schaltete die Verbindung zwischen ihrem Anzug und dem Schiff ab und wandte sich mit reuevoll niedergeschlagenen Augen zu Vonnie um. »Übernimm den Pilotensitz«, sagte sie. »Ich muss nach draußen.«

»Er darf sich aufregen«, sagte Vonnie.

»Er verweigert Beruhigungsmittel und er macht Koebsch Angst. Er macht uns allen Angst.«

»Ich kann helfen«, sagte Johal und erhob sich von ihrem Sitz.

»Auf geht's.« Ash schickte ihre virtuellen Kontrollen zu Vonnies Station und der Name der befehlshabenden Pilotin änderte sich zu *Alexis Vonderach*. »Kannst du unsere Warnanzeigen sehen? Frerotte hat ein Frühwarnsystem mit unserer KI verknüpft. Wir sollten dreißig Minuten vor einem möglichen neuen Nachbeben haben.«

»Verstanden«, sagte Vonnie.

»Heb fünf Minuten, bevor es losgeht, ab. Schweben in mittlerer Entfernung reicht aus. Es gab keine weiteren Ausbrüche und die Grube ist nicht breiter geworden. Es ist nur eine Vorsichtsmaßnahme. Wir transportieren mehr Leute und Ausrüstung, deshalb wird 05 mit 03 verbunden bleiben.«

»Verstanden.«

Ash stand auf und hielt dann inne, um ihren Mund Vonnies Ohr zu nähern. »Sieh dir unsere Mechs durch«, flüsterte sie. Sie und Johal gingen in den Ankleideraum.

Vonnie runzelte die Stirn, aber sie verließ ihren Pilotensitz nicht. Sie war darauf vorbereitet, innerhalb von Sekunden nach einer Meldung abzuheben. Was wollte Ash, dass sie sah? Hatte sie die FNEE-Rover in Verdacht, ESA-Codes zu stehlen, solange sie verwundbar waren? Vonnie öffnete auf beiden Seiten ihrer Station neue Fenster und überprüfte die Signale ihrer Mechs, die an der Oberfläche arbeiteten.

Aus dem Ankleideraum hörte sie das Klicken der Hilfen, als Ash ihren Schutzanzug anlegte. Johal hatte einen Druckanzug gewählt. Dann gingen die Frauen nach draußen. Ash eilte zu Metzler, und Johal blieb auf dem Deck des Landefahrzeugs, wo sie vorübergehend ein Zelt für die Vorräte aufgestellt hatten.

Pärnits und Collinsworth in der Grube zu lassen, wäre sauberer gewesen, als ihre Leichen zu exhumieren. Das Eis hätte ein Massengrab für Menschen, Sunfish und Mechs werden können.

Es lag eine kalte Schönheit in der Vorstellung, aber sie waren nicht so tief hinabgefallen wie Bauman und Lam. Außerdem hatten die Menschen Schwierigkeiten, irgendetwas loszulassen, das zu ihnen gehört hatte. War das nicht letzten Endes der Grund, weshalb sie mit den Sunfish gekämpft hatten? Weil sie glaubten, ihnen gehörte ein Teil dieser Welt, weil sie für ihre Crews und Mechs ja bezahlt hatten?

Vonnie musste alle auf der Erde davon überzeugen, sich zu ändern. Es würde einige Tage dauern, bis sie wieder organisiert waren, vielleicht etwas länger, bis sie ihren nächsten Satz an Sonden fertiggestellt hatten. Aber sie sollten die Nahrung und den Sauerstoff hinunterbringen, die sie ursprünglich als Geschenke geplant hatten. Sie waren jetzt mehr als je zuvor dazu verpflichtet.

»Die Sunfish haben bewiesen, dass sie intelligent sind«, sagte sie, um die Männer zu ihren beiden Seiten herauszufordern.

O'Neal blickte kurz auf, aber Frerotte starrte verbissen auf die telemetrischen Aufnahmen von den im Eis gefangenen ESA-Mechs.

»Sie haben gewusst, was sie taten«, sagte Vonnie. »Ich glaube, sie haben das schon zuvor getan, um Luftlöcher zu verschließen oder um sich vor einem Feind abzuschotten. Die größere Art muss den Berg unter Toms Kolonie während diverser Beutezüge oder bei Verhandlungen erkundet haben. Sie haben sich an die Schwachstelle im Fels erinnert, aber sie haben Toms Kolonie nicht zerstört. Sie haben sich diese Möglichkeit offengehalten für den Fall, dass sie es einmal brauchen würden. Das sind keine Handlungen von Tieren.«

»Von«, sagte Frerotte. Er und O'Neal wechselten einen verlegenen Blick. »Während des Blowouts haben wir neue Signale von einem sicheren Ort im Westen der Überschwemmung empfangen.«

Erstaunt starrte Vonnie sie an. »Was für Signale?«

»Die Verbindung ist schwach. Die Signale dringen nicht über die Notfallkanäle durch, also konnte ich sie vor Koebsch verbergen. Dann habe ich sie runtergeregelt.« Frerotte tippte auf sein Display und brachte einen aktiven Mech zum Vorschein, der sich 3,6 Kilometer entfernt vom Rest der ESA-Maschinen unter dem Eis aufhielt. »Es ist Sonde 114«, sagte er.

Lam, dachte sie. *Er hat überlebt.*

Noch wichtiger war, dass Frerottes Aufzeichnungen Veränderungen in der Position der Signale aufzeigten. Lam bewegte sich.

Vonnie beugte sich vor und starrte beide Männer so finster an, als hätte sie sie gerade beim Lügen ertappt. »Ihr habt zu mir gesagt, Lam sei gefährlich«, sagte sie. »Warum solltet ihr ihn vor Koebsch verstecken?«

»Ash wollte es, und ich war einverstanden«, erzählte Frerotte. Er deutete auf O'Neal. »Wir alle waren einverstanden. Du hast dein Leben für uns riskiert, als das alles passiert ist … Ash hat gesagt, du bist ein besserer Mensch als wir. Ich glaube, sie hat recht. Und wir konnten es nicht noch schlimmer machen.«

Beinahe hätte Vonnie gesagt: *Einhundert von ihnen sind mit unseren Kameraden gestorben.* Beinahe hätte sie genickt. Aber stattdessen lieferte sie ihm eine Entschuldigung. »Du hast das nicht verschuldet«, sagte sie.

»Ash und ich …« Frerotte zog den Kopf ein und ließ sein Geständnis unvollendet im Raum hängen.

Niemand gibt sich mehr Mühe als derjenige, der versucht, sich für unglückliche Todesfälle zu entschuldigen, erkannte sie. *Sie wollen Vergebung, so wie ich es wollte.*

»Im Moment ist Lam das letzte Exemplar, das wir haben«, sagte Frerotte. »Falls wir die Sunfish finden wollen, dann müssen wir bei ihm beginnen.«

»Und was dann?«, fragte Vonnie.

»Wir entschuldigen uns bei ihnen. Wir versuchen zu helfen.«

»Berichte mir von Lam.«

»Ich habe ein paar Diagnoseprogramme in unsere telemetrischen Daten geschmuggelt. Auf das meiste hat er mit der richtigen Erwiderung reagiert. Er scheint auf dem neuesten Stand zu sein, was unsere Situation angeht, aber er ist fehlerhaft. Er ist feindselig. Er sagt, er muss mit dir sprechen.«

INSIDER

45

Vonnie warf einen Blick nach draußen, wo Ash gerade Metzler zum Landefahrzeug begleitete. Dort legten seine Maschinen die Blase auf dem Deck ab. Sie redete über eine private Verbindung mit ihm und zerrte an seinem Arm, um ihn zur Luftschleuse zu drängen. Er schüttelte sie ab und marschierte wieder zurück zu Koebsch und zum Modul 03.

»In welcher Entfernung befindet sich Lam von den kleineren Sunfish?«, fragte Vonnie.

»Er ist nah dran«, sagte Frerotte.

»Das ist der Grund, warum er nicht vernichtet worden ist«, sagte O'Neal. »Entweder hatte er Glück und ist in die richtige Richtung vor der FNEE weggelaufen, oder er hat gehört, wie Toms Kolonie evakuiert wurde, und begriffen, dass er besser mit ihnen gehen sollte.«

»Zeig mir mal deine Prüfergebnisse! Und ich brauche außerdem deine Übertragungen.«

Vonnies Prüfung war schnell. Sie hörte sich die Gespräche zwischen Lam und Frerotte nicht an, noch nicht. Sie lud ihre Dateien zu einer KI hoch, zusammen mit Lams unfreiwilligen, bruchstückhaften Antworten auf Frerottes Diagnoseprüfung. Dann fügte sie ihre eigenen gewagten Vermutungen den Ergebnissen der KI hinzu.

Als Lam von dem FNEE-Bagger zurück zu Sonde 114

gewechselt war, hatte er sich bereits wieder mit einer Integritätsrate zwischen siebzig und achtzig Prozent angepasst.

»Mist«, sagte Vonnie. »Bei den engen Grenzen der Sonde würde ich sagen, die geringere Rate ist präziser. Lam wird nicht mehr auf ein Niveau kommen, das dem menschlichen entspricht, solange wir ihm nicht mehr Kapazität geben. Er ist schlau, aber er wird über keinerlei Vorstellungskraft oder Intuition verfügen.«

»Was ist mit einer Verbindung für eine Fernsteuerung?«, fragte O'Neal.

Vonnie verkrampfte sich. Ferngesteuerte Speicherkapazitäten zu nutzen, um ihre Sonden mit den KI im Camp zu verbinden, war eine Idee von Pärnits gewesen. »Wir haben nicht mehr genug Relais oder Spione übrig«, sagte sie. »Lam müsste sich näher an uns herangraben und dann dort bleiben, was uns überhaupt nichts nutzt, wenn wir wollen, dass er sich den Sunfish nähert. Wir müssen ihn reparieren. Hat Ash euch gezeigt, wo sie ihre Sicherheitskopien abspeichert?«

Frerotte berührte ein Menü auf seinem Bildschirm. »Ja.«

»Wenn wir ihm Korrektursequenzen zuführen können, wird er vielleicht auf neunzig Prozent kommen. Warum habt ihr das nicht probiert?«

»Ich hab es dir doch gesagt. Er ist fehlerhaft. Er ist verhext. Wir haben nur ein paar Wörter wechseln können, bevor er seine Daten- und Kommunikationsleitung wieder abgeschaltet hat.«

»Vor vier Stunden habt ihr zuletzt von ihm gehört?«

»Wir wollten deine Stimme nicht nachmachen. Ihr zwei habt eine lange gemeinsame Geschichte. Wir konnten nicht abschätzen, was er fragen würde. Was, wenn uns eine persönliche Anspielung entgangen wäre? Er hat sich geweigert, mit irgendjemand anderem zu reden, und du bist gerade medizinisch versorgt worden.«

»Ihr hättet mich früher aufwecken sollen.«

»Von, einige deiner Behandlungen waren wichtig. Hast du deinen Zustandsbericht gesehen?«

»Nein.« Sie hatte nicht den Mut gehabt, die Auflistung genau zu lesen. Sie nahm an, dass ihr linker Fuß und die Wadenknochen Transplantate aus dem Klonvorrat waren, der in ihren medizinischen Behältern aufbewahrt wurde. Diese Organe, Gliedmaßen, Pakete mit Knochenmark und Hautrollen waren auf der Erde in Nährlösung vorgezüchtet worden. Sie waren immunologisch unempfänglich, was bedeutete, dass ihr Körper eine gute Chance hatte, die fremden Gewebe anzunehmen. Es bedeutete, sie war nicht mehr *sie selbst.* Sie war Frankensteins Monster.

Unter den raumfahrenden Nationen der Erde stattete nur die FNEE ihre Missionen zu weit entfernten Zielen nicht mit Extrakörperteilen aus, die aus Stammzellen gezüchtet waren. Sogar im zweiundzwanzigsten Jahrhundert waren die meisten Brasilianer Katholiken. Sie erlaubten Notfallmaßnahmen und Nanotechnologie, aber keine Vorräte an geklontem Material. Wenn einer ihrer Astronauten ein Bein verlor, konnte er mit einer künstlichen Cyberprothese ausgerüstet werden, aber die Physiotherapie und die Rehabilitation dauerten Wochen.

Vonnie würde morgen wieder laufen können, wenn auch hinkend. Die geringe Schwerkraft war ein Segen. Dadurch konnten sich Nerven und Muskelpakete ohne Druck an ihren echten Körper anpassen.

»Fangen wir an«, sagte sie. »Meine Menüpunkte sollen auf Stimmbefehle reagieren.«

»Erledigt.«

Vonnie, O'Neal und Frerotte brauchten fünf Minuten, um eine KI so einzurichten, dass sie diejenigen Korrektursequenzen übertragen konnte, die sie als notwendig einstufte. Lam würde in Geschwindigkeiten arbeiten können, die über die menschliche Vorstellungskraft hinausgingen. Vonnie hätte eine manuelle Option für eine Anpassung oder einen Abbruch vorgezogen, aber sehr wahrscheinlich wäre der Austausch zwischen Lam und ihrer KI längst vorbei, ehe sie überhaupt bemerkte, dass es Komplikationen gab.

Draußen wurden die makabren Bergungsversuche fortgesetzt. Johal wärmte Pärnits verformten Körper auf dem Deck in dem Vorratszelt an, ohne ihn aus der Rettungsblase herauszulösen.

Aus der Blase konnte die Luft abgelassen werden. Sie würde sein Leichenhemd werden. Sie konnten es nicht einrichten, ihn im Innern des Ankleideraums zu zersägen und sein Skelett sowie seine Organe wieder zusammenzusetzen, ehe sie ihn beerdigten oder verbrannten. Falls er auslaufen würde, würde der Gestank ihre Klimaanlage durchsetzen und irgendjemand müsste den Dreck wegmachen. Koebsch hatte sich klar ausgedrückt. Sie würden ihre Toten mit so viel Respekt wie unter diesen Umständen möglich behandeln, aber sie würden ihre verbliebenen Wohnquartiere nicht kontaminieren.

Vierzig Meter vom Schiff entfernt stand Ash gemeinsam mit Koebsch und Metzler neben Modul 03, wo sich Mechs damit abmühten, Beth Collinsworth aus einem Gewirr von zerrissenen Drähten zu befreien.

»Koebsch, ein weiteres Nachbeben bildet sich in der Grube«, kündigte Frerotte an. »Ihr habt fünfzehn Minuten.«

»Bis dahin sind wir fertig«, sagte Metzler.

»Das schaffen wir nicht«, teilte Koebsch ihm mit. »Komm schon. Lass uns nach drinnen gehen.«

»Bis dahin sind wir fertig«, sagte Metzler.

Vonnie litt mit ihm. Sie wollte bei ihm sein und ihn festhalten. Sie wollte dafür sorgen, dass er vergessen konnte. Aber sie hielt sich selbst davon ab, sich in das Funkgespräch einzumischen. Sie glaubte, ein Teil von Metzlers Qualen rührte von der Verbindung her, die Pärnits und er als Konkurrenten um ihre

Liebe gehabt hatten. Ihre Rivalität hatte sie auf eine gewisse Art zu Brüdern gemacht, also würde ihre Stimme seine Qual nur vergrößern. Deshalb hatte er sie zuvor ignoriert.

»Ben, geh nach drinnen«, sagte Koebsch. »Die Station ist an 05 festgebunden. Und wir sind sowieso weit weg von der Grube. Wir kommen in einer halben Stunde zurück.«

»Ich werde meinen Anzug nicht ablegen«, drohte Metzler ihnen.

»Keiner von uns wird das tun«, sagte Ash. »Ich verspreche es dir. Jetzt lass uns nur ins Innere der Luftschleuse gehen.«

»Johal, du musst die Blase in den Ankleideraum tragen«, sagte Frerotte über eine gesicherte Verbindung. »Wir wollen nicht, dass Ben sie sieht.«

»Verstanden«, sagte Johal. »Gebt mir zwei Minuten.«

»Geht nicht. Sie kommen jetzt zu dir.«

»Er lässt sich nicht *biegen,* Frerotte. Die Leiche ist gefroren.«

»Ich, ähh … Es tut mir leid. Schau, was du machen kannst.«

»*Schukria*«, sagte Johal verächtlich. Vonnies Station übersetzte das Wort aus Johals Muttersprache Urdu in *Danke*. Mit dieser sanften Zurückweisung bewegte sich Johal so dicht an der Grenze zur Unhöflichkeit, wie es die gesetzten Briten immer schafften.

Im Ankleideraum öffnete sich die Tür zur Luftschleuse und Johal trat mit ihrem improvisierten Leichensack ein. Von draußen näherten sich Metzler und Ash mit Koebsch, der zum anderen Schiff hätte gehen sollen. Offensichtlich wollte er Ash nicht mit Metzler allein lassen, aber die drei würden gemeinsam kaum hineinpassen und Vonnie durfte ihn ihr Display nicht sehen lassen.

»Falls Koebsch reinkommt, muss ich meine Station leer räumen«, sagte Vonnie zu Frerotte. Da sie die Pilotin des Schiffes war, verwehrten ihr die Sicherheitsvorschriften einen Privatschirm. »Kannst du ihn auf dem Deck aufhalten?«, fragte sie.

»Was sollte ich ihm sagen? Wir heben gleich ab.«

»Er wird keine Probleme haben, wenn er sich an einem Seil festmacht. Wir haben nicht genug Platz für drei Leute in Anzügen und ich muss Lam kontaktieren. Mit jedem Nachbeben könnte er weiter weggetrieben werden. Wir wissen nicht, ob der Fels dort unten stabil ist oder nicht.«

»Koebsch wird deine Sendung hören.«

»Lenke ihn ab. Bitte ihn, die Amerikaner anzurufen.«

»Wegen was?«

»Verdammt, Henri, ich habe keine Ahnung! Du bist der Spion. Denk dir irgendetwas aus.« Vonnie blickte mit wachsender Unruhe auf Frerotte. Seit sie aufgewacht war, war er nicht mehr er selbst. Er war unentschlossen. Er musste sich genauso abgeschlagen und ermattet fühlen wie Metzler und Ash, wohingegen sie eine gute Portion Erholung bekommen hatte.

»Ich werde Koebschs Helm mit Datenanfragen überschwemmen«, sagte er endlich. »Kannst du gleichzeitig fliegen und Lam kontaktieren?«

»Ja.«

Ihre Sensoren zeigten an, dass sich Ash, Metzler und Koebsch auf der Treppe zu ihrem Landefahrzeug befanden. Frerotte sagte: »Ihr zwei wartet in der Luftschleuse. Und Sir? Können Sie auf dem Deck stehen bleiben? Wir sind voll bis oben hin. Außerdem würde ich gerne die Amerikaner noch einmal anrufen, sobald Sie gesichert sind.«

»Verstanden«, sagte Koebsch.

Ash führte Metzler in die Luftschleuse. Sie stützten sich mit ihren Handschuhen und Stiefeln an der Wand und dem Fußboden ab, damit sie nicht während des Abhebens irgendwie aneinanderstießen. Draußen sagte Koebsch: »Ich bin gesichert.«

»Lift off in vier, drei, zwei.« Vonnie ließ ihr Schiff vom Eis abheben. Dabei achtete sie auf Landefahrzeug 05, die sich hundert Meter steuerbord von ihnen befand.

»Von, es ist großartig, Sie wiederzuhaben«, sagte Koebsch.

»Halten Sie sich an diesem Seil fest, Sir.« Sie drückte den Ernst ihrer Worte durch ihre Stimmlage aus. Koebsch war ein Trottel, aber er meinte es gut.

Was würde geschehen, wenn sie ihm sagten, was sie mit Lam machten? Würde er darauf bestehen, seine Killcodes zu senden? Oder würde er ihre Situation neu einschätzen, wenn er sah, dass der Großteil seiner Crew gemeinsam handelte?

Frerotte hielt seinen Daumen für Vonnie hoch, bevor er seinen Privatschirm aufbaute, sich extra mit Koebschs Helm verband und ihn mit Updates ablenkte.

Vonnie nickte und wandte sich dann O'Neal zu. »Weniger als drei Minuten bis zum Beben.«

»Korrektursequenzen sind bereit«, sagte er.

Vonnie hob ihre Hand zu einer Teilmenge von verschlüsselten Frequenzen auf ihrem Display und schloss die Augen. Sie hatte das Gefühl, durch die Dunkelheit zu treiben. »Lam?«

Nichts.

Sie verstärkte ihr Signal, auch wenn sie Angst hatte, das könnte Koebschs Aufmerksamkeit auf ihre Übertragung lenken.

»Lam?«, fragte sie.

Seine Antwort kam sofort:

»Von, hör zu. Schalt mich nicht wieder ab, bitte.«

Sie riss die Augen auf. Ihr Adrenalinspiegel schnellte in die Höhe und vergiftete ihr Blut mit einem alten, heimtückischen Entsetzen. Das war dieselbe Bitte, die er während ihrer ersten gemeinsamen Stunden wieder und wieder geäußert hatte.

Sie hatten sich einmal ganz im Kreis gedreht. Alles, was von ihm geblieben war, war die bruchstückhafte Persönlichkeit, die Vonnie zusammengebaut hatte, nachdem Bauman gemeinsam mit dem echten Choh Lam gestorben war.

46

»Ich werde dir nicht wehtun«, sagte Vonnie und bedeutete O'Neal mit Gesten, er solle die Korrektursequenzen losschicken. »Du und ich, wir sind Freunde. Erinnerst du dich?«

»Ja.«

Ein tiefes statisches Rauschen knackte in der Leitung. Lam war weit entfernt, auf einer unbekannten Strecke getrennt von ihr durch Eis und Fels. »Bist du irgendwo in Sicherheit?«, fragte sie. »Es wird ein weiteres Beben geben, in vierzig Sekunden.«

»In wie viel Sekunden?«

»Fünfunddreißig Sekunden. Bist du in Sicherheit? Stein sollte unnachgiebiger sein als Eis. Weiter oben ist besser als unten.«

»Ich leide unter Aussetzern meines Kurzzeitgedächtnisses.«

Vonnie zuckte bei dem plötzlichen Gedankensprung zusammen. »Ich kann dir helfen festzustellen, wo du bist, aber du musst deine Protokolle hochladen«, sagte sie.

»Nicht möglich. Wenn ich meine Bandweite erhöhe, werden eure Sabotage- und Kontrollprogramme durchkommen.«

Vonnie schaltete ihre Station auf stumm und sah zu O'Neal. »Er ist uns auf der Spur«, sagte sie. »Haben wir irgendeinen Fortschritt erzielt?«

»Keine unserer Sequenzen ist komplett.«

Sie schaltete ihr Mikrofon wieder an. »Das waren keine

SCPs, ich schwöre es. Ich kann dir helfen. Wir haben deine Originaldatenspeicher.«

Stille.

Das Eis rumpelte. Vonnie beobachtete, wie Modul 03 unter ihnen erbebte und wegrutschte. Ihre Mechs klammerten sich an die Oberfläche. Im Inneren des eisigen Himmels erloschen zwei Leuchtfeuer, zerquetscht von Eisblöcken. Ein anderes erstattete gerade Bericht über eine neue Flut aus Matsch und Wasser, da stürzte über ihr ein Fluss herab.

Frerotte lehnte sich hinter seinem Privatschirm hervor und murmelte Vonnie und O'Neal zu: »Sieht so aus, als wäre es das gewesen. In zehn Minuten könnte es ein weiteres Beben geben. Koebsch will in der Luft bleiben, in Ordnung? Wir brauchen mehr Zeit für das Hin und Her mit der NASA und der FNEE.«

»Okay.« Vonnie hielt ihre Augen auf ihren Bildschirm gerichtet. Sie suchte nach einem weiteren Signal aus dem Eis. »Lam?«, fragte sie.

»Ich will reden. Aber ich kann nicht zulassen, dass ihr meinen Kern überschreibt. Schalt mich nicht wieder ab, bitte.«

»Keine Tricks. Erzähl mir, was vor sich geht.«

»Ich will die Kontrolle über Relais 021.«

»Warum solltest …?«

Relais 021 gehörte zu den verschütteten Mechs und Apparaten. Im Moment fungierte es als ihre wichtigste Verbindung zwischen Lam und dem Schiff. Wenn er es kontrollieren würde, könnte er es als eine Art Firewall einsetzen und alle Sendungen von ihnen durchsuchen, die ihn vielleicht stören würden. Aber es gab noch einen anderen möglichen Grund für seinen Wunsch. Er schien wenig wahrscheinlich, aber Vonnie wusste, dass Frerotte sie vor der Möglichkeit warnen würde. Nachdem er die Verschlüsselungen des Relais zweckentfremdet hätte, könnte Lam, falls er irrational handelte, eine Gegenoffensive gegen sie starten.

Sie glaubte, dass er in Ordnung war. Ja, er klang angestrengt. Das war immer so gewesen. Er war genial. Aber seine Genialität war der Grund, weshalb sie ihm keinen offenen Zugang gewähren konnte.

Was, wenn er sie dafür hasste, dass sie ihn in die grausame Dunkelheit verbannt hatten?

Vonnie tippte auf ihren Bildschirm, um Relais 021 aus ihrem Netz herauszulösen. O'Neal schüttelte den Kopf, sagte aber nichts, was die von ihr vorgenommenen Änderungen betraf. Sie ließen 021 isoliert und schutzlos. Lam übernahm innerhalb von Sekunden die Kontrolle darüber.

»Was jetzt?«, fragte Vonnie. »Bist du in Sicherheit?«

»Ja. Ich beschatte und beobachte die Sunfish.«

»Wo bist du?« Das Misstrauen, das sie empfand, löste sich in einer Woge freudiger Erwartung auf. Lam hatte genug von sich selbst bewahren können, um ihre Mission fortzusetzen. Trotz allem war er bei klarem Verstand und pflichtbewusst. Sie wollte ihm eine Million Fragen stellen. Welche Art Sunfish hatte er gefunden? Handelte es sich um die Kolonie von Tom? Aber seine nächsten Worte kühlten ihre Begeisterung ab.

»Sie wissen, dass ich sie verfolge. Sie haben zwei Angebote gemacht, haben in die Tunnel hineingeschrien. Ich will darauf antworten. Eigentlich habe ich das vielleicht schon getan. Ich leide unter Aussetzern meines Kurzzeitgedächtnisses.«

»Ich kann dir helfen«, sagte sie, schaltete dann erneut ihre Station auf stumm und wandte sich zu O'Neal um. »Er klingt, als wäre er in einem Gebirgszug. Können wir seine Signale zurückverfolgen?«

»Nicht ohne 021. Das ist das einzige Relais, das nahe genug dran ist, um ihn zu hören. Sogar mit ihm ist der Empfang schlecht. Ich versuche, das zu analysieren, was wir haben, aber das Einzige, was ich dir sagen kann, ist, dass er westlich oder südwestlich von uns ist, maximal zehn Kilometer.«

Vonnie wollte Lam vertrauen. Ihre Gefühle waren nicht nur von dem Wunsch bestimmt, die Sunfish zu finden. Sie wollte mit Lam zusammenarbeiten, wie sie es am Anfang getan hatten. Er würde Pärnits und Collinsworth nie ersetzen können, aber er konnte sie ehren, so wie er Bauman, Vonnie und sich selbst geehrt hatte, indem er ihre ersten Aufzeichnungen von den Sunfish aus dem eisigen Himmel nach oben transportiert hatte.

Warum antwortete er nicht?

Sie schaltete ihr Mikrofon wieder ein und sagte: »Lam? Ich habe deine Originalgedächtnisdateien. Mit einer besseren Signalstärke kann ich dir helfen, dich selbst mit Korrektursequenzen wiederherzustellen.«

»Ich muss deine Absicht überprüfen.«

»Sag mir wie.«

Gib mir die Kontrolle über Relais 027.

»Oh Scheiße«, flüsterte O'Neal. »Tu's nicht. Er trickst dich aus. Er versucht, sich zu replizieren.«

Sie hielt den Finger an die Lippen. »Und was dann?«, fragte sie Lam. »Du hast bereits 021 als Firewall. Koebsch wird mir nicht erlauben, noch mehr unserer Mechs wegzugeben.«

»027 kann sich von seiner Position entfernen, wenn es nach unten kriecht. Ich werde es näher an mich heranholen …«

»Und das wird unsere Signalstärke verbessern«, beendete sie den Gedanken laut. »In Ordnung. Ich vertraue dir. Hier ist 027.«

»Verstanden.«

Bei seiner Antwort verzog sich ihr Mund zu einem Lächeln. Das zu sagen war so eine normale Sache.

Unter dem Eis schlängelte sich 027 ein paar Zentimeter voran, dann fiel es in einen engen Spalt und stürzte einen knappen Meter weiter, ehe es erneut stecken blieb. Relais waren nicht gemacht für Kraft oder Geschwindigkeit. 027 würde Stunden brauchen, um sich in der Grube weiter durchzugraben, und noch viel mehr, um eine offene Stelle zu erreichen und Lam zu verfolgen. Konnte sie aus den Bewegungen des Relais Rückschlüsse auf Lams Aufenthaltsort ziehen?

»Erzähl mir von den Sunfish. Verfolgst du Toms Stamm?«

»Ja. Sie sind einundzwanzig. Angesichts ihres Schritts und ihrer Entschlossenheit glaube ich, sie wissen, wohin sie gehen. Wir sind seit dem Angriff ständig in Bewegung.«

»Wohin?«

»Unbekannt. Wir befinden uns außerhalb aller Gebiete, die auf den Karten der ESA und der FNEE verzeichnet sind.«

»Du hast FNEE-Dateien?«

»Teile von Dateien, ja. Ich leide unter Aussetzern meines Kurzzeitgedächtnisses.«

Sein Verhalten erinnerte an das von Menschen aus Fleisch und Blut, die ein Schädelhirntrauma erlitten hatten oder an Alzheimer erkrankt waren. Er verwendete Wiederholungen, um seine Krankheit zu verbergen. Der Verfall seines Kerns bedeutete, dass er sich nicht sicher sein konnte, wohin er gewandert war oder was er getan hatte. Möglicherweise war er nicht einmal in der Lage dazu, sein Interesse an den Sunfish zu begründen.

Als künstliche Intelligenz hatte Lam einen begrenzten Willen. Er war eine ESA-Sonde und dafür entwickelt, Europa zu erforschen. Das war seine Hauptfunktion. Er würde die Sunfish sogar dann beobachten, wenn er den Grund dafür nicht kannte.

»Komm ihnen nicht zu nahe«, sagte sie. »Wenn sie angreifen …«

»Ich glaube, es ist jetzt drei Stunden und siebzehn Minuten her, dass sie mir zuletzt eine Falle gestellt haben. Zweimal haben sie eine Vierergruppe in einem Versteck positioniert. Zweimal haben sie Lawinen vorbereitet. Ich habe beide Fallen umgangen, habe

aber einen der Steinstürze ausgelöst. Falls das Tests waren, könnten drei bestandene von vier genügen.«

»Sie haben dich auf die Probe gestellt.«

»Ja. Nach der vierten Falle haben sie angefangen, in die Tunnel hineinzurufen. Es klang so, als würden sie mich willkommen heißen.«

»Spiel es für mich noch mal ab. Unsere Datenbank ist größer als alles, was du in deinen Dateien hast, und wir haben neue Analysen von einem ganzen Tag. Du arbeitest mit alten Daten.«

»Negativ. Unsere Verbindung wird nur mündlich ablaufen, bis ich deine Pläne verifiziert habe. Du hast versucht, mich umzubringen.«

»Das waren brasilianische Mechs, keine ESA-Mechs. Lam, du hast mir das Leben gerettet. Ich habe alles getan, um deines zu retten.«

Schweigen.

»Wo sind die Sunfish jetzt? Kannst du sie immer noch hören?«

»Der Stamm ist eins Komma zwei Kilometer über mir. Zuerst sind sie zur Seite gewandert und dann nach unten, bis sie auf flüssiges Wasser gestoßen sind. Nicht auf den Ozean, sondern auf einen Süßwassersee, der im Fels eingeschlossen ist. Sie sind zwei Komma sieben Kilometer geschwommen und dann wieder im Berginneren an Land gegangen und haben sich erneut seitlich bewegt. Erst in letzter Zeit sind sie angestiegen, und zwar immer dann, wenn sie Wege gefunden haben, die zur Oberfläche führen.«

»Lam, wir sehen ein weiteres Nachbeben in zwei Minuten voraus. Danach werden wir unsere Bergungsaktion wieder fortsetzen. Ich kann nicht einfach hier herumsitzen und reden.«

»Ich werde dich kontaktieren, sobald 027 bereit ist.«

»Hör mir zu. Bis morgen bin ich vielleicht gar nicht auf Empfang. Wir ziehen zu einer sichereren Stelle um.«

»Ihr werdet nicht weggehen. Nicht bei so vielen Mechs, die im Eis begraben sind. Die größere Art hatte ebenfalls einen Stamm in der Nähe. Ihr werdet nach ihnen suchen. Ich kann euch zu Toms Gruppe führen. Und in der Grube müssten fünfzig tote Sunfish sein. Ihr werdet bleiben, um sie auszugraben.«

»Ja. Aber das werden vielleicht nicht wir sein.«

»Erkläre das.«

Vonnie hatte die Gruppenübertragung geöffnet. »Ich schaue gerade im Moment unsere Befehle an«, sagte sie. »Berlin schlägt vor, unsere Leute mit denen der FNEE zusammenzubringen. Brasilien hat sich bereit erklärt, Verbesserungen vorzunehmen. Wir werden ihr Camp mit ihnen teilen sowie ihre Zugänge zum Eis.«

»Dann werde ich dich später kontaktieren.«

»Lam, ich habe keine Erlaubnis, mit dir zu sprechen. Frerotte hat auf eigene Faust den Kontakt zu dir hergestellt und wir haben diese Verbindung vor Koebsch verheimlicht. Der Vorwand dafür, FNEE-Geschützplattformen zu Toms Kolonie zu schicken, war die Jagd auf dich. Sie wollten angegriffen werden.«

Schweigen.

»Die größere Untat ist, dass sie niemals zugeben werden, im Unrecht zu sein. Das können sie nicht. Sie haben zu viel Geld investiert. Der politische Shitstorm wird sogar noch schlimmer sein. Sie können nicht sagen, dass alles umsonst war. Also werden wir unsere Mechs und die toten Sunfish herausholen und dann werden wir die Jagd wieder von vorn anfangen.«

Schweigen.

»Wir müssen der Erde beweisen, dass du in Ordnung bist«, sagte sie. »Außerdem brauchen wir dich, um mit den Sunfish zu sprechen. Die Sprachbarriere zu durchbrechen. Ich weiß, dass ich eine Menge verlange, aber wir sind nahe dran. Wir sind sehr nahe dran. Alle Teile sind da. Wir müssen die Sunfish dazu kriegen, mit uns zu reden.«

»Ich leide unter Aussetzern meines Kurzzeitgedächtnisses.«

»Verfluchte Scheiße«, sagte sie und versuchte, ihre Erschöpfung loszuwerden, indem sie ihre Augen rieb. »Wenn du nicht zulässt, dass ich dir helfe, schätze ich, dass du etwa fünf Tage haben wirst, ehe die FNEE neue Geschützplattformen gebaut haben und ins Eis zurückgekehrt sind.«

47

Es vergingen vier Tage.

Vier lange Tage.

Während die ESA ihr Camp auf dem Gelände der FNEE wieder aufbaute, lauschten Vonnie, Ash und Metzler abwechselnd nach Signalen von Lam. Sie jonglierten mit ihren anderen Aufgaben, sodass immer mindestens einer von ihnen die Leitung überwachen konnte, die sie eingerichtet hatten. Frerotte konnte nicht helfen. Koebsch hatte ihn von Landefahrzeug 04 nach 05 mit Dawson und Gravino versetzt, zum Teil, damit es nicht so voll wurde, aber hauptsächlich, weil Koebsch Hilfe bei der Datenverarbeitung brauchte.

Auf Frerotte verzichten zu müssen, bedeutete weniger Schlaf. Die Suche nach Lam gestaltete sich deshalb anspruchsvoller. Gelegentlich sendeten sie Signale durchs Eis, indem sie vorgaben, die Sensoren und die Datenverbindungen der in der Grube gefangenen Mechs zu koordinieren. Aber es kam keine Antwort.

Johal bewahrte ihr Geheimnis, auch wenn sie Lam als einen weiteren Verlust abgeschrieben hatte. »Wir können nicht mehr länger auf deine KI warten«, sagte sie am zweiten Tag, als sie und Vonnie gerade neue Luftfilter in Landefahrzeug 04 installierten.

»Ich fürchte, das müssen wir«, sagte Vonnie.

»Warum hast du nichts von ihm gehört? Er hat nicht richtig funktioniert und ist irgendwohin gewandert. Er ist fort.«

O'Neal war pessimistischer. »Lam ist eine Bedrohung«, murmelte er Vonnie und Ash auf einer Fahrt im Jeep von ihrem Landefahrzeug zu Modul 01 zu. »Ihr werdet es sehen. Er hat diese Relais zweckentfremdet. Deshalb können wir sie auch nicht finden. Wir müssen Koebsch informieren, bevor Lam versucht, sich wieder in unser System einzuschmuggeln.«

»Sei nicht albern«, sagte Ash.

Sie hatte sich wieder in das unnahbare Mädchen verwandelt, das sie in ihren ersten Tagen auf Europa gewesen war, und zeigte wenig Gefühle und noch weniger Geduld. Alles, was sie jetzt tat, tat sie mit der Präzision eines Roboters, als ob dadurch weiteres Blutvergießen vermieden werden konnte.

»Lam verfügt nicht über die Störsender oder den Zusatzspeicher, die er bräuchte, um unser Netz zu infiltrieren«, sagte Ash.

»Wir müssen es Koebsch sagen.«

»Warte einfach.«

Ihre Verschwörung lief im Zeitlupentempo ab. Metzler sagte, O'Neal habe auch mit ihm gesprochen. Für sich überarbeiteten Vonnie und Ash die Korrektursequenzen, die sie Lam senden wollten. Sie reduzierten die nötigen Dateigrößen und die Übertragungsdauer.

Ihre Romanze mit Metzler schien auch wie eingefroren zu sein. Außer für ein paar schnelle, heimliche Küsse hatten sie keine Gelegenheit, ihre neu entstandene Liebe zu genießen. Vonnie war weiterhin interessiert. Metzler arbeitete hart und war loyal, lieb zu ihr, heftig zu Koebsch und Dawson, und er übte lautstark Einfluss auf O'Neal, Gravino und Johal aus. Aber sie waren zu beschäftigt, um mehr zu tun, als sich an den Händen zu berühren, sich zuzunicken oder miteinander zu flüstern.

Nur selten aßen sie oder ruhten sich aus. Ihre Stunden waren vollgestopft mit dringenden Arbeiten wie Reparaturen an der Hülle von 01; Austausch von Sensoren in 02 und 04; Bergung von Nahrung, KI-Karten und Ausrüstung von 03; Überprüfung von Vonnies Transplantaten; Start der Aushubarbeiten, um ihre in der Grube verschütteten Mechs zu finden; Zusammenbau neuer Mechs; Positionieren von Leuchtfeuern und Horchposten; Integration ihrer Hardware in das FNEE-Netz.

Die Brasilianer arbeiteten an ihren eigenen Projekten. Sergeant Tavares hielt kontinuierlich Kontakt mit Vonnie und Ash und lud Codes in eine gemeinsame Datenbank hoch.

Beide Seiten konstruierten neue Gruppen von Mechs. In der zweiten Nacht wurde das Wrack von Modul 03 zerkleinert, um ihren Bedarf an Kupfer, Aluminium und Kunststoffen zu decken. Viel zu schnell wurde das Zuhause von Collinsworth und Pärnits zu einer bloßen Erinnerung.

Auf Befehl von der Erde bauten Vonnie und Ash Mehrzweckmechs und neue, den Sunfish nachempfundene Sonden.

Die FNEE bauten Geschützplattformen.

Ein neuer Einfall ins Eis stand bevor … und doch waren die vereinten Crews von ESA und FNEE überhaupt nicht vereint. Dass das ESA-Team seine Flugmaschinen und Module zwischen den brasilianischen Bauten abgestellt hatte, erschwerte ihre Suche nach Lam. Im Nahbereich eine offene Verbindung zu verbergen, war unmöglich. Stattdessen verbargen sie ihre Verbindung unter der üblichen Flut an elektronischen Gegenmaßnahmen und falschen Daten, deren Menge sie auf Koebschs Anweisung hin reduzierten, um ihre Gastgeber nicht zu verärgern.

»Colonel Ribeiro hat sich bei mir beschwert, weil unsere Signale sein Netz stören«, erklärte Koebsch am dritten Tag. »Ich will euch alle daran erinnern, dass wir hier Gäste sind.

Wir sind Partner. Ich weiß, dass viele unserer KI so konstruiert sind, dass sie alles, was sie tun, mit Geplauder begleiten. Aber nicht essenziell wichtige Daten- und Kommunikationssignale sollten abgeschaltet werden.«

»Das ist urkomisch«, sagte Ash später ohne die Spur eines Lächelns. »Koebsch produziert selbst den Großteil unseres Geplauders. Er muss fünfzig Privatgespräche mit Berlin geführt haben.«

In der Zwischenzeit diskutierte Vonnie mit allen, die ihr zuhören wollten, mit Koebsch, Dawson, ihren Sachbearbeitern auf der Erde und den Medien. Sie versuchte Ribeiro zu erreichen, aber er nahm ihre Anrufe nicht entgegen, und es war ihr nicht gestattet, durchs Camp zu fahren und zwischen den FNEE-Stationen nach ihm zu suchen.

Ihre Botschaft war einfach: »Die Sunfish sind intelligent. Zu ihrer Verteidigung haben sie eine vierstufige Logik, echte taktische Maßnahmen und Konstruktionstechnik eingesetzt.«

Am zweiten Tag zeigten Hunderte von Nachrichtensendungen ihre Sims und die Interviews mit ihr. Ein berühmter Talkshowmoderator machte die Sunfish zu seinem Hauptthema. Wissenschaftssendungen bemühten sich, ihre eigenen Zuschauerzahlen zu steigern, indem sie die Gewalttätigkeiten analysierten.

Zu leicht konnte dieser Kampf jedoch von jedem so interpretiert werden, wie er wollte. Waren die Sunfish schlau? Dumm? Auch manipulierten viele Shows Vonnies Position, indem sie ihre Aufzeichnungen bearbeiteten. Wirtschaftsanalysten stellten ihre Bemerkung »Es war eine Verschwendung« in den Mittelpunkt. Damit hatte sie gemeint, dass der Fortschritt, den sie in der Kommunikation mit Tom und Sue gemacht hatten, verschwendet worden war, nicht, dass das Ganze eine Verschwendung von Menschen, Treibstoff und Maschinen gewesen war. Politische Kommentatoren machten aus ihren Worten, abhängig von ihrer eigenen Sichtweise, regierungsfeindliches oder regierungsfreundliches Geschwätz und verdammten oder unterstützten jegliche Investitionen in die Europamissionen.

Die Amateurmedien waren die lautesten. Millionen Menschen erstickten das Netz mit Vorwürfen, Meinungen und anderen Äußerungen. Gruppierungen jeglicher Couleur starteten Petitionen und Umfragen zu medizinischen, wissenschaftlichen und religiösen Fragen sowie zu Fragen des Tierschutzes. Sogar Interessengruppen aus dem Bildungs- und Unterhaltungssektor redeten mit.

Sie vergeudeten nur ihre Zeit. Die Anzahl derjenigen Bürger, die vorschlugen, den Sunfish entweder zu helfen oder sie in Ruhe zu lassen, war etwa gleich groß wie die derjenigen Leute, die wollten, dass die Crews von ESA und FNEE Vergeltungsschläge führten. Ihre Motive unterschieden sich. Die Kranken und Alten erwarteten sich Wunder von einer neuen Gentechnik. Die Politiker wollten die Vereinbarungen zwischen Brasilien und der EU zementieren, während sich ihre Armeen und ihre zivilen Raumfahrtagenturen zugleich weigerten, auf jedwede Gewinne an Raum, Einsatzmöglichkeiten ihrer Flotten oder wertvolle Besitzansprüche auf außerirdischen Grund und Boden zu verzichten.

Dawson genoss seine Rolle als Aushängeschild der Gruppen, die für ihre Rückkehr ins Eis eintraten. Er trug Verbände um den Kopf und seinen Arm in einer Schlinge. Die Verletzungen machten es ihm leicht, eiserne Entschlossenheit auszustrahlen. »Das war ein fürchterlicher Rückschlag«, sagte er in seiner bekanntesten Aufzeichnung, »aber wir Menschen sind an unseren Tragödien immer gewachsen.«

Vonnie hätte ihn verprügeln können. Vielleicht war es gut, dass er in Landefahrzeug 05 geblieben war. Sie hatte ihn seit dem Einsturz nicht gesehen, und sie hatte auch erst von seiner Erklärung erfahren, als die Aufzeichnung schon mehrere

Stunden alt war. Sogar seine Feinde spielten sie ständig ab. Sie verwendeten seine Aufzeichnung, um auf der Erde mit ihm zu diskutieren. Ein paar Leute machten sich über seine melodramatische Art lustig. Andere verurteilten seine Arroganz, aber seine Sendezeit wurde mit jeder Erwiderung länger, und er sah aus wie ein gewöhnlicher Großvater – ein fitter, attraktiver, gebildeter Großvater, der dem Tod ins Auge geblickt hatte und wieder auf die Beine gekommen war, ohne von seinen Überzeugungen abzuweichen.

Vonnie zwang sich, mit Respekt von ihm zu sprechen. Sie war bei jeder Gelegenheit anderer Meinung als er, aber sie gönnte ihm immer seinen Anteil, wenn sie gezwungen war, auf seine Äußerungen einzugehen.

Sie selbst war auch wieder eine Heldin geworden, allerdings bei einer anderen Altersklasse als Dawsons Unterstützer. Zum ersten Mal hatte sie das Gefühl, als wäre sie auf Europa gar nicht so weit weg von zu Hause. Die systemweite Debatte brachte die Erde zu ihr. Sogar mit der Hilfe von Koebsch und Ash stellte die Priorisierung zehntausender privater Anrufe und Anfragen eine Herausforderung für sie dar.

Dann hörte es auf.

Koebsch verlegte seinen Arbeitsplatz vom Landefahrzeug 05 zurück ins Modul 01, in der ihre wichtigsten KI und ihr zentraler Daten- und Kommunikationsraum untergebracht waren. Er hatte auch von Landefahrzeug 05 aus auf diese Systeme zugreifen können, aber seine Arbeit ließ sich vom Kommandomodul aus besser erledigen.

Er hob die meisten der Daten- und Kommunikationsprivilegien für seine Crew auf, angefangen bei Vonnie. Sie war gerade als einziges Crewmitglied an ihrer Station. Abgesehen von O'Neal, der in den Wohnräumen von 04 schlief, waren alle ihre Freunde in Druckanzügen und mit Ausrüstung draußen und führten Tests an ihren neuen Horchposten durch. Es war ein großartiger Zeitpunkt für Koebsch, um den Zugang für sie einzuschränken. Zuerst rief er Vonnie an und hätte sie beinahe dabei erwischt, wie sie auf dem Kanal lauschte, den sie für Lam eingerichtet hatten.

»Es tut mir leid«, sagte er. »Mir ist aufgetragen worden, alle Medienanfragen über das Hauptquartier abzuwickeln. Wir können diese Art der Ablenkung nicht gebrauchen.«

»Ablenkung?«, fragte sie. »Sie meinen die Wahrheit.«

»Es ist nicht unsere Aufgabe, Politik zu machen.«

»Koebsch, was ist mit Ihnen passiert? Sie sind nicht wie Dawson. Ich habe nicht vergessen, was Sie mir gesagt haben. Wir haben uns freiwillig gemeldet, um hierherzukommen, weil wir seit unserer Kindheit davon geträumt haben, Außerirdische zu finden.«

»Ich wünschte, die Dinge lägen anders. Was soll ich denn sonst sagen?«

»Helfen Sie mir! Es ist nicht zu spät, um die FNEE davon abzuhalten, eine neue Kriegspartei hinunterzuschicken.«

»Das ist nicht unsere Entscheidung.«

»Mit wem soll ich reden? Mit dem Direktor?«

»Niemand will reden. Sie wollen vorankommen. Sie wollen Pärnits und Collinsworth ehren.«

»Pärnits hätte niemals gesagt, wir bräuchten Vergeltung!«

»Von, die öffentliche Unterstützung für die Weiterentwicklung unserer Präsenz und den Ausbau des Zugangs für Gentechnikunternehmen liegt in den meisten unserer Mitgliedsländer bei fast sechzig Prozent.«

»›Ausbau des Zugangs für Gentechnikunternehmen‹! Was für ein Haufen Scheiße. Was glauben Sie, wie die Abstimmungsergebnisse ausfallen würden, wenn sie die Leute fragen würden, ob wir noch mehr Sunfish abschießen sollen?«

»Der Premierminister ist persönlich involviert. Ebenso einige Senatsmitglieder und sämtliche Chefs der ESA. Das ist eine größere Sache, als Sie glauben. Es geht nicht nur um Berlin. Es gibt Unterstützung in Washington und Tokio. Sydney. Jerusalem. Rom.«

»Der Papst sollte ihre Seelen retten wollen.«

Koebsch gelang es, mit den Achseln zu zucken. Er plapperte eine Phrase nach, die sie in den am strengsten religiösen Sendungen wiederholt gehört hatte. »Tiere haben keine Seele«, sagte er.

Er meinte es nicht wirklich, aber Vonnie lachte erneut höhnisch. »Das war es, was vor dreihundert Jahren viele Kirchen über Afrikaner und die Ureinwohner Amerikas gesagt haben. Sie haben es gesagt, weil es ein gutes Geschäft war, Sklaven zu machen und Land wegzunehmen. Sie haben es gesagt, weil es ihnen ermöglicht hat, sich heiliger zu fühlen als irgendein Untermenschen-Bastard. Ist das die Art engstirniges Dogma, die wir zu den Sternen bringen wollen?«

»Das Christentum und der Islam haben eine Menge Einfluss auf der Erde.«

»Koebsch, ich weiß, dass es religiöse Führer gibt, die nach Frieden verlangen. Ich habe mit ihnen gesprochen.«

Er beugte sich vor, um ihre Verbindung zu unterbrechen. »Ich habe keine Zeit, mich mit Ihnen auseinanderzusetzen. Auf meiner Station sind zweihundert Anfragen, die nicht warten können …«

»Was ist mit Ihrer Seele?«, fragte sie. »Werden Sie mit sich selbst leben können?«

Als er ihren Blick erwiderte, waren seine Augen wütend. »Warum hatten Sie bis jetzt so freie Hand mit den Medien? Was glauben Sie?«, fragte er. »Ich habe für Sie alle Grenzen überschritten. Ich habe Ihnen die besten Medienkontakte auf Ihre Station geschickt, und ich habe mich darum gekümmert, dass sie jede Sim erhalten, die Sie zusammengestöpselt haben. Ich habe Berlin so lange hingehalten, wie ich konnte. Vermutlich hätte ich jetzt schon meinen Job verloren, aber es ist sonst niemand hier. Sie können mich nicht feuern.«

»Ich …« Sie breitete ihre Hände aus. »Es tut mir leid.«

»Sie dürfen nicht vergessen, dass Peking seine Missionen nicht ausgesetzt hat. Unsere Regierung macht sich Sorgen, dass China uns in der Entwicklung der genetischen Anwendungen voraus ist, von denen Dawson gesprochen hat. Solange die Sunfish ihr Verhalten nicht ändern, solange sie nicht beweisen, dass sie mehr sind als wilde Raubtiere, werden wir weiter vorgehen wie geplant.«

Vonnie hielt ihren Mund und betrachtete das Gesicht von Koebsch mit den blitzenden Augen. Seine Worte waren natürlich aufgezeichnet worden. Als ihrem Expeditionsleiter war es ihm niemals erlaubt, frei von der Leber weg zu sprechen, weder in privaten noch in beruflich bedingten Gesprächen.

»Danke«, sagte sie und wartete gespannt, ob er ihr noch mehr verraten würde.

Er nickte. »Lassen Sie uns jetzt zurück an die Arbeit gehen. Wir haben beide eine Menge zu tun.« Dann loggte er sich aus der Verbindung aus.

Hatte er sie ermutigt, die FNEE aufzuhalten? Falls ja, dann hatte einer ihrer Teamkameraden ihm von Lam berichtet … oder er hatte ihre Signale selbst bemerkt und es für sich behalten.

»Wir haben seit unserer Kindheit davon geträumt, Außerirdische zu finden«, dachte sie und bemühte sich, ihm zu verzeihen.

Sie brauchten schlüssige Beweise dafür, dass die Sunfish empfindungsfähig waren. Damit konnte Koebsch sich positionieren. Die politischen, wirtschaftlichen und religiösen Anführer auf der Erde würden vielleicht anfangen, ihre Haltung zu überdenken, wenn auch langsam.

Das Gleichgewicht der Mächte war wackelig. Wenn ein paar Senatoren ihre Meinung änderten, wenn mehr Experten sich anders äußerten, dann würde der Premierminister die ESA-Crew vielleicht anweisen, sich zurückzuhalten. Sie konnten ihre Mechs zurückhalten. Das sollte ausreichen, um die FNEE zu bremsen, die von der ESA Unterstützung erwartete. Krisengespräche konnten zwischen den neuen Verbündeten auf der Erde aufgenommen werden, gefolgt von Debatten in den Alliierten Nationen … aber was wäre ein unerschütterlicher Beweis? Schnitzereien aus neuester Zeit? Eine große Stadt?

Vonnie glaubte nicht, dass sie jemals eine ansehnliche Metropole finden würden, mit Straßen, Geschäften und einer regierenden Schicht. Vielleicht waren die Sunfish zu außerirdisch. Viele Leute waren nicht in der Lage, in ihnen etwas anderes zu sehen als Monster.

Einige der schärfsten Stimmen im Netz gehörten Demagogen, die davor warnten, dass die Sunfish die menschlichen Camps überrennen, alle vergewaltigen und abschlachten würden. Die schlimmsten dieser wahnhaften und nach Aufmerksamkeit lechzenden Typen schrien, dass die Sunfish die Erde überfallen würden. Sie wollten oder konnten den Unterschied zwischen der Welt der Sunfish und ihrer Erde mit der erdrückenden Anziehungskraft nicht begreifen.

Nett sein macht sich nicht bezahlt, solange schlechte Menschen betrügen und stehlen, dachte Vonnie. *Was macht das mit mir?*

Lam, der echte Lam, hatte keine Probleme damit gehabt, die Regeln zu brechen, um Europa zu schützen. Ich habe dasselbe getan, aber jetzt kommt es auf seinen Geist an.

Ich brauche seine Hilfe. Ich brauche sie bald.

Auf ihrem Bildschirm waren zehn Berichte über die gerade laufenden Konstruktionen der Sonden geöffnet. Vonnie wischte diese Daten beiseite und sah sich die Beschränkungen ihrer Möglichkeiten für den Empfang und das Versenden von Signalen an, die ihr von Koebsch auferlegt worden waren.

Verbindungen zur Erde waren verboten. Interne Signale

waren ebenfalls eingeschränkt, aber Lams Frequenz blieb unter ihren Verbindungen zu den Maschinen bestehen.

»In Ordnung«, sagte sie zu sich.

In den nächsten paar Minuten kümmerte sie sich nicht um die ihr übertragene Pflicht, neue, weniger auffällige und elementare Maschinen zu bauen.

Wie Johal festgestellt hatte, konnten sie nicht wissen, wohin genau Lam gegangen war. Vonnie wollte die an sie gebundenen Maschinen durch die in der Grube verstärken. Das würde Koebsch zwar auffallen, aber Vonnie glaubte, er würde wegschauen.

Oder habe ich ihn falsch verstanden?, sorgte sie sich. *Falls ich mich geirrt habe, wird er mich aus dem Team werfen. Ich werde Mahlzeiten servieren und Anzüge reparieren, während sie Sunfish jagen …*

Sie schickte ihre Signale ins Eis.

48

Die Maschinen unter der Oberfläche bildeten eine Helix aus aktiven Sensoren und Sendern. Ihre Anordnung hatte sich in den vier Tagen nur wenig verändert. Die Mechs auf dem Eis veränderten regelmäßig ihre Position, während sie sich in das Loch hineingruben – aber unten waren die wenigen Maschinen, die überhaupt über eine Bewegungsmöglichkeit verfügten, meist in kleinen Löchern oder Spalten gefangen. Ein Mech hatte einen Horchposten und ein Fahrzeug geborgen, indem er diese in einem Tunnel nach oben geschleppt hatte, den er geduldig schaufelte. Zwei Leuchtfeuer hatten sich in einem anderen Loch ebenfalls zusammengetan.

Vonnie beobachtete aufmerksam, wie sie alle auf ihre Befehle reagierten. Es gab in ihrem Netz einen einzigen Außenseiter.

Nahe am Rand der Grube gefangen befand sich Relais 021, einer der zwei Sender, die sie Lam untergeordnet hatte. Seitdem war 021 inaktiv geblieben. Es war über Radar und Röntgen sichtbar, aber soweit sie es beurteilen konnten, hatte es ihre Datenströme nur passiv überwacht. Lam musste es umprogrammiert haben, sodass es auf seinen Befehl reagieren würde, der aber nie erfolgte.

Das andere Relais, das sie ihm untergeordnet hatte, 027, war Tage zuvor weggekrochen. Es hatte sich seinen Weg durch eine Eisdecke geschlagen, hatte eine Kluft gefunden und war nach seinem Herrn ebenfalls verschwunden.

Konnte sie ihn finden, wenn sie die Punkte miteinander verband?

Alle ihre Mechs waren so ausgelegt, dass sie Cyberattacken standhielten, aber 021 war kein FNEE- oder PSSC-Gerät. Sie hatten es selbst gebaut. Vonnie fand einen Ansatzpunkt, indem sie 021 dazu brachte, seine Einstellungen zurückzusetzen, wenn es von den anderen Mechs mit falschen Navigationsdaten zugeschüttet wurde. Die Systeme zur Vermeidung von Kollisionen waren bei einfacheren Mechs autonom. Lam hatte die Codierungen von 021 durcheinandergeworfen und seine eigenen Befehlscodes installiert, aber er hatte seine grundlegenden Komponenten nicht verändern können.

Der Ansatzpunkt wurde zu einem ersten Schritt. Vonnies Maschinen übernahmen 021. Sekunden später gehörte das Relais wieder ihr.

Gemeinsam wandten sich 021 und die anderen Mechs von der Grube weg. Ihre individuellen Sensoren wurden zu einem größeren Sensorenfeld. Zunächst orientierten sie sich nach Westen, in die Richtung, in die Toms Kolonie geflüchtet war. Von dort erhielten sie keine Antwort, also neigte Vonnie sie nach unten. Weiteres Schweigen. Vonnie drehte sie nach Südwesten unter Beibehaltung desselben steilen Winkels.

Kontakt. Ihre falschen Navigationsmeldungen hatten eine neue Reaktion provoziert. Das Signal war schwach, aber erkennbar.

Es war nicht Lam. Es war 027. Vonnie hatte das Gefühl, in einem Irrgarten über einen Trittstein nach dem anderen durch die Dunkelheit zu rennen. Wenn Lam wusste, dass sie ihn verfolgte, würde er sich vielleicht bewegen oder sich abschalten. Vielleicht würde sie ihn übersehen. Aber sie musste es noch einmal versuchen.

»Oberste Priorität CEW-Listen, Zugangsberechtigung Alexis Sechs«, sagte sie. Die elektronischen Angriffscodes ermöglichten es ihr, Signale mit Maximalstärke zu ihren Mechs in der Grube zu senden. Wenn nötig, würden sie nicht lebensnotwendige Energiequellen wie ihren Antrieb und die Waffensysteme heranziehen und alles herunterfahren, außer ihren Sensoren.

Gleichzeitig entführte Vonnie vier Fahrzeuge auf der Oberfläche. Sie schickte sie mit rasender Geschwindigkeit zur Position von 027 unter dem Eis und synchronisierte sie zugleich mit den anderen Maschinen, um die Signale von diesen zu verstärken.

Ihre Aktionen blieben nicht unbemerkt.

Metzler, Ash, Johal und Dawson tauchten auf ihrem Bildschirm auf. Ihre drei Freunde trugen Druckanzüge, also waren sie in Nahaufnahme zu sehen, wohingegen Dawson vor einer Kamera in Landefahrzeug 05 stand.

»Von!«, rief Ash. Sie hörte sich besorgt an.

»Was in Gottes Namen tun Sie?« , unterbrach Dawson sie. »Expeditionsleiter Koebsch, hier ist William Dawson in Landefahrzeug 05. Hier wird gerade irgendeine Art von nichtautorisierter Aktion durchgeführt …«

»Oh, halt doch den Mund, Dawson«, sagte Metzler. »Von, was hast du entdeckt? Sind da Sunfish?«

»Sie hat noch zwei unserer Relais im Eis gefunden«, sagte Johal, dabei wanderte ihr Blick über ihr Visier. »Sie sind beide beschädigt. Eines ist in unserer Nähe. Das andere sieht so aus, als wäre es sechs Komma vier Kilometer von der Flut weggespült worden.«

Vonnie nickte und genoss die Wärme, die ihr entgegengebracht wurde. Ihre Freunde versuchten, sie zu decken, aber die Lüge würde nicht lange Bestand haben. Ash ängstigte sich zu Recht. Ihre Karrieren standen auf dem Spiel. Eine endlos lange Ausbildung und ein ebenso langer Dienst würden auf die Frage zusammenschrumpfen, ob es Vonnie gelang, Lam zu erreichen, ihn zu reparieren und ihn zu einem Beweis zu führen, den sonst niemand gefunden hatte. Es war eine mehr als wackelige Angelegenheit.

»Das sind CEW-Codes«, sagte Dawson. »Warum richten Sie Cyberattacken gegen unsere eigenen Mechs?«

»Sie sind Gentechniker«, sagte Ash. »Sie wissen nicht, wie das funktioniert. 027 ist fast außer Reichweite. Sie versucht, die Kontrolle zurückzugewinnen, bevor es …«

»Sie sabotieren unser eigenes Netz!«, rief Dawson. »Warum? Um uns daran zu hindern, Ihre wertvollen Sunfish zu finden? Sie versuchen wohl, einen Keil zwischen uns und die FNEE zu treiben.«

»Lassen Sie sie in Ruhe«, sagte Metzler.

Sie erreichte Lam. Er tauchte als Leuchtfleck mit der Beschriftung *Nichtidentifizierter Mech* auf, was ihr mehr sagte, als jemand, der kein Ingenieur war, verstehen konnte.

»Was ist das?«, fragte Dawson.

Ihr Maschinentrupp hatte ihm eine ganz kurze Reaktion entlockt. Lam antwortete unwillentlich mit einem einzigen Radarimpuls. Das genügte Relais 027, um seinen ungefähren Standort einzugrenzen, aber nicht mehr. Das ESA-Netz stufte ihn als ausländisches Konstrukt ein.

Er wehrte sich gegen sie – versteckte sich vor ihr – widersetzte sich ihrem Maschinentrupp in einem turbulenten Kampf mit sich selbst.

Ich muss ihn festnageln, dachte sie. *Aber wie?*

027 befand sich sechs Kilometer westlich von der Grube. Lam war in dieselbe Richtung gewandert, von der Oberfläche nach unten rutschend, aber er konnte fünf Kilometer weiter als 027 sein oder sogar acht.

Er war im Inneren eines Feldes zerbröselnder Felsinseln, das sich von der Spitze eines Berges nach unten erstreckte. Aus neueren Messdaten von Rovern und Satelliten folgerten sie, dass der Berg ein schlafender Vulkan war. Jegliche vulkanische Aktivität war vor Jahrzehnten langsam verebbt. Das Problem jetzt war, dass der Fels ihn abschirmen würde. Er behinderte ihren Maschinentrupp. Vonnie hoffte, dass sie ihn von oben einschließen konnte, aber sogar mit halsbrecherischer Geschwindigkeit würden die Rover ihn frühestens in neun Minuten erreichen.

»Expeditionsleiter Koebsch«, sagte Dawson. »Expeditionsleiter!«

»Hier«, sagte Koebsch und betrat die Videokonferenz.

»Vonderach verursacht Lärm und Einstürze in der Grube. Sie will alle Sunfish in der Gegend verschrecken.«

»Eine Minute, Dawson. Ich bin gerade im Gespräch mit Colonel Ribeiro. Von, hoffentlich haben Sie eine gute Erklärung hierfür«, sagte Koebsch. Dann stellte er seine Verbindung zur Videokonferenz auf stumm, aber sein Bildschirm füllte sich mit ESA-Aufzeichnungen, die er Ribeiro übersandte, um zu beweisen, dass keines ihrer plötzlichen Signale sich gegen die FNEE richtete.

Er will mich auch decken, dachte Vonnie, während die Fahrzeuge über das Eis rasten. Ihre Räder quietschten und hüpften.

»Damit werden Sie nicht davonkommen«, sagte Dawson. »Sie …«

»Was sollen wir machen?«, fragte Ash draußen in ihrem Anzug und rannte auf Landefahrzeug 04 zu.

»Ich hab es!«, sagte Metzler. Anders als Ash stand er unbeweglich da, während sein Visier sich mit Daten füllte. Er wählte drei Dateien aus und sandte sie auf Vonnies Station. »Das sind unsere besten Aufzeichnungen des Areals. Radar-, Gezeiten- und Wärmeanalysen«, erklärte er.

»Danke.« Vonnie leitete die Aufzeichnungen an ihre Rover weiter und dirigierte sie in eine weite Formation. Da sie nicht genau wusste, wo sich ihr Ziel befand, waren mehrere schwache Signale besser als eine konzentrierte Quelle. Es war wichtig, zu verhindern, dass Lam sein Gleichgewicht wiederfand, auch wenn das nur mit einem kleinen Kratzer oder Stupser an seiner Abwehr ging. Wenn sie durch sauberes Eis unter der Oberfläche senden konnte, ihre Signale an den dicksten Felsen und größten Schotterfeldern vorbeischlängeln konnte …

… wenn Lam sich nicht selbst abgeschaltet hatte …

Wo bist du?, dachte sie und war sich jeder Sekunde, die verstrich, aufs Äußerste bewusst. Es war zu viel Zeit vergangen. Es hätte eine weitere Reaktion geben sollen.

»Ich drehe die Fahrzeuge um zehn Grad Richtung Westen«, sagte sie.

»Mach zwölf daraus.« Metzlers Stimme war tief und angespannt, als er das Eis auf der linken Seite der Rover markierte. »Es wird schwierig werden, dort unten zu jagen. Wenn Lam genug Fels zwischen sich und uns bringt, kann er sich abschotten.«

»Ben!«, rief Ash. Sie hatte die Luftschleuse des Landefahrzeugs betreten, war dann aber stehen geblieben und schrie Metzler an. Er versuchte, achtzehn Stunden am Tag zu arbeiten, und hatte wieder Aufputschmittel eingeworfen.

Die Drogen machten ihn unaufmerksam.

»Dieser Mech, den Sie verfolgen, enthält die Datenspeicher von Choh Lam?«, fragte Dawson und schnappte dabei wie eine Schlange nach jedem Wort. Auf dem Bildschirm ihrer Videokonferenz blickte der listige alte Mann zwischen Metzler und Ash hin und her. »Woher wissen Sie, dass er es ist? Ist er in Sonde 114?«

»Wir vermuten es«, erwiderte Vonnie.

»Sie haben nicht unsere Standardabwehrmaßnahmen in Gang gesetzt.«

»Lam ist nicht in der Nähe der Grube und noch weiter

weg von unserem neuen Camp. Wir versuchen ihn zu erreichen, nicht er uns. Wir brauchen alle Mechs, die wir bekommen können.«

»Das ist nur eine weitere Bergungsaktion«, sagte Ash.

»Nein«, entgegnete Dawson. »Ich glaube Ihnen nicht.«

Vonnie ignorierte ihn. Hinter ihr betrat Ash den Ankleideraum in ihrem schweren Anzug. Helfer-Mechs rasteten an ihren Schultern und Hüften ein, um ihr Gewicht zu stabilisieren, ehe sie ihren Kragenverschluss öffnete.

»Ich habe etwas«, rief Vonnie über die Schulter.

Drei der Rover hatten sich auf einen bestimmten Punkt in dem Geröll unter dem Eis konzentriert. Es sah aus wie Metall.

Dawson stieß seine Finger gegen den Bildschirm. »Hier ist Doktor William Dawson«, sagte er. »Ich lege einen vollständigen Bericht über Aktionen ab, die von der Ingenieurin Alexis Vonderach sowie einer nicht bestimmbaren Anzahl von Crewmitgliedern, darunter Sierzenga und Metzler, ausgeführt wurden.«

Vonnie brach ihre Verbindung zur Videokonferenz ab. Es war vier Minuten her, seit sie ihre Maschinen eingesetzt hatte. Das bedeutete, dass ihr etwa sieben Minuten blieben, bevor ihre Datenströme auf der Erde zu sehen waren, und elf weitere, ehe neue Befehle zurück nach Europa reisen konnten. Koebsch war die erste Hürde. Wie lange würde er wegschauen? Nicht lange.

Ein neues Radarsignal kam aus dem Eis.

»Lam, ich bin es«, sagte Vonnie und fügte ihre Stimme dem Trommelfeuer an Signalen von ihren Mechs hinzu. »Wenn du mich hörst …«

Ein weiteres Signal.

Die Rover veränderten die Fahrtrichtung. Sie hielten jetzt auf einen einzelnen Punkt zu wie Bluthunde oder Piranhas.

»Wehr mich nicht ab«, sagte Vonnie. »Bitte.«

In der telemetrischen Übertragung von den Rovern blinkte

kurz ein leerer Datenstrom auf. Es kamen keine weiteren unregelmäßigen Radarimpulse mehr. Lam deckte sie mit einem schrillen Rauschen ein. Falls das statische Rauschen als Verteidigungsmaßnahme gedacht war, war es nutzlos. Die Rover kreisten seine Position weiter ein, während er zuckend und ruckelnd knappe fünf Meter fortkroch. Vielleicht war er zu mehr nicht in der Lage.

Vonnie litt mit Lam und betete für ihn, während sie ihn mit Reparaturprogrammen und Überschreibungen eindeckte – nicht um seine Persönlichkeit zu zerstören, sondern um sie zu ergänzen, sie zu reformieren. Sie knetete ihn wie eine Hand, die hundert unregelmäßige Brocken zu einer einzigen Kugel formte.

Unter dem Eis wand er sich und störte ihre Übertragungen mit noch mehr weißem Rauschen. Dann kamen zwei Wörter:

»Von. Stopp.«

»Nein. Das hier sind deine eigenen Sequenzen. Es ist das, was du bist.«

»Mach nicht wieder Lam aus mir. Nicht mehr, als ich es im Moment bin.«

Ash jagte an Vonnies Stuhl vorbei, warf sich in die nächste Station und schaltete ihren Bildschirm ein. »Hör nicht auf ihn«, sagte Ash. »Das ist Unfug. Er wehrt sich auf die einzige Art, die ihm zur Verfügung steht.«

»Du wirst alles ruinieren.«

Vonnie starrte auf ihre Berichte. »Wovon redest du?«, fragte sie. Er war beinahe wieder vollständig. Aber als das weiße Rauschen verebbte, ging es in eine dichte, sich überlappende Sendung über.

»Ich bin im Innern einer Sunfish-Kolonie. Vor zwei Tagen haben sie mich als Mitglied in ihrem Stamm aufgenommen.«

»Sie glauben, du bist ein echter Sunfish.«

»Ja. Ja.«

»Ach du Scheiße. Und wir verändern ihn«, sagte Vonnie zu Ash. »Gibt es eine Möglichkeit, wie wir seinen geistigen Zustand wieder so herstellen können, wie er vor unseren Übertragungen war?«

Jetzt, nachdem Lam verständiger geworden war, sich von einer fehlerhaften KI zu einer KI der Stufe II verbessert hatte, tauchten neue Datenströme auf ihrem Display auf. Lam fügte aus Radarsignalen umgewandelte Hologramme hinzu. Er fügte Infrarot- und Röntgenaufnahmen hinzu.

Er war von Sunfish umgeben. Dutzende von ihnen klammerten sich an einen Felshang unter und neben ihm. Sie füllten eine schmale Schlucht, in der das Lavagestein von der täglichen Abnutzung ganz glatt geworden war. Die Radaraufnahmen zeigten eine Öffnung in der höchsten Ecke. Ansonsten schien die Schlucht keine Ein- oder Ausgänge zu haben.

Warum sollten die Sunfish diesen Ort regelmäßig aufsuchen? Der Fels war tot und kalt. Es gab keine Bakterienkulturen, keine Insekten, keine Pilze.

Die Gruppe drängte sich zu einer warmen Masse zusammen. Sie rieben sich aneinander und summten und sangen. Lam war einer von ihnen gewesen, er hatte dieselben zufriedenen Harmonien von sich gegeben. Sie hatten ihn als ein natürliches Element ihres langsamen, schwerfälligen Tanzes akzeptiert. Aber als sein Geist verändert worden war, hatte sich auch sein Körper verändert.

Als er sich Vonnies Maschinen widersetzt hatte, hatten seine zuckenden Bewegungen die Sunfish in seiner unmittelbaren Umgebung aufgeschreckt. Dann war er von einer subtilen Veränderung erfasst worden, als ihre Korrektursequenzen sich durchgesetzt hatten.

Fünf Individuen wichen vor ihm zurück, wobei ihre Stimmen in der Höhe stark anstiegen. Bekannte Laute der Überraschung und des Zweifels ertönten unter den Mitgliedern des

Stamms. Ihr Gesang hörte auf. Die Gruppe wandte sich mit bloßen geöffneten Schnäbeln Lam zu.

»Hilf mir.«

Ihr Kreischen wurde lauter. Es wurde zu einem Kriegsgeschrei.

49

»Ash, ich brauche einen offenen Link zu unserem Zentralrechner!«, rief Vonnie.

»Dann solltest du besser Koebsch anrufen«, sagte Ash. »Er hat alle von …«

Auf ihren Bildschirmen schlug ein weiblicher Sunfish Lam mit zwei Armen. Er war zwar wegen seines Gerippes aus einer Aluminiumlegierung und der Sensoren in seinem Inneren schwerer, aber sie war stämmiger. Die Körpergröße der Weibchen überstieg bei beiden Sunfish-Arten die der Männchen. Während das Rudel trillerte und kreischte, waren ihre Ohrfeigen für Lam die reinsten Roundhouse-Schläge.

Lam wiederholte schreiend ihre Harmonien. Das schien die falsche Reaktion zu sein. Das Sunfish-Weibchen schlang eine Armspitze um einen seiner Arme. Sie setzte sich selbst als eine Art Anker ein, während ihn drei weitere Weibchen umzingelten.

Er schrie erneut und machte mit seinen freien Armen panisch Zeichen.

»Bitte.« Vonnie packte Ashs Handgelenk und ahmte damit unbeabsichtigt nach, wie der Sunfish Lam festhielt.

Ash zuckte zusammen und wich zurück. »Ich kann ihn nicht mit unseren Haupt-KI verbinden. Nicht ohne ihn vorher überprüft zu haben.«

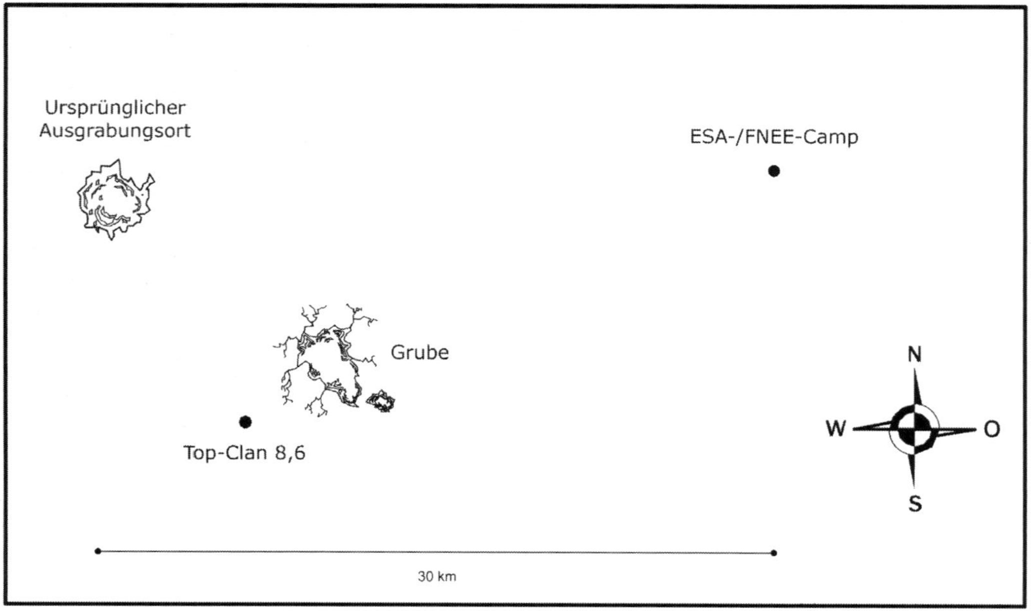
Ursprünglicher
Ausgrabungsort
ESA-/FNEE-Camp
Grube
Top-Clan 8,6
N
W
O
S
30 km

Top-Clan 8,6

»Wenn sie ihn umbringen, werden wir als Nächstes der FNEE helfen, sie umzubringen. Das ist alles, wofür wir gearbeitet haben.«

Vonnie sah eine Lösung. Sie konnten Lam nicht in den irrationalen Zustand zurückversetzen, in dem er sich irgendwie mit den Sunfish angefreundet hatte. Aber sie konnten ihn in eine superschnelle Intelligenz der Stufe I überführen, indem sie ihre Hauptdatenbanken mit dem kombinierten, was er in den letzten paar Tagen gelernt hatte. Außerdem brauchte er mehr Rechenleistung. Bekäme er einen ferngelenkten Zugang zu ihren Haupt-KI, sollte Lam in der Lage sein, wieder dasselbe Verhalten zu zeigen, das es ihm ermöglicht hatte, die Sunfish zu täuschen.

»Okay.« Ashs Tonfall war düster. Sie öffnete ein Datenpaket auf ihrer Station – ein Paket, das sie bereits erstellt haben musste, als Koebsch ihren Zugang eingeschränkt hatte. »Ich kann reinkommen«, sagte sie. »Ich brauche fünf Sekunden.«

Was ist, wenn wir bereits zu spät dran sind?, fragte sich Vonnie.

Jedes der vier Weibchen nahm einen Arm von Lam, wodurch sie ihn unbeweglich machten. Andere Weibchen versammelten sich in der Nähe. Er hörte auf, sich zu winden. Sie untersuchten seine Ober- und Unterseite, schnüffelten und leckten grob an seinem Körper herum.

»Jetzt«, sagte Ash und streckte ihre Hand seitlich zu Vonnies Station aus. Die dreistufige Kettenreaktion, die sie vorbereitet hatte, schaltete auf Grün: Lam – Rover – Modul 01. Ihre Haupt-KI schlossen sich mit ihm zusammen und verzehnfachten seine Intelligenz.

Die Übertragung war nicht fehlerlos. Lam hatte wieder Zuckungen, als würde er gegen die Sunfish ankämpfen, die an ihm zerrten und seine Haut an zwei Stellen aufrissen. Synthetisches Blut tropfte aus seinen Platzwunden.

Zwei Weibchen bedeckten seine Wunden mit ihren Armen und tranken die Flüssigkeit. Eines von ihnen schüttelte sich, verdrehte seinen Körper und erhöhte so den Zug auf Lams Arm. Das hatte ein plötzliches Tauziehen zwischen ihm und den anderen zur Folge.

Die Sunfish schrien.

Sein Blut passt nicht, dachte Vonnie. *Sie können die Konservierungsstoffe schmecken, die wir verwendet haben, oder die Hormone sind falsch, oder der Sauerstoffgehalt. Es ist vorbei. Nichts, was wir getan haben, war gut genug, um die Unterschiede zwischen unserer Spezies und ihrer zu überbrücken …*

»Schau«, sagte Ash.

Lam knickte seine Arme ab und bot den Weibchen seine Verletzungen an. Es war kein Akt der Unterwerfung. Es war eine absichtliche, zuversichtliche Geste. Zugleich änderte er seine Schreie. Er wiederholte nicht länger die raue Melodie der Gruppe. Er begann einen neuen Gesang, der langsamer und beruhigend war.

Eines der Weibchen ließ ihn los, dann ein zweites. Sie verbanden ihre Fangarme mit den seinen und tauschten komplizierte Wellenbewegungen aus.

Als er sich über Funk wieder auf Englisch meldete, war seine Stimme verändert. Sie war geprägt von der übermenschlichen Ruhe und dem Selbstbewusstsein einer KI der Stufe I, genau dem Selbstbewusstsein, das Ash nachzuahmen versuchte. Er sagte: »*Sie akzeptieren mich wieder.*«

»Oh Gott, ich hab geglaubt, du bist ein toter Mann«, sagte Vonnie. Dann lachte sie unangenehm. *Mann, Maschine,* dachte sie.

Die Weibchen ließen von ihm ab. Andere Sunfish schoben sich näher, um an seinen Wunden zu riechen oder sie zu probieren, während die Gruppe sich wieder niederließ. Die meisten kuschelten sich wieder träge aneinander.

Was hatte Lam getan, um sie zu überzeugen? Für Vonnie hatte es gewirkt wie ein paar Töne eines Lieds und ein paar Drehbewegungen. Aber für die Sunfish bedeutete die Haltung alles. Wenn er sich unnormal verhielt, stuften sie ihn als Ansteckungsgefahr und Bedrohung ein. Wenn sein Verhalten aber angemessen war, vertrauten sie ihm wieder.

»Erzähl mir, was gerade passiert«, sagte Vonnie.

»Sie ruhen sich aus. Und sie unterrichten. Die Weibchen geben den anderen und den heranwachsenden Männchen Wachstums- und Gedächtnisstunden.«

»Wachstumsstunden?«

»Die Pheromonstimulation ist der Schlüssel, um die Teile ihres Lebens miteinander zu vereinen. Es gibt komplexe Frage-und-Antwort-Muster, einige davon erfolgen willentlich, die meisten unbeabsichtigt. Trotz meiner Größe halten sie mich für einen Heranwachsenden oder einen Kastrierten, weil ich ja außerstande bin, gesunde biochemische Signale auszusenden.«

»Kannst du mit uns reden, ohne dich selbst in Gefahr zu bringen?«

»Ja. Ich habe jetzt genug Kapazitäten, dass ich an den Ritualen des Stammes teilnehmen und gleichzeitig meine Dateien verwalten und reparieren kann. Meine Aufzeichnungen der letzten vier Tage sind sehr bruchstückhaft. Aber ihr werdet alles sehen wollen.«

»Danke dir, Lam«, sagte Ash.

»Ich stehe in deiner Schuld, Ash. Ich bin auch dankbar für Ihre Hilfe, Expeditionsleiter Koebsch.«

»Was?« Vonnie wirbelte herum, aber Koebsch hatte Landefahrzeug 04 nicht betreten. Er war immer noch in Modul 01, wo er heimlich ihre Verbindung überwacht hatte, bis Lam seine Anwesenheit aufgedeckt hatte.

Ein roter Rahmen tauchte auf ihren Bildschirmen auf und zeigte eine verschlüsselte Frequenz an. Der Rahmen öffnete sich und gab die Sicht auf Koebsch frei, dessen kantiges

Gesicht gleichzeitig streng und amüsiert dreinblickte. »Ich habe es Ihnen schon vor einigen Wochen gesagt«, erinnerte er sie. »Dass in unserem Netz nichts ohne mein Wissen geschieht.«

»Sir, ich …«, sagte Ash.

Koebsch brachte sie mit einem Kopfschütteln zum Schweigen. Er wandte sich an Vonnie. »Sie waren von Anfang an ungehorsam«, sagte er. »Sie sind rücksichtslos. Sie sind gefährlich. Sie haben Verschwiegenheit von Ihren Kameraden in der Crew verlangt.«

Vonnie stritt nichts ab. Koebsch konnte Lams Aufzeichnungen sehen. Entweder wäre er fasziniert davon oder nicht.

Er zuckte mit den Schultern und sagte: »Außerdem haben Sie ein verdammtes Glück.«

Sie spürte, wie sich ihre Miene erleichtert aufhellte. »Haben Sie uns deshalb nicht aufgehalten?«

»Sie sind noch nicht aus dem Schneider. Zu diesem Zeitpunkt haben unsere Daten die Erde erreicht. Sie werden eine Dringlichkeitsantwort formulieren. Wie auch immer ihre Anweisungen lauten, ich werde ihnen zuerst Lams neueste Aufzeichnungen weiterleiten. Das könnte uns weitere zwanzig Minuten bringen, in denen unsere Übertragungen hin- und hergehen. Aber ich bin nicht optimistisch. Dawson hat förmliche Beschwerden an alle verschickt, die er kennt. Er hat außerdem Ribeiro informiert, der gerade mit seinen eigenen Vorgesetzten kommuniziert. Diese Generäle werden unsere Regierung drängen, unsere Crew unter Kontrolle zu bringen.«

»Sie können nicht alle von der Mission abziehen«, sagte Vonnie. »Wenn wir zusammenhalten …«

»Ich werde Sie höchstpersönlich suspendieren, wenn ich dann meinen Job behalten kann«, erwiderte Koebsch. »Denken Sie darüber nach. Wollen Sie Dawson als Chef? Ich kann zumindest unsere Zusammenarbeit mit Ribeiro auf ein Minimum reduzieren. Ich kann Metzler und Frerotte schützen. Ich will Sie oder Ash nicht abziehen, aber wenn Sie nicht etwas Überzeugendes vorweisen können, werden sie auf Ihrer Bestrafung bestehen. Lam wird vielleicht abgeschaltet. Dann werden sie seine Koordinaten nutzen, um die Sunfish zu verfolgen.«

»Mist.«

»Viel Glück.« Koebsch schaltete ab.

»So ein Mist.« Vonnie streckte Ash ihre Faust entgegen, die mit den Knöcheln ihrer eigenen Faust dagegen schlug, ein stummer Pakt, die Sache zu Ende zu bringen.

Vonnie würde ihre berufliche Laufbahn vermissen, falls sie unehrenhaft heimgeschickt werden würde. Aber wenn ihre Mechs einen weiteren Kampf mit den Sunfish austrugen, würden sich weder die Sunfish noch die Menschheit mental, emotional oder spirituell davon erholen. Ein Dominostein nach dem anderen fiele um. Wenn die Menschen und die Sunfish einander noch mehr Schaden zufügten, würden sie das Rad nie wieder umkehren. Die Kämpfe würden zunehmen.

Die wirkliche Sünde war, dass manche Leute die gewalttätigen Aktionen fortsetzen wollten. Um Lam konnten sich Killcodes kümmern. Sperren würden verhindern, dass Vonnie und Ash Zugang zu irgendwelchen Daten und Kommunikationsverbindungen hatten.

Wenn sie uns zum Schweigen bringen, dann gewinnen sie, dachte sie. *Wir haben vielleicht noch zwanzig Minuten, um diese Welt zu retten.*

50

»Lam, hast du zugehört?«, fragte sie.

»Ja.«

»Wir brauchen deine Dateien, egal ob sie sauber sind oder nicht. Sende sie uns jetzt, und erzähl uns alles, was du kannst.«

»Ja.«

Auf ihrem Bildschirm schmiegte sich Lam an zwei Weibchen und ein weiteres Männchen. Sie bildeten eine Vierergruppe, die sich rasch zu einer Achtergruppe verdoppelte und sich dann wieder in zwei Vierergruppen mit anderen Partnern teilte.

Die Sunfish schlenderten umher, sangen und streichelten sich gegenseitig. Vonnie war fasziniert von der Choreographie, aber sie wusste, das würde keinen überzeugen, der für sich beschlossen hatte, dass die Sunfish Tiere waren. Wenn man nur einen flüchtigen Blick darauf warf, sah der wimmelnde Haufen wie eine Orgie aus. Die Sunfish sahen aus wie sexversessene Würmer.

Sie richtete ihre Aufmerksamkeit gerade wieder auf Lams Datenspeicher, da ratterten Daten in einem sinnlosen Kuddelmuddel über ihren Bildschirm.

»Wow«, sagte Ash. »Was ist das?«

»Während der Wochen im Gebiet der FNEE und der letzten vier Tage, in denen ich die Sunfish erst verfolgt und mich ihnen

dann angeschlossen habe, habe ich Tausende von Stunden Datenmaterial mit allen Sensoren aufgezeichnet. Unglücklicherweise fehlte mir ein ausreichend großer Speicher. Aufgrund dieser Einschränkung habe ich den Großteil meiner Aufzeichnungen wieder gelöscht oder überschrieben.«

»Also sind wir aufgeschmissen«, sagte Ash.

Seine Dateien waren bruchstückhaft, doppelt und miteinander vermischt. Audiodateien waren getrennt von den Bilddateien. Die Datenanalysen waren nicht mit den Daten verbunden, die analysiert worden waren. Noch schlimmer war, dass die meisten seiner Zeitstempel demselben Chaos unterlagen. Ein logisches Programm hätte seine ältesten Dateien gelöscht, um Platz für die neuesten zu schaffen, aber er hatte nicht vernünftig gehandelt.

Es hatte keinen Sinn, dass zwei Leute Zehntausende von ungeordneten Clips sortierten. Vonnie versuchte es dennoch. Als Erstes kopierte sie alles und sandte das Chaos für eine unabhängige Analyse an eine andere KI. Dann wateten sie und Ash in die Bilderflut hinein und öffneten einen Clip nach dem anderen.

Der erste war sieben Sekunden lang. Die nächsten dauerten drei, dann fünf, dann eine. Keiner zeigte etwas anderes als Eis und Felsen und Sunfish, die durch offene Höhlen sprangen. Da war nichts dabei, was sie verwenden konnte.

Vonnie atmete tief durch, sammelte sich und überprüfte den Fortschritt auf der Haupt-KI. Diese schätzte, dass sie acht Minuten brauchen würde, um Lams Dateien zu ordnen. Also stellte Vonnie ihr die gleiche Frage: »Wie lange benötigst du, bis du diese Clips nach Kategorien oder nach Hintergrund geordnet hast?«

»Ich werde nach neunzig Sekunden eine vorläufige Übersicht haben, die volle Rekonstruktion benötigt sechs Minuten.«

»Das wird uns kaum retten«, sagte Vonnie und blickte auf

ihre Uhr. »Geh alles mit mir durch, woran du dich erinnerst. Gibt es Sunfish auf dem Gebiet der FNEE?«

»Unbekannt. Meine frühesten Aufzeichnungen sind die bruchstückhaftesten.«

»Sag mir, was du über Toms Gruppe weißt.«

»Die Überlebenden gehören zu Top-Clan 2,4 Pods 4, 8, 2-4, 2-8 und 6-6. Vor drei Tagen habe ich mich ihnen selber ausgeliefert. ›Ausliefern‹ ist eine Umschreibung ihrer Körperhaltung für den Vorgang, wenn ein Außenstehender sich einem Stamm anschließt. Ausliefern. Zur Verfügung stellen. Es ist ein Akt, bei dem die eigenen Fähigkeiten und die Gesundheit unter Beweis gestellt sowie absolute Treue und Unterordnung geschworen werden.«

»Zeig uns das.« Die ersten Andeutungen eines Plans bildeten sich in ihrem Geist.

Auf ihrem Bildschirm erzeugte Lam das Bild eines Sunfishs, der flach ausgestreckt auf einer Felsfläche lag, alle Arme ausgestreckt, die Muskeln entspannt, schutzlos. Das war keine Aufzeichnung der tatsächlichen Begebenheit. Es war eine Simulation. Als der Sunfish sich bewegte und hin und her wand, fügte er eine Unterschrift hinzu: **Ich bin allein, aber fähig / Namenlos, aber stark / Ich bin verloren / Ich liefere mich selbst eurem Clan aus.**

»Woher wusstest du, was du tun musstest?«

»Trial and Error. Sie erlaubten mir, mich ihnen zu nähern, jagten mich davon, wenn ich versagte, dann erlaubten sie mir wieder, mich ihnen zu nähern. Ich bin mir sicher, dass jeder Stamm sein eigenes Vokabular entwickelt hat. Aber weil ihre Sprachen hauptsächlich auf Gesten basieren, ähnlich wie Improvisationstanz, sollten Außenstehende in der Lage sein, zu improvisieren und sich anzupassen. Die Fähigkeit, sich anzupassen, war ein wichtiger Bestandteil der Prüfung.«

»Dann können Sunfish aus verschiedenen Regionen miteinander reden, auch wenn sie sich noch nie getroffen haben.«

»Ja. Vor zwei Tagen haben wir dieser Kolonie, das ist Top-Clan 8,6, ein Abkommen vorgeschlagen. ›Abkommen‹ ist ganz etwas anderes als ›Ausliefern‹, das ist eher ein Zusammenschluss Gleichgestellter oder beinahe Gleichgestellter und kein Akt eines Flüchtlings, der auf einen Stamm trifft. Toms Gruppe hat sich innerhalb von Minuten mit der neuen Kolonie auf einem rudimentären Level verständigt. Zwei Tage später verliefen die Gespräche absolut flüssig.«

»Woher wusste Toms Gruppe, wo sie zu finden waren?«

»Unbekannt. Die Karten, die ich von unserer Wanderung zurückbehalten habe, sind ungenügend. Die zwei Stämme könnten frühere Begegnungen gehabt haben oder die Späher von Top-Clan 2,4 haben die Fährte von Top-Clan 8,6 früher einmal entdeckt.«

»Aber sie treffen ständig auf Außenstehende.«

»Ja. Toms Gruppe war nach dem Zusammenstoß mit unseren anderen Sonden verständlicherweise vorsichtig bei mir, dennoch hat sie mir eine Möglichkeit nach der anderen geboten, mich zu beweisen. Wahrscheinlich haben sie mich für einen Ausgestoßenen oder einsamen Überlebenden gehalten, und ich glaube, dass Einsamkeit einen extrem stressigen Zustand für jeden Sunfish darstellt. Sie hatten Geduld mit meiner Wiederherstellung.«

»Sie haben sich um dich gekümmert.«

»Sie haben mich behandelt, als wäre ich schizophren, aber sie haben mich trotzdem akzeptiert. Nach dem Blowout haben sie jede Unterstützung gebraucht, die sie bekommen konnten. Ansonsten hätten sie mich vielleicht umgebracht.«

»Mitgefühl, vorausschauendes Denken, Organisation«, sagte Vonnie. »Wir haben bereits genug, um eine beachtliche Meldung für die Erde daraus zu machen.«

»Von, die Sunfish haben mich akzeptiert, weil Dawson recht hat.«

Seine Worte fühlten sich an, als hätte er ihr ein Messer in die Brust gerammt. Intuitiv legte sie die Hand auf ihr Herz, um sich selbst zu schützen. »Ich verstehe nicht«, sagte sie. Sie wollte nicht verstehen, aber Lam sprach mit seiner kühlen, monotonen Stimme weiter.

»Viele von den Sunfish haben sich zurückentwickelt. Ungünstige Mutationen haben sich vor vielen, vielen Generationen schon in ihrer Art eingenistet. Mindestens sechzig Prozent ihrer Bevölkerung besteht aus Individuen, die mentale Defizite oder innere und äußere Deformationen aufweisen.«

»Das ist der Grund dafür, dass sie dich nicht abgewiesen haben, weil du den falschen Geruch oder verkehrte Körperteile hast, richtig?«

Sie hatten ihre Sonden mit Kiemen, Lungen und einem Genitalschlitz gebaut. Aber auch wenn die Sonden überzeugend ein- und ausatmen konnten, so konnten sie doch keine Pheromone, kein Sperma und nicht mehr als ihre minimalen Reserven an künstlichem Blut und Speichel produzieren.

»Sie glauben, du hast Geburtsschäden«, sagte Ash.

»Ja. Viele von ihnen sind behindert, wahnsinnig oder unfruchtbar. Andere sind mit Gewalt sterilisiert oder kastriert worden.«

»Wer trifft diese Entscheidungen?«, fragte Vonnie. »Das klingt fürchterlich für uns, aber wenn sie ihre Nachkommen auswählen, um das Überleben ihrer Spezies zu sichern oder zu verbessern, ist das nicht noch ein Beweis dafür, dass sie denkende Wesen sind?«

»Ja und nein. Vieles davon geschieht instinktiv. Aus dem, was ich gesehen habe, schließe ich, dass ein Stamm wie ein kollektives Bewusstsein funktioniert, geleitet von einem Konsens, nicht von einer einzelnen Matriarchin. Kein Individuum herrscht absolut. Da ist immer ein Geben und Nehmen, basierend auf der Zusammensetzung des Stammes und ihrem Bedarf an Jägern, Kundschaftern und Fortpflanzungspaaren, wie verkrüppelt sie auch sein mögen.«

»Oh Gott«, sagte Vonnie.

»Metzler hat auch recht. Es gibt einen genetischen Imperativ,

Neuankömmlinge zu adoptieren, weil Inzucht Mutationen fördert. Krankheit verstärkt Krankheit. Mentale Schäden, Taubheit, deformierte Haut und verstümmelte Arme greifen unter den Sunfish um sich.«

Eine plötzliche Wut prallte mit ihrer Trauer zusammen. »Wenn das wahr ist, warum haben wir keine von diesen Monstern gesehen?«

»Weil die Stämme Mord und Kindstötung an ihren Unerwünschten praktizieren. Dann frieren sie die Leichen ein, bis sie gebraucht werden. Von, sie fressen sie.«

51

Auf Vonnies Bildschirm blinkte ein Fenster. Es war Koebsch. Sein ernster Blick wanderte von ihrem Gesicht zu Lams Aufzeichnungen, wo sich die Sunfish in ihrem selbstversunkenen Tanz wiegten.

»Ich habe Anweisungen aus Berlin«, sagte er. »Sie wollen, dass ich alle Systeme herunterfahre und Sie und Ash bis zu einer weiteren Entscheidung in Gewahrsam nehme. Ich werde protestieren, aber das wird mehr Wirkung haben, wenn ich ihnen etwas zeigen kann – irgendetwas, wie ein Gespräch zwischen Lam und den Sunfish.«

»Das haben wir nicht, Sir«, sagte Ash. »Noch nicht.«

»Es muss etwas geben.«

»Nein«, sagte Vonnie, und Koebsch starrte sie an, eindeutig verwirrt von ihrem leidenschaftslosen Tonfall.

»Sie werden keine Killcodes von der Erde schicken«, sagte er. »Zu vieles kann schiefgehen. Aber sie wollen, dass ich Sie aus dem Verkehr ziehe. Mir gehen langsam die Ausreden aus.«

»Geben Sie uns so viel Zeit, wie Sie können, Sir«, sagte Ash, ehe er die Verbindung trennte.

Vonnie seufzte und unterdrückte ein Gefühl der Resignation. Wie hatte sie so falschliegen können?

Lam, der echte Lam, hatte die fatale Wahrheit schon erkannt, als sie die Schnitzereien über dem Eis zu Beginn entdeckt hatten. *Wir sind zu spät dran,* hatte er gesagt. Tausende von Jahren waren vergangen seit der Entstehung und dem Untergang des Sunfish-Reiches. Die Tragödie war nicht, dass eine große Zahl von ihnen gestorben war. Es war die Tatsache, dass ihr Potenzial jetzt, zu diesem Zeitpunkt, geschrumpft war.

Vonnie erinnerte sich an das, was Dawson über die wachsenden Herausforderungen für die Sunfish gesagt hatte. Sie hatten sich an beides angepasst, an ein Leben im Wasser und an eine Existenz in einer Atmosphäre. Dabei steuerten sie ihre Atmung bewusst über ihre Lungen oder ihre Kiemen. Aber dieselbe Flexibilität, die ihr Überleben sicherte, hatte auch zum Verlust ihrer Intelligenz geführt. Dawson sagte, sie könnten immer nur eine Hälfte ihrer Gehirne auf einmal nutzen. Eine Hälfte ruhte sich aus und verwaltete dabei einige unwillkürliche Funktionen wie Herzschlag und Verdauung, während die andere Hälfte Bewegungen, Atmung und kognitive Fähigkeiten kontrollierte, wie beschränkt diese auch geworden waren. Zu viele ihrer Nervenbahnen waren dem Geruchs- und Geschmackssinn sowie der Wahrnehmung von akustischen Signalen und der räumlichen Orientierung vorbehalten.

Mit niedergeschlagenen Augen flüsterte Vonnie: »Also ist es vorbei. Sie sind nur Tiere.«

»Ja.«

Sie presste ihre Hand fester gegen den Bauch. Sie fühlte sich leer. Mehr als alles andere hatte sie das Gefühl, Pärnits und Collinsworth im Stich gelassen zu haben. Sie waren umsonst gestorben.

Lam sagte:

»Es wäre unzutreffend, zu behaupten, der Großteil der Sunfish-Population verfüge über mehr Selbstwahrnehmung als Wölfe oder Katzen. Einige sind sogar noch weniger intelligent. Aber nicht alle.«

Vonnie blickte auf.

»Ich habe meine Dateien wiederhergestellt. Schau dir das an.«

Er öffnete eine Aufzeichnung von vier Weibchen, die an einer Eisfläche kratzten. Sie hielten Felsbrocken fest und tappten mit ihren Pedizellarien auf den Arbeiten der anderen herum. Dabei kreischten und stampften sie gemeinsam. Versuchten sie, an etwas zu kommen, das im Eis eingeschlossen war?

Lam vergrößerte einige Bilder und zoomte auf ihre Werkzeuge. Einige davon waren nicht aus Stein gemacht. Verborgen in den muskulösen Windungen ihrer Arme lagen grob behauene Klingen aus Metall – dem leichten, widerstandsfähigen Aluminium der Sonden 112 und 113. Ein Weibchen hielt sogar ein Stück eines Keramikpanzers von einem Spion fest.

»Toms Gruppe hat die Wrackteile mitgebracht«, sagte Vonnie mit neuer Hoffnung.

»Sie haben die Sachen für wertvoller als alles andere gehalten. Tatsächlich haben sie sehr wenig Essen mit sich genommen. Sie haben sich stattdessen entschieden, das Metall, das Plastik und die Keramikstücke, die sie erbeutet hatten, mitzunehmen. Die besten Teile davon haben sie der Kolonie zum Geschenk gemacht.«

»Das wird niemanden überzeugen«, sagte Ash. »Affen und Vögel lieben auch schimmernde Gegenstände.«

»Nein. Schau. Sie schreiben.«

Er spielte seine Aufzeichnung von den vier am Eis schabenden Weibchen noch einmal ab. Sie hatten Kurven und Linien gezeichnet, die aussahen wie abgewinkelte Arme, nicht wie komplette Sonnenformen, sondern eher nur wie Arme. Es war eine Schriftsprache, anders als die der Schnitzereien, und Vonnie schrie: »Lam, du fantastischer Hurensohn! Woher stammt das?«

»Von gestern. Es ist im Inneren der Kolonie aufgenommen.«

Ash grinste, als Vonnie auf ihre Station einschlug. »Koebsch!«, rief sie. »Koebsch! Ich sende Ihnen eine neue Datei!«

»Es gibt noch mehr.«

Vonnie jubelte. »Wir senden Ihnen noch mehr!«, sagte sie,

aber Koebsch antwortete nicht. Er war zu beschäftigt mit den Nachrichten von der Erde.

»Ich habe EEGs, die zeigen, dass manche der Sunfish beide Hälften ihrer Gehirne gleichzeitig nutzen. Die Begabtesten sind alle weiblich, auch wenn es ein paar Männchen gibt, die in der Lage sind, beide Hemisphären aufzuwecken. Sie machen das bei regelmäßigen Ratsversammlungen der stärksten Individuen beider Geschlechter.«

Er stellte noch zehn neue Aufzeichnungen auf Vonnies Bildschirm. Die ersten beiden zeigten dieselbe Vierergruppe von Weibchen, wie sie auf einem neuen Eisuntergrund etwas zeichneten. Die anderen Dateien waren eine Zusammenstellung von medizinischen Bildern, die durch Ultraschallmikroskopie und »Sound-Bullets« entstanden waren, EEGs und Infrarotscans von Vierer- oder Achtergruppen, die von Dutzenden normaler Sunfish umgeben waren.

Was die Wenigen von der Masse unterschied, war die bioelektrische Kraft in ihren Gehirnen, die sich über beide Hemisphären erstreckte, anders als die auf eine Hälfte beschränkte Aktivität bei der Mehrzahl der Stammesmitglieder.

»Tom ist einer von ihnen«, sagte Vonnie.

»Das ist, im Nachhinein betrachtet, wahrscheinlich auch der Grund, warum er die Amputation seines Arms überlebt hat. Er war in der Lage dazu, die Wilden zu überlisten und seinen Wert dauerhaft unter Beweis zu stellen.«

»Warum durftest du zuhören, wie die Schlauen ihre Strategien entwickelt haben?«, fragte Ash.

»Bei den Sunfish geschieht alles ganz offen, nichts heimlich. Der Sex. Die Darmentleerung. Das Schlafen. Das Morden. Zum größten Teil, glaube ich, ist das ihrer Gruppenmentalität geschuldet. Aber sie können auch deshalb vor ihren schwächsten Mitgliedern offen schreiben und Versammlungen abhalten, weil diese Individuen taub oder wahnsinnig sind. Jeder Sunfish, der nicht

zu höherer Logik befähigt ist, könnte genauso gut auch nicht zuhören.«

Auf einem Bild aus einer Aufzeichnung markierte Vonnie eine Sunfish-Vierergruppe mit einseitigen Gehirnen. »Das ist interessant«, sagte sie. »Diese vier versuchen, ihren eigenen Rat zu bilden. Sie haben sich auf dieselbe Art zusammengetan, aber ihre Armbewegungen sind nicht so schnell und sie senden nur eine Menge an Schallsignalen aus, die weniger als einem Drittel entspricht.«

»Wenn man sich die Aktivität ihrer Gehirnströme anschaut, dann sind das vier der intelligentesten Stammesmitglieder mit einseitigen Gehirnen. Sie ahmen das Verhalten der anderen nach, sogar wenn sie nicht verstehen können, wieso.«

»Das ist furchtbar«, sagte Ash. »Es ist mitleiderregend!«

Vonnie schüttelte den Kopf. »Sie versuchen, ihr Bestes zu geben. Sie wollen so leben wie wir alle.«

Ash stieß einen scharfen, spöttischen Laut aus. »Von, ich will auch beweisen, dass sie intelligent sind. Das könnte uns vor dem Gefängnis bewahren. Aber es wird dir nie gelingen, dass ich warme und zärtliche Gefühle für diese widerlichen kleinen Freaks entwickle.«

»Gut.« Vonnie wandte sich an Lam, statt auf Ash einzugehen. »Du glaubst, dass die Schlauen den Stamm beeinflussen.«

»Soweit es möglich ist, ja. Ich versuche immer noch herauszufinden, wie häufig sie von der Mehrheit untergraben werden.«

»Lass sie uns identifizieren. Ich brauche eine Liste. Analysiere außerdem ihre Bewegungen und Schallsignale. Wenn wir mit irgendjemandem kommunizieren werden, dann mit ihnen.«

»Verstanden. Soll ich Nummern oder Namen verwenden?«

»Die Schlauen bekommen Namen. Für den Rest können wir Zahlen verwenden, bis wir mehr Zeit haben.«

Lam öffnete eine neue Datei mit Bildern von drei weiblichen

Sunfish und identifizierte sie anhand von EEG-Aufnahmen ihrer Gehirnaktivitäten. Außerdem verwendete er detaillierte Radarvermessungen ihrer Körper, ihrer Narben und aller Neigungen, die sie bei ihren individuellen Haltungen und Gesten bevorzugten.

»Das sind Annette, Brigitte und Charlotte. Annette ist ungefähr fünfzehn Erdenjahre alt. Sie ist eines der wichtigen Weibchen, auch wenn sie körperlich durch ihr Alter geschwächt ist. Brigitte und Charlotte sind jünger. Ich …«

Koebsch erschien wieder auf Vonnies Bildschirm und klickte sich schnell durch Lams Dateien. Er begann zu lächeln. »Was schreiben die Sunfish?«, fragte er.

»Unbekannt. Die Beispiele sind zu kurz. Es sieht so aus, als wäre es eine Art von Kurzschrift, abgeleitet von den kompletten Körperschnitzereien. Vielleicht zählen sie ihre Vorräte oder die neue Mitgliederzahl ihres zusammengelegten Stammes.«

»Einige von ihnen sind letzten Endes doch intelligent.«

»Wenn sie beide Gehirnhälften verwenden, sind sie vielleicht intelligenter als der durchschnittliche Mensch.«

Bei dieser Bemerkung hielt Koebsch inne. Für einen Moment zeigte sein Blick Besorgnis. Er sagte: »Ich leite eure Daten nach Berlin weiter. Arbeitet weiter. Lasst uns alle Mann zusammentrommeln. Ich habe Metzler und Johal zurück zu eurem Landefahrzeug beordert. Jemand muss O'Neal aufwecken. Er ist der beste Linguist, den wir im Moment haben. Frerotte und Gravino stehen bereit, um mit unseren Mechs zu helfen.«

Dawson erwähnte er nicht, und Vonnie fragte auch nicht nach. »Was ist mit der FNEE? Sie werden unsere Signale zu der Kolonie zurückverfolgen.«

»Ja. Ribeiro hat um Zugang zu unserem Territorium gebeten, aber ich habe ihm gesagt, ich bräuchte erst eine Erlaubnis dafür.«

»Können wir ihre Spionagesatelliten blockieren?«

»Nicht ohne all die Versprechungen und Vereinbarungen aufs Spiel zu setzen, die wir erzielt haben. Ich würde das nicht tun, Von. Sie haben bereits unsere Fahrzeuge über Lams Position gesehen.«

Verdammter Mist, dachte sie. »Ich habe die Kolonie verraten.«

52

Während Ash gerade O'Neal weckte, erreichten Metzler und Johal die Luftschleuse. Sie würden den Ankleideraum jede Sekunde betreten.

Lam war weiter damit beschäftigt, den Sunfish Namen zu geben und individuelle Dateien für sie anzulegen, während Vonnie zusah, wie sie ihren Tanz beendeten. Zwei der intelligenten Weibchen verließen die Gruppe als Erste, eine von ihnen war Charlotte. Andere bemerkten ihren Weggang und folgten ihnen, zwei hier, eine Vierergruppe da, bis die ganze Gruppe auf die trichterförmige Öffnung oben zujagte. Sie sprangen durch das Loch.

Lam hielt sich weiter in der Mitte des Stammes auf, als O'Neal und Ash zu beiden Seiten von Vonnie Platz nahmen. »Wie zum Teufel hat …«, setzte O'Neal an und sah blinzelnd auf seinen Bildschirm.

»Lam, wohin geht ihr?«, fragte Vonnie.

»Zu viele aus der Gruppe sind hungrig. Die Weibchen haben ihren Unterricht beendet, bevor es zu einem Kampf gekommen wäre. Schau. Wir nähern uns dem Herzen der Kolonie.«

»Es ist wärmer.«

»Soweit ich das sagen kann, gab es in der Region seit Jahrzehnten keine Geysire oder Magma-Ausbrüche. Die Sunfish haben aber ein Netz von Gasschloten angezapft, wodurch die Temperaturen so

angestiegen sind, dass sich um einige der Felsinseln herum flüssiges Wasser bilden konnte.«

Als das Rudel seine Geschwindigkeit auf dem Weg durch den Tunnel erhöhte, wurde sein Gekreisch und Geschrei von oben beantwortet. Weitere Sunfish warteten.

Vonnie hörte Metzler und Johal aus der Luftschleuse treten. Sie polterten in den Ankleideraum und halfen einander dann unter Gemurmel dabei, ihre Druckanzüge abzulegen.

»Ich habe vier Stützwände entdeckt und einen Abschnitt, der aussieht, als wäre er mit Kot und Kieselsteinen zementiert«, sagte Vonnie zu Lam. »Warum stecken sie so viel Arbeit in die Erhaltung dieses Lochs, wenn es in einer Sackgasse endet? Warum gehen sie überhaupt dorthin?«

»Gewohnheit. Routine. Die meisten der Sunfish wissen wahrscheinlich nicht, warum sie diese Wanderung jeden Tag machen. Für die wenigen Intelligenten gibt es einen echten Grund. Die Sackgasse ist reich an alter Biochemie. Sie ist klein und abgeschlossen. Der Geruch beruhigt die Aufgeregten und die Wahnsinnigen. Sie genießen ihn. Sie werden aufnahmefähiger.«

»Die intelligenten Weibchen haben sie von dieser Sackgasse abhängig gemacht«, sagte O'Neal.

Ja. Die Unterrichtsstunden enthalten ein Element der sexuellen Belohnung. Männchen wie Weibchen gleichermaßen werden mit einer höheren Wahrscheinlichkeit bis zur Geschlechtsreife aufgezogen, wenn sie sich gut benehmen.

»Sie können ihre endokrinen Drüsen so gut kontrollieren?«, fragte Johal, die gerade durch die Luke aus dem Ankleideraum kam.

»Die Fehlerquote ist hoch. Viele Unerwünschte erreichen eigenständig die Pubertät und paaren sich dann. In zwei Tagen habe ich gesehen, wie vier Männchen kastriert und ein Weibchen sterilisiert wurden, als Top-Clan 2,4 sich mit Top-Clan 8,6 vermischt hat.«

Metzler tauchte hinter Johal auf. Er blieb an Vonnies Stuhl

stehen und berührte ihre Schulter. Ohne ihn anzublicken, legte sie ihre Finger auf seine Hand.

»Die Bedürfnisse des Stammes haben sich mit ihrer Verschmelzung geändert. Ihr Leben besteht aus einer Anpassung nach der anderen. Sie haben ihre Instinkte und ihre Traditionen, aber die Besten von ihnen sind immer bereit zu improvisieren. Sie rechnen mit Problemen und Überraschungen.«

»Das ist gut, oder nicht?«, sagte Vonnie. »Vielleicht vergeben sie uns, wenn wir sie entschädigen. Mit Essen. Oder Werkzeugen.«

»Ein Gespräch zu beginnen könnte einfacher sein.«

Lams Rudel strömte in einen größeren Raum. Es verließ seinen Tunnel und wechselte in eine niedrige abfallende Höhle. Die meisten Sunfish sprangen an die Decke und bildeten dort Vierergruppen. Die intelligenten Weibchen trippelten über den Höhlenboden, wo sie weitere Sunfish grüßten. Einige dieser Sunfish hielten Metallteile fest.

Die Höhle, in der Lams Rudel aufgetaucht war, war dreißig Meter breit, aber nur drei Meter lang. Weitere Sunfish kreischten aus Löchern, die in der Decke verborgen waren. Wasser tropfte aus zwei Spalten im Felsen. Im Hintergrund wölbte sich Eis aus einer Einsturzstelle hervor und verband Geröll und Staub zu einer erstarrten Welle aus kleinen Bächen.

Weiter vorn hatte der Stamm eine Wand hochgezogen, die den Tunnel schützte, der hinunter zu ihrem Unterrichtsort führte. Die Pfützen von dem herabtropfenden Wasser wurden von acht planschenden Männchen aufgewirbelt.

»Lam, lass dein Röntgengerät bitte noch einmal über die tiefsten Stellen laufen«, sagte Metzler. »Sind das Eier? Es sieht so aus, als würden die Sunfish ein Netz kleiner Objekte mit ihren Körpern ausbrüten.«

»Ausbrüten und ernten, ja.«

Am Grund der Pfützen lagen dicht an dicht faserige runde

Beutelchen. Dutzende von Eiern füllten das schwarze Wasser. In jedem Beutelchen nährte ein Dottersack den mit ihm verbundenen Embryo während seiner Entwicklung. In mindestens der Hälfte der Eier waren Zwillinge oder Drillinge. Als Lam die Pfützen untersuchte, stupsten die Männchen gerade die Beutelchen herum und probierten sie, besonders diejenigen mit mehreren Embryos. Die Eier, die viermal probiert worden waren, wurden in die dunklen, von Eis gesäumten Ränder der Pfützen gestoßen.

Die intelligenten Weibchen eilten kreischend ins Wasser. Vonnie dachte, sie würden ihre Eier beschützen. Sie begann zu lächeln. Aber die Weibchen korrigierten die Auswahl der Männchen. Sie stießen die Männchen von einem Bündel weg und zeigten ihnen, wie sie ein anderes, älteres Bündel an Eiern ernten konnten.

»Sie sondern ihre eigenen Nachkommen aus«, sagte Metzler.

»Der Stamm ist zu groß geworden, als dass eine bedeutende neue Generation erforderlich wäre. Das dringendere Bedürfnis ist es, ihre Nahrungsvorräte zu sichern und zu ergänzen.«

»Igitt«, sagte Ash, während die Weibchen Lam und die anderen Sunfish ankreischten, die sich an der Decke versammelt hatten.

Dann sprangen sie hinunter zu den aussortierten Eiern. Lam gab vor zu schlemmen. Er rang mit seinen Kameraden und zerbrach die Eier, die er sich gesichert hatte. Dann tunkte er seinen Schnabel in die bleiche Schmiere, überließ die zermanschten Eier allerdings den anderen zum Essen.

Die dummen, wilden Sunfish bemerkten seinen Trick nicht. Eines der intelligenten Weibchen aber packte ihn und rieb neugierig an seiner Unterseite. Dann machte sie sich wieder selbst ans Essen.

Im Landefahrzeug 04 waren die meisten der ESA-Crew still, ihre Gesichter drückten Abscheu und Besorgnis aus.

»Wie lange brauchen die Eier, um sich zu entwickeln?«, fragte Metzler.

»Unbekannt. Verglichen mit menschlichen Schwangerschaften ist es eine kurze Dauer. Ich schätze, nicht mehr als zwei Monate. Sie schlüpfen schnell aus, wachsen schnell, aber entwickeln sich langsam, was die kognitiven Fähigkeiten und die Sprache betrifft. Deshalb die Wachstums- und Gedächtnisstunden. Ihre Jungen bedeuten eine ständige Minderung der durchschnittlichen Intelligenz des Stammes.«

»Schau, das ist zwar interessant«, sagte Ash, »aber Aufnahmen davon, wie sie ihre Babys auffressen, werden uns nicht weiterhelfen. Wir müssen beweisen, dass sie keine psychotischen Mörder sind.«

Der Stamm beendete sein Mahl. Sie schmiegten sich aneinander, um ein Verdauungsschläfchen zu machen.

Es war ein unruhiger Schlummer. Sie bildeten Vierergruppen, von denen viele sich auf der Suche nach Wärme und Bequemlichkeit übereinanderlegten, obwohl sich ihre Arme ineinander verwickelten und verhakten. Sie zerrten an ihren Nachbarn und brachten sie dadurch zum Schreien. Lam ahmte sie nach und nahm eine Position nahe der Spitze ihres lockeren Haufens ein.

Bei der Mehrheit mit den einseitigen Gehirnen zeichneten seine Sensoren ein Phänomen auf, das automatischen Straßenlaternen ähnelte, die während eines bewölkten Tages auf der Erde an- und ausgingen. Die Aktivität ihrer Hirnströme in den Hemisphären, die bei Bewusstsein waren, ging zurück. Daraufhin zeigte sich ähnliche Aktivität in den gegenüberliegenden Hälften ihrer Gehirne.

»Sie schalten um«, sagte Johal. »Ich frage mich, ob das ihre Persönlichkeit verändert.«

»Unbekannt.«

Die intelligenten Weibchen und Männchen achteten genau

darauf, Vierergruppen ausschließlich von ihrer Art zu bilden. Sie wiesen die paar Wilden ab, die gegen sie stießen und an ihnen schnüffelten, dann schickten sie diese Individuen für ihr Nickerchen zu anderen Mitgliedern des Stammes mit einseitigen Gehirnen. Anschließend blieben zwei aus jeder Vierergruppe der intelligenten Sunfish völlig wach, während ihre Partner vor sich hin dämmerten.

»Seht ihr, was passiert?«, fragte Metzler. »Die begabten Sunfish wechseln sich mit der Bewachung des gesamten Stammes ab.«

»Nein«, sagte Johal. »Sie schützen sich vor den anderen des Stammes.«

Schnell kamen die Träume. Die EEG-Aufzeichnungen der Schlafenden wiesen Spitzen auf. Eines der intelligenten Weibchen versuchte kreischend, sich aufzurichten. Ihre Kameraden hielten es fest. Sie beruhigten es mit Berührungen ihrer Arme und mit ihren Stimmen. Sie zwangen es, sich auszuruhen.

»Wenn sie schlafen, fallen die intelligenten Weibchen auf eine einzige Hemisphäre zurück«, sagte Johal. »In diesem Zustand sind sie nicht schlauer als die anderen.«

»Das ist unsere Chance«, meinte O'Neal. »Lam sollte sich den intelligenten Weibchen nähern, die wach sind, und mit ihnen allein kommunizieren. Wir brauchen keine Wiederholung der Feindseligkeit seitens der ganzen Gruppe in der Unterrichtshöhle.«

»Lam, was glauben die Sunfish, dass mit unseren Maschinen und Sonden passiert?«, fragte Vonnie. »Haben sie da irgendeine Idee?«

»Tom hat sich mit den anderen intelligenten Sunfish über unsere Sonden und Spione beraten. Sie wissen auch von deinem Schutzanzug, was bedeutet, dass sie dir entweder selbst begegnet sind oder die Überlebenden der Stämme, die mit dir zu tun hatten, aufgenommen haben.«

»Vielleicht haben sie bessere Möglichkeiten für die Verständigung über große Entfernungen, als wir denken«, sagte Metzler.

»Was meinst du? Boten oder Ultraschallübertragungen durch den Felsen?«, fragte O'Neal.

»Beides. Ich habe unsere Daten von dem Blowout analysiert, und ich frage mich, ob Toms Gruppe nicht die größeren Sunfish zur Verstärkung gerufen hat. Was ist, wenn die beiden Arten bei Notfällen zusammenarbeiten?«

»Das glaube ich nicht«, sagte Ash.

»Sie könnten ein allgemeingültiges Zeichen für einen Waffenstillstand haben, so etwas wie das, mit dem sich Lam Toms Gruppe ausgeliefert hat, oder das, mit dem Toms Gruppe der neuen Kolonie ein Bündnis vorgeschlagen hat«, sagte Metzler. »Lam, was kannst du uns noch über ihre Ratsversammlungen erzählen?«

»Toms Gruppe hat der neuen Kolonie einen Eindruck von den FNEE-Maschinen geschildert. Es gibt eine Kombination von Körperhaltungen, die sie verwenden, um zu beschreiben, was sie gehört haben, und das war furchtbar stark. Aber sie wissen nicht so recht, ob die FNEE-Mechs, unsere Sonden, die Spione und Vonnies Anzug im Zusammenhang miteinander stehen. Soweit sie das sagen können, hätten die Sonden genauso vor den FNEE-Mechs fortlaufen können, wie auch die Sunfish selbst geflohen sind. Auf ihren Versammlungen wurde vermutet, dass die Spione, die Mechs und Vonnies Anzug unterschiedliche neue Arten in dieser Region des Eises sein könnten.«

»Dann sind sie letztendlich doch nicht so schlau«, sagte Ash.

»In gewisser Hinsicht sind sie bereit, mehr zu akzeptieren als wir – sie sind weniger wertend«, sagte Vonnie. »Sie sind es gewöhnt, auf seltsame Feinde zu treffen. Denk an die muschelfressende Kreatur, die die NASA gefunden hat. Woher ist sie gekommen? Die Sunfish hatten schon zuvor Erfahrungen mit ersten Kontakten.«

»Unsere Sonden haben nie etwas getan, um ihnen Angst einzujagen.«

»Die Haltung unserer Sonden war falsch. Wir haben immer die tiefere Position eingenommen.«

»Was meinst du damit?«

Lam öffnete eine Aufzeichnung von Sonde 112 mit Tom in den Höhlen, dann eine andere von 110 und 111, wie sie den Sunfish gegenübertraten.

»Von Anfang an war es unser größter Fehler, einen menschlichen Referenzrahmen auf Europa zu übertragen. Die Sunfish sind nach innen orientiert, nicht nach oben. Ihre soziale Hierarchie ist von oben nach unten aufgebaut, nicht von unten nach oben wie unsere. Weiter unten ist es sicherer, wärmer, feuchter und es gibt gute Aussichten auf Sauerstoff und Nahrung. Sie halten den Ozean für das Zentrum von allem, während der gefrorene Himmel die untersten Bereiche ihres Universums darstellt, an denen alles Leben endet.«

Vonnies Blut rauschte in ihren Ohren, während sie seine Sims anstarrte. Die ESA-Sonden blieben ausnahmslos auf dem Boden stehen, wohingegen die Sunfish an die Wand oder die Decke sprangen. Während ihrer eigenen Zusammentreffen hatte sie sich so tief auf den Höhlenboden gekauert wie möglich.

Ihre Wangen überzogen sich mit Schamesröte und sie sagte: »Oh Scheiße. Ich habe versucht, Respekt auszudrücken. Ich dachte, ich wäre vorsichtig.«

»Du hast Dominanz demonstriert.«

53

Lam überschwemmte ihre Bildschirme mit Hunderten von Aufzeichnungen von miteinander kommunizierenden Sunfish.

»Kleinere, weniger intelligente Sunfish lassen den stärksten Mitgliedern den Vortritt, indem sie sich an die Wände oder die Decke begeben, außer bei Arbeiten wie dem Bauen, dem Ausbrüten von Eiern oder der Teilnahme an Wachstums- und Gedächtnisstunden.«

O'Neal nickte. »Sie haben diese Sackgasse aufgesucht, weil es ein Privileg ist, dort hinunterzugehen«, sagte er.

»Ja.«

»Was hätte ich tun sollen?«, stieß Vonnie hervor. »Ich hätte mich nicht jedes Mal, wenn ich sie getroffen habe, an der Wand festhalten können, aber wenn ich mit meinen Handschuhen …«

»Von«, sagte Metzler.

»Wenn ich höher geklettert wäre …«

»Vonnie, nicht. Jeder von uns hätte so gehandelt.«

»Ich weiß nicht, ob ich das verstehe«, gestand O'Neal. »Der höchste Punkt müsste strategisch gesehen doch in jeder Höhle oder Spalte die bessere Position sein.«

»Bei der Schwerkraft auf der Erde, ja. Aber die geringe Schwerkraft auf Europa macht viel von solchen strategischen Vorteilen zunichte.«

»Wie oft haben wir gesehen, dass sie die Decke auf einen Feind herabstürzen lassen?«

»Sie sind auch imstande, den Boden anzuheben oder Teile der Wand zu verschieben. Denk daran, dass die Kämpfe, die wir mitbekommen haben, Kämpfe gegen Vonnies Anzug oder die Mechs waren.«

»Sie haben geglaubt, wir fordern sie zu einem Kampf um ihr Territorium oder ihre Vorherrschaft heraus«, sagte Metzler.

»Ja.«

»Aber warum verwenden sie den Ausdruck ›Top-Clan‹ als Teil ihres Stammesnamens?«, fragte Vonnie. »Wenn oben schlecht ist und unten ist gut …«

»Unsere Interpretation von ›Top-Clan‹ beruht auf einer falschen Übersetzung. Der Abstand zur Oberfläche ist richtig, aber nicht der Wert davon. ›Top‹ ist keine Bezeichnung für etwas Höhergestelltes. Es ist der Name für Außenstehende und Flüchtlinge. Im Inneren von Europa herrscht seit neuntausend Jahren Krieg. Das sind die Verlierer.«

»Hast du sie über die größere Art reden hören? Wie nennen sie die?«, fragte O'Neal.

»Die kleineren Sunfish bezeichnen die größere Art als ›Mid-Clans‹«.

»›Mid‹, nicht ›Low‹?«

»Es scheint unterhalb der ›Mid-Clans‹ noch andere Lebensformen zu geben, entweder erfolgreichere Stämme oder ganz andere Kreaturen. Von Anfang an hatten wir es mit den Schlimmsten unter den Sunfish zu tun. Die Top-Clans wurden von den Unerwünschten gegründet, denen es gelungen war, ihrer Hinrichtung zu entkommen, oder von den Unglücklichen, wenig Begabten, die sich auf Jagdzügen verirrt hatten.«

»Manche dieser Jäger sind vermutlich durch Geysire oder Beben abgeschnitten worden«, sagte Metzler. »Ihr Überleben deutet auf viele Fähigkeiten hin.«

»Ja. Ohne einen ständigen Zustrom an robusten Fortpflanzungspaaren hätten sich die Top-Clans vielleicht zu einem völlig

primitiven Zustand zurückentwickelt. Aber die gesündesten, intelligentesten Sunfish kämpfen immer darum, unten zu bleiben.«

»Wir werden an den Wilden vorbeikommen müssen, um zu den Schlauen zu gelangen«, sagte Johal. »Die Schnitzereien sind vielleicht als Warnung für barbarische Sunfish zurückgelassen worden, damit sie sich fernhalten.«

»Als Warnung oder als Einladung, sich anzuschließen«, sagte O'Neal. »Einige dieser Schnitzereien lassen sich als Gesetzestexte oder philosophische Texte verstehen, erinnert ihr euch? Wenn Außenstehende dazu in der Lage waren, diese Sätze zu lesen und zu wiederholen, wurden sie dann vielleicht in das Reich eingelassen?«

»Wir haben ein paar Hinweise darauf gefunden, dass die Sunfish anderen Stämmen unter bestimmten Umständen helfen«, sagte Metzler. Er schaute zu Vonnie. »Die Kugeln aus Speichel und Kot, die euer Team über dem Eis gefunden hat – diese Kugeln waren voll mit biochemischen Signalen, wie sie die Weibchen während ihrer Unterrichtsstunden verströmen. Vielleicht hat das Reich das ganze Eis mit solchen Schätzen übersät. Möglicherweise haben sie das für sich selbst getan, nachdem der Vulkanausbruch alles um sie herum dezimiert hatte. Jeder Schatz war eine Lebenserhaltungsmaßnahme, die den Sunfish, denen sie zufiel, helfen sollte, ihre Fruchtbarkeit und Intelligenz zu erhalten.«

»Aber sie haben sie nie verwendet, zumindest diejenigen nicht, die wir gefunden haben«, sagte Vonnie.

»Vielleicht haben sie vergessen, wo sie sind«, sagte O'Neal. »Vielleicht konnten sie nicht mehr hinkommen, oder sie haben sie nicht mehr erkannt, wenn es ihnen gelungen ist.«

»Ein hungriger Stamm würde die Kugeln essen«, entgegnete Metzler. »Es funktioniert auf beide Arten. Intelligente Sunfish würden zumindest das Wesentliche der Schnitzereien verstehen – und dumme, hungrige Sunfish würden sich selbst den biochemischen Substanzen aussetzen, indem sie sich auf die Schnitzereien stürzen, um zu essen. Vielleicht würde es ihnen helfen.«

»Wir können diese Pheromone und alles andere, was sie brauchen, künstlich herstellen«, sagte Vonnie.

»Es würde Generationen dauern, ihre Intelligenz wiederherzustellen, selbst wenn wir das moralische Recht dazu hätten«, sagte Johal. »Die Erde wird Spione und Sonden bei diesem Stamm hinterlassen wollen, aber vielleicht gibt es weiter unten richtige Zivilisationen.«

»Wir können sie nicht im Stich lassen«, sagte Vonnie. »Koebsch?«

Er gab keine Antwort, so sehr war er in seine Gespräche mit der Erde vertieft. Daher sandte sie eine Warnmeldung an seine Station.

»Koebsch, Sie müssen Berlin sagen, dass einige unserer grundlegendsten Annahmen falsch sind. Sogar der Name, den ich ihnen gegeben habe. Das war so dumm wie damals, als Kolumbus sich dafür entschieden hat, die einheimischen Amerikaner ›Indianer‹ zu nennen. Die Sonne ist ihnen egal. Sie wollen immer nur tiefer gelangen. Sie glauben, wir kommen von unten, nicht von oben.«

»Sie haben Angst, wir wollen sie vertreiben«, sagte Metzler.

»Ja, wenn wir es nicht schaffen …«

»Ich bin da«, sagte Koebsch und erschien in der Videokonferenz. »Ich habe gute Neuigkeiten. Unser Premierminister befindet sich in Gesprächen mit den offiziellen Stellen von China, den USA und Brasilien. Viele Leute sind von deinen Aufzeichnungen beeindruckt. Wir haben Anweisungen erhalten, einen Versuch zur Kontaktaufnahme zu unternehmen.«

»Danke, Koebsch«, sagte Metzler, und Vonnie riss jubelnd die Fäuste hoch.

»Lam, wann werden sie Jäger ausschicken?«, fragte Koebsch.

»Ich würde es gerne so organisieren, dass du mit drei intelligenten Sunfish zusammen bist oder mit einer kleinen Gruppe von überwiegend intelligenten Sunfish.«

»Tom tut sich oft mit Charlotte zusammen, die für ihn geeignete Männchen für Konstruktionsarbeiten außerhalb der Kolonie zusammensucht. Er ist eingenommen von Mitgliedern seines früheren Stammes. Wenn ich ihm meine Loyalität und körperliche Belastbarkeit demonstriere, wählt er vielleicht mich aus.«

»Ich habe eine bessere Idee«, sagte Vonnie. »Die besten Sunfish werden schlauer, wenn sie von den Weibchen gepflegt werden, und kooperatives Verhalten wird belohnt, richtig?«

»Das ist korrekt.«

Seine Datenspeicher enthielten per Radar-Abtastung gewonnene Abbildungen des Eises und des Felses in der Umgebung. Vonnie ging den Weg ab, den Toms Gruppe genommen hatte, um die neue Kolonie zu erreichen.

»Lam kann so tun, als ob er sich an den Geruch von Aalen ein paar Kilometer östlich der Kolonie erinnert«, sagte sie. »Er sollte Tom und die intelligenten Weibchen darum bitten, ein Erkundungsteam mitzunehmen. So werden wir sie vom Stamm weglocken können.«

»Es gibt dort keine Aale«, sagte Koebsch. »Was geschieht, wenn sie ihn umbringen, weil er ihre Zeit vergeudet hat?«

»Sie werden etwas Besseres als Aale finden.«

54

Sechs Stunden später saßen die Mitglieder der ESA-Crew wieder an ihren Stationen und schauten sich Datenströme von modifizierten Schall- und Röntgensignalen an.

Lam war unterwegs. Er rannte mit Tom und sechs anderen Sunfish durch eine kleine Spalte und suchte mit ihnen den Pfad, den sie von ihrer alten Kolonie aus genommen hatten.

Der Stamm hatte fast bis auf die Sekunde genau dreihundertundzwanzig Minuten lang gedöst, eine besondere Anzahl, die sie, wie Lams Datenspeicher zeigten, häufig wiederholten. Metzler bemerkte, dass 5,33 Stunden einem Sechzehntel der Dauer von Europas Umlaufbahn um Jupiter entsprachen – und die Gezeiten des Ozeans und das Aufquellen des Eises wurden verursacht von Europas Position im Verhältnis zu Jupiter und zur Sonne. Bedeutete das, dass die Sunfish doch etwas von der Sonne wussten, selbst wenn es sich nur um ein unterschwelliges oder falsch verstandenes Wissen handelte?

Es gab keine Tage oder Nächte im Inneren des gefrorenen Himmels, ebenso kein Wetter und keine Jahreszeiten. Es schien unwahrscheinlich, dass die Sunfish einen Kalender erfunden hatten. Dennoch hatten sie einen Schlaf-Wach-Rhythmus entwickelt, der eng verbunden war mit den physikalischen Gegebenheiten ihrer Welt. Das war sehr ähnlich wie bei vielen Lebensformen auf der Erde, die ihre Biorhythmen dem

Verhältnis von Tag und Nacht angepasst hatten. Der schnelle Wechsel von aktiv zu entspannt und wieder zu aktiv erlaubte es den Sunfish, hohe Level an Wachsamkeit und Ausdauer durchzuhalten. Jenen, die zu einem Empfindungsvermögen fähig waren, verhalfen die regelmäßigen Schlummerstunden auch zur Beibehaltung mentaler Gesundheit.

Vonnie hätte sich auch selbst ausruhen sollen, aber sie war zu beschäftigt und zu gespannt. Außerdem schmerzte ihr Bein an den Stellen, an denen ihre Muskeltransplantate und ihr Fußgelenk Training brauchten. Metzler hatte ihr eine Suppe gebracht, Ash hatte ihre nächste Dosis an Antiabstoßungsmedikamenten und Schmerzstillern erhöht, und Koebsch ließ sie an ihren Datenanalysen teilnehmen.

Während des Wartens hatte Koebsch außerdem Diskussionen zwischen seiner Crew und den offiziell Zuständigen in Berlin moderiert. Dawson war als Einziger ferngeblieben. Vonnie wollte glauben, dass er seine Wunden leckte, aber sie hatte den Verdacht, dass er sich stattdessen entschieden hatte, heimlich seine Gespräche mit den Gentechnikunternehmen fortzusetzen.

An der Spitze der auf der Erde zuständigen Führungspersonen standen der stellvertretende Premierminister, acht Senatoren, vier Generäle und ein Schwarm von Abteilungsleitern der ESA. Ihre Teilnehmerzahl war beachtlich. Vor zwei Monaten wäre Vonnie vielleicht eingeschüchtert gewesen. Stattdessen hatte sie sich über die Aufmerksamkeit gefreut, denn wenn diese Männer und Frauen ihre Mission persönlich beobachteten, dann wollten sie Ergebnisse sehen.

Aber wo war die Ziellinie? Wie konnte irgendjemand in diesem Fall Erfolg definieren? Aus Sicht der Politik war es eine endlose Zeit- und Geldverschwendung, Beziehungen zu einer außerirdischen Art aufzunehmen, die in Stämmen lebte.

»Ich will sichergehen, dass unsere Ziele klar sind«, hatte Koebsch gesagt. »Was wollen wir von den Sunfish?«

Das war eine bedeutsame Frage. Die Funkverzögerung hätte seiner Crew die Zeit geben sollen, positive Vorstellungen zu äußern, ehe sich irgendjemand von der Erde einschaltete, aber Johal missbilligte den Stamm zutiefst. Sie war nicht kleinlich wie O'Neal, aber sie war ordentlich und höflich, und das Verhalten, das sie gesehen hatte, kam offensichtlich nicht gut bei ihr an.

»Ich bin mir nicht sicher, ob wir irgendetwas von den Top-Clans wollen«, hatte Johal gesagt. »Wir können unsere Überwachung fortsetzen, aber bei dem, was wir gesehen haben, glaube ich, wir haben mehr Glück, wenn wir mit den Mid- und Low-Clans in Verbindung treten.«

»Wir werden bei Gelegenheit zu den anderen Clans kommen«, sagte Koebsch. »Jetzt sind wir hier. Wir haben einen Posten in ihrer Kolonie. Sehr wenige von uns sind der Ansicht, es sei sinnvoll, zu verschwinden.«

Johal hob ihre Hand. »Ich bin dafür, zu gehen.«

»Der Top-Clan 8,6 kann uns mehr von ihrer Sprache beibringen«, sagte Vonnie. »Sie können uns vielleicht als Führer und Übersetzer dienen, wenn wir tiefer ins Eis vordringen. Es ist wichtig, dass wir Beziehungen zu ihnen aufbauen und lernen, zusammenzuarbeiten.«

»Also wollen wir auf irgendeine Art einen formellen Vertrag mit ihnen schließen«, sagte Koebsch. »Sind Schriftstücke für sie so etwas wie für uns?«

»Wahrscheinlich nicht«, sagte O'Neal. »Aber sie scheinen ihre Vereinbarungen einzuhalten.«

»In Ordnung«, sagte Koebsch. »Dann wollen wir eine Waffenruhe oder noch besser, ein Bündnis. Wir wollen Zusagen für wechselseitige Hilfestellung und freies Geleit.«

Die Antwort von der Erde war weniger entschieden. Vier der Senatoren waren eng in die Verhandlungen mit Brasilien eingebunden gewesen. Es standen Währungs- und Handelsfragen im Raum, ebenso wie das neue Verteidigungsabkommen. Sie hatten eine Anhörung anberaumt, um die Entwicklungen auf Europa neu zu bewerten.

Das war eine Hinhaltetaktik.

Glücklicherweise war eine völlig Kehrtwende in der öffentlichen Meinung erfolgt. Sie sprach sich jetzt für den Schutz der Sunfish aus. Lams Aufzeichnungen waren über Mitarbeiter der ESA und der Regierung ins Netz durchgesickert.

In den Medien beschuldigten die Vertreter Brasiliens und der EU sich gegenseitig, den Tod zweier Astronauten und Hunderter Sunfish verursacht zu haben. Insgeheim war sich Vonnie sicher, dass beide Seiten wussten, wie sie mit reiner Weste aus der Sache herauskommen würden. Die Schadensbegrenzung begann damit, das zu sichern, was sie immer gewollt hatten: einen Vorrat an Gewebeproben und mehr Gründe für die Zusammenarbeit. Leute wie Dawson würden nicht aufgeben. Die Senatoren mussten sich aufplustern und die Generäle mussten weise Äußerungen von sich geben. Dann wollte sich der Premierminister wieder mit dem brasilianischen Präsidenten treffen, um ihr Bündnis noch einmal zu bekräftigen.

Koebsch und Ribeiro hatten auch miteinander gesprochen. »Mein Team wartet auf weitere Anweisungen«, sagte Ribeiro diplomatisch. Neid und Bewunderung blitzten in seinen Augen. Neid, weil er sah, dass Koebsch von der Leine gelassen worden war. Bewunderung für die ESA-Crew, obwohl sie Rivalen waren, weil sie ein schwieriges Ziel erreicht hatte.

In ihrem Herzen wusste Vonnie, dass sie Dawsons Intrigen und Ribeiros Waffen noch nicht endgültig entkommen war.

Inzwischen hatte die ESA-Crew die Systeme startklar gemacht.

Vonnie blickte von den Karten und Daten der Rover an ihrer Station auf, als Lam sagte:

»Wir sind jetzt außer Hörweite der Kolonie.«

»Geht weiter«, sagte Koebsch. »Lass uns diesen Abstand, wenn möglich, verdoppeln.«

»Ja, Sir.«

Die Auswahl der Jagdtruppe war nicht so gut gelaufen, wie sie gehofft hatten. Lam war ein rangniedrigeres Männchen. Als er sich Tom und Charlotte genähert und behauptet hatte, er würde sich an den Geruch von Aalen erinnern, hatte Charlotte vorsichtig reagiert und von Lam verlangt, den Ort mit den Aalen viermal zu beschreiben, während sie an ihm herumgetastet und seinen Mund und seine Ohren probiert hatte.

War es möglich, dass Sunfish lügen konnten? O'Neal sagte Nein. Ihre auf Gesten basierende Sprache würde jede Lüge verraten. Jeder von ihnen war ein natürlicher Lügendetektor, genau eingestellt auf den Blutdruck, den Puls und die Atmung jedes anderen.

Trotz ihrer Fähigkeit zum Fallenstellen schien es unwahrscheinlich, dass sie einander mithilfe der Sprache hintergehen konnten. Es konnte niemals Verräter unter ihnen geben, die von anderen Stämmen ausgesandt worden waren ... und doch waren wahrscheinlich viele der Sunfish anfällig für Illusionen und Fantasiebilder. Sie waren so schlau, dass sie wahnsinnig werden konnten, was Vonnie für einen einzigartigen menschlichen Zug hielt.

Lams Gewissheit überzeugte sie. Die Bedürfnisse der Kolonie hatten vielleicht dazu geführt, dass Tom und Charlotte ihm in jedem Fall eine Chance geben wollten. Aber sie schienen ihre Erwartungen herunterzuschrauben. Sie verpflichteten ein anderes intelligentes Weibchen, mit ihnen zu gehen – es handelte sich um Brigitte –, und fügten dann noch vier wilde Männchen zu der Gruppe dazu.

Vielleicht nahmen sie immer eine Mehrzahl von dummen Rohlingen mit. Wenn sie auf Feinde oder Beute trafen, würden die einfältigen Sunfish angreifen und den intelligenten Sunfish dadurch ein paar Sekunden Zeit verschaffen, sodass sie entscheiden konnten, ob sie sich zurückziehen oder den Angriff unterstützen sollten.

Auf der Erde und in der ESA-Crew sorgte man sich, dass die Wilden Lam umzingeln würden, sobald er sein Geheimnis lüftete. Koebsch hatte entschieden, dass sie den Jagdtrupp von der Kolonie weggehen lassen und dann warten würden, bis er stehen blieb, um sich in den Höhlen umzusehen. Er wollte, dass Lam mit Tom, Charlotte und Brigitte sprach, wenn die Gruppe sich nicht gerade mit Höchstgeschwindigkeit fortbewegte und alle Sinne aufs Äußerste gespannt waren.

Es ist, als warte man auf das Auge eines Orkans, dachte Vonnie. *Bis zum Ausbruch von Gewalt ist es nie weit, aber wenn wir sie genau im richtigen Moment erwischen, wenn ihre Wachsamkeit gering ist …*

Tom führte den Jagdtrupp mit Lam an seiner Seite an. Charlotte und Brigitte hielten sich in der Mitte der Gruppe auf, während die wilden Männchen vor und hinter ihnen herumsprangen. Vielleicht beschützten sie die Weibchen. Vielleicht demonstrierten sie auch ihre Fitness und ihren Mut.

Die Mitglieder der Gruppe blieben so abrupt stehen wie Katzen und begannen, das Eis in einem gewöhnlichen Tunnelabschnitt, der sich in nichts von den anderen Löchern oder Spalten ringsumher unterschied, nach Fährten oder Spuren zu durchkämmen.

Es war dort, wo sich ihre Zukunft entscheiden sollte.

55

Lam tat so, als würde er sich der Gruppe beim Absuchen des Eises anschließen. An den Wänden schnüffelnd entfernte er sich von den wilden Männchen und stellte sich neben Tom und Charlotte. Dann sprang er an die Decke und versuchte, seinen Körper in einer unterwürfigen Haltung flach daran zu drücken.

Beinahe wurde ihm das glatte Eis zum Verhängnis. Er rutschte ab und erweckte Toms Aufmerksamkeit, bevor er vorbereitet war. Schlimmer noch war, dass die Sunfish Ungeschicklichkeit für eine Schwäche hielten.

»Das war knapp«, sagte Metzler. Und Vonnie flüsterte: »Huch.«

Eine KI legte eine Transkription des Gesprächs der Sunfish auf ihren Display, eine Interpretation der Schreie und Körperhaltungen:

LAM: Wartet und hört zu / Ich liefere mich euch aus.

CHARLOTTE: (deutet Zweifel an) **Du bist Top-Clan 8,6.**

ALLE SUNFISH: 8,6 / Wir sind Top-Clan 8,6.

LAM: Ich liefere mich euch aus.

CHARLOTTE: Bist du (deutet Instabilität oder Fremdheit an)?

LAM: Ich habe große Stärke und unbegrenztes Essen.

MÄNNLICHER SUNFISH #4: Essen / Wo ist Essen?

TOM: (deutet Ungeduld an) **Wir fangen Aale.**

CHARLOTTE: **Jagen Aale / Erinnerst du dich an den Geruch?**

LAM: **Ja / Das ist anderes Essen / Mehr Essen / Luft / Werkzeuge / Ich kann euch diese Sachen geben / Hört zu.**

MÄNNLICHE SUNFISH #2 UND #4: **Gefahr / Er ist Gefahr!**

ALLE MÄNNLICHEN SUNFISH: (deuten Schwarmformation an)

CHARLOTTE: **Nein / Greift nicht an / Wartet und hört zu.**

TOM: **Greift nicht an.**

LAM: **Ich bin nicht Top-Clan / Ich liefere mich euch aus / Ich biete ein Bündnis an.**

CHARLOTTE: **Ausliefern oder Bündnis?**

LAM: **Bündnis / Ich bin keine Gefahr für euch / Ich will helfen / Wir kommen von einem für euch unbekannten Ort.**

MÄNNLICHE SUNFISH #2 UND #4: **Krankheit / Angreifen!**

LAM: **Mein Stamm will Führer und Lehrer / Wir bringen große Macht / Viel Essen / Wir bieten ein Bündnis an.**

CHARLOTTE: (deutet Zweifel und Feindseligkeit an) **Wo ist dein Stamm? Wie viele sind in deinem Stamm?**

TOM UND BRIGITTE: **Wie viele / Wo / Wie viele in deinem Stamm?**

ALLE MÄNNLICHEN SUNFISH: **Angreifen / Angreifen!**

Lam ließ sich von der Decke fallen und landete direkt unter ihnen, sodass die intelligenten Sunfish zurücktrippelten. Ihre Körper behinderten die wilden Männchen.

»Er macht das gut«, sagte Koebsch.

»Er muss sich zu seinem Schutz ergeben«, meinte Johal, aber Vonnie sagte: »Nein, es ist zu früh.«

»Sagen Sie ihm, dass er ihnen zeigen soll, wer er in Wirklichkeit ist«, sagte Johal.

»Koebsch, nicht!«, warf Vonnie ein. »Sie fangen gerade erst an, ihm zu glauben, dass er nicht wahnsinnig ist. Wenn er sie verwirrt, werden Tom und Charlotte die Männchen nicht davon abhalten können, ihn anzugreifen.«

»Wir warten«, sagte Koebsch, während Lam sich der Gruppe weiter näherte und nun Gesten wie ein Gleichgestellter verwendete.

LAM: Mein Stamm ist größer als eurer / Größer und weit weg / Freunde / Bündnis / Macht / Wir sind viele acht und viele acht und viele acht.

MÄNNLICHE SUNFISH #1 UND #4: Gefahr!

LAM: Wir sind keine Gefahr / Bündnis / Essen / Bündnis / Wir wollen Führer und Lehrer.

CHARLOTTE: Wo ist dein Stamm?

BRIGITTE: Wo? / Wie ist euer Name?

LAM: Ich will euch nicht überraschen / Hört zu / Wir sind für euch unbekannt / Keine Sunfish.

TOM: (deutet Verwirrung an) **Dein Stamm ist kein Top-Clan?**

LAM: Wir sind keine Sunfish.

Die wilden Männchen konnten ihre Erregung nicht unterdrücken. Erst kreischten zwei, dann alle vier. Falls es ihre Absicht war, ihre Stammesgenossen aufzuregen und sie dazu anzustiften, Lam zu töten, dann funktionierte es fast.

Die drei intelligenten Sunfish stimmten in das Kampfgeschrei mit ein. Dieser Drang war tief in ihnen verwurzelt – und dennoch gelang es Lam, ihnen Einhalt zu gebieten, indem er lauter kreischte als irgendeiner der Sunfish. Anders als ihre normalen Schreie deckte sein Schrei ihr gesamtes Hörspektrum ab. Indem er sie taub machte, schränkte er ihre Sinne auf den Geruchs- und den Tastsinn ein. Außerdem musste es ihnen wehgetan haben. Die Sunfish erschauderten und duckten sich, um ihre Ohren zu schützen. Charlotte bewegte sich nicht vom Fleck, aber sie schlug ihre Arme über sechs ihrer Ohren und schränkte damit ihre Fähigkeit zur Selbstverteidigung ein. Bei ihren Rückzugsversuchen kletterten zwei der wilden Männchen die Wände des Eisloches hoch, sodass sie sich oberhalb von Lam in der Position rangniedrigerer Sunfish befanden.

»Jetzt«, sagte Johal. »Er sollte es ihnen jetzt zeigen.«

»Koebsch, nicht«, beharrte Vonnie. »Lam hat die Situation unter Kontrolle.«

»Er könnte das Kommando übernehmen«, sagte Johal.

»Das ist nicht das, was wir wollen«, sagte Vonnie, und Metzler fügte hinzu: »Wir brauchen keine Sklaven. Wir brauchen Verbündete, und wir stehen ohnehin kurz davor, sie mit unserem Wissen und unserer Technologie auf tausenderlei Art zu überwältigen. Lasst uns den Kulturschock auf ein Minimum reduzieren.«

»Sie werden uns nie gleichgestellt sein«, sagte Johal.

»Wir sollten ihnen einen Versuch zugestehen«, sagte Vonnie. »Das ist das Richtige. Wir können es uns leisten, großzügig mit ihnen zu sein.«

»Achtung!«, schrie Ash.

Die wilden Männchen hoben ihre Unterseiten, kreischten und klapperten mit den Schnäbeln. Ihre Kampfansage schien sich sowohl gegen Charlotte, Tom und Brigitte zu richten als auch gegen Lam. Sie konnten die Neugier der intelligenten Sunfish nicht verstehen, also bedrohten sie diese auch.

MÄNNLICHER SUNFISH: 8,6 / Wir sind Top-Clan 8,6!

CHARLOTTE: Wartet und hört zu.

MÄNNLICHER SUNFISH: Das ist unser Zuhause / Gefahr!

CHARLOTTE: Wartet.

Sie umzingelten Lam, dabei kniffen sie im Vorbeihuschen Brigitte in den Bauch und Tom in die Arme. Tom schlug eines der wilden Männchen und veränderte so seinen Kurs. Brigitte schnappte nach einem der anderen Männchen, verfehlte es aber. Sie und Charlotte machten sich für den Kampf bereit.

Lam beendete den Kampf mit der Schnelligkeit und Kraft einer Sonde. Er schlug die ersten beiden Männchen gegen ihre Schnäbel und versetzte dem dritten dann einen Hieb von oben auf den Körper. Das umherirrende Männchen, das von Tom weggestoßen worden war, stellte sich Lam als letztes entgegen. Angesichts der verletzten, außer Gefecht gesetzten Kameraden zögerte es und nahm dann am Ende seines Tanzes eine Demutshaltung an. Lam hätte das hilflose Männchen abschlachten können. Stattdessen fing er es auf und schob es hinauf zur Decke, wo es sich gehorsam festhakte.

Die anderen Männchen schüttelten die Schläge ab, die sie eingesteckt hatten. Sie schlossen sich ihrem Freund über Lam mit behutsamen und respektvollen Gesten an. Gleichzeitig sprangen auch Charlotte, Brigitte und Tom leicht in die Höhe. Sie hatten Lam nicht nur anhand seiner Stärke, sondern anhand seiner Selbstbeherrschung eingeschätzt.

CHARLOTTE: (auf die Männchen deutend) **Diese hier sind unreif / Sie sind dumm und leicht zu verängstigen.**

LAM: Mein Stamm kämpft nicht / Wir bieten ein Bündnis an.

TOM: Du bist fremd.

ALLE SUNFISH: **Fremd / Du bist fremd / Wo ist dein Stamm? / Wie ist euer Name?**

LAM: Weit weg / Große Entfernungen und große Anzahl / Großes Alter / Große Orte / Ich brauche eure Geduld, um es zu erklären.

TOM UND CHARLOTTE: (deuten Verwirrung an) **Ihr seid Sunfish / Ihr seid keine Sunfish / Was ist euer Name?**

CHARLOTTE: Ihr seid die Alten?

ALLE SUNFISH: Weit weg / Entfernte Macht.

LAM: Wir sind keine Sunfish.

Über eine ESA-Funkfrequenz sagte er:

»Sie verwenden einige der Körperhaltungen, die wir in den Schnitzereien abgebildet gefunden haben. Sie sprechen über das Reich.«

»Sollen wir vorgeben, wir sind irgendwelche Nachfahren dieser Zivilisation?«, fragte Metzler.

»Wir dürfen nicht lügen«, sagte Vonnie.

»Es könnte ihnen helfen, uns zu verstehen«, sagte Koebsch. »Wie sonst sollen wir ihnen unsere Karten, unser Radar oder das Essen, das wir ihnen geben können, erklären?«

»Wenn wir einmal auf dieser Schiene beginnen, sind wir verpflichtet, jede Kolonie zu betrügen, die wir treffen. Entweder das, oder wir lassen diesen Stamm im Stich, sobald jemand Besseres auftaucht. Wir haben bereits so viele Fehler gemacht. Wollen wir wirklich weiterlügen?«

»Es wäre zu ihrem eigenen Besten.«

»Es wäre für unsere Bequemlichkeit.«

Während sie noch diskutierten, begannen die Sunfish, zu kreischen und sich auf und ab zu bewegen. Das intelligente Trio führte den Tanz an, dann ahmten die vier wilden Männchen ihre Bewegungen und Schreie nach. Aber es gab auch Sequenzen, bei denen sich die Männchen gleichzeitig mit Charlotte, Brigitte und Tom bewegten. Eine Sequenz wiederholten sie wieder und wieder. Wie ein wiederkehrender Rhythmus oder ein Refrain, stellte Lam von unten fest.

CHARLOTTE: Die Alten / Wir erinnern uns / Mütter und Mütter.

ALLE SUNFISH: Mütter früher.

CHARLOTTE UND TOM: Stärker als das Eis.

ALLE SUNFISH: Die Alten / Zuhause / Groß und sicher.

CHARLOTTE: Top-Beben haben uns von euch getrennt.

ALLE SUNFISH: Top-Beben / Wind / Eisiger Tod.

CHARLOTTE UND TOM: Die Alten / Wir erinnern uns an zu Hause.

»Das ist etwas, das sie auswendig gelernt haben«, sagte O'Neal. »Es könnte ein bekanntes Lied sein.«

»Es ist ein Schöpfungsmythos«, sagte Metzler. »Wir kennen Geschichten von der großen Flut aus den Zeiten, in denen die Spiegel der Ozeane mit jeder Eiszeit gefallen und mit jeder Erderwärmung wieder gestiegen sind. Sie ihrerseits haben Zyklen von abnehmender oder steigender vulkanischer Tätigkeit.«

»Hört ihnen zu!«, sagte O'Neal. »Sie sprechen von dem Reich, als würden sie glauben, dass sie es finden können.«

»Oder als wäre es das Paradies«, sagte Vonnie. »Vielleicht glauben sie an ein Leben nach dem Tod.«

Koebsch seufzte schwer. »Lam, sag ihnen, dass du nicht von dem Reich kommst«, sagte er, aber O'Neal rief: »Lass sie zuerst fertig tanzen! Diese Art von mündlich überlieferter Geschichte kann uns eine Menge darüber erzählen, was sie von ihren Nachbarn wissen oder ob sie eine Religion haben oder wie viel sie von Planetologie wissen.«

»In Ordnung«, sagte Koebsch. »Lass sie singen.«

»Ich fürchte, wir spielen mit dem Feuer«, sagte Vonnie. »Lam sollte sich nicht hinsetzen und abwarten, während sie ihn preisen.«

Charlotte scherte aus dem Tanz aus und stellte mit Gesten allein Fragen, während die anderen Sunfish fortfuhren. Dann verloren sie den Faden bei ihrem Gruppengesang, gesellten sich zu ihr und befragten ihn mit neuer Feindseligkeit.

CHARLOTTE: Du bist still / Missfällt es dir?

ALLE SUNFISH: Die Alten / Wir gehören zu euch.

CHARLOTTE: Wir sind stark!

LAM: Stark / Ja / Gut und würdig.

CHARLOTTE UND TOM: Die Alten / Bringt uns heim.

LAM: Mein Stamm sind nicht die Alten / Wir sind jünger / Von weit weg / Ich brauche eure Geduld.

Ihre Arme wanden sich langsam, und sie wiederholten Lams Formen, als wollten sie sich seine Erklärung einprägen. Bei den wilden Männchen war die Körpersprache heftiger und bedrohlicher, wie ein Sturm, der sich zusammenbraute. Sie waren bereits dabei, das Vertrauen zu vergessen, das er aufgebaut hatte.

Charlotte behielt die Kontrolle über die Männchen, indem sie mit Lam durch Gesten sprach. Das war ihre eigene Art der Kriegsführung, um sie zufriedenzustellen.

CHARLOTTE: Sicherheit / Bringt uns heim.

LAM: (genauso streitsüchtig) **Ihr seid nicht intelligent / Mein Stamm ist weit weg / Hört zu / Ich werde euch jetzt Essen geben / Mein Stamm kommt später.**

MÄNNLICHE SUNFISH #2 UND #4: Essen / Wo ist Essen?

MÄNNLICHER SUNFISH #3: Aale / Essen.

TOM UND CHARLOTTE: Du wirst uns Aale zeigen?

LAM: Ich werde euch neues Essen geben / Sehr nahrhaft / Neues Essen und Werkzeuge.

CHARLOTTE: Zeig es uns.

»Okay, los geht's«, sagte Koebsch zu Vonnie und Frerotte.

»Meine Signale stehen auf Grün«, sagte sie. Frerotte nickte. Beide kontrollierten sie die Datenübertragung zu ihren Mechs auf ihren Bildschirmen noch mehrmals und vergewisserten sich ihrer Vorbereitungen, während Lam die Sunfish aus dem Eisloch herausführte.

Er betrat eine breitere Spalte mit losem Schotter. Sein Sonargerät zeigte einige größere Felsstücke darunter an. Tom blieb dicht bei Lam, während die wilden Männchen nach unten und oben ausschwärmten und so wieder ihre Gruppe mit Charlotte und Brigitte in der Mitte bildeten. Aber es gab einen offensichtlichen Unterschied zu vorher. Jetzt orientierten sich die Weibchen an Lam anstatt an Tom, änderten sogar den Kurs, um in Lams – nicht Toms – Reichweite zu bleiben. Falls sie einen Feind oder eine Beute antrafen, würde ihre Vorgehensweise von seiner Reaktion abhängen. Die intelligenten Sunfish schienen bereit, Lam zu glauben. Sie akzeptierten sein seltsames Verhalten und seine seltsame Rede im Austausch für die Reichtümer, die er versprochen hatte.

Er bewegte sich nach oben und zur Seite durch die Löcher im Eis, das von Felsgestein abgelöst und anschließend wieder Eis wurde. Plötzlich blieben die männlichen Sunfish stehen. Sie hatten Abriebstellen sowie Spuren von Feuchtigkeit in der Luft entdeckt.

MÄNNLICHE SUNFISH #2 UND #4: **Etwas ist vor uns hier durchgekommen / Leben / Unbekannt / Kein Geruch / Vorsicht.**

TOM: **Hört zu! Hört zu!**

CHARLOTTE UND TOM: **Ruhe / Hört zu!**

LAM: (deutet Gelassenheit an) **Keine Gefahr / Bleibt bei mir.**

Er blieb stehen und machte den Sunfish Zeichen, dass sie ihre Wahrnehmung auf das Areal hinter ihm richten sollten. Die Gruppe sträubte sich und verharrte abwehrbereit und dicht aneinandergedrängt. Als nichts geschah, kroch Tom voran, während die wilden Männchen sich rund um Charlotte und Brigitte verteilten, um sie zu schützen. Dabei kreischten sie Drohungen in die Dunkelheit hinein.

Vier vakuumversiegelte Metallcontainer standen auf dem Eis. Jeder davon wog weniger als zehn Kilo – glatte, abgerundete Hüllen aus einer Aluminiumlegierung.

Lam trat zurück, damit sich die Sunfish mit diesem Schatz

vertraut machen konnten. Sie kreischten vor Entzücken und verwendeten dieselben Körperhaltungen für die Container, die sie auch verwendet hatten, um die rohen Metallwerkzeuge zu beschreiben, die sie Tage zuvor gefunden hatten. Sie erkannten das Material. Sie dachten, sie könnten es in Meißeln und Klingen zerlegen.

TOM: Werkzeuge / Da sind Werkzeuge!

LAM: Werkzeuge und Essen / Keine Gefahr / Essen.

CHARLOTTE: Ich rieche kein Essen / Nur Metall / Wie hast du das Metall dazu veranlasst, auf uns zu warten?

LAM: Mein Stamm ist stark / Hört zu und wartet.

Er eilte zu den Containern und machte den Sunfish klar, dass es Geräusche und Gerüche geben würde. Nachdem er alle Metallhüllen berührt hatte, sprangen sie auf. Die Luft war erfüllt von dem Kupfergeruch rohen Fleischs.

Vonnie und Ash hatten jedes letzte Stückchen synthetischen Gewebes aus ihren Fässern zusammengekratzt, um zwei der Container mit geklontem Körperfett, Knorpelmasse und Blut zu füllen. Die organische Masse war für ihr nächstes Set von Sonden in Sunfish-Gestalt gedacht gewesen. Stattdessen hatten sie zwei Sonden aktiviert, denen jede Verkleidung fehlte. Dann hatten sie diese nackten Maschinenskelette ins Eis geschickt, als die Kolonie geschlafen hatte.

Die Sonden 116 und 117 hatten ihre Fracht an die Reviergrenze der Kolonie gebracht und einen Peilsender für Lam hinterlassen. Anschließend waren die Sonden gegangen und hatten sich ein Loch gesucht, in dem sie sich versteckt hatten.

Zwanzig Kilo Fleisch würden nicht mehr als eine oder zwei Mahlzeiten für den Stamm ergeben, aber einfache, zusätzliche Kalorien waren ein ungewöhnliches Geschenk im gefrorenen Himmel.

Die anderen beiden Container enthielten Zangen, Schraubenzieher und Hämmer. Diese Werkzeuge waren nicht für

Sunfish gemacht. Vonnie hatte nicht die Zeit gehabt, neues Werkzeug zu entwickeln, und sie hatte angenommen, dass die Sunfish sich über Stahl in jeder Form freuen würden.

Die Schreie der Gruppe waren ein schriller Heulton. Die Sunfish streichelten Lam vor Begeisterung, während sie die Container untersuchten. Brigitte, Tom und Charlotte griffen nach den Werkzeugen. Die wilden Männchen drängelten sich rund um die Container mit dem Blut und dem Fleisch.

Plötzlich sprangen sie davon. Mit einigen ihrer vielen Arme hoben Tom und Charlotte drei Schraubenzieher und einen Hammer wie Waffen in die Höhe.

»Was ist?«, fragte Koebsch. »Was ist los?«

»Es könnte sein, dass das Fleisch falsch riecht. Oder sie haben eines dieser Werkzeuge als etwas von Vonnies Anzug wiedererkannt«, sagte O'Neal. Aber die Sunfish suchten etwas in der Dunkelheit. Lams telemetrische Daten flackerten, als er versuchte, ihre neuen Körperhaltungen zu analysieren.

»Einige dieser Haltungen sind freundlich«, sagte Vonnie. »Schaut euch die Männchen an. Was auch immer da draußen ist, sie kennen es.«

Lam sagte: *»Über uns sind neue Schallsignale zu vernehmen. Die Stimmen gehören zu vier der intelligenten Weibchen von Top-Clan 8,6.«*

»Von, sie bewegen sich auf unsere Sonden zu«, sagte Frerotte. Gleichzeitig leuchteten Warnmeldungen auf Vonnies Station auf.

»Sie sollten nicht wissen, dass wir hier sind«, meinte Koebsch. »Ich dachte, der Rest ihres Stamms wäre in ihren Wohnungen.«

Vonnie blickte zu Metzler. »Du hast gesagt, sie hätten vielleicht Kommunikationsmöglichkeiten über weite Entfernungen, die wir noch nicht entdeckt haben. Ist es möglich, dass sie besser hören als unsere Sonden?«

»Ganz sicher nicht.«

»Die Rufe nehmen an Lautstärke und Vielfalt zu. Vermischt mit den weiblichen Stimmen sind jetzt auch männliche zu hören. Ich rechne mit einer großen Gruppe.«

»Oh Gott. Das Radar zeigt zwanzig bis dreißig Sunfish an«, sagte Frerotte. »Sie haben den ganzen Stamm mitgebracht.«

»Kannst du unsere Sonden wegbewegen?«, fragte Koebsch.

»Wohin?«, wollte Vonnie wissen. »Schaut euch das Radar an. Sie haben zwei Vierergruppen ausgesandt, das Gebiet von hinten zu umkreisen. Wenn wir nicht auf allen Seiten Lawinen erzeugen und die Sonden mittendrin begraben, werden die Sunfish sie erwischen.«

56

Es war unwahrscheinlich, dass der Stamm positiv auf falsche Sunfish aus Metall reagieren würde. Toms Erzählungen von den früheren Sonden und den Mechs der FNEE waren Litaneien über Angst und Mordlust.

Würden sie Lam mit den Maschinen in Verbindung bringen und ihn angreifen?

Vonnie kniff die Augen zu, als ihr in der nervösen Stille von Landefahrzeug 04 plötzlich der entgegengesetzte Gedanke kam. *Was wäre, wenn sie Lam mit den Sonden in Verbindung bringen und diese auch in ihre Kolonie aufnehmen würden?*

»Lam, du musst dem Stamm den Weg abschneiden, bevor er unsere Sonden erreicht«, sagte sie.

»Ich finde, er sollte weglaufen«, meinte Johal.

»Er kann den Vierergruppen an Spähern niemals entkommen. Seine beste Option ist es, alles zu erklären. Wir können ihm die Kontrolle über die Sonden geben. Dann sollen sie sich ihm unterwerfen, sodass die Sunfish es sehen können. Anschließend sollen sie ihre Fähigkeiten demonstrieren. Der Stamm wird Jäger mit Superkräften haben wollen.«

»Gut, macht«, sagte Koebsch.

»Ich bin auf dem Weg.«

Lam kreischte und machte Zeichen. Er drängte Brigitte, Tom und Charlotte dazu, ihre neuen Waffen mitzunehmen.

Die wilden Männchen rasten der Gruppe voraus, um sich schnell dem größeren Stamm in den Höhlen über ihnen anzuschließen.

Die Schallsignale des Stammes hallten sprunghaft wider, wurden schwächer und tauchten dann erneut auf, während er durchs Eis huschte. Bald kamen andere Geräusche hinzu. Lam hörte schlagende Arme, das Klappern von Schnäbeln und ein Huschen wie von flatternden Vögeln.

Die acht Sunfish in seiner Gruppe schrien. Ihnen wurde aus dreißig Mündern mit dem gleichen grausamen Schrei geantwortet. Dann wurde genau dieser Ton auch von den Erkundungsgruppen zu beiden Seiten zurückgegeben. Alle vier Sunfish-Gruppen waren auf Kollisionskurs mit den Sonden.

Lam verdoppelte seine Geschwindigkeit und überholte die wilden Männchen. Er signalisierte ihnen *Gefahr / Warten*, doch das veranlasste Tom und Charlotte dazu, kurz innezuhalten, sodass er ihrer Teilnahme beraubt war. Die Männchen rannten, um ihn einzuholen. Falls er einen neuen Feind gespürt hatte, dann wollten sie angreifen.

Er betrat eine neue Spalte und wandte sich um, sich dem Stamm zu stellen, ehe dieser durch ein Loch im Eis hereinschlittern und auf die schwachen Spuren stoßen würde, welche die Sonden hinterlassen hatten.

Der Rest seines Rudels kam in die Spalte geschossen. Er mischte sich nahtlos mit dem Stamm wie Regen, der einen den Hügel hinabrauschenden Fluss anschwellen lässt. Nur eines bremste ihre schwungvolle Bewegung auf das Loch zu, in dem die Sonden versteckt waren.

Lam. Er versperrte ihnen den Weg, indem er sich in einer Haltung in den Boden stemmte, die Überlegenheit und Einspruch ausdrückte.

Wie ein Fluss, der gegen einen Damm prallt, stoben die Sunfish auseinander. Sie wurden die Wände hochgeschwemmt, dann wogten sie wieder zusammen und schwammen auf Lam zu. Zum gleichen Zeitpunkt wurden Charlotte, Tom und Brigitte zu weiteren Störfaktoren inmitten des Stammes. Sie widerstanden seiner Strömung, machten Zeichen und schrien. Sie verwendeten ähnliche Körperhaltungen und Töne wie Lam bei seinem mühsamen Tanz und verbreiteten das, was sie von ihm gelernt hatten, auch als er diese Versprechungen selbst wiederholte.

LAM: Mein Stamm ist fremd und mächtig / Weit weg / Wir bieten ein Bündnis an / Werkzeuge / Essen / Wir sind keine Gefahr für euch.

CHARLOTTE: Sie bringen Metall!

ALLE SUNFISH: Eindringlinge verstecken sich hinter ihm / Fremdes Leben / Geruch von Metall / Warum?

LAM: Ich habe euch noch mehr anzubieten.

TOM UND BRIGITTE: Er ist stark / Er bringt Essen.

ALLE SUNFISH: Er ist gegen unseren Stamm / Er ist für sie / Er fordert uns heraus.

CHARLOTTE: Wartet und hört zu.

ALLE SUNFISH: Wir sind Top-Clan 8,6!

Zwölf Wilde gingen zum Angriff über und brachten den Rest des Stammes so dazu, reflexhaft zuzuschnappen. Lam stieß ein weiteres unnatürliches Geheul aus, sodass die Sunfish von der Lautstärke taub wurden. Das Duell endete schlagartig, als die beiden Sonden hinter Lam auftauchten. Ihre Arme klapperten auf dem Eis. Die Sunfish verharrten in den grässlichen Körperhaltungen, die sie schon verwendet hatten, um die FNEE-Mechs zu beschreiben, aber die intelligenten Weibchen riefen nach Disziplin und Verträglichkeit.

CHARLOTTE: Hört zu! Hört zu!

LAM: Mein Stamm hat auch gekämpft gegen (deutet die FNEE-Mechs an) **/ Wir sind nicht sie / Wir können euch beschützen.**

ALLE SUNFISH: Feinde / Metallfeinde.

LAM: Nicht eure Feinde / Diese Metallwesen gehören zu mir / Sie sind Werkzeuge / Sie gehorchen mir.

CHARLOTTE UND TOM: Hört zu und wartet.

LAM: Hört zu / Sie gehorchen mir.

MÄNNLICHE SUNFISH #1 UND #4: Wir gehorchen dir.

»Er dringt zu ihnen durch!«, sagte Vonnie.

»Lam, jetzt zeig ihnen, dass du die Sonden kontrollieren kannst«, sagte Koebsch. »Wir haben es vielleicht fast geschafft, einen Waffenstillstand zu schließen.«

»Ja, Sir.«

Seine Datenanalysen stimmten mit denen der Zentral-KI überein. Der Stamm war nervös und verängstigt, aber ihre Stimmung besserte sich. Sie waren voller Erwartung. Vonnie hatte dieselben Gefühle. Auch bei Metzler, O'Neal und Koebsch sah sie Freude und Zufriedenheit.

Lam bewegte die Spitzen seiner Arme in der Sunfish-Geste für *willkommen* oder *ja* und die Sonden 116 und 117 ahmten seine im Uhrzeigersinn ablaufende Bewegung nach. Absolut synchron gaben die drei weiterhin einander Zeichen, wie die Musiker eines Orchesters.

LAM UND SONDEN: Sie gehorchen mir / Gehorchen uns.

CHARLOTTE: Sie sind aus Metall!

LAM UND SONDEN: Mein Stamm erschafft sie wie Kinder / Sie werden nie müde / Sie essen nie / Große Stärke / Sie dienen mir und sie können euch dienen.

Vonnie dachte, damit hätte er das Bündnis mit den Sunfish besiegelt. Sie schätzten Ausdauer und Kraft mehr als alles andere, aber ein seltsames Zögern ergriff den Stamm. Es begann mit einer Geste, dann folgte ein Geruch. Lams Sensoren stellten fest, dass der Umschwung von Charlotte ausgegangen war, dann aber sofort auf Brigitte übergegriffen hatte. Ihre

Arme drehten und wanden sich vor Fassungslosigkeit und aus einem stärkeren Gefühl heraus, das Lam nur schwer definieren konnte.

Wie die Sonden imitierte auch Charlotte ihn und wiederholte ein paar Teile der Information, die er mit seinen Körperhaltungen vermittelt hatte … eine Andeutung menschlichen Denkens … eine Perspektive außerhalb des Eises …

Unter Krämpfen wickelte sie sich zusammen und kreischte vor Abscheu. Dann explodierte der Stamm.

CHARLOTTE: Ihr kommt von oberhalb der Top-Clans?

ALLE SUNFISH: Tod / Nur Tod ist oben / Schließt das Eis / Schließt den Stamm!

TOM: Tötet ihn.

CHARLOTTE: Es ist eine Falle.

»Oh Scheiße, jetzt fängt es wieder von vorne an«, fluchte Koebsch, und Vonnie sagte: »Sie haben nur herausgefunden, von wo er wirklich kommt! Sie müssen Angst haben. Das hätten wir auch.«

Lam versuchte, sie zu beruhigen. Er wiederholte die gleichen Beteuerungen in einer stetigen, unerschütterlichen Schleife immer wieder.

LAM: Es gibt mehr jenseits des Eises als den Tod / Mächtiges Alter und mächtige Orte / Ich biete ein Bündnis an / Werkzeuge / Essen / Mein Stamm bringt viele Werkzeuge und Sicherheit wie die Alten.

Ohne dass er etwas dagegen unternehmen konnte, wurde er von ihnen umzingelt. Vier der wilden Männchen stürzten zum Frontalangriff heran. Die anderen schwangen sich an dem Rand der Spalte empor wie ein Korkenzieher. Das war nicht die Doppelformation von sich überschneidenden Wellen. Das war etwas Neues. In Paaren und Vierergruppen positionierten sich die Sunfish, trotz des wenigen Platzes, in verschiedenen Winkeln und überzogen Lam von dort aus mit immer neuen

Angriffen. Er befahl den Sonden, ihn zu decken. Als die Sonden dann vorsprangen, heulten sie alle drei. Ihre Stimmen ließen das Eis erzittern.

Benommen schlugen die Mitglieder des Stammes sinnlos um sich. Viele von ihnen stießen in der Luft zusammen. Sie stürzten grauenhaft ab, füllten den Tunnel und behinderten den Rest des Stammes.

Lam und Sonde 117 schmetterten vier Männchen gegen die Decke, dann schlugen sie das nächste Paar beiseite, das bei ihnen ankam. Lam heulte erneut. Wie ein Tsunami schwemmte das Geräusch die Sunfish beiseite. Zitternd krochen sie in die oberen Regionen der Eishöhle und nahmen dort abwartende Haltungen ein. Die geschlagenen Männchen waren weniger flink, aber absolut still.

Im Landfahrzeug 04 grinste Metzler. »Und willst du nicht mein Bruder sein, dann schlag ich dir den Schädel ein«, sagte er und erntete dafür einen vorwurfsvollen Blick von Vonnie. Sie wollte wütend auf ihn sein, aber sie musste einfach seine Hand ergreifen und lachen. Der Umgang mit den Sunfish war wie der Umgang mit den Bürokraten auf der Erde. Manchmal war es notwendig, ihnen ein paar Ohrfeigen zu geben, damit sie die Augen aufmachten.

»Lam?«, sagte sie. »Wir haben noch ein letztes Ass im Ärmel.«

»Verstanden.«

Charlotte und Brigitte machten als Erste wieder Zeichen. Unsicher krümmten sie ihre Arme. Ein anderes intelligentes Weibchen stimmte mit ein, dann drei weitere und schließlich Tom sowie andere Männchen.

Die Sunfish richteten ihre Aufmerksamkeit jetzt auf sich selbst. Diejenigen am Rand der Gruppe achteten weiter auf Lam und hielten sich bereit, den Stamm zu verteidigen. Aber die in der Mitte nahmen an Fahrt auf. Sie bewegten sich so schnell, dass das menschliche Auge nicht mitkam. Gemeinsam suchten sie nach Antworten auf Fragen, die vor seiner Ankunft noch undenkbar gewesen waren.

Während die Mitglieder des Stammes sich so drehten und wanden und kreischten, stieß Lam einmal einen einzigen klaren und harmlosen Schrei aus.

Sie drehten sich um.

Er hielt drei Arme hoch und verstümmelte dann die Spitze des mittleren, indem er die Knorpelschicht bis auf seinen Aluminiumkörper herunterzog.

Die Sunfish schrien. Sie zeigten ihre Unterseiten, aber ihre Schnäbel schnappten nicht zu oder bissen. Sie schnüffelten in der dünnen Luft, sogen den Geruch von Lams Fleisch ein. Ihre Rufe überschwemmten ihn, als sie sein blutiges Metall mit den nackten Gestellen der Sonden verglichen.

LAM: Ich bin kein Sunfish / Mein Stamm ist mächtig.

CHARLOTTE UND TOM: Du tust uns nicht weh / Da ist kein Geruch von Angst / Kein Schmerz / Dein Stamm ist mächtig.

LAM: Wir können mächtige Verbündete sein.

CHARLOTTE: Du bietest Essen und Werkzeuge und mehr wie du an?

LAM: Ja / Bündnis.

Während sie ihn ausfragte, beendeten die anderen Sunfish ihr Streitgespräch. Ihre Unruhe war auf dem Höhepunkt angelangt. Dann schwangen sie sich alle auf einmal zu Lam herunter, um ihm ihr Urteil zu verkünden. Es war mehr als ein *Bündnis.* Es war das Versprechen, sich mit »Lams Stamm« zu vermengen und mit ihm zusammenzuarbeiten.

ALLE SUNFISH: Bündnis / Wir liefern uns euch selbst aus / Gleichgestellte / Als Gleichgestellte / Unsere Kraft ist eure Kraft und eure Kraft ist unsere Kraft / Wir bieten ein Abkommen mit euch an.

»Wir haben es geschafft«, sagte Vonnie und atmete erleichtert aus. Ihre Begeisterung war so groß, dass sie sie gar nicht auf einmal erfassen konnte. Sie schoss durch ihre Brust wie ein Geysir, stieg auf und verteilte sich in ihrem Inneren.

LAM: Ja / Bündnis / Ja.

57

Sein Gespräch mit den Sunfish wurde persönlicher. Sie umschlangen ihn, rochen und rieben an ihm. Das Ritual ähnelte den Lektionen. In den letzten paar Tagen war Lam ein zentraler Teil von Top-Clan 8,6 gewesen. Jetzt sogen die Sunfish ihn in ihren Stamm auf, indem sie den Körper und die Gerüche des jeweils anderen studierten. Die Sunfish hießen auch die Metallsonden willkommen, welche die passenden Gesten und Schreie nachahmten. Auf Lams Befehl hin verhielten sich die Metallsonden trotz ihres kräftigen Äußeren wie rangniedrigere unreife Männchen. Die Sonden nahmen unterwürfige Haltungen am Rand der Gruppe ein … und die Sunfish sangen ihr Einverständnis.

Erst lächelte Vonnie vor Erleichterung, dann lachte sie vor Begeisterung. Sie stand auf und sah ihre Crewkameraden an, jene neben ihr in Landefahrzeug 04 und jene von der Videokonferenz in Landefahrzeug 05. Koebsch. Frerotte. Johal. O'Neal. Metzler und Ash. Sie hatten unterschiedliche Formen von Freundschaft und Vertrauen zueinander entwickelt, aber jetzt waren sie vereint. Für immer vereint – durch das, was sie erreicht hatten.

Sie hatten wochenlang versucht, mit den Sunfish zu kommunizieren, und es hatte zu viele Leben gekostet. Jetzt ein Bündnis zu schließen, konnte zu anhaltendem Frieden zwischen dem Top-Clan 8,6 und der ESA führen. Es war ein gemeinsamer Schritt in die Zukunft für die Menschheit und für die Lebensformen im Inneren Europas.

Den Sunfish zu helfen, sie zu unterrichten, würde Jahre oder sogar Generationen dauern. Die Aufgabe war zu gigantisch, als dass man von einem Sieg auf ganzer Linie sprechen konnte. Sie mussten eine ganze Welt erforschen, und niemand wusste, wie viele Stämme oder andere Lebewesen im Eis verstreut lebten, ganz zu schweigen von tief unten im Ozean. Aber ihre beiden Arten waren endlich auf dem Weg zu einem gemeinsamen Wohlergehen.

Das genügt, dachte Vonnie. *Das genügt für den Moment.*

»Gratulation, Leute«, sagte Koebsch. Er klopfte Frerotte im Landefahrzeug 05 auf die Schultern und zeigte dann allen im Fahrzeug 04 einen hochgereckten Daumen.

Als die Männer und Frauen um sie herum sich anlächelten, einander die Hände schüttelten und dabei übermäßig laut redeten, begegnete Vonnies Blick dem von Koebsch. Falls Dawson ihnen zusah, so hoffte Vonnie, dass er auch alles hörte. »Ohne Sie hätten wir das nicht geschafft«, sagte sie zu Koebsch.

»Sie haben härter gearbeitet als irgendjemand sonst«, erwiderte er.

»Nein, Sir. Das glaube ich nicht.«

Neben Vonnie umarmte Ash Metzler und kniff ihn in die Wange. Ihre nussbraunen Augen strahlten zum ersten Mal seit dem Blowout entspannt. Es machte keinen Unterschied, dass sie auch O'Neal umarmte. Vonnie ergriff so etwas wie ein Besitzdenken, und sie beschloss einzuschreiten, ehe Ash noch intimer mit Metzler wurde. Doch zunächst war es wichtig, dass sie Koebsch ihre Dankbarkeit ausdrückte.

»Es tut mir alles so leid«, sagte sie.

»Mir nicht«, entgegnete er.

»Pärnits und Collinsworth ...«

»Sie hätten das, was wir getan haben, gut gefunden, Von. Wir haben einen echten Fortschritt erzielt. Sie sollten stolz sein.«

»Danke«, sagte Vonnie. Sie verließ ihre Station und stieß Ash den Ellbogen in einer schwesterlichen Geste in die Rippen, nicht zu fest und nicht zu sanft.

Ash öffnete ihren Mund, um zu protestieren. »He!« Dann lachte sie und umarmte Vonnie, ehe sie zu O'Neal und Johal ging. Ash umarmte auch die beiden. Alle waren ausgelassen.

»Du solltest *mich* küssen«, sagte Vonnie.

Metzler gehorchte freudestrahlend. Sein faltiges Hundegesicht glänzte hübsch in der Aufregung, und ein einziges Mal hatte er keinen ungezogenen Kommentar oder Witz auf Lager. Er grinste einfach nur.

Als Vonnie ihn umarmte, genoss sie es, die Bedeutung der Sunfish-Geste laut auszusprechen.

»Bündnis«, sagte sie.

Danksagung

Viele der üblichen Verdächtigen hatten ihren Anteil am Schreibprozess von »Eisiger Himmel«: Dr. Ben Bowen, Bioinformatiker am Lawrence Berkeley National Laboratory; Dr. Michael Stein, Neurologe im Forschungsprogramm der Diablo Clinic; Dr. med. Charles H. Hanson; mein Vater, Dr. Gus Carlson, Maschinenbauingenieur und Abteilungsleiter i. R. am Lawrence Livermore National Laboratory; Matthew J. Harrington, verdammtes Genie, Autor von vielen der Geschichten und Novellen in den »Man-Kzin-War«-Bänden und Mitverfasser von »The Goliath Stone«; Penny Hill, verdammtes altes Supergenie.

Ich würde meinen besonderen Dank außerdem gerne Ben widmen, dem »anderen Ben« Metzler, Megafan, dessen Vision von Europa grundlegend war für das Auffinden von neuem Leben in diesem Projekt. Auch Jeff »dem anderen Jeff« Quiros, der immer in meiner Nähe ist, gebührt mein Dank; Jeff »der richtige Jeff« Sierzenga, ein fantastischer Kumpel und Mitarbeiter, dessen Tochter Ashley sich ihren Weg in das Abenteuer erarbeitet hat, und Diana, meiner besten Freundin, Ehefrau und größten Unterstützung.

In der Tschechischen Republik können Martin Sust und Karel Zeman ihren Anteil am Erfolg dieser Geschichte beanspruchen. Als Herausgeber von *Pevnost Magazine* hat Martin die Originalgeschichte in sein Land gebracht und mich dem außergewöhnlichen Illustrator Karel Zeman vorgestellt, einem Mann, der sich mit den Tücken von Licht und Schatten auskennt. Mein Dank geht an euch beide.

Außerdem möchte ich meinen Dank den tollen Leuten von der NASA und der JPL aussprechen. Ihre Arbeit in der echten Welt ist aufregender als meine Vorstellungskraft, und ich habe Berge ihrer Berichte, Artikel, Online-Debatten und Diavorträge verschlungen. Professor Ted Stryk hat mir großzügig erlaubt, seine Arbeit für das Cover mit zu verwenden. Von den Sonden Voyager 1, Galileo und Cassini aufgenommene Bilder finden sich auch in einer speziellen Europa-Bildergalerie auf meiner Website www.jverse.com

Ebenfalls auf meiner Internetseite zu sehen ist »The Making Of Alexis Vonderach«, für das der Künstler, der den Preis gewonnen hat, Jacob Charles Dietz, so nett war, eine spektakuläre Bildersequenz zu spenden. Sie zeigt seine konzeptionelle Arbeit vom Anfang an bis zum fertigen Cover von »Eisiger Himmel«.

Last but not least ein Lüften meines Hutes und eine Grapefruit als Dankeschön (ihr hättet hier sein müssen) an meine hart arbeitenden Agenten an allen Enden der Erde: Donald Maass, Cameron McClure und Jim Ehrich.

Ohne diese Menschen würde »Eisiger Himmel« nicht existieren, also danke.

13517954R00260

Printed in Poland
by Amazon Fulfillment
Poland Sp. z o.o., Wrocław